Du monde entier

ARNO GEIGER

TOUT VA BIEN

roman

*Traduit de l'allemand
par Olivier Le Lay*

GALLIMARD

Titre original :
ES GEHT UNS GUT

© *Carl Hanser Verlag München Wien, 2005.*
© *Éditions Gallimard, 2008, pour la traduction française.*

Lundi 16 avril 2001

Il ne s'est jamais demandé ce que ça veut dire, que les morts nous survivent. Il relève brièvement la tête. Les yeux encore fermés, il se revoit appuyé contre la porte récalcitrante du grenier à épier les couinements étouffés qui percent le bois. Dès son arrivée, samedi, il s'était aperçu qu'une des fenêtres sous le pignon ouest n'avait plus de carreau. Des pigeons entrent et sortent par là régulièrement. Après quelques hésitations il jeta l'épaule contre la porte du grenier, à chacune de ses poussées elle abdiquait de quelques centimètres. En même temps les froissements et les couinements derrière s'amplifiaient. Après un grincement bref et acide des gonds qui provoqua dans le grenier un désordre violent, la porte s'ouvrit d'un rien, suffisamment toutefois pour qu'il pût y passer la tête. Quoique la lumière ne fût pas des meilleures, il lui suffit alors d'un regard pour apprécier l'ampleur du désastre. Des douzaines de pigeons nichaient là et avaient tout recouvert d'une couche d'immondices épaisse, jusqu'aux chevilles, jusqu'aux genoux, une strate après l'autre, excréments, ossements, asticots, souris, parasites, agents pathogènes (BK ? Salmonelles ?). Il retira aussitôt la tête, tira la porte derrière lui, elle craqua, il s'assura plusieurs fois que le pêne avait bien glissé dans la gâche.

Johanna revient du centre de l'ORF, navire amarré au Küniglberg voisin, au-dessus du cimetière de Hietzing et des jardins impeccablement agencés du château de Schönbrunn. Elle appuie le Waffenrad que Philipp lui a cédé voici quelques années contre le container à ordures livré le matin même.

— J'apporte le petit déjeuner, dit-elle : Mais d'abord tu me fais visiter la maison. Allez, remue-toi.

Il sait que ce n'est pas une simple injonction fugitive, mais une exhortation de portée plus générale.

Philipp est assis sur le perron de la villa qu'il vient d'hériter de sa grand-mère, morte l'hiver dernier. Il observe Johanna en plissant les yeux, puis il se glisse dans ses chaussures. D'une pichenette du pouce et de l'index il propulse avec nonchalance (ostentation?) sa cigarette à demi fumée dans le container encore vide et dit :

— D'ici demain il sera plein.

Puis il se lève, franchit la porte ouverte et passe du perron dans le vestibule puis du vestibule dans la cage d'escalier, qui comparée à ce qu'il est convenu d'appeler ainsi est pourvue d'un escalier bien trop large. Du plat de la main, Johanna caresse plusieurs fois le vieux boulet de canon coulé dans un alliage poreux qui, sur la rampe, à l'extrémité inférieure de la main courante, s'arrondit.

— D'où vient-il? veut savoir Johanna.

— Pas la moindre idée, dit Philipp.

— C'est à peine croyable, tes grands-parents ont un boulet de canon sur leur rampe d'escalier et tu n'es pas foutu de savoir —

— On n'est pas des causants dans la famille.

Johanna l'observe :

— Toi et ta maudite indifférence.

Philipp se détourne vers la gauche et marche vers l'une des grandes portes-fenêtres, qu'il ouvre. Il entre dans le salon. Johanna le suit et dans l'air suffocant et le demi-jour fronce un peu le nez. Pour donner un aspect plus accueillant à la pièce, Philipp ouvre les persiennes de deux fenêtres. Il a le sentiment que les meubles s'arrondissent un peu dans la clarté abrupte. Johanna se dirige vers la pendule qui surmonte le bureau. Les aiguilles indiquent sept heures moins vingt. Elle attend sans succès un tic-tac puis demande si la pendule fonctionne encore.

— Tu connais déjà la réponse. Aucune idée.

Il ne saurait pas dire non plus où se trouve la clé pour la remonter, même si l'endroit où on l'a remisée lui reviendrait sans doute s'il daignait y réfléchir un peu. Lui et sa sœur Sissi — elle a hérité de deux assurances-vie et de quelques parts dans une sucrerie en Basse-Autriche — ont passé deux mois ici dans les années soixante-dix, l'été, juste après la mort de leur mère, il était impossible de faire autrement. À cette époque leur grand-père n'était déjà plus ministre depuis très longtemps et passait ses journées à donner le change, un pauvre vieux qui remontait ses pendules tous les samedis soir et faisait de ce rituel un spectacle auquel ses petits-enfants avaient le privilège d'assister. Comme s'il était précisément en son pouvoir d'aider le temps à couler, ou à rebours de le figer.

Philipp contemple deux photos disposées à gauche et à droite de la pendule, toujours au-dessus du bureau. Pendant ce temps Johanna ouvre la pendule pour jeter un œil à l'intérieur (comme un chat au fond d'une botte très noire). Puis elle ouvre quelques-uns des petits tiroirs du bureau.

— Qui est-ce ? demande-t-elle incidemment.

— À droite, c'est mon oncle Otto.

Philipp ne dit rien de la photo de gauche, aussi bien Johanna est au courant. Mais il décroche l'image pour la regarder de plus près. On aperçoit sa mère en 1947, à onze ans, pendant les prises du film *Le Conseiller Geiger*, à l'écart, elle regarde couler le Danube. Un bateau d'excursion descend le fleuve dans des bouffées de gasoil. Hors-champ, Waltraud Haas chante *Mariandl-andl-andl* à la cithare.

— Ta mère voulait encore être actrice, après ? demande Johanna.

— J'étais trop jeune quand elle est morte, on n'a jamais parlé de ça.

Et il ne sait pas non plus qui il pourrait interroger hormis sa mère, car son père le regarde avec de grands yeux, et lui-même n'est pas résolu à creuser davantage, sans doute parce qu'il n'a pas envie de creuser du tout. Qu'il ne sache presque rien de sa mère lui est suffisamment désagréable. Et chaque réflexion n'est jamais qu'une perte de temps, oppressante de surcroît, quand il se représente la débauche d'imagination qui serait nécessaire pour envisager comment les choses *auraient* pu se passer.

Il chasse cette pensée et dit, histoire que Johanna entende le son de sa voix :

— J'ai quand même l'impression qu'elles étaient toutes actrices, un peu. Toutes ces femmes à la Waltraud Haas, blondes, gentilles et optimistes. Mais les hommes n'étaient pas comme dans les guimauves régionalistes. La petite touche tragique, j'imagine.

— Et après ?

— Je t'ai déjà tout raconté. Le mariage de mes parents n'était pas précisément ce qu'on appelle un mariage heureux. Une routine assez minable.

Il fait une pause et profite de l'occasion pour passer la main sur la nuque de Johanna.

— C'est parfaitement absurde, de vouloir raviver tout ça. Je préfère encore penser au temps qu'il fait.

Philipp embrasse Johanna, sans rencontrer ni résistance ni assentiment.

Au temps qu'il fait et que Johanna apporte dans ses cheveux, au temps qu'il fera les jours prochains et que les listings, les diagrammes, les simulations informatiques, dans sa poche, devraient révéler.

— Au temps plutôt qu'à l'amour plutôt qu'à l'oubli plutôt qu'à la mort.

— C'est tout ce que tu racontes ? demande Johanna, la météorologue.

Elle rit à moitié, avec un hochement de tête amusé-irrité. Et parce que c'est un mouvement qui lui est familier, Philipp se sent plus proche d'elle un moment. Il rit lui aussi à moitié, mais d'un rire aigre, soulève les épaules, comme pour s'excuser de ne rien avoir à offrir de mieux ou de ne rien vouloir offrir de mieux.

— Mais je perds mon temps, poursuit Johanna, ton manque d'ambition sur ces matières n'est pas franchement une nouveauté.

D'un autre côté, Philipp a déjà tenté de lui faire entendre assez souvent qu'elle ne regardait pas forcément les choses sous l'angle le plus propice. Après tout ce n'est pas de sa faute à lui, si on a oublié d'éveiller à temps son appétit pour les histoires familiales.

— Je me préoccupe de ma famille dans l'exacte mesure où cela m'est profitable.

— Autant dire pas du tout.

— Autant dire ce que tu veux.

Il repose la photo qui montre sa mère toute jeune fille, comme pour signifier qu'il préférerait poursuivre la visite dans une autre pièce. Il marche vers la porte. Quand il se retourne vers Johanna, elle secoue la tête. Désapprobation ? Dépit ? Peu importe, l'expérience lui aura appris qu'on parle parfois à un mur. Encaisse et tais-toi. Johanna le fixe un instant, puis elle veut savoir s'il est prêt à lui céder la pendule.
— Soit.
— Tu y tiens peut-être, à ce truc.
— Non. Seulement je n'ai même pas envie de le donner.
— Alors laisse tomber, mon Dieu, je ne tiens pas absolument à l'avoir, cette pendule.
— Et puis tu en as déjà une.
— Et puis j'en ai déjà une, très juste.
Et de nouveau la cage d'escalier, le fumoir, l'ouvroir, la véranda, la cage d'escalier, les larges marches garnies d'un tapis, deux mains qui polissent en passant un boulet de canon qui, dans n'importe quelle famille digne de ce nom, figurerait le point-limite jusqu'où se souvenir.

Philipp revoit maintenant ce jour où sa grand-mère, à l'occasion d'une des rares visites qu'il lui aura faites, l'avait sévèrement réprimandé, menaçant de l'asseoir à la prochaine incartade sur le boulet de canon pour l'expédier droit chez les Turcs. Une menace qui s'était imprimée avec netteté dans sa mémoire, il entend même l'intonation de sa grand-mère et comme un pressentiment dans sa voix.

Ils arpentent l'étage supérieur, un arrière-goût de dispute dans la bouche, à la va-vite et sans trop parler, ce qu'ils tiennent à justifier tous les deux en prétextant qu'ils ont faim. Alors direction le rez-de-chaussée. Dans la cuisine, Johanna aide à débarrasser la table, elle est restée dans l'état où Philipp l'a trouvée en arrivant, avec la pomme toute pourrie dans sa coupe à fruits bleu pâle. Mais l'instant d'après Johanna tient à aller manger dehors, sur les marches du perron. Il y fait encore plus chaud que tout à l'heure (dans ce quartier étrangement intact, villas, trottoirs vides). Johanna prend malgré tout un coussin et le glisse sous ses fesses. Ils restent assis là tous les deux, jambes largement étirées pour Philipp, genoux ramenés sur la poitrine pour Johanna, et Philipp s'efforce d'atténuer l'impression désagréable qu'il a laissée pendant la visite en parlant des chaises à demi décomposées qui, à plusieurs endroits du jardin, sont méticuleusement disposées le long du mur. Très mystérieux. Une chaise en face de chaque terrain voisin, comme pour épier de l'autre côté. Philipp évoque les réserves de miel dans la cave et les différentes variétés de confitures maison.

— Je n'aime pas la confiture, bougonne Johanna, plus très chaude pour parler.

Elle crache des noyaux d'olive dans le container à ordures. Elle écoute le bruit retentissant que font les noyaux en ricochant sur le métal fissuré. Pendant ce temps Philippe, rempli d'une inquiétude qu'il ne veut pas s'avouer, s'occupe en observant les pigeons qui mettent le cap sur les monuments classés de la capitale fédérale ou sur le grenier dont il vient d'hériter. Beaucoup de va-et-vient.

— C'est fou, murmure-t-il au bout d'un moment.

Et une fois encore, dodelinant de la tête :

— C'est fou. Tu ne trouves pas ça fou, toi ?

Un peu plus tard Johanna lui dit au revoir. Elle l'embrasse, l'une de ses pinces à linge déjà fixée à la jambe droite du pantalon, et annonce solennellement que ça ne peut pas continuer comme ça.

— Évidemment, ajoute-elle après qu'il a levé les yeux un instant comme pour esquisser une réponse, avant de se raviser : Aucune réponse, aucun intérêt non plus, d'ailleurs, exactement comme pour ta famille.
— Tu fais les questions et les réponses.
Il ne voit pas de quoi Johanna se plaint. Après tout, c'est elle qui n'arrive pas à se séparer de Franz. C'est elle aussi qui affiche une certaine fierté quand elle assure qu'elle vit dans l'un des ménages les plus scrupuleusement délabrés de Vienne. Il n'a rien à faire d'une fille qui ne couche avec lui qu'une fois sur deux. Il lui retourne ce reproche.
Elle hausse les sourcils, moqueuse, lui dit encore au revoir, sans l'embrasser cette fois, comme si elle voulait reprendre le baiser de tout à l'heure. Elle s'apprête à partir, mais à cet instant Philipp saisit le porte-bagages de sa bicyclette et soulève la roue arrière, de sorte que Johanna pédale dans le vide. Une ballade légère et sans itinéraire, sans commencement ni fin, sur la route la plus sûre qui soit. Toujours tout droit. Impossible de se tromper. Philipp ne se soucie pas des récriminations de Johanna :
— Lâche ! Lâche, imbécile !
Il ne lâche pas, il sent le rythme de ses coups de pédale comme une pulsation cardiaque dans les mains.
— Quel beau voyage immobile ! À l'aventure !
Johanna donne des coups de sonnette comme une folle.
— Lâche, hurle-t-elle : Imbécile !
Il regarde son derrière qui chaloupe sur la selle. Il pense, il pense à beaucoup de choses, à son corps, au fait qu'une fois de plus ils n'auront pas baisé et qu'ils font du surplace, enfin, sinon elle, tout du moins lui.
— Regarde un peu ! Comme les rues sont vides, les terrains, les quais de gare ! Les mains, les poches, les jours !

— Il faut que j'aille à mon rendez-vous ! Le montage, le montage ! La récolte des carottes ! Pour le bulletin météo de ce soir ! C'est parfaitement absurde, ce que tu fais ! Pense plutôt au temps, oui ! Et ne te foule pas, surtout ! Mais lâche ! Lâââche !

Quand on a le projet de faire quelque chose, c'est tout du moins l'avis de Philipp, cela ne signifie pas nécessairement qu'il faille s'y cramponner à tout prix, si douloureux que ce soit. Aussi il repose la roue arrière de la bicyclette et donne une violente poussée à Johanna, court un peu derrière elle pour la lancer. Elle perd presque l'équilibre et corrige plusieurs fois sa trajectoire. La factrice fait quelques pas de côté quand ils franchissent tous les deux le portail et tournent dans la rue. Mais en vérité les coups de sonnette de Johanna s'adressent à lui seul.

— Reviens ! lance-t-il quand il ne peut plus suivre le rythme.

Il fait quelques signes dans son dos. Les rayons de sa bicyclette scintillent au soleil. Johanna oblique dans la première rue latérale et on entend encore sa sonnette tinter quand Philipp s'allume une cigarette et se demande pourquoi elle lui a rendu visite. Pourquoi. Pourquoi au fond. Il n'arrive à aucun résultat. D'un côté, surtout pas de faux espoirs (elle le tient pour un type gentil mais inoffensif, raison pour laquelle elle a d'ailleurs choisi quelqu'un d'autre). D'un autre côté il ne veut pas être impoli (il a mieux à faire en ce lundi magnanimement ensoleillé). Il se rassied donc sur les marches du perron, le courrier de sa grand-mère posé sur les cuisses (les lettres continuent d'arriver, bien que leur destinataire soit morte depuis des semaines), et il change de sujet en pensées.

Il se représente une photo de classe fictive, quarante

enfants sur les bancs de l'école, garçonnets, fillettes, tous âgés de six et sept ans, mais dont ni les dates ni les lieux de naissance ne s'accordent. L'un des garçons combattra plus tard lors de la deuxième guerre turque et en rapportera un boulet de canon, un autre, troisième rang côté porte, est le père de Philipp, encore avec ses dents de lait. Sa mère est là elle aussi, fillette, dans la même classe. L'un des écoliers sera plus tard un grand lutteur, Albert Strouhal, un autre, Youri, est le fils d'un commandant soviétique. Philipp passe en revue les enfants et il se demande : que sont-ils devenus, tous ces morts, plus nombreux chaque jour ? La fillette avec les nattes, là, la petite qui, comme tous les autres enfants, pose ses mains blanches devant elle sur le pupitre ? Elle n'a jamais osé lever le doigt pour aller aux toilettes. Elle s'appelle Alma. Plus tard, jeune femme, elle épousera un juriste, spécialiste du droit administratif et employé du réseau de distribution électrique de Basse-Autriche, futur ministre. De leur union naîtront deux enfants. Le premier, un garçon, meurt au combat en 1945, à Vienne, à l'âge de quatorze ans, le deuxième, une fille, fait une brève apparition dans le film de Hans Moser et Paul Hörbiger, *Le Conseiller Geiger*. Cette petite fille elle aussi est une écolière ravissante. Sur la photo elle est assise au deuxième rang, côté porte. Elle s'est décidée très jeune pour un garçon qui était de six ans son aîné et s'est brouillée alors avec ses parents. Le garçon en question ? Il est là lui aussi, toujours côté porte, dans la rangée de derrière. Un brave jeune homme, même s'il n'était pas précisément un parti idéal. Dans sa jeunesse il inventa quelques jeux de société qui le menèrent rapidement à la faillite, quoique l'un d'eux connût un vif succès : *Connaissez-vous l'Autriche ?*

Et le type, là, au dernier rang côté fenêtre : C'est moi. Je suis aussi l'un d'eux. Mais que dire sur moi ? Que dire sur moi, après que j'ai réfléchi à tous les autres et que je ne m'en trouve pas plus heureux.

Mardi 25 mai 1982

Dans un demi-sommeil elle enregistre le tarissement du noir profond et la montée coïncidente du jour, il se glisse dans la grande chambre remplie de meubles sombres. Ce serait pratique, que tout soit automatisé, d'une simple pression depuis le lit elle ouvrirait une fenêtre : Fini l'air confiné, ce mélange de respiration, de crin de cheval et de lait tout à fait calciné. Son mari, il y a trois jours, quand elle était encore à Kalkwang avec le Cercle culturel, a fait chauffer un demi-litre de lait pendant huit heures. Au retour d'Alma le lait était sédimenté sur la casserole et la cuisinière en petits pâtés noirâtres, et, sans même parler de l'énergie et du temps qu'il lui fallut alors pour ravoir la cuisinière à la paille de fer et à l'abrasif (la casserole atterrit directement dans la poubelle), elle suppose que l'odeur ne quittera pas de sitôt la maison fraîchement repeinte. Pour ce qui la concerne, possible qu'elle ne sente plus rien d'ici ce soir, possible. Par habitude. Mais le premier visiteur à franchir le seuil aura dans le nez cet arôme de vieilles gens. C'est à craindre. Bien, possible aussi qu'elle soit trop pessimiste, possible, elle est hypersensible, parce que tout cela lui fait prendre conscience que les choses ne continueront pas éternellement ainsi. Le coupe-ongles dans le réfrigérateur, le maillot de corps sale passé sur le maillot de corps propre. La pizza avec son emballage plastique dans le four. Peu de choses, c'est vrai. Et pourtant : tout cela lui semble angoissant, épouvantable, parce qu'il est très vraisemblable que les choses iront en empirant. Tôt ou tard Richard lui demandera si *Le Loup et les sept chevreaux* est bien une histoire d'infanticide. Son propre père débitait ce genre de fadaises à la fin. Ou alors, comme elle a pu le constater lors d'une visite à la maison de retraite, il se mettra à contrefaire le cri du coq dès qu'il en verra un sur l'écran. Attendons, ça ne manquera pas d'arriver. Inquiète, elle se tourne et se retourne dans son lit. Après avoir tenté plusieurs fois — en vain — de trouver une position moins inconfortable, elle reste à demi allongée sur le ventre, le bras droit plié au-dessus de la tête, le gauche en travers de la poitrine, les doigts à droite sur le cou et l'oreille, la couverture entre les jambes pour que les cuisses ne se touchent pas. Sa tête repose sur sa joue au bord du lit, elle dépasse à demi de l'arête, pour que le visage reçoive un peu de l'air frais qui monte de dessous le lit. Quelques minutes encore. Attendre.

Ça.

C'est l'anniversaire de mariage d'Ingrid, sa fille, et en même temps le jour de la mort de sa mère. Ce n'est qu'à l'enterrement, quand Alma a vu l'année de naissance et l'année de mort imprimées au fer rouge sur la petite croix de bois provisoire, qu'elle a saisi que sa mère avait presque vécu cent ans. Cent ans. Quand on y pense. La mère d'Alma, encore enfant, a vu son père travailler près d'une boule de verre, pour amplifier la lumière, des choses dont on n'a plus idée aujourd'hui. Elle jouait à Vienne au bord du fleuve, les canalisations n'existaient pas, à l'endroit précis où le métro passe aujourd'hui, et près de la Karlsplatz, quand elle allait au travail, elle passait par le pont Elisabeth, orné de ces statues qui, maintenant, sont disposées dans la cour à arcades de l'hôtel de ville. Parfois elle parlait d'une machine à coudre à pédales sur laquelle elle avait appris à ouvrer dans son adolescence. À l'époque un privilège, une demi-merveille. Jusqu'à la fin, la mère d'Alma aura présenté fièrement une combinaison cousue sur cette machine, c'était comme si les gens avaient déjà lâché les bombes atomiques et regardaient la terre depuis l'espace.

— C'est raide, soupire Alma à mi-voix, comme s'il ne suffisait pas de le penser.

Alma elle-même aura connu le boueur. Il faisait tinter une grande cloche de cuivre, sa mère descendait les escaliers quatre à quatre, le seau d'ordures puant dans les bras, et elle amadouait le boueur, un homme fruste, d'une ou deux cigarettes, pour qu'il lui tende le seau depuis le fardier au lieu de le jeter sur le pavé. Bong. Cela remonte à sept décennies, ou pour mieux dire sept décennies ont passé depuis, car *remonter*, c'est un peu comme si on pouvait retourner là-bas pour tout récupérer. Alma aura soixante-quinze ans cette année, et Richard fêtera bientôt son quatre-vingt-deuxième anniversaire. Elle sait que chacun voit les choses à sa manière, beaucoup se réjouiraient à l'idée d'être encore vivants à cet âge. Mais quand vous avez poussé jusque-là et que vos quatre-vingt, l'objectif de beaucoup, sont déjà derrière vous, penser à tous ceux qui s'en sont moins bien sortis n'est qu'une faible consolation, votre propre vie n'en est pas plus légère.

Depuis que la tête de Richard ne suit plus, le délabrement se lit aussi sur son corps. Ses pertes de mémoire ont ôté tout leur charme aux manifestations de l'âge, visibles depuis très longtemps mais assez bénignes, pour les changer en quelque chose de crevassé et de rabougri. Richard a les genoux qui flageolent et sa démarche est traînante, chaque pas nécessite une observation circonspecte du dehors, comme si la marche pouvait se briser net. Pour Richard la mort n'est pas un point final vers lequel on s'achemine peu à peu, mais une menace très proche sur laquelle il doit nécessairement compter quand il échafaude des projets de quelque ampleur. Richard, si toutefois il n'est pas déjà trop tard (son amnésie touche tant de choses), a développé une nouvelle perception du temps pour tout ce qui touche à l'avenir. Comme si, pour calculer les années qui vous restent, une seule ligne directrice, une ligne enfantine, était valable : Tout ce qu'on ne peut pas compter sur les doigts d'une main est d'une grandeur inassignable, aussi inutile d'y penser. Un deux trois quatre cinq, si tout va bien, ou retour, quatre trois. On y va à grands pas.

Alma sait d'instinct que Richard pense dans cet ordre de grandeur. Et bien qu'il évite soigneusement le sujet, elle sait tout aussi sûrement que pour Richard le temps qui reste, qu'il s'agisse de sa durée ou de sa qualité, ne donnera guère l'occasion de se réjouir — sans doute l'une des raisons pour lesquelles il a tant de mal à se lever. On le voit rarement avant dix heures. Alma aimerait savoir ce qu'il fait de tout ce temps dans sa chambre, si les mêmes pensées qu'elles l'obsèdent. Mais selon toute vraisemblance il a à peine la force de fixer le plafond et de souhaiter que tout s'améliore d'un coup : Que ça revienne. Si j'y pense assez fort, ça reviendra. Alma, qui n'a jamais été une grande dormeuse, préfère de beaucoup commencer la journée très tôt. Elle aime avoir la maison et le jardin pour elle pendant quatre heures. Avec tous les bruits, les odeurs, les souvenirs — des années où elle était encore écolière, à l'époque même les plus petits avaient droit aux classiques : *Les êtres passent et se croisent, jamais ils ne voient la douleur du prochain.* Ou quelque chose d'approchant. Ces idées-là lui viennent le matin. Les pensées du matin portent assez loin, juge-t-elle. Plus loin que le soir. Elle doit bien s'avouer que c'est l'une des raisons qui l'empêchent de tirer Richard du lit plus tôt, si misérable que ça lui paraisse parfois.

Elle s'assied dans le lit, ramène les jambes, la couverture glisse. Elle saisit des deux mains l'arête du lit, reste assise là, recroquevillée, la tête rentrée dans les épaules, le regard vers le bas-ventre où la chemise de nuit se tend un peu, des petites fleurs bleues. Après un moment, tandis qu'elle chasse les cheveux gris de son visage, elle prend sa robe de chambre sur le fauteuil, se glisse dedans et marche vers la fenêtre, qu'elle ouvre. Deux oiseaux traversent un ciel comme voilé de fumée, vers l'ouest, le jour. Alma les suit des yeux. Puis son regard descend en arc de cercle vers le jardin, en bas, vers le rucher où dans une heure elle commencera les travaux de la journée. Le bulletin météo a promis une amélioration sensible sur tous les fronts. La clarté vient lentement. Les planches du rucher, presque noircies par le soleil à certains endroits, se sont gorgées d'un peu plus d'obscurité pendant la nuit. Mais le contrevent d'un turquoise très pâle, près de la porte, et les lichens, sur les tuiles du toit, scintillent déjà dans une lumière d'eau qui à la cime des arbres se décolore encore un peu. Puis de nouveau le rucher, très massif, figé sous le bruissement des grands branchages, le flanc bâti en pi, un peu irrationnel, comme le nombre. Alma pense que ce petit appentis avec ses six colonies d'abeilles lui fournira du travail pour les semaines et les mois à venir : Bien étonnant.

Hier dans le journal des apiculteurs, de toutes nouvelles méthodes pour empêcher l'essaimage.

Mais Alma a déjà détruit les cellules royales des ruches

concernées, cela n'a pas donné grand-chose. Au reste on ne recommande plus que des méthodes violentes. Tuer la reine. Ou l'enfermer, soit dans la ruche, soit en installant une petite grille au niveau du trou de vol. Toutes propositions que chacun fait depuis des années mais qui, à l'époque où Alma apprenait l'élevage des abeilles, n'étaient jamais mentionnées. Alors on pouvait attendre des années avant d'avoir un essaim, et on racontait même qu'il existait des abeilles dont l'instinct d'essaimage était faible, simplement parce qu'elles n'avaient pas les dispositions pour ça.

Alma aimerait que ces abeilles-là reviennent.

Elle est maintenant dans la salle de bains et elle se brosse les dents, se lave les mains et le visage à l'eau froide, se coiffe. En observant les couleurs minces du matin sur ses lèvres, il lui vient que ses sensations de jeune fille, quand elle s'occupe des abeilles, sont restées les mêmes. Quand elle regarde son visage dans le miroir, en revanche, elle se décourage toujours un peu intérieurement, et quoi qu'elle puisse penser elle s'étonne toujours que, de la jeune femme qu'elle était avant, entre les sillons et les rides, il reste si peu de choses. Sur les photos si, étrangement. Quand elle choisit certaines images et les met bout à bout comme dans une frise, on dirait la progression lente d'un chantier. 17 heures, le soir : clic, clic, clic. Mais devant le miroir ? Rien. Devant le miroir ? C'est *moi*, ça ? Mais oui. Oui oui oui. Voyez-vous ça. Très bien : Devant le miroir il faut qu'elle abdique. Alors elle a le sentiment triste d'avoir été flouée, dépossédée de ce qu'elle était autrefois et ne retrouve plus. Vraiment curieux, comme ces choses vous préoccupent sans relâche. Si ça ne tenait qu'à elle, il y aurait tôt ou tard un stade où l'on se résigne et renonce à transiger avec ces dégradations permanentes. S'en faire accroire ne sert à rien et ne rend pas la vérité plus supportable, impossible en tout cas qu'une habitude s'installe, et du coup l'effroi se renouvelle tous les matins. Il y a quelques années, Richard a fait une remarque qu'Alma tout naturellement n'a pas oubliée : Pour être heureux, il est nécessaire de voir les choses plus belles qu'elles ne sont en réalité, et non seulement cette faculté se perd avec les ans, mais elle se change peu à peu en son contraire.

Aussi simple que ça.

Elle voudrait que tous les moments où elle admirait Richard reviennent. Ils ne seront plus si nombreux. Ces derniers temps les coups se succèdent. Souvent elle n'arrive plus du tout à croire que l'homme qui vit sous le même toit qu'elle est bien celui qui l'impressionnait par son intelligence, quand il était jeune. *Le Romain*, comme ses camarades l'appelaient. Alors la vie semblait infiniment longue. Ils se réjouissaient des jours à venir et ils attendaient. Mais quoi au juste ? Ce qu'ils attendaient ? Elle ne sait plus du tout. Et maintenant ? Souvent c'était et c'est comme si rien n'avait été.

Au début de la semaine passée, tandis qu'Alma était occupée à préparer un strudel à la crème de lait (Richard mange si sucré désormais que l'acide est un souvenir très lointain), il vint la voir dans la cuisine et se plaignit que son dentier était cassé.

— Montre, dit-elle.

Richard sortit docilement la moitié supérieure et la lui tendit.

En 1955, en raison d'une molaire infectée, Richard n'a pas pu fêter solennellement la signature du Traité d'État. Il est absent de toutes les photos officielles et de tous les films de l'époque. Très emporté contre cette absence optique qui oblitérait sa participation à ce *succès historique*, et parce que deux autres dents, après qu'on eut arraché la première, commençaient elles aussi à suppurer, Richard prit la ferme résolution d'acheter une prothèse, afin d'éviter à l'avenir toute dépense démesurée. Quoique Alma tînt cette réaction pour stupide à bien des égards (à tous les égards, en fait), elle ne parvint pas à persuader son mari de revenir sur sa décision. Au cours d'une session qui se prolongea bien après minuit, Richard se fit extraire les deux mâchoires. À ce qu'on raconte, le patient, en dépit de la douleur de l'extraction, s'endormit à plusieurs reprises. L'assistant du docteur Adametz dut s'employer plusieurs fois à tirer M. le Ministre de sa torpeur en le rafraîchissant avec l'un de ces vaporisateurs qu'on utilise pour nettoyer les vitres. Sans succès patent, semble-t-il. Mais ce qui était vraiment étrange, si toutefois c'est le mot qui convient (à l'époque, pas aujourd'hui, aujourd'hui beaucoup de choses sont étranges), c'est que Richard tira aussitôt profit de cet épisode. Ses ronflements dans le cabinet du docteur Adametz trouvèrent un écho jusque dans les journaux, où son grand besoin de sommeil (le terme *perte de connaissance* eût été plus approprié) fut corrélé avec son dévouement sans faille pour la patrie. Lors d'un discours officiel à l'occasion du départ en retraite de Richard, on compara même ses dents avec le foie du ministre des Affaires étrangères, Leopold Figl, dont l'organe n'avait pas survécu aux négociations avec les Russes. Il y avait sûrement une bonne part d'ironie là-dedans, suppose Alma.

— Tu parles d'une camelote, jura Richard la semaine dernière.

Il semblait passablement excédé.

— Allons, calme-toi, dit Alma.

Elle tournait précautionneusement la moitié supérieure du dentier entre ses doigts.

C'était toujours la même prothèse, celle des années cinquante, aussi chère qu'une motocyclette à l'époque, du matériel autrichien, un travail fondé sur les dernières avancées de l'aérospatiale soviétique, alors à ses débuts. Le singulier objet n'était pas fait pour durer éternellement, toutefois, et à partir du milieu des années soixante-dix Alma entreprit plusieurs tentatives, discrètes puis moins discrètes, pour persuader Richard d'acheter un nouveau modèle. Mais il fit la sourde oreille. Pourtant Dieu sait s'il avait des problèmes avec son dentier, et il assurait compulsivement qu'il était tout à fait défectueux. Il arrivait souvent qu'il le transporte non dans sa bouche mais dans la poche de son pantalon, il s'asseyait même dessus, ici ou là, mais il ne se passa malheureusement rien de sérieux.

Aussi quand il vint la voir cette fois-ci, Alma espéra que l'époque du Traité d'État était définitivement révolue. Mais l'examen approfondi du dentier révéla simplement que les fissures redoutées par Richard ne correspondaient qu'aux éminences et excavations naturelles du palais.

— On ne peut pas dire qu'il soit foutu. Abîmé et mal entretenu, ça oui.

— Qu'est-ce que tu veux dire ? demanda Richard.

Dans ses yeux l'expression d'une stupéfaction indicible et cette défiance devenue seconde nature, comme si parmi les embûches de ce monde il faisait beaucoup d'efforts pour saisir ce qu'Alma pouvait bien mijoter.

— Eh bien, que tu peux t'estimer heureux. Pour ce qui est de la mécanique, ton dentier est encore impeccable après une trentaine d'années. Ce serait pas mal, si on était aussi indestructibles.

— Foutaises. Pour ma part j'aurais préféré qu'il tienne encore un peu.

Alma essaya de lui expliquer avec sobriété et en peu de mots ce qu'il en était des crevasses du palais, et ce qu'elle pensait des multiples revêtements incrustés sur son dentier, de ces dépôts brunâtres de toutes les nuances qui, devant, semblaient des taches de corrosion, et, dans les régions les plus reculées, s'étaient agglutinés aux molaires pour ne plus former qu'une seule masse. Elle prit soin d'extraire tout dégoût de ses propos. Pourtant ses explications ne lui valurent que des regards de pitié, des mouvements de main dédaigneux et quelques répliques fielleuses qui en revenaient toutes au même point, savoir qu'Alma n'avait pas grand-chose dans la tête.

C'est d'ailleurs une idée fixe chez lui. Tout ce qu'elle dit est au final ridicule ou banal ou farfelu. Tu n'y connais rien, entend-elle alors la plupart du temps. Et avec ça ces simagrées de ministre honoraire, cet air de vieux sage. Toujours la même chose. Comme souvent déjà. Elle ne réagit plus du tout, car chaque contradiction est balayée par l'argument irréfutable qui voudrait qu'elle, Alma, souffrît du délire de la persécution. À quoi bon. Ça ne vaut pas le coup. Au fil du temps on s'habitue à ce rôle-là. Elle se contente de s'expliquer à elle-même que l'attitude de Richard est propre à ces hommes nés avant la Première Guerre mondiale, pas seulement à ces hommes-là, mais tout de même. C'est lié à ce qu'on apprenait alors dans les « bonnes maisons » et à l'école : Que les femmes doivent tenir le ménage, fonctionner de temps en temps au lit (mais pas trop souvent, et à la va-vite), et qu'avoir des enfants et les élever ne nécessite pas la moindre intelligence, puisque aussi bien c'est le chef de famille qui, par sa présence sporadique, apporte le surcroît de matière grise. Ou alors il le fait par simple transmission de pensée, attendu que l'homme de toute façon ne parle pas avec ses enfants. Pour tout ce qui touche aux décisions, aux finances, au domaine technique, les femmes n'ont qu'à la fermer. Ta gueule. Qu'Alma s'est tue bien trop souvent, et que ce silence était une erreur, elle s'en est aperçue après, quand il était trop tard. La première fois c'était en 1938, peu après l'Anschluß, quand Richard, pour des raisons qui n'ont jamais été élucidées, céda le magasin de lingerie de sa belle-mère à une chaîne de distribution et fit rayer le nom d'Arthofer du registre du commerce, au moment précis où de nombreux magasins juifs étaient repris et où la curée commençait. Que Richard se soit refusé à rallier les nouveaux seigneurs, et par la même occasion l'industrie du bas et du sous-vêtement allemande, Alma ne l'a jamais vraiment cru. Mais impossible de découvrir d'autres motifs. Ce qu'il y avait derrière tout cela ? On ne sait qu'elle manifestation d'orgueil, secrète sans doute et qui, avec un impressionnant retard de presque dix ans, finit par porter ses fruits. Tout vient à point. Jamais Richard, de toute sa carrière, n'aura eu à rendre des comptes pour les années d'avant 1945. Seuls les intérêts d'Alma furent lésés dans l'histoire, même si la vente de la boutique de lingerie fut compensée en partie par l'acquisition presque simultanée du rucher de M. Löwy, une nouvelle occupation pour la bonne épouse, sans trop de soucis et de surcroît dans son propre jardin.

— Ce dentier est cassé, c'est dommage, il est foutu, dit Richard d'un ton sentencieux.

— Il n'est pas foutu. Mais si tu y tiens absolument tu peux toujours le léguer à la mission catholique.

— Abstiens-toi de tes moqueries. Rends-le-moi. Je vais me débrouiller tout seul.

— Pourquoi viens-tu me voir, si mon avis ne t'intéresse pas ?

— Parce qu'au point où j'en suis, je n'ai pas besoin de bons conseils, mais d'un rendez-vous chez le dentiste.

— Il te dira exactement la même chose que moi. Il n'y a pas de fissures. Montre-moi un peu où elles sont.

— Il y en a, c'est tout.

Richard tendit largement sa main ouverte, la droite, tout en maintenant l'autre, comme pendant tout ce temps, devant sa bouche de carpe affaissée.

— Rends-le-moi, tu n'y connais rien.

Alma fut singulièrement blessée quand elle vit Richard, là, tout près, émettre les plus vifs doutes sur le fait qu'elle, précisément elle, sa femme, pût lui être d'un quelconque secours pour résoudre ses problèmes. Comme il se montrait si entêté et désagréable, elle n'avait guère de raisons d'être plus gentille. Qu'il se ressaisisse, bon sang. Mais en même temps elle se rappelait à quel point il était un pauvre homme, et qu'il ne verrait plus jamais les choses comme elle. Le temps de la lucidité était passé, elle avait cédé la place à l'incertitude, et, plus lourd encore, à une révolte violente contre cette incertitude. Alma avait observé bien souvent que Richard, dans les situations où, par force, il dévoilait sa faiblesse ou ne parvenait pas en tout cas à la camoufler, ne tardait pas à se durcir intérieurement. Les toutes premières cartes postales que Peter avait envoyées à Ingrid et qui étaient rédigées en morse, par exemple, un grouillement de traits et de points qui évoquait une écriture arabe, court long court, court court, long court court, long court long, long long court. Ce ne devait pas être grand-chose, bons baisers d'ici ou là, le temps est comme ci ou comme ça, mais cela paraissait tout de même plus étrange que simplement : bons baisers d'ici ou là, le temps est comme ci ou comme ça.

(Et dans un pays où les cartes postales de plus de cinq mots, pendant des dizaines d'années, auront été gratifiées d'une surtaxe, comme si les mots avaient du poids même pour le facteur, comme s'il fallait qu'on s'intéresse à des citoyens qui pour économiser deux malheureux schillings étaient prêts à renoncer à écrire un peu plus que *maman, tout va très bien*!)

Richard, quand il avait aperçu cette écriture cryptée, s'était imaginé le diable sait quoi : Un type qui a des idées pareilles finira bien par avoir d'autres idées. Allez savoir. Des privautés. Des plaisanteries salaces. Que pouvait-il bien vouloir ? Avant même que Peter eût le temps de se présenter personnellement, il était déjà plus bas que terre aux yeux de Richard. Ingrid, en cela tout à fait la fille de son père, se buta elle aussi. Le reste vint par simple surcroît.

Alma rendit son dentier à Richard, le déposa dans sa main tendue. Tandis qu'il l'enfournait dans sa bouche à grand bruit, dans un mélange grossier de scepticisme et d'avidité, elle abdiqua, sereine :

— C'est bon. Je vais appeler le docteur Wenzel.

Elle ne dit rien de plus, regarda Richard encore un moment, sans rancœur, elle se nettoya les mains très soigneusement avec un petit morceau de savon Hirsch parfumé au citron. Elle pensait à des nénuphars qui flottent sur l'eau d'un verre à dents, bonne petite idée pour un roman, elle avait lu quelque chose dans ce genre-là aux alentours de Pâques, très bien, vraiment très bien. Un verre où des plantes aquatiques proliféraient sur un dentier. Mais à l'époque déjà, lisant ces mots, elle n'avait pu s'empêcher de penser à Richard, et maintenant, tandis qu'elle se lavait les mains, elle voyait fugacement des algues visqueuses, des patelles agglutinées et des excréments de poisson qui se déposaient lentement. Elle secoua la tête à cette idée. Épouvantable. Vraiment. Mais après quelques instants de réflexion elle jugea que tout cela était excusable, d'abord parce que Richard ne savait pas ce qu'il faisait, quand il oubliait de se nettoyer les dents, ensuite parce qu'elle-même, au sortir de ce genre de conversation, avait toujours le sentiment de s'être froissé un muscle du cerveau.

— Bon, tu me prends un rendez-vous ? demanda Richard.

Alma hocha la tête. Elle s'essuya les mains, hésitante, dans un torchon pour la vaisselle, puis, avant de se remettre à préparer le repas de midi, elle suivit Richard du regard. À sa manière toute flageolante il se traîna hors de la cuisine. Il lui sembla que l'issue de la conversation le satisfaisait et qu'il y puisait même une certaine satisfaction. Très bien. Pourtant elle lui avait donné le nom du médecin de famille et non celui du dentiste, manifestement cela ne le gênait pas.

Le jour suivant, Richard n'était toujours pas levé à neuf heures et demie. Alma frappa à la porte pour lui rappeler qu'il avait un rendez-vous, mais il lui répondit qu'il n'avait aucune inclination pour les médecins et que ceux-ci, de toute façon, lui confirmeraient une fois de plus qu'il était bon pour la casse. Devant l'insistance d'Alma, il avança qu'il préférait rester au lit, du reste il ne se sentait pas bien. Il ne donna pas de plus amples détails sur la nature de ce mal, et Alma ne parvint pas non plus à le persuader d'ouvrir la porte.

Ce n'était pas la première fois que Richard ajournait un projet en raison d'une apathie soudaine, et sous des prétextes douteux. Mais comme il avait pris l'habitude de s'enfermer systématiquement depuis quelques années, Alma commençait à se faire du souci. Elle pensait qu'il était peut-être vraiment malade et qu'il minimisait sa douleur, parce que la maladie pour un homme comme lui était une honte trop lourde à porter, une déprédation sournoise. Et le ton de sa voix, chose étrange, n'était pas particulièrement bougon. Un mauvais signe de plus. Aussi c'est en toute logique qu'Alma appela le docteur Wenzel pour le prier de passer.

Il arriva vingt minutes plus tard, frappa avec force à la porte de Richard et, après une pause savamment calculée, déclina d'une voix sonore son identité et ses titres, ce qui impressionna Richard. Il ouvrit la porte avec obligeance (zèle, dévotion) et dit :

— Merci beaucoup d'être venu.

Il portait une robe de chambre ouverte et semblait épuisé. Sur son pyjama de grandes auréoles de sueur se dessinaient, comme si le sommeil et les longues sessions dans la chambre étaient pour lui un travail éreintant. Alma eut de la douleur à le voir ainsi, si décharné et abîmé. Complètement décati. Une misère. Pour ne pas avoir à subir cela, et pour lui rendre les choses un peu plus faciles, elle préféra redescendre.

Le docteur Wenzel resta un long moment chez Richard. La conversation dura bien quinze minutes, pendant ce temps Alma rapiéca son imperméable, la couture de la manche gauche était défaite. Quand le docteur Wenzel reparut, il annonça que la conversation avait surtout révélé que Richard se cassait la tête pour savoir où il pourrait trouver de l'argent. Il ne savait plus qu'il lui suffisait d'aller à la banque et de retirer de son compte la somme qu'il voulait.

Le docteur Wenzel dit :

— Une vraie misère. Un beau jour vos forces vous lâchent. On a peine à le croire. Un ancien ministre. Un serviteur de l'État.

— Serviteur, c'est ça, serviteur. Au revoir et adieu.

Par exemple quand Richard partait en mission : Au revoir, Richard. Au revoir, Alma, adieu.

Le docteur Wenzel expliqua que Richard savait pertinemment combien il était aux fraises en ce moment (ses propres mots). Il se trouvait dans une zone intermédiaire entre la situation présente, qu'il rejetait tout naturellement, et ses facultés d'avant, dont il se souvenait dans les moments d'effroi et dont il se faisait également une idée précise, sans trouver toutefois un moyen susceptible d'améliorer la situation. Il jouissait encore de la connaissance théorique de ses facultés passées, ce qui avivait d'autant plus la conscience de son délabrement actuel. Raison pour laquelle, sans doute, il avait parlé avant tout des heures glorieuses du passé, et n'avait évoqué le présent qu'en passant, d'un ton rempli de colère et d'amertume.

— Le mieux, c'est de vous forger peu à peu une carapace, conseilla le docteur Wenzel.

— C'est facile à dire, mais plus difficile à tenir. À la longue c'est vraiment épuisant.

— Ne prenez pas ça trop au sérieux.

— Oui, on verra bien. En tout cas je fais de mon mieux.

Le docteur Wenzel lui dit au revoir. Dès qu'il eut quitté la maison, Richard descendit, habillé pour sortir, avec deux vestons l'un sur l'autre. Les couleurs en étaient soigneusement assorties et cette superposition lui faisait de très larges épaules. Il appela Mme Ziehrer, sa secrétaire depuis des années, et lui demanda quand il pourrait passer.

— C'est parfait. Je serai là d'ici une heure.

Alma, qui avait appris désormais à se méfier de tout, craignait que Richard ne demande à Mme Ziehrer de l'accompagner à la banque. Elle l'interrogea :

— Où vas-tu ?

— Voir quelqu'un.

— Pour ça tu n'as pas besoin de deux vestons.

Au terme d'une délibération elle parvint à convaincre Richard de renoncer au second veston. Il dit alors d'un ton renfrogné :

— Vu que tu m'as retenu si longtemps, je vais être obligé de prendre la voiture.

— Surtout n'oublie pas de coller les timbres fiscaux de ce mois-ci et du mois dernier.

Ses yeux s'agrandirent.

— Tes papiers ! Ta carte ! Les timbres fiscaux ! répéta Alma.

— Plus ça va, plus j'ai l'impression que tu inventes tout cela uniquement pour m'énerver, et parce que je n'ai plus un sou en ce moment.

Elle lui montra sa propre carte :

— Tu as la même pour ta voiture.

Richard ne saisissait toujours pas et quand, redoublant son volume sonore, il renouvela ses soupçons, assura qu'elle faisait tout cela à seul fin de l'énerver, lui, Alma préféra ne pas insister, songeant au conseil prosaïque que le docteur Wenzel lui avait donné tout à l'heure : ne pas prendre Richard trop au sérieux. Soit. Le crépuscule de la vie. Elle se dit : Il faut que je revoie peu à peu ma façon de penser. Le mieux au fond serait que j'envoie une patrouille à ses trousses. Il reconnaît lui-même qu'il n'apprécie plus très bien les distances. D'ailleurs j'ai pu constater, il y a quelques semaines, alors qu'il mangeait de la salade, qu'il a essayé plusieurs fois d'enfourner une feuille ornementale peinte sur l'assiette. Ce n'est qu'à la troisième ou quatrième tentative qu'il a saisi que l'assiette était vide.

Alma laissa faire Richard, feignit de ne plus s'intéresser à son départ.

— Où est mon chapeau ? voulut-il savoir.

— Sur le portemanteau, dit-elle avec indulgence.
Et peu après, bienveillante :
— Fais attention à toi.

Mais à peine la voiture avait-elle descendu l'entrée qu'elle appelait la police, pour qu'on retire immédiatement son permis à Richard. Puis un coup de fil à la Chambre, où on l'informa que Mme Ziehrer ne travaillait pas aujourd'hui. Elle essaya directement chez elle. Avec succès. Alma, avant d'exprimer sa requête, dit qu'elle voulait d'abord raconter deux ou trois choses, notamment que Richard assurait un peu partout qu'elle, Alma, le qualifiait d'assassin. Et aussi qu'il avait voulu partir tout à l'heure avec deux vestons l'un sur l'autre, au motif qu'il n'avait rien d'autre à se mettre. Puis elle en vint à l'essentiel et pria Mme Ziehrer de lui épargner l'humiliation d'accompagner Richard à la banque, au cas où celui-ci le lui demanderait.

— Vous voulez dire que M. Sterk *déraille*.
— Je n'ai pas employé ce mot.
— Non, vous ne l'avez pas employé, mais vous m'avez dépeint M. Sterk de telle façon que j'en ai logiquement conclu qu'il *déraillait*. Or la dernière fois que je l'ai vu, rien dans son comportement ne laissait supposer ce que vous dites. Vous n'avez pas toujours raison, madame Sterk. Il y a quelques années déjà, j'ai été très choquée quand je vous ai entendue raconter au conseiller de commerce Lonardelli que votre mari ne savait plus ce qu'il disait.

Mme Ziehrer tint à Alma un prêche de plusieurs minutes, rempli de reproches qui la laissèrent littéralement sans voix. Quand il fut finalement question d'Ingrid, et qu'elle reprocha à Alma d'avoir violé le secret épistolaire en lisant à Peter la lettre de Richard, Alma raccrocha. Elle n'était tout de même pas obligée d'entendre ce genre d'accusations.

Enfin, même Mme Ziehrer aura remarqué les pertes de mémoire de Richard. C'est évident. Elles sont si voyantes qu'on ne peut pas les manquer. Non ? Alma secoua plusieurs fois la tête, choquée par cette haine, cette distorsion de la réalité. Mais elle ne regrettait pas la conversation. Elle lui permettait au moins de constater combien une formule de Richard, entendue autrefois et qui avait suscité alors chez elle plus de stupeur que d'approbation, était juste : Les fautes que l'on commet soi-même, on ne les pardonne pas à celles et ceux qui en sont les victimes.

Vrai : Richard ne lui pardonne pas de ne s'être jamais confié à elle et d'être obligé, aujourd'hui, de lui dissimuler obstinément ses pertes de mémoire. Mme Ziehrer ne lui pardonne pas d'être la victime perpétuelle de son hypocrisie et de ses manières sournoises, à elle. Quant à Nessi, la sœur de Richard, elle ne lui pardonne pas de savoir qu'elle, Nessi, est une captatrice d'héritage et vide consciencieusement les comptes de Richard au profit de ses propres enfants, quoique chacun sache, et depuis très longtemps, qu'elle a menti à Richard sur le montant exact de sa pension de veuve.

Que dire de plus ?

Tout compte fait, mon Dieu : Rien ne va.

Alma, occupée à installer une grille de reine, est divertie de son travail par une deuxième piqûre. Presque au même endroit, au niveau du tibia, là où c'est très désagréable, surtout que les piqûres, c'est tout du moins son impression, ont poussé jusqu'au périoste. Elle a une rougeur large comme la paume, tout enflée et qui lui fait très mal. Du sirop de sucre dans chaque main, elle boitille en direction de l'atelier où elle s'enduit d'un peu de pommade. Après avoir soufflé cinq minutes sur un siège, elle dispose dans l'extracteur les six cadres qui traînent depuis près d'une semaine dans l'atelier. Richard l'a tellement accaparée ces derniers temps qu'elle ne fait plus rien de bon. Après avoir coupé la centrifugeuse, elle inspecte encore une fois le bas de sa jambe. L'œdème a encore grossi. Elle suppose qu'une des piqûres au moins a touché une artère sensible. Maintenant elle a mal aussi au genou et à un peu toutes les articulations, soit en raison de l'enveniment lui-même, soit, ce qu'elle croit plutôt, parce que le venin s'est associé aux conditions atmosphériques pour faire baisser la tension artérielle et empêcher ainsi que les déchets soient éliminés. Comme il est bientôt dix heures et demie, elle s'octroie une heure de repos. Elle voulait encore arroser et traiter les fuchsias et les violettes africaines avant le repas de midi, elle les a déjà transportés hier dans la pergola pour que les pucerons ne les détruisent pas en l'espace de quelques jours. Mais au point où en sont les choses, il faudra qu'elle attende le début de l'après-midi pour s'atteler à cette tâche et traiter en même temps les fourmis qui élèvent et protègent les pucerons. Impossible de continuer à s'occuper des ruches, de toute façon, la hausse de la température rend ces sales bêtes plus agressives encore.

À l'étage d'en bas, pas la moindre trace de Richard. Quand elle entre dans la cuisine pour se faire une compresse d'eau vinaigrée, elle remarque néanmoins qu'il est déjà levé. Sur la table, l'éphéméride de la Caisse d'épargne, un télégramme à demi rédigé au verso de la première feuille. Richard demande à son ami Loisl de lui adjoindre une auxiliaire familiale.

Cher Loisl stop je te serais reconnaissant stop de bien vouloir engager une

Puis le texte s'arrête, apparemment Richard ne savait plus comment on écrit *auxiliaire*. Il a essayé une demi-douzaine de variantes, puis, horrifié lui-même au plus haut point, semble-t-il, par ces quelques tentatives, il n'a cessé de raturer ce qu'il venait d'écrire, avec une application telle que la mine du stylo a crevé le papier à plusieurs endroits. Des entailles profondes labourent dans tous les sens les feuilles du dessous. À un moment donné il a préféré abandonner. Alma espère que c'est le projet tout entier qui est enterré par la même occasion (à quoi bon une auxiliaire familiale? et puis, qu'est-ce que Loisl vient faire là-dedans?). Mais au fond tout cela ne lui paraît pas très important, un simple incident qui — espérons-le — ne tirera pas à conséquence. Voilà longtemps qu'Alma n'a plus envie de se casser la tête pour ce genre de choses.

Elle arrache la feuille de l'éphéméride et la chiffonne. Loin des yeux, loin du cœur; ce qui vaut en premier lieu pour Richard. Elle prend une aspirine et pour plus de sûreté un Pyramidon. Puis elle s'étend dans le salon sur l'ottomane de cuir, déjà toute desséchée et qui sent la poussière. Sous les rideaux qui remuent au vent, malgré le tic-tac de la pendule et le bruit sifflant que produit le balancier en oscillant, Alma s'endort instantanément. Elle rêve d'Ingrid, avec tant de relief qu'elle reste allongée encore un moment après s'être réveillée pour laisser les images agir. Elle craint que celles-ci, dès qu'elle se lèvera, ne s'estompent plus vite, et que ce soit la même chose pour le bonheur qu'elle éprouve maintenant, parce qu'elle a vu sa fille sans avoir le sentiment qu'elle ne vit plus.

Dans le rêve Alma, Richard et Ingrid, âgée de quinze ans environ, traversent des marécages en passant par ce petit pont qui enjambe le Mauerbach et qui n'existe malheureusement plus. De là on avait une vue sur le mont Tulbing, et au profond de l'eau, juste sous le pont, il y avait toujours des truites qui nageaient. Tout à coup Ingrid nageait elle aussi. Alma se réjouissait de ses mouvements vigoureux et de son corps bien bâti, et elle pensait (comme assez souvent déjà) : Et il y a des gens qui prétendent que cette jeune fille merveilleuse est morte. Ingrid bondissait hors de l'eau et l'instant d'après elle était de nouveau sur le pont, avec ce sourire retenu qu'elle avait toujours quand elle se réjouissait particulièrement de quelque chose. Elle paraissait plus grande et plus mince qu'avant, sauf que son visage, peut-être, était un peu plus plein. Elle portait sa queue de cheval et un chemisier qui rappelait à Alma un modèle qu'elle lui avait offert autrefois, à Noël, avec un motif à fleurs, dans ce crêpe de coton qui revient à la mode aujourd'hui. Alma contemplait Ingrid et elle était heureuse, la jeune fille semblait rayonner de l'intérieur. Elle disait à Ingrid : C'est bien, que tu sois revenue un peu, on ne t'avait plus vue depuis ton mariage.

Ce qu'il y avait ensuite, Alma ne le sait plus, en tout cas elle ne s'est pas réveillée tout de suite. Mais ce qui dominait alors ce n'était pas la tristesse ordinaire, là, elle est bien morte, elle est noyée, c'est pour ça que tu l'as vue nager. Elle éprouvait plutôt ce bonheur qu'on a à revoir tout à coup une personne qu'on n'avait plus rencontrée depuis longtemps, avec ce sentiment de réconfort : Elle ne m'a pas oubliée, elle tient donc encore un peu à moi.

Singulièrement, Alma s'est mise à rêver d'Ingrid très tôt, six mois après sa mort, et ces rêves durent encore. Elle rêvait souvent d'Otto, aussi, avant, il revenait d'un camp de prisonniers en Russie, un camp où il n'était jamais allé, avec ses quatorze ans il était bien trop jeune pour ça. Ces rêves ont duré jusqu'en 1957, puis soudain ils ont cessé.

Une fois, elle le revoit encore aujourd'hui, Otto passait

par la Hongrie, c'est la dernière fois qu'elle a rêvé de lui, il s'était lié avec les révoltés hongrois. Elle entendait des pas. Qui pouvait venir ? C'était Otto, avec les mêmes cheveux blonds qu'autrefois, avant qu'on les lui coupe très court aux Jeunesses. Sous ses yeux d'adolescent, ces ombres bleu noir qu'ont les rapatriés aux actualités. Alma lui demandait : Tu es vraiment revenu, mon garçon, ce n'est pas un rêve comme si souvent ? Et il disait : Maman, je suis venu par la Hongrie, je suis soulagé d'être ici avec vous, ce n'est pas un rêve, vraiment. Je reste à la maison.

Aujourd'hui, à rebours, Alma a l'impression que tout ce qui se passe vraiment n'a lieu que dans un sommeil. Elle croit toujours qu'elle va se réveiller mais ça ne sert à rien, de toute façon ses rêves reflètent des souhaits et non des peurs. C'est à cela d'ailleurs qu'elle reconnaît au quotidien, avec Richard, qu'elle est bel et bien réveillée. Inutile de se pincer, elle serait plus réveillée encore.

Elle s'assied. Depuis quelques minutes Richard dans la cuisine tourne frénétiquement le bouton de la radio, sans s'arrêter plus d'une seconde sur chaque station. Il a déjà dû parcourir toutes les fréquences de la bande trois ou quatre fois, le répertoire complet des parasites et des perturbations atmosphériques, sans doute pour montrer ainsi qu'il a l'habitude, et depuis l'enfance, de se faire servir son repas à douze heures tapantes. Alma se penche sur sa jambe, elle a bien meilleur aspect qu'il y a une heure. Elle se lève, marche lentement en direction de la cuisine. Au moins, après cette rencontre avec le plus jeune de ses fantômes, elle se sent assez ragaillardie intérieurement pour affronter le quotidien avec Richard.

— Qu'est-ce que tu cherches ? lui demande-t-elle.

— Rien. Je ne sais pas, un concert de plein air, quelque chose de bien. Un peu de musique militaire.

Mais au même instant Richard coupe la radio et, au lieu de quitter la cuisine comme il le fait toujours quand Alma arrive, il s'assied devant un café qu'il a préparé lui-même.
Alma remarque qu'elle est plus tendue. La seule présence de Richard accélère ses pulsations cardiaques, rien n'y fait, pourtant Richard semble dans un état à peu près convenable aujourd'hui. Pour qu'il ne se mette pas à lui parler, elle fait beaucoup de bruit avec les casseroles. Ce qui fait aussitôt refluer les images d'Ingrid, vite, beaucoup trop vite, tout comme ces années, autrefois, ont passé elles aussi trop vite. Alma a toujours voulu renouer le lien avec Ingrid et elle se disait alors qu'elle aurait bien assez de temps. Mais en vérité, quand elle regarde en arrière, elle doit bien s'avouer qu'il aurait fallu pour cela un peu plus de courage, ou tout du moins plus d'énergie. Puis soudain Ingrid était morte elle aussi.

Elle se souvient des lettres qu'Ingrid lui écrivait les dernières années. La sensation agréable cesse tout à fait. Alma se demande où elle a bien pu mettre ces lettres. Depuis quelques années elle ne les retrouve plus, elle a cherché plusieurs fois mais non, elles sont trop bien cachées.

— Comment ça va ? demande Richard dans un intermède de silence.

— Pour l'instant tout va bien.

— Comme si c'était une réponse.

Alma se tourne vers son mari. Elle aimerait bien lui raconter son rêve mais d'ordinaire elle dissimule ces événements-là, sans qu'elle puisse expliquer concrètement pourquoi. Peut-être parce qu'il est tacitement convenu qu'on ne parle pas trop des enfants. Où sont-ils, maintenant ? Peut-on seulement le dire, si savant qu'on soit ? Vraisemblablement pas. Et puis, surtout, la propension d'Alma à croire aux choses pour la seule et unique raison qu'elle y trouve du réconfort est plutôt faible. D'ailleurs ce serait stupide. Quand un verre glisse dans l'évier, ou quand des pas retentissent à l'étage sans explication apparente : Est-ce qu'Otto revient enfin ? Non. Est-ce qu'Ingrid cherche encore ses barrettes préférées, oubliées lors de son départ précipité et qui, maintenant, mélangées à tout un tas d'autres menus objets, traînent encore dans un tiroir de la salle de bains ? Non. Et encore non. Non.

— Comment veux-tu que ça aille ? dit Alma.

D'un geste de la main, Richard l'invite à venir s'asseoir auprès de lui. Il garde la main tendue jusqu'au moment où il est certain qu'elle accepte. Elle se verse également une tasse de café. Comme Richard s'allume une cigarette, elle se joint à lui, parce qu'il est très rare désormais qu'ils soient assis à la même table et qu'ils puissent discuter.

— Je crois que c'est déjà presque fini, dit Richard.

— On vieillit tous les deux, et l'âge n'épargne personne. Alors ne te fais pas trop de souci pour ça.

(Mais pour elle, d'évidence, les choses sont plus faciles.)

— Pour moi c'est particulièrement dur. Sur ce point la vie aura été vraiment impitoyable.

(Alma ne cesse de s'étonner que Richard, de temps en temps, soit capable de parler à son aise des choses les plus générales, alors qu'il serait parfaitement incapable de lui donner — par exemple — la date du jour. Elle ne s'explique pas pourquoi c'est ainsi.)

— Mais on ne va tout de même pas se disputer pour savoir lequel de nous deux est le plus touché. Peut-être que ce ne sont pas de si mauvaises expériences, difficiles, oui, mais pas inutiles, espérons-le.

(Petites vérités qui ne conduisent à aucune vérité et qu'on

s'échange néanmoins entre gens du même âge, pour se rassurer l'un l'autre.)

— Je ne vois pas en quoi ça pourrait nous être utile. La vieillesse appelle la maladie et la maladie la vieillesse, et les deux réunies nous tuent. Le pire, c'est qu'on ne m'aura pas préparé à ça, ni chez moi, ni à l'école. À la mort, oui. Mais à ce qui précède, non, personne ne m'aura mis en garde, et pourtant la mort en comparaison est un moindre mal.

(C'est la première fois depuis longtemps qu'il emploie le mot *mort* sans appréhension.)

— Je me représentais les choses autrement, quand je n'étais pas encore adulte.

(Elle rit, mais juste un peu, incertaine.)

— C'est vrai, c'est comme ça. Moi aussi j'imaginais les choses autrement.

(Elle pense : J'aurais bien voulu parler de sa jeunesse avec lui, la comparer un peu à la mienne. À Meidling je menais une vie presque aussi libre que celle des adolescents d'aujourd'hui, en tout cas plus libre que la sienne. Dans sa famille riche, pieuse, rigide, il n'avait pour ainsi dire aucune marge de manœuvre.)

— Je peux te demander quelque chose ? dit-il.

— Dis-moi ce qui te préoccupe.

(Elle observe Richard, qui regarde le bout incandescent de sa cigarette, comme si son inspiration momentanée lui venait de là. Il parle sans lever les yeux.)

— J'aimerais bien savoir quand ça commence, le moment où tu ne t'y retrouves plus du tout. Est-ce que ça vient d'un coup, ou est-ce qu'on glisse peu à peu, sans s'en rendre compte ?

— Au début c'est sournois, j'imagine. D'un côté ça va encore à peu près, de l'autre la chute a déjà commencé.

(Elle pose un instant sa main sur la sienne et la presse. Messages qui rayonnent depuis la pointe des doigts.)

— C'est comme si un aimant avait déréglé la boussole. Il y a ces zones dans l'océan, non, où l'aiguille des boussoles commence à s'affoler.

(Raison pour laquelle les bateaux, dont la route tôt ou tard sera oubliée de tous, sont abandonnés aux lubies des éléments. Mais Alma n'ose pas le dire. Tout comme elle ne veut pas mentionner — pourtant l'idée lui traverse l'esprit — qu'il y a une partie de l'océan Atlantique, la partie tropicale, que les Espagnols appelaient *el Golfo de las Damas*, parce que la navigation y est si facile que même les mains les plus délicates peuvent tenir la barre. Est-ce que cela existe aussi dans la vie ? Ce serait bien. Une mer des Dames. Et ce serait quoi, pour elle et Richard ? Où commençait-elle et où finissait-elle ? Et comment sont les passages ? Violents, ou avec une brise qui vient lentement ? Elle cherche à se replonger dans les temps incertains. Elle ferme les yeux et des souvenirs d'enfance émergent. Mais ce n'est pas l'enfance, on l'a beaucoup trop vite sous la main, l'enfance, ce devait être après, forcément. Forcément. Car même après elle aura été heureuse, souvent, par exemple quand Ingrid a eu ses premières règles. Mais insouciante ?)

— Tu te souviens, dit-elle, quand la voiture-citerne passait l'été dans les rues, avant la première guerre ? Fais un effort, je suis sûre que tu te souviens.

(Un événement très ordinaire : un gigantesque fût tiré par deux chevaux puissants, monté sur quatre roues et qui déversait l'eau à gros bouillons dans les rues. Avec cette eau on lavait les voies poussiéreuses aux jours brûlants de l'été. La voiture-citerne était toujours escortée par une foule de gamins qui relevaient bien haut leurs pantalons pour pouvoir courir et barboter dans le courant. Les filles, si toutefois il y en avait, couraient bien plus loin, à l'écart, pour que seuls leurs pieds fussent mouillés, car elles n'avaient pas le droit de retrousser leurs jupes. À vrai dire Alma aurait bien voulu courir elle aussi, mais elle savait que seuls les enfants des rues le font, ceux dont le père se glisse deux doigts dans la bouche pour siffler. Sa mère, qui passait souvent la tête à la fenêtre, aurait sûrement vu d'un mauvais œil que sa fille fût de la partie. À l'époque Alma ne trouvait rien d'extraordinaire à cela.)

— Chez nous à Meidling, du côté de la Tivoligasse, il y avait beaucoup d'enfants des rues, pour eux la voiture-citerne était une aubaine, ça changeait du diabolo ou de la marelle.

(Les noms de ces enfants — Alma les savait autrefois — sont oubliés. Leurs accents faubouriens sont émoussés comme les pierres d'un glacier. Le craquement des fûts depuis longtemps pourris, le hennissement des chevaux et l'écho des pieds nus des enfants sur le sol traînent encore, chaque bruit isolément, à soi seul une pensée, dans les cerveaux peu à peu desséchés, poussière de mémoire qui se redépose dans la substance des événements parce que ni le vent ni le temps ne la portent trop longtemps.)

— Chez nous à Hietzing il n'y avait pas d'enfants des rues, suppose Richard.

(Peter lui aussi était un enfant des rues, c'est certain, pense Alma, un gamin des faubourgs mais de la génération suivante, c'est tout.)

— Et on ne voit plus d'enfants courir pieds nus depuis des années.

(Il jette un bref regard en lui, ferme les yeux un moment, épuisé, puis il ajoute :)

— Comment en est-on arrivé là ?
(Fin de la conversation.)

Un quart de l'aviation argentine serait déjà détruite. La Dame de fer exhorte ses boys à faire diligence. Du côté de l'état-major britannique on assure que la reconquête des Malouines n'est plus qu'une question de jours. L'Argentine pour sa part annonce la défaite imminente des troupes britanniques. Plus de 450 morts déjà. La reine tremble pour le prince Andrew. Le président autrichien Kirchschläger commence sa visite officielle à Moscou. Kirchschläger dans une interview accordée à la Pravda *: Entre Moscou et Vienne règne la plus totale confiance. La voie choisie depuis 1955 est la bonne. Notre politique de la neutralité doit s'affirmer tout particulièrement en ces temps de conflits internationaux. Une voiture piégée bourrée d'explosifs fait 14 morts à Beyrouth. Citation du jour : « Mort en héros : Funeste hasard d'un éclat de grenade. » Karl Kraus, Première Guerre mondiale. Nouvelle victoire des troupes de Khomeiny. Saddam Hussein verrait d'un bon œil l'entrée en guerre de l'Égypte aux côtés de l'Irak. Les têtes changent au Comité central. Youri Andropov élu lundi secrétaire général du Parti communiste. Dans la province yougoslave majoritairement peuplée d'Albanais les troubles ont repris (nous l'apprenons à l'instant). Manifestations pour une république autonome du Kosovo. L'État injecte 18,4 milliards de schillings pour les retraites. Les coûts hospitaliers grèvent lourdement le budget. Fin tragique de l'expédition autrichienne en Himalaya (montagne Cho Oyo). Prévisions : Temps ensoleillé sur tout le pays. À partir du milieu de la semaine quelques orages isolés à l'ouest et au sud-ouest. Vents de nord-ouest virant sud-ouest. Température maximale 21°.*

Après qu'ils se sont tous les deux bien remplis, Richard se retire dans la cave pour y coller sans raison ni logique de nouvelles étiquettes sur les provisions de bouche entreposées ici ou là. En passant il sirote tout naturellement quelques cuillerées de miel, ça ne peut pas faire de mal (la gelée royale, dit-on, est bonne pour le cerveau). Alma range la vaisselle sale dans le lave-vaisselle. Avant de se remettre aux tâches qu'elle a dû abandonner en fin de matinée, elle joue un peu de flûte traversière. Elle travaille une petite pièce de Bach, une sonate-trio en fa majeur, quand Richard dans le jardin l'appelle d'une voix sonore.

A priori ce n'est pas une alarme sérieuse. Alma croit plutôt déceler cette joie singulière qu'on peut avoir à raconter une nouvelle passionnante et somme toute inoffensive. Elle interrompt sa sonate, nettoie l'embouchure de l'instrument avec l'intérieur de la main, pose la flûte sur la traverse de bois du pupitre et se penche à la fenêtre.

— Qu'est-ce qu'il y a? demande-t-elle.

Elle voit aussitôt que l'une des ruches commence à essaimer.

— Elles sortent, dit Richard.

À une distance prophylactique d'une dizaine de mètres, il est posté sous le cerisier. Dans la main droite il tient une cigarette dont la cendre est tournée vers son corps. Il hoche la tête et son regard enthousiaste circule sans cesse de l'essaim en formation à Alma, aller-retour. Alma se détourne de la fenêtre d'un coup de rein, s'élance en chaussons dans la véranda, trébuche presque sur les quatre marches du perron et descend dans le jardin. Elle s'arrête un moment pour apprécier la situation. Elle voit que l'essaim veut s'installer tout en haut du quetschier, là où elle aurait

beaucoup de mal à l'atteindre, avec une grande échelle peut-être, et encore.
 Elle dit :
 — Ne t'approche pas, Richard, de toute façon tu ne me servirais à rien.
 En même temps elle se tourne vers le robinet d'eau sous la véranda. Aussi vite que possible, elle branche le tuyau d'arrosage souple afin d'arroser les abeilles, une méthode qui a déjà fait ses preuves. Mais cette fois-ci, c'est elle qui prend une douche. En ouvrant l'eau elle oublie qu'il faut tourner et non tirer, le robinet est violemment arraché de son pas de vis et propulsé dans le jardin. L'eau fuse à la verticale et arrose le haut de sa robe. Vite elle bouche le tuyau de la main droite, mais elle reçoit alors le gros du flot sur son corps. Une fois de plus. De la main gauche elle parvient finalement à écraser le tuyau et à produire suffisamment de pression pour que le jet, dans un arc fatigué, atteigne la cime du quetschier. L'essaim décontenancé ondule un peu sur le côté à la manière d'un étendard, irrésolu, vers la droite, entre les arbres. Richard fait quelques pas en direction d'Alma, peut-être pour l'aider à s'en sortir avec le tuyau.
 — Ne t'approche pas, répète-t-elle.
 Il recule vers la sculpture, l'ange gardien sur son socle de grès, près du potager, et se mouche dans une pochette de tissu, si fort qu'on l'entend dans tout le jardin. Par-dessus le bord du mouchoir, il ne perd pas des yeux la suite des événements.
 Alma prend le temps de regarder où le robinet a atterri. Il est à ses pieds. Elle le ramasse, et à l'instant précis où elle le renfonce dans le tuyau elle reçoit sa troisième douche de la journée. Elle regarde les abeilles qui refluent vers la cime du cerisier. Là, elle aurait encore plus de mal à les attraper que

dans le quetschier. Elle offre une nouvelle averse aux abeilles. Elles ont un mouvement abrupt, montent, descendent, se figent de colère l'espace d'un instant, pullulement immobile, puis elles franchissent le mur qui clôt le jardin de toute part et partent vers des latitudes plus clémentes, vers le jardin des voisins, les Wessely. Hors d'haleine, Alma poursuit l'essaim. Depuis l'une des chaises de la véranda — on les a remisées le long du mur d'enceinte pour pouvoir jeter un œil de l'autre côté — elle voit que l'essaim vient dans un vieux cognassier, suffisamment bas pour qu'elle puisse l'atteindre à présent.

Elle lance :

— Fritz ! Suzanne !

Elle renouvelle son appel jusqu'au moment où Fritz apparaît à la fenêtre avec ses lunettes à monture de métal. Elles brillent. Alma explique de quoi il retourne. Elle va chercher la caisse à essaims dans l'atelier, rejoint la rue en courant, Fritz l'attend déjà à la porte du jardin. Comme la plupart du temps à cette heure de la journée, il est légèrement éméché. Il lui prodigue son traditionnel et impérieux baisemain.

— Si tu ne boitillais pas, on pourrait te prendre pour Bo Derek.

Alma ne connaît pas de Bo Derek. Sans doute une demi-célébrité. Mais elle imagine que l'allusion se rapporte à ses cheveux dégoulinants et qu'il s'agit censément d'un compliment, quoique celui-ci, à l'évidence, contrevienne aux usages du protocole.

— Ne me fais pas la cour maintenant, s'il te plaît, la vie est assez dure comme ça.

— Je ne vois pas le rapport. Dans quel monde vis-tu ?

— Moi ?

— Oui, toi. Tu as très bien entendu.

Il lui adresse un regard franc et réjoui, dans les yeux.

Il y a vingt ans ce regard l'aurait rendue nerveuse, aujourd'hui encore, du reste, mais c'est une autre nervosité, un peu comme on regarde sa montre, ou comme la façon de filmer de ces jeunes Français qui ne sont plus jeunes du tout mais le resteront pour Alma. Elle se dit je devrais quand même inviter Fritz et Suzanne à manger, la dernière fois c'était il y a des mois, je ne sais pas si c'est à cause de Richard, aucune idée, en tout cas je n'ai plus du tout envie, et puis ça fait un moment aussi que je n'ai pas vu les Kienast, depuis que les conversations partent en vrille, en fait, idem pour les Gruber, du pareil au même, à la longue ils ne supportent plus. Ils ont raison.

Elle passe par la porte du jardin, Fritz la lui tient. Un chemin en dalles de béton, les dalles par rangées de trois, de l'herbe et de la mousse dans les interstices parce que ça fait mieux. Alma se dirige droit vers le cognassier. Fritz la suit. Les kilos en trop, le tabac et l'alcool lui ont fait le souffle court, il parle dans son dos, halète, respiration courte, saccadée :

— Ça me plaît, que tu t'occupes d'une reine qui fait son vol nuptial.

Alma pose la caisse à essaims sur la pelouse, la mine réjouie, un peu d'animation :

— Tu ne connais rien aux abeilles.

— Ce n'est pas faux, concède-t-il : Mille excuses.

— C'est l'ancienne reine. Son vol nuptial, c'était au printemps dernier. Les réserves de ses tubes séminifères suffisent pour trois ans au moins.

— Quelles réserves ?

— Pour la ponte. La reine n'est fécondée qu'une seule fois dans sa vie.

Fritz fronce les sourcils :

— Pourquoi élever une espèce aussi sinistre ? Au bout du compte ça se retourne contre toi.

Alma donne une petite tape sur son béret basque. Au lieu de remettre aussitôt le béret dans sa position originelle, Fritz joue l'offensé et l'enfonce plus profondément encore, jusqu'aux oreilles.

Il vient d'une grande famille de comédiens autrichiens, simple surgeon d'un rameau latéral, et on l'a accoutumé très tôt à l'hétéroclite de sa nature, à la diversité des envies, des impulsions, des dérèglements aussi. Alma l'aime bien. Certes, il s'est un peu spécialisé au fil des ans dans le rôle du séducteur, de l'éternel chevalier servant qui sait très bien que sa chance a passé. Mais c'est un homme au répertoire varié et fourni. Tout le contraire de Richard. Avec lui tout doit être solide et prévisible, et sa vie durant il aura confondu la forme et les formes, fidèle en cela à ce qu'il apprenait chez lui, à table, tous les midis : Les coudes doivent être collés au corps, bien parallèles, l'index le long du manche des couverts, toujours, et la pointe de ceux-ci ne sera en aucun cas vers le haut.

Fritz dit :

— À titre de dédommagement pour ces coups et blessures, j'exige un demi-kilo de miel.

Alma, murmurant quelque chose de son côté, ne lui prête plus la moindre attention. Elle examine la grappe qui, à la hauteur de sa tête, facile à atteindre, s'est formée dans le feuillage du cognassier, une masse indécise, visqueuse, toute vrombissante, sans contours précis mais qui se cantonne néanmoins à un périmètre restreint, de sorte que ce grouillement spectral en suspension dans l'air semble plus proche de l'immobilité que du mouvement. Une odeur singulièrement forte émane de l'essaim, odeur maltée, odeur moisie, parce que les abeilles viennent d'être copieusement arrosées. Alma prélève à la louche une partie de cette masse gluante, là où elle est la plus dense. L'essaim s'étire, comme pour illustrer l'adage japonais qui voudrait que, si l'ennemi vous attaque sous les espèces d'une montagne, il faille alors se changer en mer. Telle une bouillie, les abeilles coulent du bord de la louche, volent en partie d'elles-mêmes vers la caisse à essaims, ce qui laisse supposer qu'Alma par le plus grand des hasards a attrapé la reine. L'année dernière, elle n'a pas réussi à la trouver, quand elle marquait les autres reines d'un point de peinture, et même cette année elle ne l'aura aperçue qu'une fois, une seule, mais le temps qu'elle aille chercher le pinceau, la bête s'était déjà enfuie. Cette fois elle a plus de chance. Précautionneusement, parce qu'elle ne veut écraser aucune des autres abeilles, elle referme le couvercle de la caisse à essaims. Le reste de la grappe se disloque, opère un retrait vers la villa, franchit le mur dans l'autre sens. Alma remercie Fritz qui, spectateur privilégié, a gardé confortablement ses distances, appuyé contre le mur. Le brin de causette (in extenso), ce sera pour la semaine prochaine.

— Je te donnerai aussi ton miel.

Il ouvre grand les bras et rit :

— Ce que tu donnes est à toi, ce que tu gardes envolé à jamais.

Quand Alma retourne dans le jardin, encore toute trempée, l'essaim réintègre déjà la ruche. Richard ne remarque rien de tout cela, il est en train d'arracher les mauvaises herbes du potager. Dans la lumière douce de l'après-midi, il sifflote un passage de la *Chauve-souris*, comme si rien ne s'était passé. On entend aussi le pépiement de quelques oiseaux et de temps en temps, quand le vent passe, les feuilles. Sur la terrasse les fourmis vont et viennent en procession sur les fuchsias et sucent tranquillement le miellat secrété par les cohortes de pucerons qu'elles hébergent. Une libellule tourne autour de l'ange gardien, elle produit un son à elle, comme si quelqu'un faisait courir les pages d'un vieux livre sec sur son pouce. La colonie chasse ses morts de la planche de vol, aussitôt la vie reprend pour les vivants. Tranquillité. Parfait tableau d'une petite idylle aux marges de Vienne.

Alma traverse le jardin en direction de l'atelier. Elle pose la caisse à essaims — la reine et ses vassaux devront y tenir encore un peu — sur l'une des vieilles ruches, derrière la porte. Ensuite elle ira prendre une douche. Puis elle occupera le reste de l'après-midi à installer des parois médianes et à vérifier où en sont les autres ruches, pour que l'essaimage ne reprenne pas ailleurs. Quelle ménagerie, pense-t-elle.

Mercredi 18 avril 2001

De toute la matinée Philipp ne fait rien de bon. Les coudes sur les genoux, il est assis sur les degrés du perron, d'où il peut observer la rampe d'accès et la voie d'approche des pigeons en direction de la ville. Il mange des pralines au chocolat que sa grand-mère a reçues en cadeau pour son tout dernier anniversaire, le quatre-vingt-treizième. De temps en temps il lit aussi un peu, pour voir, sans la moindre concentration, d'abord *Zoo ou Lettres qui ne parlent pas d'amour*, de Victor Chklovski, puis *Les Trois Stanislas*. Ou plus exactement : *Le Vieux, le jeune et le petit Stanislas*, un livre qu'il appréciait beaucoup étant enfant et qui a atterri Dieu sait comment dans le fonds de ses grands-parents. Lisons un peu l'histoire des Stanislas, se dit-il. Ou plutôt écrivons un livre : *Splendeur et misère des trois Stanislas*.

L'après-midi il traîne un moment dans le vestibule, un sandwich à la main. Il n'arrive pas à se faire violence, impossible de retourner là-haut dans le grenier pour en chasser les pigeons. Les pigeons : qui le démoralisent et lui ôtent toute envie de travailler. Ce n'est pas que son moral soit particulièrement bon ni son envie particulièrement grande. Mais ce serait tout de même un début. Il n'arrive pas à dépasser la première marche. Il reste longtemps planté sur le palier, en bas, et s'efforce de se sentir un peu moins piteux. Il caresse mécaniquement le boulet de canon poli par tant et tant de mains. Il se demande s'il y a un membre de sa famille, un seul, qui sait par hasard d'où provient ce boulet. Possible que la maison ait été achetée en l'état ou que le boulet ait été exhumé à l'occasion des travaux de déblaiement pour la cave, possible encore que ce soit un simple accessoire de théâtre. Après tout même les boulets de canon ont droit à un destin ordinaire, pourquoi la gloire à tout prix, peut-être que ce boulet n'aura jamais rien fait d'extraordinaire, on l'aura simplement transporté ou roulé ici ou là et il aura achevé sa carrière comme pièce d'ornement dans la cage d'escalier d'une grande villa bourgeoise. Un parcours tout à fait anonyme. Bien sûr il y aurait d'autres variantes. Qu'on songe par exemple à ce comte qui, pendant des années, travail monotone, aura limé un boulet de canon, semaine après semaine, année après année, jusqu'à ce que celui-ci fût si petit et amenuisé qu'il puisse entrer dans son pistolet. Là-dessus, comme si la diminution sensible du calibre était le seul but de ce long labeur, le comte glissa l'ancien boulet de canon dans la culasse de son pistolet et se le tira dans la tête. Il faut le temps qu'il faut. Dit-on. Vraiment ? Toute cette patience ? Ce travail infini ?

Même l'idée de monter dans le grenier pour y trouver la confirmation de ce qu'il sait déjà semble parfaitement absurde à Philipp. Ça ne sert à rien, se dit-il. Au même moment il se tourne vers le téléphone et appelle l'entreprise qui lui loue le container à ordures. Au début, tout à son enthousiasme, il a convenu que le container serait vidé tous les trois jours. Mais le gigantesque bac, là, devant, est aussi vide qu'au commencement.

Philipp attend son tour, et tandis qu'une version instrumentale de *Mas Que Nada* passe et repasse en boucle dans le combiné, sa tête se remplit de tous les problèmes qu'il a rencontrés ces derniers jours. Outre le grenier, il va falloir s'occuper aussi des meubles, ils sont tous fixés à la colle ou pourvus de crampons en étrier, et soit les vis tournent à vide dans leur filetage évasé, simple office d'ornement, soit elles sont si détériorées qu'aucun tournevis ne ferait l'affaire de toute façon. La veille Philipp s'est escrimé là-dessus pendant des heures et des heures, cherchant en vain un moyen de desceller les meubles et de s'en débarrasser. Dans certains cas il n'aura même pas réussi à les déplacer d'un millimètre.

— Que puis-je faire pour vous? demande une voix de jeune femme à l'autre bout du fil.

Philipp s'efforce de ne pas oublier qu'en tout lieu et en toute circonstance les faits et les faits seuls sont apparemment de quelque importance, et encore, pas pour très longtemps. Il répond donc à la question avec sobriété et sans détours : Le container à ordures qu'on lui a livré voici quelque temps ne devra plus, en raison de circonstances bien indépendantes de sa volonté à lui, Philipp Erlach, être vidé jusqu'à nouvel ordre. Il se manifestera de nouveau dans quelques jours.

— C'est bien enregistré, dit la femme.
— Merci. Au revoir.
— Au revoir, dit la femme.

Soulagé, Philipp retombe lourdement sur les marches du perron. Là, il met à profit la petite marge de liberté conquise par cet appel pour se livrer à une réflexion fondamentale. Il veut préparer la suite des événements, réfléchir un peu à la meilleure façon de vider la maison. Mais ses pensées glissent rigoureusement sur leur objet et il préfère imaginer ce qu'il fera, sitôt qu'il aura fini de déménager les meubles et qu'il s'en sera définitivement débarrassé.

Ce serait bien, si la maison était vide et pas seulement vide, mais nettoyée, lavée, briquée, toutes fenêtres ouvertes. Enfin un peu d'air frais. Et dans toutes les pièces il installerait des bureaux, dans chaque pièce un bureau, pour chaque personne sur la photo de classe un bureau. Il esquisserait les vies de tous ces enfants simultanément, comme Andreï Karpov aux échecs affronte sept ou dix grands maîtres en même temps : un Roumain, deux Ukrainiens, un Français, un Américain, une Hongroise, une Chinoise, un Azerbaïdjanais.

Dans la première pièce de la cave, il installerait le bureau le plus imposant, pour y raconter la vie et les aventures d'un bi- ou même d'un trisaïeul (le choix du préfixe est à l'appréciation du narrateur). Il faudrait une grande lampe de bureau, aussi, pour qu'il puisse dépouiller et examiner de plus près tous les papiers à demi décomposés qui joncheraient la table. L'ancêtre en question, à l'époque de la deuxième occupation de l'Autriche par les Turcs, aurait servi dans l'armée impériale en qualité d'éclaireur et, à l'occasion d'une sortie à cheval, serait tombé aux mains de l'assiégeur musulman. Les Turcs lui auraient alors cousu dans le ventre un boulet de canon qui la veille au combat avait abattu l'un des neveux du Chef des Armées, et ils l'auraient renvoyé ainsi à son empereur. L'éclaireur, qui ne s'était consacré jusqu'alors qu'à sa carrière, entamerait dès cet instant un brillant parcours de séducteur, multipliant les conquêtes à seule fin de pouvoir, toujours en compagnie de très jeunes filles, sinon le jour, du moins la nuit, apaiser un peu la sensation latente de fraîcheur qu'il éprouve dans le bas-ventre. Cet homme serait également très sensible aux plus subtils changements de temps, raison pour laquelle il passerait aujourd'hui pour l'initiateur de l'enregistrement systématique des températures dans la capitale de l'Empire, Vienne : Stanislas Xavier

Sterk. C'est l'un des deux hommes à l'arrière-plan sur la photo de classe, à gauche de la vitrine garnie d'animaux empaillés, le plus vieux des deux : M. le Professeur.

À droite de la vitrine, le vicaire. On dirait que le chat sauvage, avec ses yeux de verre qui reflètent le flash, prépare une attaque surprise et s'apprête à fondre sur lui : Stanislas Baptiste Sterk. Il serait l'arrière-arrière-grand-père de l'auteur, employé des Chemins de fer et télégraphes du Nord, sujet de sa majesté l'empereur Ferdinand et au surplus homme à femmes, car, dans tout roman familial qui se respecte, la seule chose ou presque que l'on sache de tel ou tel ascendant lointain, c'est précisément qu'il était un homme à femmes. Le bureau de Stanislas Baptiste Sterk serait installé lui aussi à la cave, dans une pièce attenante à celle où se trouve le bureau de Stanislas Xavier. Un sous-main vert supporterait une foule de documents en désordre, papier couleur crème, sur la base desquels il serait possible de reconstituer à la lettre l'audience que l'empereur accorda en 1847 au sieur Stanislas Baptiste, rapport à une très judicieuse invention de celui-ci.

L'Empereur :
Ainsi donc un terrible orage se serait abattu sur l'un des pays de ma couronne ?
Stanislas Baptiste :
Sur Austerlitz, Empereur, où Votre Altesse, par la grâce de Dieu, est roi de Bohême.
L'Empereur :
Ce que chacun sait.
Stanislas Baptiste :
Mille excuses, Majesté. Là même, donc, le 22 juillet de cette année, une violente tempête s'est déchaînée.

(D'un geste de la main l'empereur lui fait signe d'accélérer.)

Stanislas Baptiste :

Un éclair a frappé les câbles du télégraphe, Votre Altesse sérénissime, et l'électricité ainsi captivée s'est propagée sur des kilomètres et des kilomètres jusqu'à Vienne, où régnait, en deçà et au-delà du Danube, un temps souverain.

L'Empereur :

Allez comprendre les caprices du bon Dieu et des éléments.

Stanislas Baptiste :

Les fils télégraphiques chantaient et crépitaient comme jamais. Soudain tous les appareils inutilisés des Chemins de fer et télégraphes du Nord, à Vienne, ici même, donc, furent mis en branle, dans un bruit de tonnerre des gerbes d'étincelles imposantes jaillirent entre les pièces métalliques des claviers de commande, des fils fondirent et le chant aussitôt d'y mourir. Un modeste employé de Floridsdorf, Stanislas Baptiste Sterk, moi-même, justement occupé à télégraphier, reçut une décharge si violente que, les cheveux dressés en montagne sur la tête, il fut chassé incontinent de son siège et propulsé en arrière dans une armoire remplie de dossiers.

L'Empereur :

Oh là ! Oh là ! Un vigoureux gaillard, notre Sterk. Il ne fait pas bon être derrière lui.

(L'empereur part de son rire lent et un peu condescendant, Stanislas Baptiste Sterk rit avec son empereur, à la manière de celui-ci, toute de retenue, comme s'il voulait l'imiter. D'un geste l'empereur l'invite à poursuivre. Stanislas Baptiste sort de la poche de son gilet un pense-bête qu'il a apporté pour ne pas perdre le fil de ses explications.)

Stanislas Baptiste :

Afin de prémunir le réseau télégraphique de Votre Majesté

de semblables dangers, moi, Stanislas Baptiste Sterk, votre serviteur, j'ai construit une installation qui permet à mon sens d'y obvier, j'entends de communiquer aux appareils l'électricité galvanique nécessaire à leur fonctionnement tout en envoyant droit dans le sol la pernicieuse électricité atmosphérique.

L'Empereur :

Ainsi notre Stanislas Sterk s'érige en inventeur du premier paratonnerre pour télégraphe.

Stanislas Bapiste :

Sur la base suivante, Majesté, savoir que l'électricité des orages préfère sauter les solutions de continuité dans la ligne, plutôt que, par exemple, d'aller se propager en passant par des filaments très fins, lors même que, dans le cas de l'électricité galvanique, celle-ci suit aussi les lignes métalliques les plus fines, en sorte qu'elle n'existe qu'à l'état ininterrompu.

L'Empereur :

Bravo, bravo, cher Sterk ! Voilà assurément un fidèle sujet, un joyau pour notre patrie !

(L'empereur intime à son secrétaire l'ordre de verser sur-le-champ trois ducats d'or à Stanislas Baptiste Sterk. Stanislas Baptiste Sterk reçoit les ducats avec toute la reconnaissance qui sied à un sujet de l'empereur. Puis il se retire à reculons vers la porte, prodiguant encore moult courbettes à son empereur avant de sortir.)

(Fin de la scène.)

Quoiqu'il éprouve de la joie à faire ces petites ébauches, Philipp ne sait pas si elles l'aident vraiment à avancer. Ce sont peut-être de simples ratiocinations, idées farfelues qui ne se fondent sur rien, une sorte de surplace, pas à proprement parler passif, mais guère productif non plus. Peut-être même destructeur.

— Simples clichés qui t'évitent d'affronter sérieusement le réel, disait Johanna l'autre jour en pareille circonstance.

À la pensée de Johanna, Philipp sent un malaise. Il pose son carnet de notes, se lève, quitte le perron pour se divertir un peu. Il s'essaie d'abord à quelques tours d'appui sur la barre à tapis de l'entrée, visiblement elle est très solide. Il n'y arrive pas, pourtant il fait de son mieux. Le sang lui vient à la tête et rien de plus. Il fait aussi quelques tractions mais là encore le résultat est maigre et tremblé. Cinq. Et quand il inspecte finalement son corps, se contorsionne un peu, nu, devant le miroir du vestiaire, il doit bien s'avouer qu'il n'a rien d'extraordinaire. Tout est question de jugement, se dit-il au bout d'un moment avant d'aller faire quelques pompes. Mais tout cela lui paraît une fois de plus stupide et il abandonne, sort pour se dégourdir un peu les jambes autour de la maison. De la pointe du soulier, il trace des arabesques dans le gravillon de l'esplanade, au débouché de la rampe d'accès où, à cette heure de la journée, monte une chaleur poussiéreuse. Il coupe une bonne douzaine de tulipes jaunes et jaune orangé qui ont poussé d'elles-mêmes après la mort de sa grand-mère. Il dispose les tulipes dans un grand vase et pose le vase dans l'une des fenêtres de la cuisine, l'air est doux, il ouvre les contrevents. Il perce aussi des trous dans l'assise des diverses chaises disposées le long du mur du jardin, il était temps, pour que les sièges, au creux desquels un peu d'eau de pluie s'est accumulée, ne pourrissent pas sur pied. Il jette de nouveau quelques regards indiscrets dans les jardins voisins mais ne découvre personne, rien, pas âme qui vive. Il détruit l'une des chaises — elle s'est littéralement effondrée sous ses pieds la veille — et la jette dans le container à ordures. Il trouve de quoi la remplacer dans l'ouvroir. Il perce également un trou dans cette chaise-là, au point le plus profond de l'assise. Content d'avoir fait quelque chose, il rejoint le perron. Ce faisant il peste contre l'absence perpétuelle des voisins et se dit qu'il est bon, malgré tout, de pouvoir pester contre quelque chose sans éprouver nécessairement de la mauvaise conscience.

Il note ce genre de développements et bien d'autres encore dans son carnet, s'en sert même pour importuner un ami qui vient de l'appeler pour savoir s'il a disparu de la surface de la terre, si la raison pour laquelle lui, Philipp Erlach, ne se manifeste plus du tout est qu'il est surchargé de travail, s'il est encore en vie et s'il ne vaudrait pas mieux, tout compte fait, commencer à économiser un peu pour acheter préventivement une couronne de roses rouges.

— Non, non et oui, oui, répond Philipp.

L'ami en question, un homme versé dans les Saintes Écritures, fait remarquer que le diable en personne recourait à des citations bibliques pour tenter Jésus dans le désert. Il multiplie les essais dans toutes les directions. Philipp se fend parfois de quelques rires polis, ce qui est une erreur, car la conversation s'en trouve prolongée au-delà du nécessaire. Finalement l'ami annonce qu'il va passer. Mais Philipp lui dit tout net qu'il préfère éviter les visites et ne pas s'exposer non plus au péril d'être invité. L'ami fait comme si cette information le décevait. Puis il veut savoir sur quoi Philipp travaille en ce moment.

Pour éviter d'avoir à répondre à cette question, Philipp évoque les pralines au champagne, qui, c'est du moins ce qu'il suppose, ont déjà changé plusieurs fois de détenteur, sans doute dans le même papier cadeau. La date de péremption est dépassée depuis deux bonnes années, la surface des chocolats a perdu son éclat et s'est recouverte d'un film blanchâtre. Philipp raconte l'histoire du boulet de canon et du comte persévérant. Ce qui est de nouveau une erreur, la deuxième déjà. Ou la troisième ? Car l'ami le corrige aussitôt et annonce que Jan Potocki, le comte polonais, auteur du *Manuscrit trouvé à Saragosse*, n'avait pas réduit le calibre d'un boulet de canon, mais limé pendant des années un petit ornement de son samovar.

— Pour être tout à fait précis, l'élément de décoration en question était un gland.

— C'est impossible, dit Philipp.

— Aucun doute, insiste l'ami : Pendant que Potocki prenait le thé avec des amis. En aucun cas il ne peut s'agir d'un boulet de canon.

— Voyez-vous ça. Un samovar. Un ornement. Un gland.

Mais ce qui dit l'ami semble convaincant, il a lu, assure-t-il, le livre du début à la fin, les deux volumes, la préface, la postface et Dieu sait quoi encore, tandis que les sources de Philipp, telles celles du Danube, sont pour le moins diffuses. Rien que des conjectures et pas la moindre certitude. Il s'en sort tant bien que mal en avançant que Potocki à l'évidence n'aurait rien eu contre cette imprécision.

— Beau travail, quoi qu'il en soit, dit Philipp pour mettre un terme rapide à la conversation.

En lui-même et pour des raisons qui n'ont rien à voir avec les faits, la résolution de Philipp — s'en tenir obstinément à la version du boulet de canon — est à ce moment-là ferme et inébranlable ; en guise de petit hommage à la fragilité du monde que chacun se construit. L'image du comte limant sans désemparer son boulet n'est plus la même qu'avant, toutefois, parce que les faits sont la chose la plus obtuse qu'on puisse imaginer. Dit-on. Cela chagrine Philipp, que cette histoire ne soit pas plus vraie que les autres, ou que la vérité tout du moins ne soit pas telle qu'il l'imagine. Mais il offre une résistance, il s'arc-boute.

Et plus tard, une fois revenu sur les marches du perron (il cille des paupières en plein soleil, attend de Johanna un appel qu'il ne veut surtout pas devancer), il a même un instant de clarté. Il se réconcilie alors avec toutes ces petites choses qui pèsent si lourd dans la balance. Là, l'espace d'un instant, il se sent supérieur à la morgue désespérante des faits. Car sur le perron tout lui appartient. Là, il est seul maître et possesseur du temps qu'il fait, de l'amour, du comte polonais, de tous les pigeons sur le toit et d'une grande solitude. Il se dit : Si un voyageur en ballon s'arrêtait au-dessus de la maison pour jeter un œil sur mon domaine, que penserait-il de moi ? Il retirerait de son observation, espérons-le, une impression très favorable de ma personne, et, sans que j'y tienne à tout prix, il est très probable qu'il aurait malgré tout, *malgré tout*, de bonnes raisons de m'envier.

Et tandis qu'il rumine ainsi et souhaite que Johanna soit le voyageur en question, là-haut dans un ballon à la recherche du temps de demain, la cendre de sa cigarette, sur laquelle, comme la plupart du temps, il tire à intervalles très longs et irréguliers, tombe d'elle-même par terre. Du bout de la chaussure il la pousse à l'endroit où se blottit un cloporte, dans une petite cavité, là où la surface crépie de la dernière marche est un peu abrasée.

Dans la fumée de la dernière bouffée, il dépose ces mots dans la bouche du jeune Stanislas : On peut se demander bien des choses. Il est bel et bon, aussi, de penser ceci ou cela. On n'en reste pas moins au même point.

Samedi 6 août 1938

Il roule dans la forêt de Dunkelstein, ses phares tâtonnent dans l'obscurité, éclairent un bord de route qui recule un peu et se cabre de nouveau l'instant d'après, à chaque croisement il hésite longuement sur la chaussée fragile, il aimerait savoir où sont passés les panneaux indicateurs et qui a bien pu gauchir tous ceux — très rares au demeurant — qui restent encore, savoir pourquoi il paie des impôts si l'on ne peut même plus faire confiance à la signalisation routière, et aussi si les nouveaux seigneurs n'arrangeront pas les choses, qui sait, routes plus larges, lune plus claire, orientation meilleure. Même les frontières de l'imagination reculent sous la pression de cette toute-puissance : Le grand royaume de l'ordre et de la justice commence. Admettons, se dit-il, on peut se représenter beaucoup de choses, même l'invraisemblable, mais à tout prendre mieux vaut partir de ce qui est vraisemblable, raison pour laquelle justement il ne peut pas croire tout à fait à la promesse national-socialiste. Il n'est pas encore question de *vouloir* y croire. Il serait plus judicieux (enfin, l'effet souhaité serait plus certain), la prochaine fois, de ne pas se laisser convaincre aussi vite et même de refuser tout net ce genre de rassemblement. En même temps : Il aurait été difficile de refuser, il y avait cette mission, le hasard, sa présence dans la région. Chercher tant bien que mal — et sans succès — une excuse tant soit peu plausible le gênait tellement qu'il s'entendit dire oui sans même avoir protesté. Bien sûr, il allait lui aussi, n'est-ce pas, ne serait-ce que par solidarité envers ses très chers (et très malheureux) —

(Silence.)

— Et ce sera où, exactement ?

Il suivit donc les représentants de la Fédération des paysans de Basse-Autriche à Ratzersdorf, un gros bourg au nord de Sankt Pölten, où, assurait-on, on n'avait rien à craindre des autorités. Et tout cela pour des histoires d'argent, pour assurer la subsistance des familles d'une poignée de camarades chrétiens-sociaux retenus à Dachau depuis l'entrée des nazis et dont personne ne sait quand ils reviendront. Richard promit une somme conséquente, et comme cet engagement le rendait pour ainsi dire à sa liberté, personne ne jugea bon de le retenir quand il s'en alla sans même avoir fini sa bière. Ce qu'il n'apprécia que très modérément. On aurait tout de même pu élever quelques objections polies.

Maintenant il erre depuis une bonne demi-heure dans un paysage nocturne, entre des agglomérations minuscules tapies dans de rares percées, sans le moindre éclairage au bord de la route (quel potentiel économique, pense-t-il fugitivement). Les maisons sautent comme de gros lièvres dans la lumière des phares puis s'embossent tout aussitôt dans un noir très dense. Pas le moindre habitant en vue, le désert, tous au lit. Richard a mal aux reins, il étire le haut de son corps sur le volant, allonge un peu le cou pour que ses yeux restent dans la foulée des phares. Et quand, arrivé enfin à un carrefour un peu plus important, il n'y a une fois de plus qu'une petite flèche de fer pour trouver l'obscurité, un panneau sur lequel on peut lire

Krems, mais pas *Sankt Pölten,* il choisit, à bout de nerfs, de partir dans cette direction, raison pour laquelle il n'atteint Vienne qu'aux environs de minuit.

Seule Frieda est encore levée, la bonne d'enfants (la bonne de maison, la bonne à tout faire). Elle est assise à la petite table en fer blanc de la cuisine et elle écrit une lettre. Tout en dessinant ses boucles elle murmure chaque mot, syllabe après syllabe, pour elle seule. Richard, sur le palier, le chapeau à la main, la tête inclinée, cherche à détacher quelques mots isolés de ce chuchotement qui vient jusqu'à lui. Il tend l'oreille, écoute encore, constate à cette occasion qu'on peut très bien avoir des désirs parfaitement contradictoires : Le désir de ne pas tromper Alma, et celui d'aller dans la cuisine pour inviter la bonne d'enfants à remettre la rédaction de sa lettre à plus tard. Il se souvient de Frieda telle qu'elle était l'après-midi de son départ, elle avait étendu une couverture dans le jardin et s'était couchée au soleil pour rattraper un peu, à l'air libre, le sommeil qu'on lui avait pris la nuit d'avant. Elle se badigeonnait de crème et pendant tout ce temps Richard l'avait contemplée, ses pantalons courts d'un bleu sombre, le petit débardeur rayé aux couleurs vives, le fichu blanc noué des deux côtés sur la tête. Devant, le tissu laissait entrevoir ces cheveux roux qui faisaient toute la fierté de Frieda, sur le côté droit les extrémités nouées du fichu se balançaient devant ses seins vigoureux. Maintenant, dans le souvenir, Richard a le sentiment que ces mamelons, tels des tentacules oculaires, l'auront poursuivi de leur colère étrange pendant des jours et des jours et par bien des détours, Ybbs, Ratzersdorf, jusqu'ici.

Ce qui se passe ? Ce qui s'est passé bien trop souvent ces derniers mois : Monsieur l'ingénieur Richard Sterk, directeur adjoint des centrales électriques, Vienne, pas tout à fait quarante ans mais cependant, en vertu de son ministère et de la dignité que celui-ci lui confère, un homme d'une maturité avérée, qui sait très bien combien il se fourvoie mais ne parvient pas pour autant à mettre un terme à tout cela, se compromet avec une péronnelle. Il n'arrive pas à se détacher de cette jeune femme, pourtant il serait grand temps. À peine a-t-il décidé que c'était (que c'est, que ce sera) la dernière fois, qu'il éprouve aussitôt le désir de la couvrir encore de baisers, de faire ses délices de cette viande juvénile et charnue. Il veut et en même temps il ne veut pas. Rien que tenir la robe chaude, rugueuse, quand il sent sous les aisselles de Frieda, quand de l'autre main il caresse les petits bourrelets, là où le soutien-gorge la boudine un peu (le soutien-gorge rouge, celui qui est plus clair devant que derrière) : Quand il dégrafe ce soutien-gorge et que les seins blancs de Frieda sortent et qu'elle lui psalmodie le nom de ses douze frères et sœurs : Là il repousse violemment la jeune fille, sans contredit, pour la reprendre tout aussi violemment l'instant d'après. Cette fois il la retourne, elle se penche en avant, docile, et la nuit d'été et les stridulations des sauterelles et les vapeurs de la cuisine et le claquement d'une mouche sur la fenêtre basculée — et — et — les contreforts du dos plié, pétri de Frieda, luisants d'une humidité obscène dans la lumière du plafonnier, et ces particules scintillantes qui s'effacent quand Richard se penche une fois de plus en avant pour toucher les gros seins de Frieda. Et ces fesses qu'il soulève et écarte, tandis qu'elle se mord le poignet droit parce qu'un gémissement vient de lui échapper, son sexe qu'il enfonce à la hâte dans ce trou chaud, agréable, là, caché derrière la touffe de poils drue, poussé par un désir submergeant et torturé par des remords au moins aussi violents. À ceci près, et ce n'est pas le moins inquiétant, que le désir s'estompe rapidement ensuite, alors que les remords restent. Ils accompagnent même Richard quand, un peu plus tard, retenant sa respiration, il se glisse dans son lit pour rejoindre Alma. Ils ne faiblissent pas non plus quand au matin il se racle la mousse à raser du visage, et ils lui perforent le creux de l'estomac quand il appelle le bureau et annonce qu'il ne viendra pas aujourd'hui, parce qu'il peut très bien rédiger son rapport à la maison. Ce qui n'est pas faux, simplement ce n'est pas une raison suffisante, d'ordinaire, pour tirer au flanc. Disons plutôt qu'il a décidé de passer ce samedi avec Alma et les enfants, et accessoirement de mettre un terme, le plus discrètement possible, à ce qui n'aurait jamais dû commencer. Il ne veut pas vivre le restant de ces jours dans un désordre pareil, c'est tout à fait impensable. Souvent, il éprouve un tel dégoût de lui-même — et partant un tel dégoût de Frieda — que passer d'une pièce à l'autre dans sa propre maison lui paraît insurmontable. Je ne dois pas mener une double vie, s'admoneste-t-il au repas de midi. Il le répète plusieurs fois pour se donner des forces, le scande même à chaque cuillerée de *consommé* : Je ne dois pas mener une double vie. Mais au bout du compte il ne sait pas si cette pensée l'effraie ou, pire encore, si cela le flatte, au fond, que cette double vie qu'il mène depuis cinq mois et demi, depuis fin février, lui soit moins douloureuse — ce qui ne signifie pas : plus facile — qu'il ne l'aurait imaginé.

Jusqu'ici Alma fait comme si elle ne se doutait de rien. Quand Richard est rentré tard, la veille, elle ne lui a pas posé la moindre question, mais elle ne l'a pas interrogé non plus sur le déroulement de sa mission, ce qui le chagrine tout de même. Il peut bien passer plusieurs jours en déplacement, loin de la maison, manifestement personne ne s'en plaint. En ce moment et dans les faits, comme Alma le dit elle-même, il n'est rien d'autre que l'homme du foyer, simple soutien de famille. Et au surplus l'amant de la bonne d'enfants. Possible qu'Alma nourrisse quelques soupçons dans cette direction, même si, vu de l'extérieur, elle feint de n'interpréter aucun signe. Récemment elle lui a reproché de ne pas s'engager assez dans la vie de famille, d'être toujours fatigué, à bout, et elle assure même qu'elle ne le reconnaîtrait plus sans ses éternels cernes sous les yeux. Elle lui a posé des questions sur son sommeil, sans arrière-pensées semble-t-il, avec beaucoup de sollicitude. Étant donné ses faibles besoins dans ce domaine, Richard ne peut s'empêcher néanmoins de penser qu'Alma commence à se douter de quelque chose. Le travail ne peut être la seule cause de cet épuisement chronique, Alma n'est tout de même pas aussi bête. Depuis quand baille-t-il en plein après-midi ? Et ces cernes sous les yeux ? Il n'a jamais souffert de troubles du sommeil, la chaleur nocturne ne le tue pas, sa digestion est bonne, excellente même, ce qui, au vu de la nourriture variée qu'il ingurgite — c'est nécessaire aux enfants —, veut tout de même dire quelque chose. Et il ne pourra pas tout reporter éternellement sur les bouleversements politiques récents, alors même que certains indices permettent d'ores et déjà de conclure qu'il n'est aucunement question de le démettre de ses fonctions.

Le 13 mars, la veille de l'envahissement du pays par les troupes allemandes, les policiers sortirent Richard du lit et l'emmenèrent au commissariat de la Lainzer Strasse. On lui retira sa ceinture et ses lacets, et on ne les lui rendit pas quand, tard dans l'après-midi, à bord d'un taxi qu'il dut payer lui-même, on le transféra au dépôt de la Elisabethpromenade. Il y passa plusieurs heures en garde-à-vue, si l'on veut, ce qu'il ressentit comme une menace, dans une cellule littéralement pleine à craquer et où l'on se disputait continuellement. Les communistes s'en prenaient aux chrétiens-sociaux, les chrétiens-sociaux aux sociaux-démocrates et les sociaux-démocrates aux communistes, chacun accusant l'autre d'être responsable du naufrage du pays. La très chère patrie. Ce qui inquiétait tout particulièrement Richard, c'était que ces hommes pour la plupart d'entre eux étaient encore en possession de leur ceinture et de leurs lacets, quoique certains fussent par ailleurs blessés, au nez, aux lèvres, à d'autres endroits plus discrets du corps. Yeux pochés, doigt coincés dans des portes de taxis et noircis. Quand on ne se querellait pas, l'atmosphère était oppressante, et Richard l'un des plus oppressés, parce qu'il n'avait jamais connu de guerre civile et que, à l'inverse de la plupart des hommes présents, il n'avait pas la moindre expérience de ce genre de situations. Avec un effroi grandissant il se préparait lentement à passer sa première nuit en détention, ce qui s'avéra inutile, parce que cette opération de police, tout du moins pour ce qui le concernait, n'avait été effectuée qu'à des fins d'intimidation. Après avoir été brièvement interrogé par des fonctionnaires allemands — des officiels flanqués de quelques illégaux —, il signa un formulaire de plusieurs pages, le premier de la pile, une sorte de promesse solennelle dont le contenu lui fut ensuite traduit en langue profane : on attendait de lui qu'il renonce à toute activité politique. Comme s'il avait jamais eu la moindre activité politique. Là-dessus on le laissa rentrer chez lui. Il se souvient encore qu'il se retira très obligeamment et referma la porte derrière lui comme s'il y avait un mourant à l'intérieur. Dans le couloir il corrigea son maintien et, le plus dignement possible, en dépit de ses souliers ouverts, il descendit le large escalier de pierre. Ce qui lui traversa l'esprit à ce moment-là, il l'a déjà oublié, mais il se rappelle encore cette sensation d'une violence inconnue : chaque marche, s'il la lestait de tout son poids, pouvait déclencher un mécanisme qui entraînerait aussitôt une nouvelle interpellation, augmentée de multiples coups sur le visage. Il se sentait observé et persécuté, et, malgré les douloureuses lacunes qui déparait désormais ses vêtements, il n'osait pas prendre de taxi, sans s'expliquer vraiment pourquoi ; peut-être parce que tous les chauffeurs avaient un côté grande Allemagne. Il préféra emprunter le tramway, bien que ce fût beaucoup plus long, s'assit dans la toute dernière voiture, et même là, ébranlé par le rythme des rails et une peur imprécise, il lui sembla que sa libération soudaine avait quelque chose de menaçant — par la suite, pourtant, il ne fut plus jamais inquiété.

Avec la sensation chaude du repas de midi dans le ventre, il heurte en passant le baromètre de la véranda, s'exhorte et se rassure, après tout je suis un homme riche, au besoin je peux toujours me retirer ici, dans les faubourgs, y jouir tranquillement de la vie de famille. Il attrape un coussin sur le sofa, et dans l'autre main les pensées monotones de Henry Ford — il est dessus depuis des semaines, impossible d'avancer — et le *Reichspost* du jour, il sort dans le jardin. La lumière du soleil lui picote les yeux, il cille des paupières en regardant la pelouse, et il s'efforce de regarder les jouets disséminés et les allées trop étroites pour le landau — elles sont écrasées des deux côtés — avec le regard heureux d'un bon père de famille. Bientôt Ingrid pourra vraiment marcher toute seule, aller un peu plus loin, et surtout on ne sera plus obligé de la promener dans le jardin pour la sieste de midi. Le passage du landau dans les allées fait des dégâts considérables. Probable aussi que la voiture à pédales d'Otto y soit pour quelque chose, il l'a gagnée l'année dernière lors d'une kermesse et elle sera bientôt trop petite pour lui. Si au moins il ne la garait pas au beau milieu de l'esplanade, le bandit. Richard jette un regard vers Otto, le petit garçon est allongé paresseusement, le chat dans les bras, sur les dalles de pierre chaudes, sous la pergola garnie de haricots grimpants, et il s'enfonce un doigt dans le nez.

— Tu veux que je t'aide? demande Richard.
— Moi? demande Otto.
— Oui, toi.

Otto lève de nouveau les yeux vers Richard et s'essuie les doigts sur sa culotte de peau, les motifs brodés, des edelweiss, sur sa cuisse droite, produisent un son raboteux. Otto s'arrête net, se demande si sa réaction était la bonne, caresse de nouveau le chat, ce qui, rapport à ses doigts couverts de morve, lui semble encore plus anodin.

— Si tu te retires les doigts du nez, dit Richard, tu arriveras peut-être à quelque chose dans la vie. À monter, j'entends. Quand on est tout en haut, alors seulement, on peut garer sa voiture en travers de l'entrée.

Richard regarde de nouveau l'esplanade où Frieda, venue de l'autre côté de la maison, termine son petit tour et pousse le landau dans son champ de vision. Le sol semé de gravier crisse et crépite sous les grosses roues garnies d'ébonite. Dans un instant le landau, à la hauteur de la sculpture, cet ange gardien que la mère de Richard a installé pendant la dernière guerre, atteindra l'allée du jardin et, brinquebalant, sautera sur les dalles.

— Elle dort déjà? veut savoir Richard.

Frieda dodeline de la tête.

— Pourquoi tu ne vas pas au parc avec elle?

Frieda rougit et appuie sur la barre de poussée, à moitié avec les mains, à moitié avec le ventre, pour que le landau vacille un peu. La suspension couine au niveau des rivets, il faudrait lubrifier tout ça.

— En ce moment, avec tous les soldats, on n'est en sécurité nulle part, dit Frieda en ricanant un peu, gênée.

Ses seins se soulèvent et s'abaissent plus vite que d'habitude, ou alors comme la nuit seulement, quand elle perd sa balourdise, ce mélange de mal du pays et d'incapacité foncière à prononcer une phrase dans un allemand à peu près correct. Désormais Richard remarque ce genre de détails, sa timidité quand elle a faim, sa façon de tressauter quand Alma lui adresse brusquement la parole, tous les endroits où elle se gratte pendant la journée, et alors il se demande toujours si ces démangeaisons sont provoquées par sa salive à lui (tandis que la salive de Frieda provoque manifestement des cauchemars nocturnes).

Il fait quelques pas de côté et laisse passer Frieda et le landau. Elle se déplace avec une gaucherie effarouchée. Richard lui-même se sent mal à l'aise. Comme tout à l'heure déjà, à l'heure de midi, quand ils mangeaient tous ensemble, la situation lui semble passablement folle. Ces rapports n'ont aucun avenir, c'est certain, et en même temps il y a une attirance énorme, qui dure et dure et débouchera sur on ne sait quoi. En ce moment : Il ne sait pas, il faut que ça cesse, et vite, il n'est pas doué pour le désordre, malheureusement, d'une. De deux, tout est imprévisible, et il n'aime pas que les choses se soustraient à son contrôle.

— Ils vont continuer d'envoyer des troupes en ville ? demande Alma.

— Qui vivra verra, répond Richard.

Il prend la deuxième chaise longue, celle qui est appuyée contre un étai de la pergola. Tout en dépliant la chaise il ajoute :

— Tant que j'y pense : Dans le petit cabinet de toilettes, en haut dans la mansarde, au niveau de la partie droite de la fenêtre, la tôle ne protège pas assez, ce n'est plus du tout étanche, l'eau pénètre et le châssis de la fenêtre et la poutre en dessous sont pourris. On le voit bien quand on se penche.

Alma se prélasse sur sa chaise longue dans une robe d'été à pois bleus et manches bouffantes, elle est grande, d'une beauté sereine et, en dépit de sa constitution robuste, osseuse, plus lunaire que campagnarde. Elle feuillette son livre, avance de quelques pages pour voir si le chapitre est bientôt terminé, ferme le livre et le pose à l'ombre sous sa chaise. La lecture lui a endormi les yeux. Elle lève les sourcils et son regard oblique s'attarde sur Richard.

— Je ne me penche jamais à la fenêtre des toilettes. Pourquoi veux-tu que je le fasse ?

— S'il te plaît, fais venir un plombier, il arrangera tout ça. Et puis, s'il juge que c'est nécessaire, il peut même réduire ou supprimer toutes les pièces de tôle. Côté nord, le mur le long de la gouttière est tout le temps humide. Possible que la gouttière soit abîmée, il faudrait voir ça de plus près.

— Tu veux que je demande à Mme Mendel ? Peut-être que son gendre pourra passer.

Richard met sa casquette de capitaine pour se protéger du soleil, s'allonge, prend ses aises. La chaise longue craque sous son poids. Il dit :

— Je l'ai croisée il y a quelques jours à Hietzing, dans la grand-rue, et le moins qu'on puisse dire, c'est qu'elle n'était pas précisément aimable.

— Mme Mendel ?

— Oui, Mme Mendel.

Alma s'étire et inspire profondément, jusqu'à ce que ses poumons soient entièrement remplis de l'air du jardin.

— Je suppose qu'à l'avenir, quand on lui parlera, il serait plus sage de prendre en compte la situation dans laquelle elle se trouve en ce moment. Si elle est de si mauvaise humeur, j'imagine que c'est avant tout pour ça.

Elle ferme les yeux.

— Bien sûr, bien sûr, grogne Richard.

Cette forme de logique, pense-t-il, est la grande force d'Alma, hormis elle il ne connaît personne qui perce avec autant de naturel les humeurs des autres. Elle semble venue au monde avec ce talent, cette intuition native des choses. Ce don est quelque chose qui, chez elle, l'inquiète, mais qu'il aimerait bien avoir pour lui. Pour ce qui le concerne il est bien rare qu'il arrive à cerner vraiment son vis-à-vis, pas même Alma, elle est gouvernée par une tranquillité immuable, difficile. Souvent, s'il savait réellement ce qui se passe en elle, les choses lui seraient plus faciles, et au quotidien il arriverait peut-être à sortir autre chose que deux ou trois banalités maladroites. Sans Alma la vie serait d'un morne. Ce que la vie serait sans elle, il ne pourrait pas le dire avec une certitude absolue, mais il imagine que ce serait morne. Tout à coup il repense à une foule de choses qu'il avait oubliées depuis longtemps et qui atténuent son irritation : Il y a neuf ans, quand ils se sont rencontrés, elle assurait qu'elle était une jeune femme moderne, et, à l'époque déjà, elle avait les cheveux très courts, ce qui éveillait les soupçons de son futur beau-père. Richard ouvre encore les yeux, il somnole déjà franchement, il regarde Alma à la dérobée. Elle a chaussé ses lunettes de soleil et lit de nouveau son roman de Schnitzler, écrit de temps en temps quelques remarques marginales avec un moignon de crayon, ces signes secrets qu'il n'arrive pas à déchiffrer. Regrette-t-elle parfois d'avoir interrompu ses études ? Non. À moins que.

Peut-être un peu. Quand elle est tombée enceinte. — Comment c'était autrefois ? Elle a converti ça en bonheur, tout à fait elle, d'ailleurs, avec cette façon d'accueillir à bras ouverts tout ce qui arrive, parce qu'elle est tellement heureuse de vivre (ses propres mots). Il lui aura fallu du temps pour remarquer ce trait de caractère chez elle. Et lui ? Il a dit on se marie. Une grande maison. On avait ça. Une grosse poignée d'enfants. Projet enterré. Peut-être que ces choses-là se mêlent aux phrases du roman dans la tête d'Alma. Il aimerait bien le savoir. La deuxième grossesse, Ingrid, les médecins qui l'avaient mise en garde et dissuadée, les choses qui effectivement ont failli mal tourner. Après, Alma flottait dans toutes ses robes, elle aura mis du temps à refaire un peu de graisse, même en haut, là où elle n'a plus grand-chose à offrir. Il faudrait que tout redevienne comme avant, se dit-il. Toutes les années. Et puis. Comment peut-on être aussi bête ? On n'a pas idée. Avec la bonne d'enfants. Nulle part en sécurité. Pas même dans le lit conjugal. Ce qui se passe dans la tête d'Alma ? Elle ne serait pas franchement ravie, c'est sûr, si elle. Elle quitterait le lit conjugal, justement, sans doute, attends, non, elle ne le ferait pas, cependant mieux vaut ne pas tenter le diable. Il l'aime, il donnerait des baisers sur ses pieds, les deux, tous les orteils aussi. Comme elle. Étrange, qu'il embrasse les pieds de la bonne d'enfants, alors qu'avec Alma — sa beauté, pourtant, accélère encore sa pulsation cardiaque — il se contente la plupart du temps de relever la chemise de nuit. Elle est plus jeune que lui, elle a fêté ses trente et un ans le mois dernier. Et il aime comme elle ouvre les jambes, et pas qu'un peu. Est-ce qu'elle aimerait ça aussi par-derrière ? Tout à fait possible. Mais à quoi bon. De toute façon il ne lui demanderait jamais, le respect qu'il a pour elle décourage toutes les audaces. Il ne sait pas pourquoi ni si c'est bien, avec les enfants non plus il ne sait pas la plupart du temps ce qui est bien, jusqu'où il peut aller quand il joue avec eux sans perdre la face. Au fond c'est certainement la même chose avec Alma au lit. Et puis. Tant de pensées lui traversent la tête, il s'efforce d'en arrêter quelques-unes mais elles continuent de courir, désobéissantes comme des enfants avec qui on a trop joué. Son père a-t-il seulement parlé une fois avec lui, quand il était petit ? Il ne se souvient pas que ce soit arrivé. Communiquer, alors, c'était donner quelque chose à faire aux enfants. Le reste du temps ils se comportaient comme des plantes en pot, rien à voir avec les libertés actuelles. Des plantes en pot, oui. Il pense à des plantes en pot.

Plus tard il grelotte, malgré la température étouffante, signe qu'il a dormi assez longtemps.

Sans ouvrir les yeux il se tourne sur le côté, se recroqueville, ramène les jambes sur la poitrine et colle les coudes le long du corps pour somnoler encore un moment dans cette position. Ses sensations sont agréablement diffuses, il sent la toile de coton teinte de la chaise longue, un peu sourdement, et, dans le coussin où son visage est à demi enfoui, la salive douceâtre de sa fille de deux ans. L'herbe tout autour répand une chaleur molle et l'été et Dieu et le monde. Dans son dos il entend des pas trottinants qui s'approchent puis s'éloignent de nouveau, la petite voix claire d'Ingrid quand elle se met à rire. Il lui vient que c'est un rire comme celui-là qui vient de le réveiller. Éclaboussures d'eau, et Alma qui crie :

— Attends que je t'attrape !

Et de nouveau ce rire clair, joyeux, mêlé au battement des sandales d'Alma, très dur, comme si elle faisait seulement semblant de courir. L'oreille de Richard perçoit le claquement d'une dalle de pierre. Il écoute bien tous les bruits du jardin, les attire à lui un moment puis les laisse de nouveau se confondre à l'arrière-plan : Le frottement et le grattement des chaînes de la balançoire sur les petites pièces de caoutchouc qu'il a sciées dans un pneu usagé, pour protéger la branche à laquelle la balançoire est suspendue, puis encore les pas trottinants d'Ingrid, cette petite voix longue, ténue, perçante et qui, aussi absurde et singulier que cela puisse paraître, est comme une protection pour lui. Voilà longtemps qu'il n'est plus resté allongé comme ça, tout lui semble paisible, insouciant. Une sensation de contentement le prend et l'espace d'un instant il éprouve la certitude de ne pas être un simple élément de cette scène sonore, mais son centre, le point focal d'un champ de forces familial, l'infrastructure qui commande à la superstructure. Monsieur l'ingénieur Richard Sterk : Le plus infime mouvement familial : un attribut de sa toute-puissante personne. C'est ainsi qu'il se représentait les choses avant de se marier — et tout naturellement il sait (même s'il ne l'avouera jamais ouvertement) qu'il se berçait alors d'illusions.

Il se tourne sur le dos en soupirant et soulève un peu le haut de son corps, en même temps il plisse les yeux. Son regard glisse lentement sur la pelouse, entre les arbres, jusqu'à la véranda. Tout près un pommier encore adolescent planté autrefois par son père, et sa petite fille qui court en rond autour du tronc. Quelqu'un lui a noué une gigantesque feuille de rhubarbe autour de la tête. Les pas qu'elle fait sont inégaux, elle vacille un peu sur ses petits pieds nus, le derrière dans un capiton de couches comme une barcasse qu'on aurait trop chargée. Alma lui court après avec l'arrosoir. Des petites giclures s'échappent de la pomme, mouillent doucement les épaules et le dos d'Ingrid, même quand elle bifurque vers l'esplanade. Mère et fille arborent une mine rayonnante. Richard les suit du regard jusqu'au moment où elles disparaissent par-delà la rampe d'accès, depuis ce coin du jardin il ne peut plus les voir. Seules les stridences heureuses d'Ingrid sont encore portées par l'air chaud.

— Est-ce que c'est vrai, demande Otto depuis sa balançoire, qu'on peut faire un tour entier, si on se balance assez vite ?

— Qui t'a raconté ça ? demande Richard.

— Frieda.

— C'est parfaitement absurde, tu te fracasserais le crâne sur les branches du dessus.

— Et si on coupait les branches du dessus ?

— Alors on n'aurait plus de moût en automne.

— Et c'est vrai qu'on n'a plus rien à craindre, maintenant qu'on est allemands ?

— Qui t'a dit ça ? Certainement pas Frieda en tout cas. Elle a peur de tous les soldats.

— C'est Fredl, le fils de Mme Puwein, qui me l'a dit.

— Eh bien, en un certain sens il n'a pas tort, vu que nous avons passé notre temps à craindre les Allemands et que ce n'est plus la peine aujourd'hui, puisque nous sommes nous-mêmes devenus des Allemands.

— Moi ça me plaît, qu'on soit allemands. Ce qui m'a le plus plu, c'est quand les avions ont lâché les croix gammées en papier aluminium.

Au matin du 12 mars dans un soleil bas, on aurait dit une immense nuée de poissons scintillants.

Otto étire les jambes, se penche largement en arrière, prend son élan puis, au point le plus élevé de sa trajectoire, saute de la balançoire, déploie les bras et fait l'avion. La chaîne de la balançoire cliquette quand la planche revient à vive allure. Après un pivotement à 180°, il atterrit lourdement à quatre pattes, l'une des composantes très ordinaires d'un après-midi d'été ensoleillé dans le jardin, quelque chose que Richard ne remarquerait même pas s'il passait plus de temps à la maison pendant la journée.

Il lance à Otto :
— Où *est* Frieda ?

Otto s'arrête de courir et se retourne :
— Elle est dans la véranda, elle écrit une lettre.
— Dis-lui d'aller me chercher une bière dans la cave.

Sitôt qu'il a prononcé ces mots, il s'aperçoit que Frieda, dans la cuisine, s'est levée et lui jette un regard bref. La porte et plusieurs fenêtres sont grandes ouvertes pour qu'un peu d'air circule dans la maison.

— Otto, c'est arrangé ! crie-t-il.

Mais le garçon ne l'entend déjà plus, il gravit d'un pas lourd les quatre marches de la véranda. Tant pis. Richard s'étend de tout son long. Les doigts croisés sur la nuque, il regarde les branchages au-dessus de lui, dans les intervalles la toile drue du ciel et dessus les corneilles qui traversent l'après-midi en diagonale. Tandis que le jardin se balance un moment dans un repos gras et opulent, Richard se demande ce qu'est au juste la vie de famille, ce qui fait une vie de famille. Et surtout pourquoi la connaissance empirique du mariage ne vous y prépare pas mieux, d'un point de vue technique, alors qu'on passe pourtant des journées entières en famille. Des week-ends entiers. C'est incompréhensible. Il passe le creux de la main sur les bras rugueux de la chaise longue, maussade. Quand Alma, depuis l'autre côté de la maison, arrive avec Ingrid — en pleurs — sur le bras, il se redresse et avance la chaise longue de plusieurs encoches, de sorte qu'il est presque assis.

— Ne pleure pas Jeannette, nous te marierons, nous te marierons, chante Alma.

Elle dit à Richard :

— Elle est tombée sur l'une des caisses de vin où Otto range ses sauterelles.

Elle repose l'arrosoir près du puits et de sa main désormais libre caresse la joue de sa fille en larmes. Au même moment Frieda sort de la véranda, une bière à la main, un verre coiffant le goulot. Après qu'elle a tendu la bière à Richard, elle aide un peu Alma et s'occupe d'Ingrid, le visage de la petite s'est empourpré mais elle ne pleure presque plus.

— Ne pleure pas Jeannette, chante une fois encore Alma.

Ingrid se cache dans le sarrau de Frieda. Frieda s'est agenouillée et murmure quelque chose d'incompréhensible dans son dialecte du Weinviertel. Elle coince Ingrid entre ses cuisses et Ingrid, de quelques poignées d'eau puisées à l'arrosoir, se laisse docilement nettoyer le visage. Frieda sèche la figure de la petite avec le bout de sa robe, et comme l'étoffe ne peut pas remplir tous les offices, une cuisse dénudée s'offre un instant au regard de Richard. Une fois de plus des images lui traversent la tête, la peau douce à l'intérieur des cuisses, ce paysage légèrement montueux de muscles et de gras, et les poils roux qui en une ligne mince s'étirent directement jusqu'à l'anus de Frieda. Il a tout nettement sous les yeux. Mais il n'en éprouve pas pour autant un sentiment de volupté, ou alors ce sentiment participe de sa tristesse et lui monte dans la gorge. Tout en observant de nouveau Frieda il décapsule mécaniquement sa bière, ne remarque pas ce faisant qu'Ingrid par-dessus l'épaule de Frieda lui lance un regard.

— Boum ! dit-elle.

— Boum ! dit aussi Richard. De quoi vous rendre dingue, soupire-t-il.

Il examine l'enfant dont les joues brillent encore un peu, sous les yeux, là où les larmes se sont répandues par aplats sur le visage lisse. L'idée qu'une créature aussi petite, aussi inapte, puisse être sa fille, l'étonne un peu plus chaque jour.
— Bien dormi ? demande Alma.

Dans un premier temps, quand son voyage professionnel à Ratzersdorf lui revient en mémoire, il s'apprête à dire qu'il a bien mérité ce petit somme. Mais il se souvient à temps que les quelques jours passés avec les collègues de la NEWAG [1] ne sont qu'en partie responsables de son besoin de sommeil subit (et de surcroît en plein après-midi).
— C'est gentil de t'en soucier, grommelle-t-il.

Alma se joint à lui et prend une solide gorgée de bière. Elle dit :
— Ils utilisent à nouveau le champ de tir de Penzing, presque tous les jours.

Richard hoche la tête. Derrière le raclement monotone d'une tondeuse à gazon voisine, il perçoit les déflagrations sourdes qui semblent perforer le ciel comme du carton ondulé.
— Possible qu'ils apprennent le maniement de nouvelles armes. Possible aussi qu'ils soient tout simplement contents, parce qu'ils ne sont plus obligés d'économiser leurs munitions comme du temps des nôtres.

Alma s'appuie au dossier de la chaise longue de Richard :
— Les nôtres non plus ne se gênaient pas pour tirer dans les rues.

Richard cherche le regard d'Alma. D'après lui, elle est de ces femmes chez qui les rides s'installent tout d'abord entre les sourcils.

Il dit tout haut :

---

1. Réseau de distribution électrique de Basse-Autriche. *(N.d.T.)*

— Si on avait su comment les choses allaient tourner, on aurait pu éviter certaines escarmouches et mieux occuper notre temps.

— Mme Löwy prétend qu'ils attendent juste le printemps, et qu'après ce sera la guerre.

Il approuve d'une mine songeuse, quoique ce jugement lui paraisse tout de même un peu exagéré. La veille, lors du rassemblement de Ratzersdorf, il a entendu pourtant ces mots qu'il répète à présent :

— Ils en seraient bien capables.

Puis la touche personnelle :

— Dieu nous en garde.

— Les Löwy partent pour Londres chez leur fille aînée. Ils cherchent un acheteur pour la maison. À ce qu'on dit un parent de Paula Wessely serait intéressé.

Richard prend le *Reichspost* sous sa chaise longue :

— J'espère que le quartier restera comme il est. Aussi calme. Je serais curieux de savoir qui va encore s'installer ici.

La persécution des Allemands des Sudètes, dit-on, se poursuit. En Hongrie le calme plat politique n'a rien d'une lénifiante accalmie d'été. À Berlin Goebbels inaugure solennellement la Grande Exposition internationale sur la radio, la toute première de cette envergure dans le secteur de la radiodiffusion. Bientôt la première puissance mondiale dans ce domaine. Saint-Jean-de-Luz, les responsables bolcheviques catalans se seraient réunis, analyse détaillée de la situation militaire en Catalogne, l'aviation nationale bombarde avec succès les positions des bolchevistes catalans. Vittorio Mussolini, fils du Duce, en voyage d'études en Allemagne. Fléchissement de la vague de chaleur en Autriche, retour à 30° sur la majorité du pays, une perturbation progresse lentement depuis l'ouest, temps clair à Vienne, 28°, la liste des produits de première nécessité à prix réduit ne cesse de s'allonger, désormais les allumettes, Salzbourg, première des Noces de Figaro, *Ezio Pinza et son offensif « Non più andrai » (farfallone amoroso, notte e giorno dintorno girando), dans la fosse et sur scène les lumières...*

Richard ne va pas plus loin dans sa lecture, parce qu'une Steyr décapotable oblique dans l'entrée. L'auto s'arrête et dans un crépitement de gravillons s'immobilise devant la voiture à pédales d'Otto. Crobath, un camarade d'université que Richard n'a pas vu depuis des années, descend de la voiture. Il est en uniforme et arbore une coiffure impeccable, raie sur le côté. Et Richard ? Sa casquette de capitaine et la petite sieste ont emmêlé ses cheveux sur l'occiput, il porte une chemise et des chaussures en canevas avachies. Il se dirige vers Crobath, passant de l'odeur chaude de l'herbe à la poussière du gravier, et il compte bien demander à Alma de lui acheter de nouvelles chaussures du même genre, et tant qu'à faire deux paires d'un coup.

— On m'a dit que je vous trouverais chez vous.

Crobath parle un peu par le nez, bien à la manière viennoise, et Richard se rappelle que son camarade, quand ils étaient ensemble à l'université, aux Amis de la nature, donnait des cours de patinage sur le Heumarkt pour améliorer un peu l'ordinaire. À l'époque il était à la traîne dans tous les domaines, un homme au visage inexpressif que Richard a toujours un peu méprisé. Mais tel qu'il le voit maintenant, il doit bien avouer que son vis-à-vis, par sa sécheresse même, semble nettement plus dynamique et plus jeune que lui.

Se tutoyaient-ils à l'époque ?

— J'espère que je ne dérange pas, dit Crobath.
— Je vous en prie. Qu'est-ce que je peux faire pour vous ?

Il pose la main sur l'épaule rembourrée de Crobath, comme pour voir. Après quelques politesses d'usage destinées à Alma, Crobath s'adresse de nouveau à Richard et demande à lui parler seul à seul.

— C'est quelque chose d'important ? demande Alma, les bras croisés, butée jusque dans son attitude.

— Ce n'est pas grand-chose, dit Crobath.

Mais à l'entendre on dirait le contraire.

— S'il te plaît, fais en sorte qu'on ne nous dérange pas. Et dis à Frieda d'apporter du café.

En même temps Richard se demande ce qui lui vaut cette visite, si elle a un rapport avec le rendez-vous d'hier à Ratzersdorf. Il observe Crobath, s'interroge sur ses intentions. Le mieux au fond serait de rester sur son quant-à-soi — dans la mesure du possible. Il veut laisser une impression de calme. Mais c'est lui pourtant qui entre en premier dans la pergola, où, côté véranda, se trouve la table d'été, un vase rempli de fleurs dessus, trop raide, sa démarche est trop raide, les épaules rejetées en arrière comme s'il fallait qu'il rehausse sa prestance. Les deux hommes s'asseyent. Richard imagine que Crobath en guise de préliminaires abordera un sujet marginal et dénichera quelques vieilles histoires du temps de la faculté, avant de passer au véritable objet de sa visite. Mais après quelques brèves remarques sur Otto (combien le petit garçon ressemble à Richard, assurément un facteur de cohésion familiale) et sur un sujet de portée assez générale (combien les bouleversements fondamentaux et bénéfiques de ces dernières semaines ont changé la donne) Crobath en vient à l'essentiel : La plainte que Richard a déposée récemment contre une société de gardiennage et de surveillance serait, au vu des événements et circonstances extérieurs, parfaitement ridicule. Car, comme le souligne Crobath :

— Tout le monde doit tirer dans le même sens.

Avant d'entreprendre son déplacement à Ratzersdorf, Richard, par l'intermédiaire d'un avocat de sa connaissance, a réclamé des dédommagements à une société de surveillance, pour négligence. Au cas où les choses viendraient à se reproduire, il a même menacé de déposer une plainte, mais celle-ci, contrairement à ce que Crobath laisse entendre, n'a pas encore été transmise.

— Pourquoi ce serait ridicule ? demande Richard : Cette société s'est surtout fait connaître jusqu'ici par ses basses manœuvres, ses faux-fuyants ou son incapacité à réagir promptement à la moindre requête. Selon les termes du contrat, il est tout à fait normal, si les parties ne parviennent à aucun arrangement, que le plaignant réclame des dédommagements dans un délai de six mois. Cette procédure est en cours. Je vois là une démarche parfaitement logique, si l'on considère les innombrables mesures dilatoires auxquelles s'est livrée cette société à seule fin de se soustraire à tout paiement.

Crobath tient à Richard un laïus de cinq minutes sur les changements considérables qui attendent le pays, sur les innombrables scènes de liesse en ville, et sur le fait que l'attitude de Richard éclairerait d'un jour pour le moins douteux son engagement politique.

Quand Crobath, en guise de conclusion, manifeste la volonté de tout reprendre à zéro et annonce qu'on attend désormais des sacrifices de chacun, Richard objecte prudemment :

— Je n'aurais jamais imaginé qu'il s'agissait d'une affaire politique.

— Alors vous pensez faux, répond Crobath d'un ton si flegmatique qu'il coupe court à toute réplique.

Richard entend le claquement de sandales derrière lui, des pas minces qui s'approchent sur le gazon. C'est Frieda qui apporte le café et une coupelle remplie de mûres sauvages. En déplaçant le vase elle se penche sur l'épaule de Richard. Il croit sentir la pression molle d'un de ses seins, il suppose qu'elle le fait sciemment, peut-être pour lui rappeler la nuit passée. Le corps penché sur le côté, de biais, Frieda dispense les tasses et les coupelles avec dans les mouvements un je-ne-sais-quoi de traînant que Richard rapporte à lui une fois de plus. Il sent le corps parfumé, familier, qui dégage une odeur plus forte que celle des mûres sauvages sur la table. Crobath lui-même ne quitte pas la jeune fille des yeux, et Richard se dit que Frieda porte une partie du linge de corps décoloré dont il est indirectement question depuis tout à l'heure. Alma a rapporté à la maison les pièces susceptibles de faire l'affaire, se disant au passage qu'on pourrait toujours, dans le cas d'une procédure judiciaire, les produire comme pièces à conviction.

Tandis que Frieda sert le café, Richard se remémore le déroulement des faits : Le 12 et le 13 mars dernier, les troupes allemandes ont envahi l'Autriche, et dans le magasin de lingerie de ses beaux-parents, dont Alma est la gérante, la lumière du soleil, très abondante ces deux jours-là, a décoloré les nombreuses pièces exposées en vitrine. Un employé de la société de gardiennage et de surveillance a préféré filer à l'entrée ouest de Vienne pour y brandir des drapeaux et fêter sa nouvelle nationalité, plutôt que de s'acquitter convenablement de son travail.

Il dit :
— Il est incontestable que le gardien n'était pas à son poste.
Et Crobath :
— Peut-on lui reprocher d'avoir mesuré toute la portée de cette heure historique, alors que c'est précisément ce qu'on attend de chacun d'entre nous ?

Richard un instant suit des yeux Frieda qui s'éloigne sans se presser, puis il revient à Crobath, regard oblique. Après tout il n'est pas obligé de partager sa logique tortueuse.

— J'ose espérer en tout cas que ce n'est pas une raison pour négliger son devoir. Et quand bien même : Dans ce cas la société de surveillance et de gardiennage doit récompenser cet homme pour son sens de l'Histoire, et réparer en même temps le préjudice subi, ne serait-ce que par correction.

Alma, l'an passé, après bien des doutes et des atermoiements, a finalement reconduit le contrat qui la liait à la société de surveillance. Elle avait pourtant constaté des négligences à plusieurs reprises, et les dégâts n'avaient pas été remboursés. L'un des responsables avança que, si ses prix étaient bien supérieurs à ceux d'autres sociétés pour les mêmes services, c'était parce qu'elle, Alma, en cas de sinistre, pouvait compter quoi qu'il arrive sur une entreprise qui couvrait tous les risques, et qu'elle pouvait tenir ladite entreprise pour pratiquement responsable. L'homme en question, un certain Bouledogue, avait bien eu vent des erreurs et désaccords du passé, aussi il promit solennellement que rien de tout cela ne se reproduirait à l'avenir et que, en cas de besoin, on pourrait toujours s'adresser à lui. On fit donc confiance.

La faute professionnelle du gardien fut signalée, tout comme le fait que, les jours concernés, le soleil était au beau fixe, un temps d'été, ce que la société de surveillance et de gardiennage elle-même, au vu des bulletins météo et des actualités, n'osa pas contester. Mais on assura toutefois dès le début que la lumière du soleil, à la mi-mars, n'était pas assez forte pour provoquer les dégâts constatés. Comme si ces messieurs ne savaient pas que pour certaines marchandises il suffit d'un quart d'heure pour détériorer les couleurs. Et puis le degré de décoloration des pièces ne joue aucun rôle, la perte financière reste la même. Tous ces arguments furent plusieurs fois avancés, les points de discorde examinés par un expert de la société de surveillance, un homme de la partie adverse, par conséquent, dont les conclusions furent toutes défavorables à Alma. On ne prit pas la peine de demander une contre-expertise indépendante, c'était trop cher, comme on voulut le faire croire, et les choses en restèrent là pendant près de six mois.

Richard sait très bien que les explications qu'il peut fournir ne sont d'aucun poids face aux arguments politiques de Crobath, quand bien même aurait-il mille fois raison : Déraison pure, perte de temps.

La pomme d'Adam de Richard remue à vide. Il dit :
— Et que fait-on pour le préjudice subi ?
— Permettez, dit Crobath en hochant la tête.

Il étire le bras pour prendre le cendrier de cuivre sur la table et s'allume une cigarette.

— Pensez plutôt aux vrais avantages, à l'absence totale de concurrence, à la progression en flèche de la demande en raison de la présence de tous ces hommes en ville, et à tout l'argent qui va circuler désormais. Vous seriez étonné, si vous saviez comme certaines choses encore inimaginables il y a quelques semaines, simple rêve, sont devenues possibles aujourd'hui. Comme on travaille vite à l'avenir.

— L'avenir. C'est vrai qu'on n'entend plus que des discours enthousiastes là-dessus.

— À juste titre, laissez-moi vous le dire.

Les deux hommes se fixent. Après deux longues secondes, Richard enfonce le menton dans son col, oppressé, à la traîne des paroles de Crobath, puis il ne peut s'empêcher de penser qu'en fondant une famille il comptait inaugurer une période sans trop de changements. Un bref regard en arrière : Le bilan est simple. Désordre et bouleversements tout au long d'une vie imprévisible, tous les cinq ans une nouvelle forme d'État et de gouvernement, nouvelle monnaie, nouveaux noms de rue, nouvelles formules de politesse. Permanence du chaos. Après l'enfance plus la moindre période de repos ou alors de loin en loin, et il ne saurait même pas jusqu'où remonter dans le temps, si toutefois c'était en son pouvoir, tellement les choses sont embrouillées.

Il entend Crobath dire :

— Oubliez cette histoire de linge décoloré.

Oubliez cette histoire, sans la plus petite douleur, comme l'eau oublie parfois de geler. Est-ce que le temps aussi peut oublier de passer ?

Un moment Richard voit le bâti du monde comme les os d'un homme maigre. Il sent combien tout cela est dérisoire, impossible, et qu'un jour ou l'autre il va mourir. Une pensée comme une éclisse dans la tête.

Ce qui le déprime le plus, c'est qu'il ne mourra pas autrichien.

— Si je vous comprends bien, je devrais, au vu de l'avenir que vous et vos camarades du Parti êtes en train de nous préparer, faire passer mes propres intérêts au second plan.

— Vous pourriez tout aussi bien réformer vos points de vue. Vous êtes un homme de talent. Au regard de ces dons, vous auriez justement de bonnes raisons de le faire.

— En ce moment on trouve de bonnes raisons pour tout et n'importe quoi.

Crobath se racle la gorge, approche sa chaise de la table et se sert en mûres sauvages.

— On ne trouvera pas de sitôt une maison exposée des quatre côtés au sud.

L'herbe pousse, les contrevents pâlissent, les tuiles du toit du côté exposé aux intempéries sont toutes tavelées.

— Mais si toutefois madame votre épouse éprouvait le besoin de partir, de s'installer tout du moins dans un magasin d'angle, cela ne poserait pas d'insurmontables problèmes. Avec les aryanisations, maintenant, on ne prend même plus la peine de mettre les formes.

Richard s'efforce de trouver à la vitesse requise une réplique qui ne l'engage à rien mais semble néanmoins intéressée. Il dit :

— Ce qui voudrait dire une vitrine de plus —

Il gratte quelque chose de dur sur le dessus de table et le porte mécaniquement à sa bouche. Il réalise trop tard qu'il s'agit peut-être de chiures de mouche. Il serre les dents, saisit nerveusement sa tasse de café et nettoie le tout d'une gorgée puissante. Rien à faire, il est lentement dépassé par les problèmes.

De l'intérieur, les accords bien tempérés de la flûte traversière d'Alma qui se répandent isolément et par groupes denses dans la lumière jaune vert. Et le cliquètement des chaînes de la balançoire et le craquement du poirier sous le poids d'Otto qui se propulse dans les airs.

Tandis que Crobath s'est remis à parler de l'avenir et, le menton jeté en avant, rêve faits d'armes et déploiements de force, Richard se penche en arrière, comme pour mieux apprécier la situation et tout repenser à neuf. Il pense à ses *bonnes raisons,* cherche à concilier les arguments de Crobath et les éléments de son propre dilemme pour aboutir à une solution : Il y a de grandes chances que la régularité perverse des bouleversements s'arrête cette fois-ci, et que Crobath et ses camarades du Parti, du coup, restent plus longtemps qu'une poignée de semaines, aussi il serait judicieux d'être dans les petits papiers des nouveaux seigneurs — la chose la plus élémentaire du monde. Lui, Richard Sterk, ingénieur de son état, n'est pas un homme qui domine son époque, il mériterait même un peu de repos, voilà ce qu'il pense.

Crobath, comme s'il marchait au même rythme que Richard (pensées accotées, pas après pas), en appelle aussi à son discernement, souligne que dans le cas contraire il se mettrait de lui-même dans de beaux draps.

— Vous feriez bien de ne pas prendre tout ça à la légère.
— Ce n'est pas du tout le cas.
— Vous en seriez bien avisé.

Mais comme il n'a jamais les bonnes intuitions, Richard ne sait pas, malgré tout. Il donnerait beaucoup pour pouvoir en toucher un mot à Alma. Si seulement on abordait les choses de la bonne façon. Si seulement on savait dans quelle direction tout cela va partir, ce qui va se passer. Ce n'est pas si facile d'apprécier la réalité et partant de s'y conformer, même si les événements qu'on appelle de ses vœux n'arriveront sûrement pas.

Crobath l'avertit :

— Sinon tôt ou tard vous le regretterez, aussi vrai que je vous parle.

— Bien, j'aurai à cœur d'y réfléchir, concède Richard sur le ton le plus naturel qu'il puisse encore prendre. Mais dans le même mouvement il sait que non. Plutôt crever. Sur le chapitre des débordements, les petites privautés avec la bonne d'enfants l'ont déjà poussé à ses limites. Si en plus il cède maintenant à cette tentation. Si l'afflux de clients que les bordels — et le commerce des dessous — lui vaudront doit être un baume au cœur. Autant se faire creuser une fosse dans le jardin, la remplir d'eau et s'y vautrer dans la fange aux yeux de tous. La mesure est pleine. Il se dit que si les Allemands avaient envahi le pays ne serait-ce que deux semaines plus tôt, il ne serait jamais allé vers la bonne d'enfants, voilà au moins une certitude. Il n'est pas doué pour le désordre, et cette faculté-là ne se développe pas, en tout cas pas chez lui, il le voit bien. Maintenant il faut qu'il mette un terme à ce qui n'aurait jamais dû commencer, et aussi vite que possible.

Il sait même comment il procédera dans les grandes lignes : Peu importe à quoi la société de gardiennage et de surveillance parviendra au dernier moment (et elle parviendra nécessairement à un résultat, l'expertise dût-elle apporter la preuve que le soleil ne brillait pas ces deux jours-là) : Il va retirer son argent de cette affaire et obtenir par la même occasion l'effacement de l'inscription au registre du commerce. Un homme de sa connaissance, un dénommé Kranz, au tribunal régional de Vienne, lui est redevable d'un service, il a donc la certitude que tout sera rapidement réglé. D'après lui, Alma prendra mal la nouvelle, soit, mais à bien y réfléchir sa mère est constamment occupée à soigner son mari, aussi Alma ne sait plus où donner de la tête et sa vie est un perpétuel calvaire. Si elle restait à la maison, en revanche, on pourrait très bien se passer de la bonne d'enfants. Ce qui ferait l'affaire de Richard. Fini la pantalonnade. Et au bout du compte ce serait une bonne leçon pour lui.

Il prend une profonde inspiration. L'idée que les choses se calmeront un peu, tout du moins à la maison, lui semble déjà plus réelle qu'imaginaire, et l'espace d'un instant il se sent fort. Crobath boit la dernière gorgée de son café. Richard veut le resservir mais Crobath, la main sur la tasse, refuse en assurant qu'il n'a plus le temps. Son regard balaie le jardin, Richard suit ce regard. Le cerisier sombre, à l'arrière-plan un poirier qui donne bien et où la balançoire pend maintenant, inerte, parmi des particules de soleil jaunes. Puis le mur mitoyen, le jardin des voisins, ceux qui partent pour Londres.

Il faut un moment à Richard pour s'apercevoir que Crobath s'intéresse en fait à Otto. Le garçon fanfaronne sur la crête du mur, Dieu sait comment il a bien pu monter là-haut. Quand il remarque que les deux hommes le regardent, il lance :

— Ils ont recouvert la pelouse de tapis !

Les yeux très écartés d'Otto — il les tient de sa mère — épient encore un peu chez le voisin, puis le garçon se retourne et dit :

— Il y a plein de rideaux et même des tapis dans les arbres !

Il sourit dans leur direction.

Richard répond :

— Fais attention à ce que le battoir ne trouve pas un autre usage.

Otto continue de courir sur la crête du mur à petits pas trottinants, inspecte des deux côtés, un avant-poste de ce que Crobath appelle l'avenir. Otto et Ingrid jugeront parfaitement normales des choses que Richard, lui, ne voudra jamais accepter. Ingrid ne connaîtra rien d'autre, pour elle l'attitude de son père sera tôt ou tard celle d'un homme vieux et déçu qui situe l'Âge d'or en l'an quarante, tout comme le propre père de Richard, invalide de guerre, localisait les champs de bataille galiciens dans son membre disparu.

— Votre garçon a l'air heureux, dit Crobath.

Puis, après une pause, subitement :

— Faites attention à lui.

Richard ne sait pas trop comment il doit prendre cette remarque ni ce qu'il est censé répondre. Aussi il préfère ne rien dire du tout.

Crobath se lève. Tout en rejoignant sa voiture il remercie Richard de lui avoir accordé un peu de son temps, très bien, vraiment, de s'être revus après toutes ces années, mes hommages à madame votre épouse, Heil Hitler.

Avant même que Richard ait pu trouver une formule d'adieu, Crobath est parti. Richard attend, expirations lentes, que la Steyr décapotable ait tourné le coin du portail, elle donne un peu de la bande en sortant, puis il reste planté là, oppressé, irrésolu, les poings sur les hanches, et il fixe le portail vide où pour quelques secondes encore le gris des gaz d'échappement brouille l'atmosphère. Au bout d'un moment il se détourne de l'esplanade, embrasse du regard le jardin, là, si calme, personne en vue. Manifestement Otto a préféré descendre du mur, sage précaution, ou alors il se promène sur le petit bout de terrain derrière la maison.

Richard appelle son garçon.

Aucune réponse.

Otto est et demeure un petit morveux, la cause est entendue. Qu'Alma ne soit là que la moitié du temps, voilà qui nuit sans doute à l'éducation des enfants, c'est en tout cas une question qui le préoccupe depuis un bon moment déjà, et plus il y réfléchit, plus l'idée de liquider le magasin lui semble lumineuse. De toute façon il ne perdra pas son poste, aucune chance, et même si, du reste, mais non, quoique, ils en seraient bien capables, n'est-ce pas, ils sont capables de tout. Heureusement il est un homme riche, et dès que cette histoire sera réglée il se tiendra à carreau, alors on verra bien si. Car enfin quoi, sans vouloir se pousser du col, il faut bien admettre qu'il connaît l'économie de l'électricité sur le bout des doigts. Pas un comme lui. Un homme de talent, même Crobath le dit. Se tenir à carreau, voilà. Il se justifiera auprès d'Alma en assurant qu'on l'a soumis à une pression intolérable, l'argument devrait largement suffire. Et alors : Fini le magasin, terminé les incertitudes du petit commerce, plus d'affrontements avec les fournisseurs au sujet du papier utilisé pour confectionner les sacs — qui ne tiennent jamais —, ou avec le décorateur de vitrine qui, contrairement à ce qui était prévu, ne se présente pas en début de matinée mais perturbe la meilleure part de la journée et pour couronner le tout fait même baisser la recette.

La saison d'automne ne commencerait pas du tout (si toutefois c'est encore possible), et il pourrait faire parvenir discrètement aux représentants de la Fédération paysanne de Basse-Autriche tout ce qui, au terme d'une brève liquidation, lui resterait sur les bras, peut-être même en remplacement de l'argent promis à Ratzersdorf, pourquoi pas, ainsi les familles des cadres emprisonnés à Dachau lui seraient tout de même redevables. Il donnerait son congé à la bonne d'enfants (parfaitement), en contrepartie il faudrait donner plus d'argent à Alma pour le budget du ménage et les dépenses vestimentaires deux fois l'an, et puis, il se renseignerait aussi auprès de M. Löwy pour savoir s'il lui est possible de leur réserver le rucher. De la sorte Alma pourrait reprendre le violon d'Ingres de son père et la maison serait alors pour elle un vrai coin de paradis. C'est en tout cas ainsi que Richard se représente les choses.

Ingrid descend les quatre marches de la véranda d'un pas chancelant, enfin libérée après que Crobath est parti. Avec toute l'attention d'un petit enfant, elle regarde son père en ouvrant de grands yeux, pendant ce temps le chat arrive et se frotte contre la jambe gauche d'Ingrid. Au bout d'un moment elle se penche, dit plusieurs fois le nom du chat, essaie de le soulever par les pattes avant, arrive simplement à l'étirer jusqu'à ce qu'il soit presque aussi long qu'elle, un corps maigre, souple et qui de ses deux pattes arrières, fines, garde le contact avec le sol.

Richard lui aussi sentira bientôt la terre sous ses pieds. Peut-être que, de l'antichambre des possibles, sortira bientôt une configuration qui en regard de ses dons et de ses aspirations sera plus favorable que *celle-ci*. Il lui semble que cette espérance est liée d'une façon ou d'une autre à la situation politique, à ces mutations perpétuelles (possible à l'inverse qu'il commette l'erreur de sa vie), mais aussi au magasin de lingerie et à Frieda. Il lui paraît limpide que le monde continuera de changer, tantôt plus, tantôt moins. Et même si, tout bien considéré, il y a très peu de chances que les événements qu'il espère se produisent précisément maintenant et de cette façon, il restera néanmoins tel qu'il est, et il attendra patiemment que ce monde coïncide un jour ou l'autre avec l'avenir, pour l'heure bien incertain.

Nécessairement, censément, possiblement.

Par-delà le mur du jardin, il guette les bruits du dehors. Au loin les accents de quelques cuivres dans le soir, des cors, des trombones. Des contrebasses aussi. Et dans les intermèdes de silence les déflagrations étouffées qui montent du champ de tir. Pendant un moment Richard pense à Frieda, se dit que la jeune femme, désormais, se retrouvera souvent toute seule dans cette chambre sombre où l'odeur des vieilles tentures lui rappelle les canardières de son village natal. Richard regrette déjà — un peu — les draps plus tout à fait blancs, rugueux, du lit de Frieda, ces draps où il dormait déjà étant enfant. Mais l'instant d'après ces choses-là elles aussi se sont reconfigurées : Souvenirs pour les jours d'après, segments de vie marqués par une grande impuissance à agir et qui fort heureusement ne lui appartiendront plus dès demain.

Tout à coup Otto apparaît en poussant des cris d'Indien, il se dirige vers Ingrid et le chat, danse autour d'eux d'un air menaçant. Le chat s'échappe des mains d'Ingrid et détale à grands bonds. Ingrid avance les lèvres dans une moue menaçante et fronce les sourcils, comme Alma le fait souvent. Otto continue de danser et de hurler.

— Otto, arrête, ça suffit, gueule Richard.

Il fait signe au petit garçon de venir et lui donne une gifle. Il est persuadé que ça ne peut pas lui faire de mal, après tout il faut bien qu'il apprenne la discipline.

— Tu ne perdais rien pour attendre, et maintenant va ranger ta voiture, elle n'a rien à faire là.

Quelques abeilles volent nonchalamment.
Des taches de soleil circulent.
Des fleurs lourdes se balancent.
L'odeur du nettoyant pour tapis remplit l'air.
L'ange gardien n'esquisse pas le moindre mouvement.
Le vent chasse lentement la couleur des choses.
Sur le mur sur le mur une punaise —
Et un jour : C'était quand, déjà ?

Richard part du principe qu'il se souviendra.

Dimanche 29 avril 2001

Quand Johanna revient, la salle de bains est suffisamment déblayée cette fois pour que, en dépit des nombreux carreaux brisés et des particules minérales qui pleuvent dessus, elle puisse s'asseoir à côté de Philipp dans la baignoire. Elle lui dit que ses perpétuelles sessions sur les marches du perron ont constellé son visage de taches de son, d'habitude il faut attendre le plein de l'été. Elle le regarde, il aime quand elle le regarde comme ça, et ceci bien qu'il ne sache pas vraiment s'il n'y a pas tout de même une critique feutrée derrière cette constatation. À moins que Johanna veuille reprendre la conversation de la dernière fois ? Au sujet de son désintérêt sur le chapitre de la famille ? Non. Vraiment pas ? Tant mieux. Rien de neuf sur le front familial. Johanna fait couler une eau brûlante. Elle ruisselle sur les traînées de calcaire jaunâtres, au-dessous du robinet, jusqu'à ce que le rouge monte aux joues de Philipp. Après les vitres ce sont les carreaux de faïence bleu pâle sur le mur qui se voilent de buée. Johanna s'étire du mieux qu'elle peut. Puis elle demande :
— Dis-moi, Philipp, je peux rester quelques jours ?
Au vu du coup de fil d'hier (et de bien d'autres coups de fil auparavant), Philipp ne s'étonne pas plus que ça. Cet appel de Johanna : Je ne veux pas te perdre, je me sépare de

mon mari. Là-dessus l'espoir fugitif que ce soit réellement vrai, pour une fois, et aussitôt après le traditionnel éclat de rire (comme si le bouffon du cadran de l'horloge mettait le nez à la lucarne), parce que cette résolution une fois encore fera long feu, passera comme une grippe, comme une hallucination.

— Qu'est-ce qui me vaut l'honneur, cette fois-ci ? demande-t-il.

Rien que de très ordinaire.

Johanna s'est disputée avec Franz, et Julia — l'enfant par lequel ils ont indissolublement scellé leur union — passe ce week-end prolongé chez les parents de Franz à Neckenmarkt. Aussi Johanna se sent inutile à la maison.

Pendant qu'ils glissent tous les deux dans l'eau, à demi assis, à demi couchés, ils parlent de tout ce qui s'est accumulé chez Johanna depuis la dernière fois, de Franz, qui serait selon elle en pleine crise artistique. Elle cite même des détails : Il passerait le plus clair de son temps à évoquer son corps à corps avec les idées sans jamais travailler. Il se répandrait pendant des heures et des heures sur le corporel et l'intuitif, assurerait qu'il veut imposer au monde, coûte que coûte, son exigence d'absolu. Il sait néanmoins que ce projet fatalement échouera, pour la bonne et simple raison que des êtres sans envergure ni cervelle, continûment et depuis très longtemps, le tirent vers le bas. Ce qui vaut en premier lieu pour elle, Johanna. Elle rit. Hier il a passé la journée à déambuler dans l'appartement en assenant que le monde était plein de bip ! bip ! bip ! Il a secoué ses sculptures, s'est caché derrière en continuant de crier : Bip ! Bip ! Bipper ! À sa manière, toute de brusquerie. Et après quelques bip ! bip ! bip ! encore, il a quitté l'appartement sans la plus petite explication pour rejoindre son nouvel atelier. Le nouvel atelier, prolongement naturel des problèmes. Franz ne veut en donner la clé sous aucun prétexte, pas même à Johanna, l'épouse qu'on lui a pourtant très officiellement confiée.

— Il prétend qu'en réclamant cette clé j'essaie d'avoir une mainmise sur lui, que je cherche un moyen de le contrôler. Et si je lui dis que je n'en ai pas besoin pour mon propre ego ni pour prendre possession de sa personne, alors il ne voit vraiment pas pourquoi je la réclame. Si en plus je dois faire précéder chacune de mes venues d'un avertissement en bonne et due forme, ce ne sont là que des simagrées bourgeoises dont il ne voit ni le sens ni l'intérêt.

Philippe :
— Bonne argumentation, assez imparable.
— Possible. En attendant il ne manque pas d'air. Jusqu'à preuve du contraire, je suis encore sa femme.
— À qui le dis-tu.

Bien que ces ruminations autour du ménage de Johanna pèsent de plus en plus à Philipp, soucis inutiles, piège dans lequel il finira tôt ou tard par tomber, il se dit que c'est peut-être tout à fait normal. Quand on entretient une liaison avec une femme mariée, mère au surplus, il faut bien se préoccuper régulièrement de l'arrière-plan psychologique de la relation que ladite femme entretient avec son mari. Et réciproquement. À cette occasion il lui revient, chose étonnante et qui ne date pas d'hier, qu'il s'est accommodé d'emblée, voici quelques années, de son statut de numéro deux, qu'il se contente aussi sans le moindre problème, depuis le mariage de Johanna, de n'être qu'un amant épisodique, et qu'il tient enfin pour sûr et avéré que Johanna l'aime plus que Franz, aussi longtemps que le couple ne met pas au monde quinze enfants et préfère s'en tenir à celui-là, le seul, l'unique, non désiré de surcroît.

Johanna poursuit :

— La clé de l'atelier est devenue comme le symbole de sa liberté. Mais j'en ai marre et je lui ai dit hier que je me contrefoutais de toute cette histoire. Maintenant il peut toujours se piquer d'avoir gagné, d'avoir réussi à défendre sa sphère intime et artistique en faisant sa petite crise.

Puis, après une pause :

— Pour ce qui me concerne, il peut aller au diable, et le plus vite possible, qu'on n'en parle plus.

Mais ces effets d'annonce et ces promesses de bonheur, au terme d'un si long traitement, n'ont plus le moindre effet notable sur Philipp.

— Je suis curieux de voir ça, dit-il.

— Tu verras, tu verras, assure Johanna : Cette fois on a atteint le point de non-retour.

— Je viens de te le dire, je suis curieux de voir ça.

— Attends un peu.

— J'attends, ne t'en fais pas. Tout vient à point à qui sait attendre.

— On parie !

— Et la patience fait la grandeur des rois.

(On pourrait emménager, Johanna ne me tromperait jamais ou alors très rarement. On ferait rapidement un enfant puis un deuxième et —. Non, ça n'arrivera pas.)

— Très bien, on parie, dit Johanna sur un ton de défi.

— Une bière au Texas, un spectacle de catch dans la boue et le privilège de baiser sans capote.

— Entendu.

— À Pâques ou à la Trinité.

Elle hausse les sourcils, moqueuse :

— Je gagnerai mon pari.

Des deux mains elle donne de grandes tapes sur la surface

de l'eau, éclabousse sans gêne le visage de Philipp et atteint même la porte. Puis elle fait encore couler de l'eau brûlante. La mousse en grande partie a fondu, les maigres restes tracent des anneaux fins autour des morceaux de corps émergés. Les anneaux remontent, s'arrêtent juste au-dessous des seins de Johanna. Philipp remarque que ses tétons pointent, joyeusement provocants, ce qui n'est pas imputable d'évidence à l'humeur générale de Johanna mais à la chaleur et l'humidité de la pièce, à la lumière calme et saturée de buée que répand l'ampoule nue et pendante dans sa douille de fer-blanc.

Philipp dit :

— Moi non plus, je ne suis pas précisément la simplicité personnifiée, mais si tu veux je te donne une clé de la maison. J'ai au moins six doubles.

— Bien volontiers.

Il regarde entre les jambes de Johanna, poussé par le besoin, dans cette eau marbrée par les sels de bain et légèrement bleutée, d'admirer son sexe. Mais il y a des petites bulles d'air dans le fouillis de ses poils pubiens, ce qui l'étonne tellement qu'il en vient à d'autres pensées. Sa pulsation cardiaque décélère lentement et il observe comment les choses se passent chez lui, s'il n'a pas lui aussi, dans ses poils pubiens — moins fournis que les siens —, des petites bulles d'air. Mais il n'y en a pas, et il aimerait bien savoir pourquoi toutes ces différences.

Entre-temps Johanna a repris le fil :

— Si tu savais comme Franz me tape sur les nerfs, c'est à peine croyable. Lui, lui, lui, lui. Encore lui. Toujours lui. Je n'en peux plus. Lui et ses sculptures, lui et son atelier, lui et sa ville, lui et sa voiture, lui et son Chameau noir. Ses photographies, ses chaussures, ses pantalons, ses couilles, sa tête et sa mauvaise humeur. Son égocentrisme me tape épouvantablement sur les nerfs.

— Je sais, je sais, dit Philipp, pour indiquer qu'il est en phase avec ce qu'elle entend lui raconter.

Et plus tard, dans le même but :

— Je m'étonne, je m'étonne.

Juste après ils se lèvent et ils se douchent. Alors que l'eau gargouille encore dans le siphon, ils passent de la salle de bains à l'ouvroir, en bas, la seule pièce avec la salle de bains que Philipp ait largement déblayée et vidée. Avec les quelques meubles, c'est l'odeur un peu triste de vernis, de papier ciré et de vieillesse qui s'est dissipée. Philipp a descendu un matelas à ressorts de l'étage supérieur, il l'a garni de draps propres puis il l'a poussé sous la fenêtre. C'est vers ce matelas qu'il entraîne Johanna. Il est nerveux, pas à cause de ses grands-parents qui, depuis le mur, reproduction refroidie d'un couple de jeunes mariés, l'observent, mais parce qu'il sait qu'il va coucher avec elle et que ce sera la seule et unique fois de ce week-end où Johanna, fermement résolue, s'imagine que sa séparation d'avec Franz est une chose tout à fait réglée. Il est pris d'une manière de dégoût à cette idée. Il est persuadé que les fantasmes de sédition de Johanna ne sont qu'une révolution des derniers jours d'avril, un interrègne anarchique qui ne survivra pas au mois de mai. Comme un bref contact oculaire avec tous ses mensonges, comme une idée de la mort. Pourtant sa main gauche s'enfonce par-derrière entre les cuisses docilement ouvertes de Johanna, le médium en avant, tout simplement parce qu'il serait dommage de laisser passer cette courte trêve — la dispute de Johanna avec Franz lui permet tout de même de souffler un peu — sans en tirer des dividendes sexuels. Il sent le contact de sa langue en haut de son bras droit, une jouissance incessante, triste.

— Tu entends ? dit-elle.
Et puis, avant que sa langue ne parte vers son cou :
— D'après Lamont, on reconnaît un vent de force quatre à ce que les cheminées sifflent.
En effet les cheminées sifflent.

Au milieu de la nuit Philipp se réveille parce que le portable de Johanna sonne. À la façon dont elle répond, il est évident que Franz est à l'autre bout du fil. Elle dit qu'elle est chez une amie et qu'elle vient de dégueuler, en plus elle a aussi la diarrhée et elle est certaine que ça va repartir d'ici deux minutes, grand maximum. S'il a quelque chose à dire, qu'il le fasse, mais vite, elle ne peut pas être en même temps au téléphone et sur la cuvette. Quelques secondes plus tard elle appuie sur le bouton rouge en marmonnant, puis elle éteint le portable et se replonge dans l'un des carnets de notes de Philipp, dans la lecture duquel elle vient d'être interrompue.

Philipp vit la situation comme un rêve étrange et transparent. Il se blottit contre les hanches nues de Johanna. Dans cette position il voudrait continuer à dormir, et voir si son rêve trouve un prolongement. En même temps il entend Johanna, la voix toujours teintée d'irritation :
— Je suis en train de lire ta petite esquisse sur tes arrière-grands-parents et sur l'origine du boulet de canon dans l'entrée. La comparaison n'est pas franchement flatteuse, je sais, mais tu es à peu près aussi stérile que Franz. Tu écris assidûment, et d'une plume alerte semble-t-il, mais en réalité rien n'en sort vraiment. Pure perte de temps. À la limite, tu vois, je pourrais encore accepter que, en raison de circonstances malheureuses, tu te sois détourné dès ton plus jeune âge de ces transferts d'informations généalogiques qui,

entre parents, sont fréquents ou tout du moins ne sont pas tout à fait inexistants. Mais je te rappelle que ton père, lui, vit encore.

— Sauf qu'il a perdu la parole au cours du siècle dernier.

— Et c'est pour cette raison sans doute que tu préfères échafauder tes propres histoires ? Même pour ça, note bien, je pourrais t'admirer. Je pense que ce serait possible, si tu n'étais pas aussi vaniteux, j'entends si tu travaillais vraiment, enfin, si, quitte à raconter des histoires de famille, tu le faisais au moins sans vanité. Ne le prends pas mal, mais en ta qualité de descendant des héros précédemment décrits, tu n'en es de toute évidence pas capable.

— C'est-à-dire, je me disais —, marmonne Philipp, somnolent, confus.

Il pressent déjà que Johanna vient de réatterrir sur la terre ferme de la réalité, et qu'elle s'est aperçue ce faisant que lui, Philipp Erlach, n'est pas l'homme qui arrachera Johanna Haug à son mariage détruit.

— Tu te disais ? demande-t-elle.

Mais il ne termine pas sa phrase, et peu après, quand elle ajoute encore une petite remarque adventice, ses paroles ne l'atteignent plus vraiment. Après tout elle peut bien dire ce qu'elle veut :

— Si ça continue dans cette veine-là, je vais finir par me retrouver dans le rôle de la faiseuse de pluie. On en prend le chemin. C'est parfaitement hors de question, autant te le dire tout de suite.

Mardi 1ᵉʳ mai 2001

Johanna veut absolument participer à la grande marche et tient à ce qu'ils prennent tous les deux leur bicyclette, en signe de protestation contre les transports urbains qui, depuis peu, ont décrété qu'on pourrait de nouveau circuler normalement le 1ᵉʳ mai. Déjà que plus un pékin ne fait carême, il ne manquerait plus qu'on reste les bras croisés aux jours de fête socialistes. Ce raisonnement, tout bien pesé, semble parfaitement logique à Philipp, et aussi bien il est prêt à suivre cette logique, mieux encore : Il entortille du papier crêpe rouge sur les rayons des bicyclettes, si impeccablement que les passants en tomberont à la renverse. Sur leurs vélos Johanna et Philipp font un beau couple, et pendant la grande marche Philipp arbore son œillet à la boutonnière comme un bolchevik d'opérette présente ses décorations. Il reste sur le boulevard de ceinture, entre des retraités qui portent des insignes syndicaux au revers du veston, sous des marronniers en fleurs, aux feuilles grasses et luisantes. Johanna et la parade passent sous ses yeux. Pendant ce temps il reprend quelques-uns des chants que son père, le prétentieux, lui a appris pour qu'il ait des munitions lors des sorties scolaires (sa propre expression) : *Avanti Popolo! En avant et n'oubliez pas!*
　Taramtamtam! Tzimm boum, tzimm boum! Tirelireli!

Le soir, sur le chemin du retour, comme Philipp et Johanna, sur leurs bicyclettes hypnotisantes, dépassent d'autres manifestants qui rentrent aussi à la maison, traînant leur drapeaux comme les membres d'une armée en déroute, Johanna veut savoir si Philipp est prêt à entendre une heureuse nouvelle. Ces prémisses et l'appellation d'*heureuse nouvelle* suscitent aussitôt sa méfiance, car il sait combien ce que les journaux qualifient d'heureux est relatif. Pourtant il tolère que Johanna saisisse son épaule et, le temps de lui communiquer la nouvelle, se laisse traîner sur quelques mètres. À demi fière, à demi railleuse, elle lui apprend qu'elle s'est entendue dernièrement avec un homme de sa connaissance, travailleur dans le bâtiment, et que celui-ci, en dépit de la description précise et circonstanciée de l'état dans lequel se trouve le grenier de la villa, a demandé à deux travailleurs au noir de se présenter demain aux aurores chez lui. Ces deux hommes seront chargés d'assister Philipp dans son travail, de lui donner un coup de main et même, pourquoi pas, le cas échéant, un coup d'épaule. Quoi qu'il en soit — c'est du moins l'avis de Johanna — l'arrivée de ces deux-là devrait l'empêcher pour quelques jours, lui (oui, Philipp, toi), de réfléchir aux multiples destins d'un boulet de canon.

Au lieu de refuser tout net, ce qui au vu de cette provocation serait encore la réaction la plus appropriée, Philipp se contente de soupirer. Tandis qu'il donne de puissants coups de pédale, Johanna appuie plus fort sur son épaule. Et ce n'est qu'après plusieurs centaines de mètres, entre Meidling et Schönbrunn, quand il est presque hors d'haleine, qu'il se décide enfin à protester :

— Et quel roi je suis, moi, qu'il me faille deux héros pour nettoyer ma fange ! Je les fais décapiter l'un après l'autre ! Parfaitement ! Le roi des fumiers, voilà ce que je suis !

Dimanche de Quasimodo, 8 avril 1945

Vienne, ville du front. Galoches qui claquent, lance-roquettes sur l'épaule, Peter Erlach, quinze ans, traverse la rue en courant et disparaît dans des décombres étranges, les ruines d'un immeuble d'angle où son chef de section et quatre autres garçons des Jeunesses hitlériennes ont pris position. Qui par-dessus la crête déchiquetée d'un mur, qui par l'embrasure d'une des fenêtres du rez-de-chaussée, ils aperçoivent leurs premiers bolchevistes, une troupe d'éclaireurs qui vient du sud et bifurque dans la rue. À leur tête un officier moustachu qui brandit un pistolet mitrailleur, derrière lui un soldat qui pousse un landau à grandes roues. D'autres fantassins encore, fusils chargés sous le coude, suivent à intervalles irréguliers. La plupart de ces figures sont massives, les visages délavés, abattus et fatigués par les veilles, les uniformes souillés d'immondices. Les pantalons bouffent tout autour des grandes bottes, certains ont le manteau qui claque au vent, tout comme il est décrit dans l'un des albums des Jeunesses hitlériennes, *dans l'espoir d'avoir le pan du manteau troué*. Pas un seul casque d'acier dans le lot, rien que des bonnets de fourrure grattés, déchirés, dont les oreillettes se détachent comme les ailes d'oiseaux empaillés. Deux des hommes ont orné leur bonnet de tulipes, ils les ont vraisemblablement coupées dans le parc du château, il est déjà entre leurs mains. Certains ont une chique de machorka au coin des lèvres. Pas mal du tout, pense Peter, il ne manque plus que le petit cheval à la robe gluée de fumier.

— On y va, murmure le chef de section.

L'un des garçons, un engagé volontaire, quatorze ans tout au plus mais fermement résolu à en avoir quinze, contourne en rampant un chicot de mur et se réfugie au couvert d'une ancienne façade bombardée. Avec sa carabine française, il met en joue les hommes qui s'approchent lentement. Une détonation claque, au même instant le soldat russe qui poussait le landau tombe par terre en criant. Le landau se renverse et répand son contenu, briques de pains et munitions, sur le soldat abattu. Sans riposter les autres bolchevistes se réfugient sous des porches, effarouchés aussi par le violent crépitement qui a succédé au coup de feu. L'un des adolescents tourne le moulinet d'une crécelle dérobée dans l'Augustinerkirche et dont les crans sont ferrés pour produire un son à peu près identique à celui d'un fusil mitrailleur. Tac-tac-tac-tac-tac. Pour quatre ou cinq secondes. Le subterfuge ne fonctionne pas plus longtemps.

Tandis que le bolcheviste étendu sur la route pousse des cris incessants, le tireur rejoint ses compagnons en rampant sur le sol. De la pointe de la crosse, il creuse une petite encoche dans le crépi du mur, là où on peut lire un message pour d'anciens occupants. Il frotte l'épaule où il y a un instant encore son fusil était posé, puis il dit :

— Dans le mille.

Il s'ébroue, chasse de l'air de ses narines encroûtées, puis il recharge son arme. Les cris de douleur du soldat russe se changent en un gémissement presque inaudible.

— Je t'ai dit de tirer ? gueule le chef de section.

Mais on voit bien qu'au fond il n'est pas mécontent de pouvoir enfin en découdre. Il a laissé entendre plusieurs fois qu'il voulait décrocher la Croix de fer, première classe, un objectif raisonnable de son point de vue, car enfin le Volkssturm n'est pas une formation de combat au plein sens du terme, aussi, espérons-le, même les menus succès de ce genre seront récompensés comme il se doit.

Pour battre le fer tant qu'il est encore chaud, selon son expression, le chef de section, suivi de deux autres garçons dont Peter, saute par une ouverture dans la cave de la maison anéantie par les bombes. Ceux qui restent derrière leur tendent trois lance-roquettes et deux charges de démolition. Les caves des immeubles communiquent entre elles et la petite troupe arrive rapidement à la hauteur des bolchevistes embusqués. Les gens dans les caves ne semblent pas plus gênés que ça par ces jeunes soldats qui traînent des armes après eux. Assis sur des bancs et des valises, la plupart des occupants accueillent aussi avec indifférence les bruits qui retentissent au-dehors, le tac-tac-tac des pistolets mitrailleurs ou de la crécelle dévoyée. Pas un mot, pas un salut. Ils sont recroquevillés, absents, disparaissent sous plusieurs couches de vêtements. Peter se souvient qu'il y a deux jours déjà, quand on les a incorporés, il n'y avait, à sa grande et sincère surprise, ni femmes ni jeunes filles pour leur lancer des fleurs.

Quand ils sortent de la troisième cave, on n'entend plus la moindre mitrailleuse. Derrière le chef de peloton, Peter se faufile dans le corridor en direction de la rue, il avance aussi prudemment que possible pour que les mauvaises semelles de bois de ses Goiserer ne fassent pas trop de bruit. Mais les bolchevistes se sont retirés. Le soldat abattu et le landau ne sont plus là, une flaque de sang les a remplacés, et les Russes ont emporté aussi les briques de pain, ce que Peter regrette par-dessus tout, car les vivres qu'il a reçus la veille étaient bien maigres, et il a commis l'erreur de tout manger dès le premier jour. On lui avait pourtant dit qu'il devait tenir au moins deux jours avec.

(Il aurait dû se remémorer les dix commandements que ses sœurs, ces exemplaires, lui auront transmis pour son entrée dans les Jeunesses : Surtout ne pas dévorer son viatique dès la première heure et se lever chaque jour sans le plus petit retard, sous peine de devoir attendre une éternité que les toilettes se libèrent ; toujours s'habiller chaudement, bien se moucher et ne jamais faire l'idiot, parce que maman est malade et que papa lui-même commence à flancher.)

Peter se presse contre la porte rabattue vers l'intérieur, scrute les environs et voit que l'officier soviétique avance à reculons en couvrant ses fantassins. Les soldats poussent le landau — ils y ont couché leur camarade blessé, un peu de travers — dans une ruelle latérale, l'officier ne tarde pas à y disparaître lui aussi. Depuis l'immeuble en ruine, alors qu'on ne l'aperçoit déjà plus, il reçoit encore quelques salves. L'écho des coups de feu fait paraître la rue plus vide encore.

Les garçons aménagent le corridor du bâtiment en deuxième poste d'observation. Scrutant sans cesse les alentours, à l'affût du moindre bruit qui viendrait jusqu'à eux, ils attendent dix minutes sans qu'un événement notable se produise. Ils ont peur, mais en même temps ils ressentent une agitation violente, liée en partie à la conscience du danger de mort qui les menace, en partie à la certitude qu'on ne remarquera pas leur peur, ou que, si toutefois c'était le cas, ils ne seront pas lâches. Si les garçons ont déjà entendu les gens disputer de bien des sujets, certainement pas de la lâcheté, en tout cas, non, le thème le plus œcuménique qui soit, unanimité là-dessus dans tous les camps, le dernier point sur lequel on s'accorde. Provocants, le verbe haut et le geste assuré, ils débattent des modifications qu'il faudrait apporter à leur uniforme, examinent où la coupe n'est pas tout à fait parfaite, se demandent par quelle astuce ils pourraient donner un coup de fer impeccable à leurs pantalons bleus pour qu'ils aient le même tombé que celui des matelots. Ils parlent du garçon qui vient de tirer et qui la veille est apparu dans une tenue si irréprochable, si parfaitement ajustée, qu'on aurait dit qu'il était en mission commandée, chargé de souhaiter son anniversaire au Führer en personne. Ils l'admirent pour son ceinturon, en beau cuir bien nourri et non en papier mâché comme le leur. Et comme la veille déjà, quand ils ont passé la nuit au cinéma Bellaria, la conversation roule sur l'âge incertain du petit. Le chef de section ne tarit pas d'éloges sur *son sens du sacrifice et sa volonté de vaincre*, voit en lui *un exemple, dulce et decorum est pro patria mori*. Mais à peine a-t-il commencé son exposé qu'il doit l'interrompre, car du côté de la ville, longeant la ruine, un civil descend la rue.

L'homme, un monsieur d'un certain âge, est en caleçon, il a gardé son pantalon de treillis noir délavé mais les jambes en sont nouées et manifestement remplies de farine. Il traîne ce fragment gonflé, bouffi, pareil à un noyé, halète et jure, mais progresse néanmoins avec le zèle d'un bienheureux, sur le trottoir, en direction des garçons.

— Rentrez donc chez vous, grogne l'homme en secouant la tête dès qu'il aperçoit les jeunes soldats armés sous le porche.

Il reste un instant courbé, comme s'il cherchait à comprendre ce que tout cela peut bien signifier, et comment il peut se retrouver là, planté en pleine rue, le caleçon troué et les chaussettes baissées.

— C'est fou, dit-il.

À la manière d'un haltérophile, il sort et étire des manches de sa veste ses bras saupoudrés de blanc, pour avoir une meilleure prise sur cette caricature bosselée de lui-même. Puis avec un dernier juron discret il s'en va en traînant son fardeau.

— Là, en bas, les Russes, crie Peter au pillard.

— Qu'ils le descendent, gueule le chef de section. Tu vois bien à qui on a affaire.

Le chef de section crache en direction de la rue où l'homme s'éloigne sur ses jambes de sauterelles blanches veinées de bleu, misérable en comparaison de son treillis rempli de farine, dont l'opulence renvoie aussi bien au passé qu'à l'avenir, aux temps meilleurs qui ont été et qui, c'est tout du moins ce qu'on peut espérer, reviendront.

— On pourrait lui tirer dans le pantalon, propose Peter pour faire oublier qu'il a voulu avertir le pillard. Allez, on lui crève le froc, répète-t-il.

À l'idée que la farine se mettra alors à couler comme le blé dans *Max et Moritz*, il ne peut s'empêcher de rire.

L'autre garçon glousse avec lui.

— Quel trou du cul, dit-il, mais sans bouger.

Le chef de section apprécie beaucoup moins la proposition de Peter et fait voler son calot.

— Épargne tes munitions, abruti, tu en auras bien besoin.

Imperturbable (ou avec une docilité apathique), Peter ramasse son calot par terre. Il n'aime pas son chef de section, dès le début celui-ci a renoncé à s'attirer la sympathie de ses hommes. Début février, alors que Peter faisait ses classes à Judenburg, il a obtenu sa dégradation, après que Peter a été surpris à pisser dans le lavabo en pleine nuit. Histoire classique. Sauf que lui : Dégradé. D'abord l'engueulade dans la cour devant la troupe au grand complet, puis le cordon de Scharführer qu'on vous arrache. Épouvantable. Une vraie humiliation.

Peter bâille nerveusement. Son estomac grogne. En même temps il se remémore une formule rituelle qu'on leur disait à table lors d'un camp d'été. À peu près ceci : Qu'ils vivent, tous ceux qui nous donnent à manger. Qu'ils soient rossés, ceux qui nous volent notre manger. Qu'ils meurent, ceux qui nous gâtent le manger.

Pendant trois semaines la même formule avant chaque repas.

— On devrait le rosser, ce pillard, dit-il.

Mais les autres ne l'écoutent déjà plus.

Depuis le sud-ouest, par-dessus leur tête et à longueur de journée, l'ennemi soumet à un feu roulant les artères qui rayonnent vers le premier arrondissement. Une vague après l'autre à une vitesse stupéfiante. D'après la direction des détonations, ce sont les environs de la Stiftgasse qui reçoivent les salves les plus fournies. Peter s'étonne qu'il se soit familiarisé aussi vite à tous ces bruits ; c'était exactement la même chose avec les trains qui passaient derrière la maison, autrefois. Peter se rappelle que sa mère s'est mise à aimer les trains à mesure que la maladie se propageait en elle, et aussi qu'elle disait que, dans la nuit, allongée sans dormir, entendant le bruit des trains, elle pensait aux sorties et aux visites d'avant. Plus tard, quand Peter aura le temps pour ça (beaucoup, beaucoup plus tard), il se remémorera une fois encore toutes ces choses-là. Mais en ce moment il n'y a pas de place pour ce genre de réflexions. Quand il se rappelle combien il fut soulagé qu'on l'incorpore, satisfait de pouvoir fuir l'affliction familiale, il éprouve brièvement de la mauvaise conscience. Mais cette sensation-là elle aussi est chassée presque aussitôt par les préoccupations immédiates. Les ferraillements et les couinements de chenilles à patins d'acier mal huilées se mêlent aux bruits d'artillerie tenaces et s'enflent rapidement. En bas un char T-34, grande étoile rouge peinte sur la tourelle, oblique dans la rue. Le canon tourne de quelques degrés vers la droite, s'abaisse et, depuis le côté gauche de la route, tire un obus sifflant sur la ruine à l'extrémité droite du bloc. Le projectile explose avec un grand bruit creux. Un fracas épouvantable. Un nuage de fumée s'élève, les chicots de mur s'ébranlent et s'effritent, les dernières vitres des dernières fenêtres dans les bâtiments avoisinants tremblent. Invisible mais toute proche, dans l'une des rues latérales, une voix métallique sortie d'un haut-parleur enjoint aux hommes, dans un fort accent viennois, de rendre les armes.

— Nous venons vous libérer, dit la voix.

Le chef de section manque de s'étrangler et dit :

— Ça me ferait mal.

Pendant que la voix dans le haut-parleur s'efforce de donner quelque crédit à son affirmation en évoquant la Déclaration de Moscou, le chef de section pose un lance-roquettes sur l'épaule de Peter et, tout en le poussant vers la rue, ajoute aux mots d'ordre qui retentissent encore dans la rue latérale :

— Et tous les hommes allemands seront stérilisés.

Cette vue de l'esprit, même en y réfléchissant superficiellement, paraît tout à fait crédible à Peter, après tout les Russes dans le nouvel ordre mondial devraient censément récurer les latrines. Aussi pourquoi nous épargneraient-ils.

Le canon principal du tank tire une deuxième fois, toujours en direction de la ruine. Peter ne saurait pas dire s'il perçoit la canonnade davantage avec les oreilles qu'avec les pieds, tant la déflagration le parcourt de haut en bas. Il s'agenouille derrière la pierre angulaire et, le cou penché vers la gauche, dégage l'épaule droite, celle où repose le tube du lance-roquettes. Le chef de section détache la sécurité, met la hausse, exactement les mêmes gestes que l'autre jour dans le journal (approfondissement de la formation-éclair du Volkssturm).

— Ils ne vont pas être déçus, dit le chef de section : Au niveau du boulevard extérieur, au plus tard, ils tomberont dans le piège. Du suicide.

Il met en joue le char qui s'est approché à quarante mètres et allume la charge. La roquette, propulsée par un rayon de feu de trois mètres, file droit vers sa cible. Quand Peter rouvre les yeux après la détonation, il voit que la chenille droite du char est déchirée. La trappe s'ouvre de l'intérieur et un bolcheviste — coiffé lui aussi d'un bonnet fourré — bondit hors du véhicule, un pistolet mitrailleur à la main. Il tire. Avant qu'il ait pu mettre le cap sur l'un des porches, il est touché à la tête par une balle partie des ruines. Il tombe par terre sans un bruit (ou alors on n'entend pas ce bruit).

Maintenant le T-34 se tourne en travers de la route et, péniblement, crapaud d'acier couinant et agonisant, progresse tant bien que mal sur le pavé inégal en direction d'un porche de l'autre côté de la rue. Sur la porte on peut lire AAA, abri antiaérien (et vive la défense passive, ont ironisé les gamins hier dans la nuit au cinéma Bellaria pour exaspérer le chef de section). La gueule d'acier enfonce la porte, la chenille encore intacte arrache aussi le chambranle et, comme l'entrée est un rien trop étroite pour le char d'assaut, passe sur le chasse-roue et pénètre de tout juste deux mètres, légèrement en diagonale, à l'intérieur du bâtiment. Puis le moteur rend l'âme. Le démarreur crachote trois ou quatre fois, des bouffées de gasoil noirâtres s'échappent jusqu'au milieu de la route et se dissipent très lentement. La caisse du char est percée à l'arrière, du carburant coule sur le sol. Le chef de section lance une grenade, déflagration, poussière, l'arrière du véhicule s'embrase. Une fumée noire à la fine pointe des flammes voile l'entrée du bâtiment comme un rideau. Derrière on entend quelques voix fiévreuses, quand le reste des occupants du char court se mettre à l'abri. Deux ou trois minutes passent, puis les munitions à l'intérieur s'enflamment, le monstre vacille sous les détonations avant qu'une dernière explosion particulièrement violente ne crève la coque de métal. Peter sent le souffle de l'explosion et le sol qui tremble. En l'espace de quelques secondes des fissures sillonnent les murs, comme tracées par un crayon fou, zèbrent la façade de bas en haut et de haut en bas. Des vitres explosent, les éclats de verre atterrissent sur la rue. Un grand carton cloué sur une baie de fenêtre vacille dans le vide, change trois ou quatre fois de direction. Très impressionnant, vraiment. Peter s'étonne au plus haut point que l'immeuble ait résisté à un tel traitement.

— Ça valait le coup, dit-il.
— Ferme ta gueule, grogne le chef de section.

Peter et l'autre garçon ne peuvent s'empêcher de rire. Maintenant le chef de section ricane lui aussi un bref instant. Puis il a un haut-le-corps et se ressaisit aussitôt.

Pendant que le T-34 achève de brûler, Peter se dit qu'il aimerait que son père le voie, il apprécierait sûrement cela. Ces derniers temps il ne dispensait plus le moindre éloge et se contentait de lui envoyer des piques, bien que cette désapprobation fût précisément ce qui blessait le plus Peter. Depuis que sa mère va mal (ou depuis que l'armée allemande ne remporte plus de victoires, c'est difficile à dire), les rapports entre lui et son père se sont rapidement détériorés.

Parfois Peter a l'impression que ni lui ni son père, ne sont capables d'affronter la maladie de sa mère, qu'ils sont même devenus des adversaires, alors qu'ils feraient mieux de se souder, entre hommes, comme ses sœurs à lui se sont soudées, entre femmes, avec leur mère. Son père trouve toujours quelque chose à redire, et c'est immuablement Peter qui se fait attraper, battre, alors que ses sœurs s'en sortent avec quelques paroles acerbes. Là-dessus les alarmes incessantes, pas de gaz, pas de lumière, les pleurs et l'énurésie de sa petite sœur, les problèmes perpétuels avec le chauffage, l'alimentation, les calories, les analgésiques, surtout, parce que toute la morphine est sur le front. Si pour achever le tableau ils perdent la guerre, son père ne s'en remettra pas. Peter se demande comment tout cela pourra finir.

Un deuxième char, de type américain, contourne le bloc et depuis la rue transversale progresse vers la ruine. Les coups de canon se succèdent de nouveau, depuis la tourelle, écoutille gauche, un tireur muni d'une mitrailleuse dispense des gerbes de projectiles en demi-cercle. Des fontaines d'immondices, des petits nuages de poussière et de fumée jaillissent et s'écoulent des décombres et des façades humides des maisons voisines. Alors que le char a presque atteint la ruine, le garçon de quatorze ans, le volontaire — venu d'où ? —, apparaît derrière le char, s'avance et, dans les bouffées de gasoil, les scories tourbillonnantes de ces dernières semaines de guerre, saute sur l'arrière du char et progresse le long de la tourelle. Le tireur, averti par un bruit ou doué d'un septième sens, rentre judicieusement la tête, et avant que le gamin ait eut le temps de dégoupiller sa grenade, l'écoutille est fermée et verrouillée de l'intérieur.

L'équipage du char ne tarde pas à repérer les autres garçons qui, collés au mur des maisons, précédés par leur chef de section, remontent la rue en courant, parce que, dit-on, on ne laisse jamais tomber un copain. Le char américain tourne pour mieux viser le petit groupe. Pendant ce temps le soldat de quatorze ans se laisse glisser de la caisse d'acier, court à gauche en suivant les lourdes roues motrices qui progressent au pas, puis, arrivé devant la bouche du canon principal, tout près du tireur, dégoupille sa grenade, lève la main droite et lance le projectile dans la gueule du canon qui l'instant d'après crève dans une déflagration nette. Deux secondes plus tard le tireur fait de nouveau feu, mais les garçons venus à la rescousse de leur camarade sont déjà loin, hors d'atteinte, tous. À l'exception de Peter. Il reçoit un coup, il a le sentiment de trébucher. Son lance-roquettes lui glisse des mains et tombe par terre. Il fait un faux pas, se reprend, se précipite en avant. Puis il finit lui aussi par contourner le char, côté gauche, et sans réfléchir un instant à ce qui vient de se passer, par une fenêtre béante du rez-de-chaussée, il plonge la tête la première dans l'immeuble en ruine, où, nécessairement, deux camarades restés en arrière sont encore cachés.

— Aux abris! crie le chef de section qui — comme le garçon de quatorze ans tout à l'heure — vient de partir à l'assaut du char et a déposé une mine adhésive sur la trappe de la tourelle.

Il allume la mine. Comme en réponse à quelques coups frappés, la trappe s'ouvre, une grenade roule sur la route, sans la moindre impulsion, comme dégoulinée, comme crachée. Au même moment la mine dont l'aimant ne vaut manifestement rien glisse de la trappe sur l'aile du char et de l'aile sur la route. Le char fait un bond en avant. Un instant plus tard la mine et la grenade explosent dans une seule détonation assourdissante qui retentit entre les maisons. Le moteur du char se met à hurler, le véhicule tourne vers la droite, puis, dans la fumée noire et épaisse du T-34 abattu, descend la rue.

À cause de la poussière soulevée par les explosions, Peter a les yeux qui coulent. Il n'arrive pas vraiment à reprendre son souffle. Il tousse plusieurs fois, ses oreilles bourdonnent, il est à l'affût du moindre bruit mais il n'entend rien, pas un cri, pas un gémissement, juste le feu roulant de l'artillerie ennemie qui se confond un moment avec le crépitement des briques dans les joints de mortier. Tout en haut la rumeur d'un avion dans le ciel finement voilé, ce bruit-là aussi étouffé, comme irréel (tandis qu'en bas on n'entend même plus la plainte du moteur). Peter se ressaisit, du bras gauche, encore intact, il presse le bras droit contre son corps, de la poussière crisse entre ses dents. Il tousse et crachote encore une fois, sort de la ruine dans la poussière qui retombe lentement (parfois elle monte encore un peu). Peter voit son chef de section allongé à plat ventre sur la route, collé au sol, il lui manque la moitié de la tête, le cerveau est en grande partie sorti, recouvert par un vernis rougeâtre de briques en poudre et de menus gravats. Le deuxième garçon, celui qui était avec Peter dans le corridor, reste invisible, où qu'on porte le regard. Le soldat de quatorze ans en revanche est appuyé à un mur détruit, juste à côté de la baie de fenêtre par laquelle Peter a sauté tout à l'heure pour se mettre à l'abri.

Peter est surpris en voyant le gamin : Le péritoine semble déchiré, entre les lambeaux sanguinolents de l'uniforme on peut voir les entrailles, sanguinolentes elles aussi, avec les mains l'adolescent les empêche de sortir davantage. L'œil droit — si toutefois on peut encore parler d'un œil — est sans éclat, la paupière inférieure pendille, l'os juste au-dessous est à nu. La moitié droite du visage est couverte de sang, d'épais grumeaux coulent du menton à intervalles rapides sur la manche du bras droit. Le garçon ne le remarque même pas. De son œil gauche il regarde Peter, sur son visage toujours enfantin une expression que celui-ci connaît pour l'avoir déjà vue chez sa mère. Ce n'est pas tant la douleur, plutôt un effarement, une incrédulité remplie d'effroi, parce qu'il ne sait pas si c'est la fin. Après quelque temps le garçon s'efforce de marcher vers Peter. Il donne une vigoureuse poussée des épaules mais le corps sans l'appui du mur derrière ne suit plus, il vacille un peu, reprend sa position initiale. Peter reste là comme enraciné. Mais à y regarder de plus près, il est touché de voir combien le garçon est concentré tout à coup. Ça ne l'effraie pas, ça le touche simplement. Singulier. Remuant faiblement les lèvres, comme pour psalmodier une imprécation, le soldat fait une nouvelle tentative pour marcher, comme s'il voulait utiliser le peu de vie qui lui reste encore pour faire un ou deux pas. Mais il n'en a pas la force. L'œil gauche toujours fixé sur Peter, il s'affaisse soudain dans un mouvement incroyablement doux, tel un ruban d'étoffe qui tombe. Les genoux touchent le sol, glissent vers l'arrière, le visage frappe le pavé sans résistance, les omoplates se creusement bizarrement. Le garçon tressaille une fois encore, comme s'il voulait se raidir une dernière fois pour saluer, puis il reste allongé là, tranquille, et on dirait que la guerre s'est arrêtée pour lui (mais la paix n'a pas nécessairement commencé, rien n'a commencé, d'ailleurs).

Guerre, quelques chiffres, statistiques, marques, incidents (conséquences) et çà et là un événement qui ne concerne pas tout le monde.

Bien qu'il ait le bras en écharpe, Peter le soutient de la main droite. Les regards qu'il jette de temps en temps vers la ville, derrière, où l'on ne retrouvera plus grand-chose si la guerre continue encore un moment avec cette rage, sont chassés aussi vite que ceux qu'il porte sur son bandage humecté, cette petite zone qui scintille à la lumière et où le sang suinte. Il a un peu de fièvre, la blessure elle-même ou l'une des injections qu'on lui a faites dans le bras valide et dans la poitrine à l'hôpital de campagne. Un mal de chien. Mais les douleurs n'intéressent personne, pas maintenant. Tant qu'il peut encore marcher, qu'il marche, c'est ce que lui a dit l'infirmier tout à l'heure, et voilà pourquoi Peter, ruisselant de sueur, pantelant, le pas long et traînant, avance dans les vignes du Kahlenberg, après qu'une estafette de l'hôpital de campagne les a emmenés, lui et le jeune homme qui était resté tapi dans les caves de la ruine, jusqu'à Nußdorf. Ses jambes sont lourdes. Quand il progresse, titubant, c'est comme si toute la merde de la guerre, les immondices de la moitié de la ville lui collaient aux chaussures. Mais il ne cède pas au besoin de s'asseoir pour se reposer, poussé par ce que l'infirmier lui a dit il y a un moment déjà : Que tous ceux qui réclament un lit à l'hôpital militaire peuvent se considérer ipso facto comme prisonniers. Les positions allemandes ne résisteront pas plus de deux jours à la poussée des bolchevistes. Et alors fini la comédie et bonsoir (rideau). De temps en temps, quand il n'en peut plus, il ferme les yeux en marchant et se concentre uniquement sur la suite. Avancer. Alors ses pas mécaniques sont comme des parenthèses qui retiennent ses pensées : On aurait dû arrêter la guerre bien avant, quand les choses allaient un peu mieux. Si l'on a conquis la ville avec autant d'égards, épargnant soigneusement la plupart des bâtiments, ce n'est pas parce que l'Autriche est la première victime de l'agression hitlérienne, mais pour reloger à Vienne toute la population de Stalingrad (là encore, propos entendus en passant à l'hôpital de campagne). Et la stérilisation de tous les hommes évoquée par le chef de section, après qu'une voix dans le haut-parleur les a enjoints de rendre les armes. Et — Et — Tout cela a quelque chose d'irréel. Même le paysage où il trébuche semble reproduire un rêve angoissant, les ceps contrefaits, tordus, comme agonisants, l'odeur de brûlé acide, partout, chassée vers le haut des collines par cette brise perpétuelle sur le Danube. Même ici, dans les vignobles, où les destructions sont très rares, tout est recouvert d'un vernis gris, plein d'immondices et de matériaux. Papiers volants, caissettes détruites, pièces d'équipement disséminées. Un canon antichar au fût en pièces est au milieu des vignes, juste devant trois aides-infirmiers, visiblement d'origine asiatique, se sont abrutis d'alcool. Peter et le garçon qui l'accompagne — il porte la crécelle ferrée — passent rapidement devant eux. Une minute plus tard ils aperçoivent à quelques mètres devant, en haut à gauche, un cerisier sur le point de fleurir, gros et massif, pousses à demi ouvertes, et auquel un soldat est pendu. Sur sa poitrine un écriteau indique qu'il est un lâche et un déserteur, la grosse corde a déjà entamé profondément le cou étiré. Ils atteignent le cerisier plus vite qu'ils ne l'auraient cru, l'arbre et le pendu grossissent à vue d'œil. Comme gonflés. Bien que ce spectacle ne les secoue pas autant qu'il l'aurait fait voici quelques années (quand leurs seuls soucis étaient les problèmes d'arithmétique), les deux garçons sont saisis à la vue du cadavre. Une envie de vomir. À moins que ce ne soient les piqûres qu'on lui a administrées tout à l'heure ? Ça faisait si mal. Le compagnon de Peter accélère encore le pas. Peter ne dit rien, bien qu'il ait du mal à suivre. Il a l'impression que l'arbre avec le pendu est beaucoup plus grand qu'il ne devrait l'être normalement. Il s'étonne qu'on puisse avoir ces pensées-là.

Les deux garçons passent devant le cerisier, ils se forcent à regarder tout droit. Voilà, terminé.

— J'aurais mieux fait de ne pas te suivre, dit le garçon d'un ton pleurnichard : Si on croise les types de la Feldgendarmerie et qu'ils me demandent mes papiers, je suis pendu.

Peter objecte d'une voix étranglée :
— Je ne vois pas pourquoi.
— Comme déserteur. Je n'ai pas d'ordre de marche.
— Tu n'es pas en campagne, non plus.
— Mais j'ai déserté les drapeaux.

Quand Peter a prêté serment, il n'en a pas vu, lui, de drapeaux, rien de fastueux, ni arcs de triomphe ni salves d'artillerie, pas de discours d'apparat, pas de musique et pas même ce rôti de porc que le fils du voisin, pourtant, il y a deux ans encore, aura savouré. Puis, rejoignant les barricades il y a quatre jours, on lui a refusé un ticket de la Wehrmacht dans le tramway, à cause de son brassard des Jeunesses hitlériennes. Il ne sait même pas à quelle unité il appartient.

Il dit :
— Oublie, si tu veux mon avis, notre incorporation n'était même pas régulière.
— Essaie de faire avaler ça à quelqu'un et tu seras pendu toi aussi.

Peter y réfléchit un peu :
— Le mieux, c'est encore qu'on s'en tienne aux ordres. On dira que le chef de section nous a ordonné de nous retirer vers le Danube, dans le cas où il tomberait.

— Encore une bonne raison de se faire pendre. S'ils finissent par découvrir que tu mens, on est bons tous les deux pour la potence.

Le garçon tourne brusquement la tête et jette des regards apeurés tout autour de lui. Quoiqu'il n'y ait rien de particulièrement anormal — enfin, pas plus que d'habitude —, son visage est blafard et lugubre.

— On dirait que t'as vu un fantôme, dit Peter.
— Pas toi, peut-être ? dit le garçon.

Ils se regardent tous les deux, affectés.

— J'en sais rien.
— En tout cas reste comme tu es, c'est la couleur parfaite pour la corde.

Peter a sous les yeux des images de sa mère, ce visage déformé par le cancer auquel les adieux, quand il fallut qu'ils partent, tous, sauf Peter, chez des parents dans le Vorarlberg, donnaient un surcroît de dureté : pâleur cadavérique, traits comme découpés pour le théâtre de marionnettes, os saillants, lèvres fines, peau pâle et jaunâtre, grands yeux farouches, dans les jaunes eux aussi et qui selon la lumière paraissaient un peu menaçants. Peter se demande si sa mère vit encore en ce moment. Depuis la séparation il est sans nouvelles, et pour mourir, l'idée lui traverse la tête, huit jours sont bien suffisants. Il y a trois jours il a tenté d'appeler son père, et après avoir attendu des heures et des heures au bureau de poste, la voix de la demoiselle du téléphone a dit M. Erlach, Feldkirch, oui, et à l'autre bout du fil Erlach, père, Vienne, oui. Là-dessus la communication s'est interrompue. Impossible de rappeler, cela coûtait les yeux de la tête, et quand il voulut réessayer malgré tout un peu plus tard, l'après-midi, on ne prenait plus les appels.

— On n'a pas d'ordres. Si personne ne nous donne des ordres, on n'a pas d'ordres, dit Peter.

Les deux garçons bifurquent dans l'Eisernenhandgasse, direction Kahlenbergdorf, où Peter à un oncle, l'un des frères de son père. Entre les vignes ils descendent à flanc de colline, vue dégagée sur le port de plaisance de Kuchelau, le Danube qui s'étire, brun-vert, et les quartiers nord de la ville de l'autre côté du fleuve. À une distance encore considérable, ils entendent des salves de rire, puis juste après un chant, l'hymne de Carinthie, *Aux confins du Tyrol, non loin de Salzbourg*, un air à deux voix, les garçons qui assurent la deuxième, comme de juste, s'égosillant tout particulièrement. Peter et son compagnon atteignent le bourg. Ils traversent la Sankt-Georg-Platz, longent l'un de ces vieux pressoirs qu'on trouve dans les villages à vin, les pièces de fer à demi rongées. De là Peter aperçoit en contrebas la maison à deux étages où son oncle Johann vit avec toute sa famille dans un appartement en sous-sol. Une fumée claire monte, éclaircie au niveau du faîte par les quelques rayons de soleil qui percent les nuages.

Dans le jardinet, devant la maison, on brûle un grand tas de papiers. L'oncle Johann, râteau à feuilles dans la main, fourrage dans des livres, des photographies et des documents incandescents, il tourne le dos à la rue. Un peu plus loin derrière, sur les marches du perron, Trude, six ans, la petite cousine de Peter, joue à la repasseuse avec une grosse pierre et une feuille de papier réchappée du grand feu. La petite fille elle aussi est toute à son affaire, de sorte qu'elle n'aperçoit les deux garçons épuisés qui, crasseux comme des ramoneurs, titubant dans toutes les ornières, descendent la ruelle tortueuse, qu'à l'instant précis où ils s'arrêtent devant la clôture du jardin et les saluent, son père et elle.

— Heil Hitler, oncle Johann ! Servus, Trude !

Derrière eux un véhicule de reconnaissance de la Wehrmacht, peinture camouflage, file à toute allure vers le Danube. Trude lève le nez, fixe Peter de ses yeux butés, puis elle regarde son père. Ce n'est qu'à l'instant où celui-ci se détourne enfin du feu qu'elle se lève du perron, non pas pour aller droit vers la clôture, mais pour ramasser un bout de papier que la chaleur a chassé du brasier. Elle le chiffonne et le jette de nouveau sur le tas rougeoyant. La grosse boulette de papier change de couleur, gonfle, mais sans jeter la moindre flamme.

— Alors comme ça tu as réalisé tes objectifs ? demande l'oncle Johann en regardant le bras en écharpe de Peter.

Peter suit le regard de son oncle, le bandage est d'un brun rougeâtre, pommade, pâte de zinc et tout ce sang qui n'arrête pas de suinter, bien que les infirmiers aient enfoncé Dieu sait quoi dans la blessure, sans doute du coton hydrophile. Peter a des frissons dans le dos. De la main encore valide, il caresse la zone du coude, comme si ce contact apaisant pouvait dociliser la douleur.

— Perforation, annonce-t-il.

— Et l'os ?

— Si j'en crois la blessure, effleuré.

— Ça fait très mal ? demande Trude, qui entre-temps s'est approchée elle aussi de la clôture.

— Oui, assez, dit Peter

— Tu auras une décoration ? demande Trude.

Mais cette fois l'oncle Johann ne laisse pas son neveu répondre. Il donne une petite tape à Trude :

— Va plutôt voir maman et dis-lui de leur emballer un casse-croûte. Allez vite, ouste !

Trude hésite un moment. Le garçon des Jeunesses hitlériennes qui accompagne Peter appuie la crécelle contre son genou droit et tourne un peu le moulinet, Trude est déjà partie.

L'oncle Johann fixe le garçon, exaspéré par le bruit.

Peter dit :

— Je pensais qu'on pourrait rester.

L'oncle retourne à ses documents qui ne veulent pas brûler. Il soulève une partie du papier à demi carbonisé, fourgonne dedans, puis le pose délicatement sur le côté pour qu'un peu d'air puisse entrer. Quelques fragments éteints, minces comme un souffle, montent en cerf-volant, glissent, planent, impondérables, sur le bord d'un tourbillon d'air puis, engrais acide que les prochaines pluies chasseront dans le sol, retombent par terre.

L'oncle Johann se tourne de nouveau vers la clôture.

— À titre de neveu, tu serais le bienvenu, mais pas comme soldat. Les Russes, tu dois me comprendre. La famille. Dorénavant, je pense que c'est mieux d'être neutre.

Peter a l'impression qu'il s'est réveillé à l'instant et qu'on l'a battu comme plâtre. Il voudrait parler de sa mère, du chef de section, il voudrait saisir sa carabine et réitérer sa demande. Mais, idiot comme il est, il l'a oubliée à l'hôpital de campagne dans les cris de douleur et les beuglements des gradés.

— Écoute, oncle Johann, si tu veux on peut jeter les uniformes et tout le barda.

L'oncle fourrage de nouveau dans les papiers incandescents avec son râteau à feuilles, dans une fureur contenue qui semble profiter au feu.

— Vu que tu es blessé, je pourrais à la rigueur te transporter de l'autre côté de la rue. Crois bien que ça ne m'enchante pas. C'est à cause des Russes. Pour qu'on n'ait pas l'impression. Je viens de te le dire, mieux vaut être neutre désormais.

Neutre, pense Peter, qu'est-ce que ça peut bien vouloir dire ?

Et au même moment il saisit (ce qui entre pour beaucoup dans sa sensation de fatigue générale) que tout est sens dessus dessous, que toutes les habitudes, les acquis, tout ce qu'on lui a appris jusqu'ici ne vaut plus rien à présent. Il sent la sueur qui refroidit lentement sur son corps et, dans le nez l'odeur de cendre des feuilles calcinées, il a l'impression que toutes ses forces le lâchent d'un coup. Jamais encore il ne s'est senti aussi misérable, comme un chien, il sent chaque os de sa chair, son sang donne de grands coups, il entend les cognements dans ses oreilles. Le haut de son bras lui fait mal maintenant, c'est presque insupportable. Il voudrait s'asseoir, il voudrait s'arrêter là, tant il est fatigué, prêt à tomber, tant il se sent oppressé par le poids de tout ça : les morts inutiles, le deuil, le mauvais tour que la vie, que son père lui a joué, estampillé crétin, son estomac vide qui, depuis que l'oncle Johann a envoyé Trude chercher à manger, ne cesse de se contracter par intervalles toujours plus brefs. Peter a peur de vomir, il ne tiendra pas.

— Qui chante, là, en bas ? demande-t-il, exactement comme s'il parlait dans le vide, le regard figé, absent.

Quand les tirs toujours plus fournis ne couvrent pas les autres bruits, on entend encore un chant populaire, beuglé dans le tumulte de la guerre : *Là-haut sur le Dachstein*.

— Ça me donne envie de pleurer, dit l'autre garçon.

— Ils ont vidé les fûts de vin dans les caves, annonce l'oncle Johann : Une unité spéciale de la SS. Maintenant ils boivent aussi tout ce qui était embouteillé, pour que les bouteilles ne tombent pas aux mains de l'ennemi. J'imagine qu'ils veulent démontrer les effets qu'aurait le vin sur l'âme russe, au cas où les gens planqueraient encore des fûts.

Il revient vers la clôture :

— J'ai entendu dire qu'il y a des femmes nues qui dansent sur les tables et qu'elles pissent debout dans les verres des officiers. Mais je n'affirmerais pas ce que je n'ai pas vu de mes propres yeux.

Il secoue la tête. Au même moment la tante Susanne apparaît dans l'encadrement de la porte, un petit sac dans la main droite. Elle est habillée en noir. Peter se rappelle que le frère de sa tante est tombé début mars. Il l'avait déjà oublié.

Quand la tante Susanne leur tend le petit sac par-dessus la clôture, l'expression soucieuse qui se dessinait sur son visage disparaît. Elle dit :

— On manque de tout, nous aussi. Vous feriez mieux de partir.

Elle pose la main sur la nuque de Peter, caresse la naissance des cheveux et enfonce brièvement les doigts dans son cou penché à droite, là où une artère pulse et débouche dans la tête. Peter sent quelque chose de froid couler dans le cerveau, y rester un moment. Il s'entend dire de nouveau, tranquillement, presque trop tranquillement, d'une voix monocorde, indifférente :

— On pourrait laisser les uniformes dans les vignes et —

La tante Susanne retire sa main. Elle hausse nerveusement les épaules, son regard dit la même chose.

— En bas il y a un bateau, des soldats de Vlassov, ils attendent la nuit pour partir, à cause des avions en rase-mottes. On raconte qu'ils vont se retirer à l'ouest, au moins la nourriture sera meilleure.

— Mais si on jette les uniformes et tout le barda —

Elle hésite encore et regarde Peter un instant, pas vraiment irrésolue, plutôt comme si elle voulait s'assurer de son entêtement. Puis elle dit :

— Heil Hitler !
— Heil Hitler ! dit aussi l'oncle.
Les deux garçons restent plantés un moment près de la clôture, indécis. Puis ils s'éloignent finalement, le regard fixé droit devant, pour que leurs yeux ne se croisent pas. Les SS ivres morts braillent *Sur la lande de Lüneburg*. Le ciel s'assombrit encore. La lumière basse souligne les arêtes et les courbes du paysage d'un liseré sombre. Soutenue par cette fumée noire saturée de poussière de charbon où des morceaux de ténèbres se calfeutrent déjà, la nuit aura la tâche facile.

Guerre, quelques chiffres, statistiques, marques, incidents (conséquences) et çà et là un événement qui ne concerne pas tout le monde.

Puis une obscurité dense s'étend sur le Danube qui roule paresseusement ses eaux, sur les rives et les coteaux tout à fait estompés qui se penchent sur le cargo à la coque éraflée. À certains endroits le ciel et le paysage se sont agglomérés, on dirait que la guerre a retiré aussi aux collines et aux fleuves une essence, quelque chose de phosphorescent qui leur donnait de l'éclat dans les nuits de paix. Quand on voit les brèves gerbes de feu des pièces d'artillerie, ou qu'une balle traçante incise le ciel lourd d'une entaille colorée, c'est avant tout, manifestement, dans le but de partager la clarté et l'obscurité, et que celle-ci par contraste paraisse plus compacte encore. Peter, allongé de tout son long sur une maigre paillasse, sur le pont de l'*Alba Julia*, a l'impression que les faisceaux de lumière d'une batterie de phares lointaine, dans le ciel, ne sont jamais que des essuie-glaces démesurés qui chassent tout ce qui pourrait garder ou réfléchir tant soit peu la lumière, la plus petite particule, si discrète soit-elle.

L'*Alba Julia* est un cargo roumain battant pavillon allemand, armée du Reich, et qui tangue en remontant le fleuve. L'équipage est formé de soldats ukrainiens qui viennent de combattre à Budapest aux côtés de la Wehrmacht. La plupart des soldats sont allongés sur le pont comme Peter. Ils ronflent, gémissent et toussent à intervalles si rapprochés que les sons se rassemblent en un vrai chœur. L'autre gamin des Jeunesses dort lui aussi, il ronfle juste à côté de Peter. Depuis combien de temps déjà ? Peter ne saurait pas le dire. Au milieu de cette noirceur, seule l'expérience permet de conclure qu'il fera jour tôt ou tard.

Les yeux grands ouverts Peter fixe les ténèbres froides. Des images passent et reviennent régulièrement sous ses yeux, tournent dans sa tête comme une toupie ronflante, comme un toton. Il pense : Comme dans un cylindre magique, il en a vu un il y a quelques années dans le foyer du cinéma Apollo. L'appareil était un cylindre de fer d'environ un mètre de diamètre, creux, très mobile et qui présentait des fentes très minces à intervalles réguliers. À l'intérieur, sur la partie convexe, des petits personnages étaient dessinés et disposés en sorte que, si le cylindre tournait assez vite, on pouvait les apercevoir, par les fentes de la paroi métallique, réunis dans un mouvement fluide et continu. Peter se souvient de l'une de ces frises, un Maure qui fatigué de sa tête l'enlevait puis après quelques hésitations la prêtait à son voisin.

C'est dans un ordre semblable (le personnage palpe sa tête, maussade, le voisin manifeste quelque intérêt pour ladite tête, sur quoi son détenteur la retire et consent à la céder) que les images se succèdent dans la mémoire de Peter.

Fugace, vaporeuse et floue comme au jour de la grande

lessive : la vaste cuisine de plain-pied de la Blechturmgasse. C'était au milieu des années trente, avant même que Peter n'aille à l'école, quand ils dormaient toujours à deux et même, pour peu de temps, à trois dans le même lit.

La première incarcération de son père, en 1936, parce qu'il avait fait sauter une cabine téléphonique, ce dont on n'apporta jamais la preuve.

Puis peu après la deuxième incarcération, en 1937, pour une histoire de fanion à croix gammée.

(Peter s'en souvient très bien, ou plutôt il se souvient du récit que son père lui en fit : L'État avait engagé des poursuites contre lui et obtenu qu'il fût aux arrêts pendant trois semaines, bien que, selon les prescriptions en vigueur à l'époque, la détention d'un fanion à croix gammée ou de tout autre insigne de ce genre ne fût pas à proprement parler interdite. Il fallait simplement se garder de tout *signe ostensible*. Cette ostentation fut attestée par la déclaration d'un voisin, un socialiste, qui assura (jura) que, si toutefois l'éclairage était suffisamment vif, et que le traditionnel rideau du salon, chose tout à fait exceptionnelle, n'était pas tiré, on pouvait voir le fanion en question, accroché sur le mur au-dessus de la radio ; et encore, seulement si on descendait la rue, et dans un certain angle).

Puis : Peter à huit ans qui se fraie un passage dans une foule en liesse, très dense, et aperçoit tout à coup le Führer saluant la population viennoise depuis sa limousine.

Les temps heureux qui succédèrent à l'Anschluß, quand son père retrouva subitement pain et travail, que les tensions s'apaisèrent et qu'on emménagea tout aussi subitement dans un logement plus vaste du même immeuble, un peu plus haut, toilettes individuelles, fleurs sur la table de la cuisine et pour les enfants *les meilleures perspectives*.

Lui-même il y a sept ans, presque jour pour jour, allongé dans le pré à côté de son père, un dimanche, à sa droite. Et son père qui lui dit sur le ton de la confidence que c'est lui et ses collègues, bien sûr, qui ont fait sauter la cabine téléphonique et laissé les croix gammées, et combien il se réjouit de l'arrivée des camarades de l'Altreich, et que la table à l'avenir sera plus richement garnie.

L'incarcération retentissante du voisin qui l'année précédente avait provoqué l'arrestation de son père, les larmes de sa femme, qui vint frapper chez eux pour qu'on intercède en faveur de son mari (à qui il était reproché d'avoir dynamité les clapiers d'un voisin, un nazi, ce qui était certainement faux).

Les livres d'école qu'il couvrait avec sa mère.

Une bataille de polochons avec Ilse, la plus jeune de ses sœurs, dont il partageait la chambre il y a deux ans encore.

Les lits des voisins juifs, en face, qu'on jette par les fenêtres.

Son père qui lui parle des événements du front, sa fierté à l'idée que l'espace vital, à l'est, est assuré pour les mille ans à venir.

Ilse qui se roussit les doigts en voulant retirer un éclat de bombe brûlant du buffet de la cuisine.

Quelques taloches injustes.

La soirée qu'ils passèrent entre jeunes gens, l'an passé, avec d'autres groupes viennois. Cette pieuse injonction : Présentez les drapeaux ! Sur quoi le chef de section, dans un excès de zèle, planta la hampe du drapeau si fort dans l'une des solives du plafond qu'il eut toutes les peines du monde à la retirer ensuite.

(Spectacle si drôle que Peter ne put s'empêcher de rire. Il n'était pas le seul, mais c'est manifestement lui qui rit le plus fort, et le chef de section le reconnut à sa voix. Le jour suivant on le dressa pendant trois heures. Exercice, garde-à-vous, demi-tour, marche, marche, à gauche, gauche, à droite, droite, fusil au poing, garde-à-vous, attention, présentez arme, regard droit devant, et en avant, marche, gauche, deux, trois, quatre, gauche, deux, trois, quatre, puis gravir la colline et la redescendre encore, le souffle presque coupé, et une fois encore, allez, en avant, marche, parce que le chef de section jurait qu'il avait repéré un espion bolcheviste, parfaitement, qu'on me pende haut et court, gaaarde-à-vous !, si là-haut. — Peter, docile, hors d'haleine : Soldat Erlach au rapport, aucun espion bolcheviste en vue ! Le chef de section, suffisant : J'en mettrais ma main au feu, en avant, marche, marche. — Et pendant tout ce temps, d'une voix sonore, chanter incessamment... *Les drapeaux rouges brûlent au vent... notre drapeau est plus que la mort*, jusqu'à vomir.)

Le flan au chocolat, coulis vanillé, pour son quatorzième anniversaire au printemps dernier.

Et les chambres pas chauffées l'hiver d'avant, quand l'eau ruisselait le long des murs. L'arbre de Noël dans le salon. Là non plus on ne chauffait pas, il faisait humide, et dès le deuxième jour de fête les rares petits sablés dans l'arbre se défaisaient. Ils coulaient littéralement de l'arbre.

Et sa mère malade qui refusait qu'on la descende dans la cave à chaque alarme.

(Toute la peau de son corps saignait, des taches bleues, presque noires, pourtant on ne la touchait qu'avec d'infinies précautions. Elle assurait que, si on la transportait dans la cave, on allait la tuer au lieu de la sauver. Et entre l'irrémédiable et la douleur extrême elle choisissait la peur. Dans les sifflements, les explosions, elle restait allongée dans l'appartement et criait de toutes les forces de son corps. Enfin soustraite à l'épuisante nécessité de prendre soin des enfants, elle criait contre sa peur incessante, contre l'anéantissement tout proche : Une sirène qui effarouchait les jeunes estafettes, toutes mineures, qui couraient dehors dans les rues, la peur de leur vie, et qui paraissait ensuite épuisée, rétablie ; si toutefois on peut se rétablir d'épuisement. Après les attaques, sa mère s'endormait la plupart du temps très vite.)

Encore une image : Sa mère qui au moment de partir sort son peigne et lui fait une raie impeccable (il n'aimait pas ça), et il reconnaît alors dans son sourire les traits d'autrefois (il aimait beaucoup cela ; qui ne souhaite pas que sa mère reste comme elle est ?).

Et une autre encore, qui s'ajoute tout à la fin : Le gamin des Jeunesses hitlériennes qui s'était joint à eux dès le premier jour des combats et cherchait à faire quelque pas vers lui, les mains sur le ventre pour empêcher les entrailles de sortir. Un œil crevé et l'autre qui dit : Ça pourrait aussi bien être toi.

Et puis tout repart du début : Dix-huit ou vingt-quatre ou trente-six images dont les tours racontent une histoire, parfois dans le désordre (de sorte qu'on ne sait pas vraiment si le Maure veut vraiment céder sa tête), mais toujours les mêmes images, qui s'ajointent aux quinze ans de Peter comme si tout était réglé comme du papier à musique.

L'image qu'il aime le plus a quelque chose d'anodin : Lui et sa sœur Hedi, de deux ans son aînée, au bord du Ziegelteich, où l'été ils faisaient des toboggans dans la glaise. Lui qui s'élance et, le dos déjà strié par les précédentes glissades, bondit violemment dans la glissoire où Hedi vient de répandre un plein seau d'eau.

Et l'image qu'il aime le moins, là encore quelques chose d'anodin, en tout cas rien qu'on puisse trouver dur, insidieux ou brutal : Lui près de sa mère malade, poussé d'un coin à l'autre de la pièce et pour finir refoulé aux marges de la famille, parce qu'il n'est jamais qu'une source d'ennuis, une aide pour personne, bien qu'il veuille toujours se rendre utile.

(Quand le seul travail d'homme, transporter sa mère dans la cave, fut supprimé, Peter devint partout une sorte d'objet encombrant, surtout depuis que l'école était fermée. Il enviait souvent ses sœurs, qui s'étaient aguerries à l'économie domestique dans le cadre du BDM[1] et avaient un avantage sur lui, agissaient avec plus d'habileté et de résolution, un esprit plus pratique : Elles badigeonnaient de crème Nivea les lèvres desséchées de sa mère, et puis, comme si ce n'était pas grand-chose, écartaient en passant ses cheveux raides et gras pour palper son front. Ou alors sa mère demandait à l'une des filles de lui glisser un coussin dans le dos pour qu'elle puisse mieux respirer, ou alors elle avait besoin de quelqu'un pour frotter ses pieds froids : Alors les filles s'épanouissaient, paraissaient transformées, elles n'étaient plus obligées de rester plantées là à dissimuler leur gêne. Mais lui qui voulait aussi se rendre utile, on ne lui demandait rien. On le jugeait toutefois compétent pour quelques sorties au-dehors. Et alors sa mère attendait que, au retour de ces promenades, il lui prenne la main et lui raconte. Mais il n'avait aucun récit à opposer à la mort de sa mère.

— Comment c'est dehors, raconte, Peter.
— Rien de particulier, tout est comme d'habitude.

À peine sa mère avait-elle détourné le regard qu'il

---

1. Bund Deutscher Mädel : Ligue des jeunes filles allemandes. Pendant féminin des Jeunesses hitlériennes. *(N.d.T.)*

s'éclipsait ou ressortait discrètement du logement. Le jour où on l'appela dans le Volkssturm, c'était l'ordre qu'il attendait depuis des semaines.)

D'un seul coup il oublie tout cela et se réjouit d'être encore en vie. Il cherche une position plus confortable. En dépit de son bras blessé, il s'enveloppe plus chaudement dans la couverture de la Wehrmacht qu'un des soldats ukrainiens lui a donnée avant que le bateau n'appareille. Il regarde au ciel, où vont les morts et où il n'y a toujours pas la moindre lueur. Il ne perçoit plus que des bruits, qui semblent se confondre à leur tour à cette noirceur purement inépuisable : les crachotements de la machine qui lutte contre le courant (le haut du bras leur offre un espace de résonance), et dans les coutures et soudures de la membrure un craquement mystérieux qui se répète irrégulièrement, comme le gargouillis, la pulsation de l'eau partagée par la proue. Parfois l'écho sonore des pas des soldats enveloppés dans leurs manteaux rigides de crasse, ils montent la garde et leurs yeux épient sans relâche dans le rien. De temps en temps des bruits de crosse, quand ces mêmes soldats posent leurs fusils, ça retentit pareil, tout près de l'oreille de Peter, comme si le monde était creux comme une boîte de thé.

Sur le Danube qui fait maintenant un large coude, les traces (de la guerre) commencent déjà à s'effacer.

L'eau se lisse dans le sillage du bateau.

Les panneaux indicateurs, enlevés des routes de Basse-Autriche pour que les soldats de l'Armée rouge se perdent dans ce pays sans salut, tombent sur le sol caillouteux.

Les prisonniers secs comme des pieux dans leurs pyjamas rayés — ils ont marché pendant des jours et des jours sur les berges du Danube, chassés vers l'ouest, et les membres des milices locales les abattent quand ils s'effondrent, épuisés —, on les fait aussi disparaître.

Le Danube bruit et passe, la mer n'en est pas plus pleine. Au bout du compte.

Mercredi 2 mai 2001

Les ouvriers que Johanna lui a adjoints arrivent dans une Mercedes neuve, rouge vif, mais portent des vêtements imprégnés de taches de peinture, d'huile et de mortier, de sorte qu'il est parfaitement inutile de leur demander s'ils se sont trompés de maison. Philipp se pose quelques questions assez naturelles, non dénuées de préjugés, reste néanmoins serein en apparence et ne bouge pas du perron tant que les deux hommes ne sont pas venus jusqu'à lui.

On jurerait une illustration de la fête du travail avec un jour de retard : Le plus âgé des deux est de taille moyenne, peau grêlée et larges épaules, coiffé d'un chapeau brun trop petit. L'autre est aussi de taille moyenne mais plutôt fluet, un peu pâle, les épaules tombantes.

— Steinwald, dit l'homme au chapeau.

— Atamanov, dit l'homme pâle.

Après un bâillement à s'en décrocher la mâchoire, quelques regards francs sur les chaussures basses bosselées et encroûtées de béton que portent les deux hommes, Philipp décline lui aussi son identité. Puis il veut savoir si c'est pour le grenier.

— Oui, répond l'homme au chapeau.

— Vous avez des bottes de caoutchouc ? demande Philipp.

Évidemment.

— Et un masque de protection ?

Même hochement de tête.

— Comment, vous voulez dire que vous avez raté l'épisode où James Onedin reçoit une cargaison de guano sur la tête ? En Amérique du Sud, aux îles Galapagos, en plein air, au bord de la mer ! Vous croyez qu'à plus forte raison dans mon grenier —?

Mais l'ouvrier au chapeau, Steinwald, passe devant Philipp et entre dans la villa.

— On se démerdera bien, vous inquiétez pas.

L'autre, Atamanov, le suit, comme remonté.

Philipp est persuadé que c'était la première injonction de Johanna.

Les visages des ouvriers, après qu'ils ont refermé derrière eux la porte du grenier, n'inspirent aucun commentaire à Philipp, néanmoins c'est lui cette fois qui les précède dans l'escalier, et une chose au moins est évidente : Ces deux-là n'auraient rien contre l'idée de renoncer à l'initiative qu'ils ont prise à la légère, croyant à tort que rien ni personne ne leur résisterait. Philipp les conduit jusqu'à la table de la cuisine, et tandis que dans la machine à café gargouillante l'eau se change en vapeur puis se liquéfie de nouveau, Steinwald, le plus âgé des deux, de la pointe de l'index droit, donne des petits coups sur le dessus de la table et énumère tout ce qui, outre les bottes de caoutchouc et les masques respiratoires, serait indispensable :

— Des gants, des lunettes de protection et — et — un nettoyeur haute pression.

Philipp coupe du pain, ouvre le réfrigérateur, fait l'inventaire. Il sert à peu près tout ce qu'il a, pain, beurre, miel (cuvée 96), lait frais. Il s'assied à table lui aussi. Là, mastications, café siroté, il se met d'accord avec les ouvriers, convient qu'ils iront faire quelques achats pendant que lui, Philipp, restera à la maison pour prendre les appels et attendre la factrice, selon ses propres paroles.

À la question de savoir s'il a besoin lui aussi de bottes en caoutchouc, il répond :

— Jaunes, du 42.

— Du 41, donc, corrige Steinwald, toujours sur le même ton très sobre mais cependant résolu, de sorte que Philipp décide de ne pas le contredire.

Il tient simplement à ce que les bottes soient jaunes, les mêmes que dans son enfance. Jaune, et rouge dedans.

Il remet à Steinwald — le chef, manifestement — tout l'argent qu'il a sur lui, et va chercher une somme à peu près équivalente dans la théière où sa grand-mère, nonobstant la présence d'un coffre-fort, déposait d'ordinaire ses petites économies. Steinwald et Atamanov quittent la maison. Philipp les regarde encore un bon moment par la fenêtre, ils sont plantés sur l'esplanade et regardent le toit. Il sait que le bruit des pattes, quand les pigeons titubent là-haut sur l'appui de la fenêtre, est le plus désagréable d'entre les bruits de pattes. Et leurs froissements d'ailes, quand ils s'apprêtent à atterrir, les plus épouvantables de tous les froissements d'ailes. Même Philipp n'en a jamais entendu de si laids.

Il est presque midi quand la Mercedes rouge oblique de nouveau dans l'entrée. Elle s'arrête devant le garage dans un nuage de poussière. Les deux ouvriers descendent et Steinwald, sur un ton ouvertement désapprobateur, annonce qu'ils n'ont pas trouvé de bottes jaunes dans le premier magasin de bricolage et qu'ils ont par conséquent perdu une heure, ce qui majore inutilement le prix de ses bottes à lui, Philipp.

Sans s'exprimer sur le sujet, Philipp est néanmoins satisfait de cette première preuve de fiabilité, et il voudrait qu'on les prenne tous les trois en photo, lui et ses deux assesseurs, cela rendrait sûrement très bien : Flanqué de Steinwald et Atamanov dans leurs bottes gris foncé, il figurerait d'évidence, droit dans ses bottes jaunes, le maître de céans. Il resterait un pas en retrait, les jambes très écartées, les poings sur les hanches et le bassin en avant, il sourirait mais presque imperceptiblement, et tout bien pesé il aurait l'air d'un coq en pâte. Plus il observe Steinwald et Atamanov, plus cette idée lui plaît. L'un avec son drôle de chapeau plat et trop petit, l'autre avec son virage cireux, sa coiffure à la Fernandel, ces cheveux bruns qui, bien qu'il n'ait pas trente ans, ont déjà viré au gris. Alors que les deux ouvriers ont rejoint la cuisine où il leur prépare le déjeuner, Philipp se dit qu'il va appeler Johanna tout à l'heure, en début d'après-midi, pour exiger la rétrocession de son appareil photo.

— Très chère, dira-t-il, tu as emprunté mon appareil voici un an et demi parce que celui de Franz était en réparation. J'aimerais bien savoir lequel de nous deux vit dans le plus complet désordre.

Au menu des spaghettis. Philipp n'a pas encore vidé son assiette que Steinwald et Atamanov ont déjà englouti le double de sa ration, sourdement furieux qu'il les ait convaincus de rester manger, au motif qu'ils n'auraient plus faim après. Il leur tarde manifestement de se mettre au travail, les signes d'impatience se multiplient. Néanmoins Philipp essaie d'engager la conversation. Steinwald, un pli entre ses sourcils broussailleux, répond à toutes les questions d'un ton rogue et Atamanov comme le reste du temps ne dit absolument rien. Il est silencieux, calme, en retrait, à peine si Philipp connaît le son de sa voix. Il s'adresse donc directement à lui, deux fois, et quand Atamanov comprend enfin qu'on l'interroge, il se fend d'un « pas parler allemand » gêné. Philipp regarde Steinwald. Lequel, exaspéré, explique qu'il ne connaît lui-même Atamanov que depuis six semaines. Il est seulement de passage à Vienne, parce qu'il veut gagner suffisamment d'argent pour pouvoir se marier fin juin dans son pays. Steinwald grogne, en même temps il gratte et rassemble du pouce et de l'index les restes de son repas. Toujours le même pli entre les sourcils. Philipp pour sa part se réjouit sincèrement de la nouvelle et félicite Atamanov pour ses projets matrimoniaux. L'instant d'après Steinwald se lève et disparaît dans le vestibule, où Atamanov ne tarde pas à le suivre. Crissements de nylon, crépitements et bruits sourds. Quand Philipp pénètre à son tour dans le vestibule, Steinwald et Atamanov ont enfilé leurs bottes de caoutchouc gris foncé et mis leurs masques.

— Pas des masques anti-poussière, des masques à gaz, comme Steinwald l'explique d'un ton courroucé.

Les lunettes de protection sont relevées sur le front.

À première vue, les deux ouvriers paraissent très décidés, mais à y regarder de plus près ils ne donnent pas foncièrement l'impression d'être des monstres de résolution. Philipp leur propose des cigarettes. Mais sans prêter la moindre attention à l'offrande, ou, pour mieux dire, soucieux de ne pas différer une fois de plus leur expédition dans le grenier, ils jettent leurs grandes pelles sur l'épaule et montent l'escalier d'un pas lourd.

Philipp reste dans le vestibule. Il jette un regard d'expert sur les autres achats. Ce sont les bottes jaunes, surtout, qui lui plaisent, avec leur bord rouge en haut, la doublure verte, les semelles vertes elles aussi, tout s'accorde avec sa chemise préférée. Il enfonce ses pieds dans les bottes, elles lui vont comme ci, comme ça. Une pointure de plus n'aurait pas été un luxe. Il passe le masque à gaz et chausse les lunettes de protection, enfile aussi les gants de travail épais, encore au rez-de-chaussée. Ainsi attifé, *La Paloma* aux lèvres, il part à l'assaut de l'escalier. Mais dès le premier étage il bifurque, parce que le plus grand miroir de la maison se trouve dans l'ancienne chambre à coucher de sa grand-mère. Pour faire entrer un peu plus de lumière, il ouvre les contrevents. Il se contemple un moment dans le miroir. Puis il se plante devant les nombreuses photos suspendues aux murs de la chambre : en partie au-dessus du lit, en partie au-dessus de la coiffeuse, toutes sur le même arrière-plan vert, frises naïves en patatogravure. Dans des cadres ovales, ronds, quadrangulaires, en fer à cheval, entourés de pampres de porcelaine et de roses de métal, tous les visages familiers et moins familiers, toute la famille dispersée, éclatée, morte et enterrée. Philipp les reconnaît tous, à tous les âges de la vie.

Il se demande si ses parents le reconnaîtraient lui aussi, Philipp Erlach, trente-six ans, célibataire.

Avec son masque et ses lunettes de protection, il n'a pas l'air d'un petit-fils, d'un fils ou d'un frère. Plutôt d'une apparition, d'un homme qui, en milieu stérile et pas franchement touché, s'aventure après des décennies et des décennies dans un paysage depuis longtemps abandonné pour y prélever quelques échantillons. Explorer les vestiges d'une civilisation disparue.

Et puis, c'était il y a des éternités, se persuade-t-il, et l'espace d'un instant il imagine qu'il n'a, dans cet accoutrement, de comptes à rendre à personne. Il trouve même le courage d'ouvrir la table de nuit de sa grand-mère, remplie de tout un tas de papiers. Il ouvre les tiroirs avec une certaine indifférence, dans une zone presque neutre, plutôt à la va-vite et néanmoins parfaitement conscient qu'il y aurait pour lui, ici, une possibilité d'*avancer un brin* (comme Johanna l'exprimerait). Lui, en revanche, ne l'exprimerait pas ainsi. Et il poursuit sa route vers le grenier avec un sentiment d'inquiétude.

À peine a-t-il ouvert la porte que sa pulsation cardiaque s'accélère, double. Steinwald, dans les froissements d'ailes et les couinements agglutinés en une seule stridence, lui hurle de disparaître. Dans sa voix déformée par le masque, une épouvante pure. Philipp voit qu'Atamanov est debout près de la fenêtre, Steinwald au milieu de la pièce, tous les deux sont entourés de pigeons qui s'ébrouent et dispersent une poussière blanche. Ils disparaissent dans les voltes de cette poussière puis émergent de nouveau l'instant d'après. Souillés, comme s'ils s'étaient vautrés une fois au moins, et de tout leur long, dans les couches d'excréments fraîches qui garnissent le sol. La pièce tout entière est recouverte d'un blanc crayeux. Pas la blancheur enchantée des paysages de neige, la poudre atroce des zombies. Les oiseaux qui passent et repassent par saccades devant Steinwald et Atamanov évoquent un montage cinématographique heurté. Les deux hommes semblent des automates désemparés, les yeux à fleur de tête, mutiques. Des reflets palpitent sur la feuille d'une pelle. Philipp se dit aussi que Steinwald et Atamanov, en dépit de l'horreur où ils évoluent, semblent moins stupéfaits que lui, Philipp, qui les observe. Puis Steinwald brandit sa pelle et se précipite vers la porte, lui donne un coup si soudain que Philipp a tout juste le temps de retirer la tête. La porte lui claque au nez.

Il souffle de soulagement, inspire à fond, et tandis qu'il épie encore pour quelques secondes les bruits qui, sourds et tristes, percent la porte, il décide de se montrer très impressionné la prochaine fois.

— C'est pas trop tôt, saloperie ! lance Steinwald à pleine gorge.

Philipp fait une grimace. Puis, une marche après l'autre, il descend l'escalier et tapote sa chemise et son pantalon pour en chasser la poussière qui, c'est du moins sa crainte, s'y est incrustée. Il sort, marches du perron, gravier de l'esplanade, jardin, air frais. Après qu'un chat errant a fait un vacarme de tous les diables en l'apercevant, pour se réfugier l'instant d'après dans les broussailles qui bordent le mur, il s'assied sur le socle de l'ancienne statue, l'ange gardien, d'où il jouit d'une vue imprenable sur la fenêtre du grenier.

Entre-temps Atamanov a détruit d'un coup de pelle le carreau du deuxième vantail. En ordre dispersé les oiseaux, direction indiquée par la pelle, s'échappent. Atamanov utilise la même méthode pour empêcher les pigeons réfractaires de se poser de nouveau sur l'appui de la fenêtre. Les choses se poursuivent ainsi pendant une bonne demi-heure, jusqu'à ce que quarante pigeons environ aient quitté le grenier. Puis c'est au tour de ceux qui n'étaient pas encore capables de voler. La pelle d'Atamanov les jette, morts, quelques mètres plus bas, entre un tas de bûches sillonnées de rides, contre le mur de la maison, et la clôture couverte de rouille du potager. Dead and gone. Le chat jaillit des fourrés et détale avec un cadavre en pièces dans la gueule. Philipp, d'avis qu'il n'est tout de même pas obligé d'assister à cette partie du travail, soupire doucement et se fraie aussi un chemin à travers le jardin, mais en direction du mur.

Bien possible après tout, pense-t-il, que tout ce temps passé avec Johanna lui apparaîtra un jour ou l'autre comme une part insignifiante de sa vie, ou qu'à rebours il finira par en prendre définitivement son parti, se dire que les nuages passent sans rien promettre ni tenir, une strate après l'autre, dégagent continûment le ciel pour lui faire saisir ce qui est vrai, combien la voix de Johanna est vraie, combien ses mouvements sont vrais, et qu'il n'a pas d'autre choix, s'il s'imagine qu'il l'aime. Johanna de son côté profite du fait que, au même moment et depuis tout juste dix ans, elle ne fait pas grand cas de lui ou tout du moins pas assez, pour se ménager toutes les portes de sortie. La zone dépressionnaire de leur relation commune, de leur psychodrame, en quelque sorte. Et (pense Philipp) : J'ai ma fierté, elle me préserve une manière d'innocence.

Une pensée qu'il veut et doit approfondir, c'est juste. Mais dans l'intervalle il est monté sur la première chaise et, à l'aide de ses gros gants de travail, prenant appui sur les tuiles, là, à la crête du mur, il se hisse si haut qu'il peut voir désormais une zone de jardin restée jusqu'ici dans un angle mort et où un homme agenouillé, brosse métallique à la main, enlève les mousses qui prolifèrent entre les dalles de béton lavé.

— Hé !

Aussitôt le son de sa voix lui rappelle qu'il porte un masque à gaz et des lunettes de protection. L'homme regarde dans sa direction, sourcils haussés, blancs, en broussaille, reste interdit un instant, très bref, singulièrement bref. Philipp juge qu'il aurait tout de même mérité un peu plus d'étonnement. Puis l'homme, le poing brandi vers lui, lui hurle d'aller au diable, et vite. Philipp regarde le forcené, en même temps il sent que sa chemise est un peu remontée, qu'il a le nombril à l'air et que le contact du mur est froid. Il est tiraillé entre les gestes menaçants de l'homme et cette sensation agréable sur son ventre dénudé. Pour tout dire il voudrait rester encore un moment là, les jambes en l'air, les muscles des bras bandés. Mais l'homme vient de bondir et s'apprête à lui lancer sa brosse métallique, aussi il préfère battre en retraite.

Pantois, il marche d'un pas lourd vers la chaise la plus proche. Là, il sort de la poche de son pantalon une photo qu'il a prise dans la chambre à coucher de sa grand-mère, puis il s'assied, parce qu'il entend des voix derrière le mur.

La photo montre un petit garçon dans un maillot de bain tricoté main, rouge et trop grand. C'est Philipp à quatre ans, blond. L'herbe lui effleure les genoux. Ces hautes herbes font tout l'arrière-plan et se confondent à une bordure blanche irrégulièrement crénelée. Le petit garçon sur la photo serre des deux mains un grand sécateur à poignées jaunes. Il lève les yeux vers l'objectif avec une expression de méfiance sur le visage, comme si on venait de lui ordonner de faire quelque chose qu'il ne veut pas faire, par exemple de lâcher ce sécateur avant qu'il ne provoque un bain de sang. L'expression du visage est sans ambiguïté, dans un instant quelque chose va se passer. Dans un instant il va se mettre à pleurer.

Les voix que Philipp entend derrière le mur sont des voix d'enfants, et il imagine qu'elles appartiennent à d'anciens amis un peu délaissés, restés enfants et qui l'attendent depuis trente-deux ans, opiniâtres, patients, confiants. Peut-être qu'on leur a dit, à l'école, de noter dans leur cahier d'écriture que tout vient à point à qui sait attendre. Dix, vingt, vingt et une, vingt-deux fois la même phrase, jusqu'à l'émoussement, une gratuité totale qui finit par ne plus rien vouloir dire. Pendant que les voix dans le dos de Philipp s'estompent de plus en plus, parce qu'il s'efforce de comprendre le moins possible de ce qu'il entend, il se dit que c'est comme si, toujours, on s'évertuait à réécrire une seule et même phrase dans son cahier, mais en plus beau. C'est peut-être cela, qui fait de nous de pauvres diables.

Quand Philipp revient vers la maison, les vantaux de la fenêtre du grenier sont dégondés, la baie bouchée avec un carton. Sans cesse des pigeons volent contre ce carton, sans cesse les pattes en avant, papier déchiré, sans cesse dans des couinements tout à fait misérables. D'autres pigeons grattent les tuiles faîtières, le fer de la gouttière, tous les endroits où ils ont pris leurs quartiers. Steinwald et Atamanov sont assis sur les marches du perron, à la place attitrée de Philipp. Ils boivent de la bière sans entrain, Philipp suppose qu'ils l'ont prise dans le réfrigérateur. Ils ont l'air, chose pour le moins impressionnante, misérables, ou en tout cas c'est comme s'ils n'avaient même plus la force d'être fiers du travail accompli. À l'évidence ils n'ont pas envie de parler ; ils ne répondent même pas au salut de Philipp. Ils ont déposé masque et lunettes mais leur visage en porte encore l'empreinte nette. Sur la peau, pas protégée, s'est déposée la même poussière blanche que sur les cheveux, gras et figés sur la tête. Philipp en revanche, bien qu'il soit en nage et que sa visière soit un peu embuée à ses bords, porte toujours son masque et ses lunettes, comme si le combat contre les puissances des ténèbres n'était pas fini et que, visière du heaume baissée, il était bien décidé à le poursuivre. Par le plexiglas voilé, il entrevoit les regards tristes que les deux hommes jettent sur ses bottes de caoutchouc jaunes. Elles ont un peu de terre sur la semelle, celles de Steinwald et Atamanov sont salopées d'excréments de pigeon et gluées de plumules.

— Vous en avez mis un coup, chapeau. De vrais héros du travail, dit Philipp, gêné.

Aucun commentaire. On ne peut pas le leur reprocher.

— Utilisez la salle de bains à l'étage, je vous en prie. Il y a même une trousse de secours, mais je serais bien incapable de vous dire ce qu'elle contient.

Atamanov a plusieurs égratignures sanguinolentes au niveau du cou. Steinwald hoche la tête, se racle la gorge et expédie un crachat virtuose dans le container, mais sans manifester l'intention de se lever. En dépit de toute la patience avec laquelle il s'est acquitté de cette corvée dans le grenier : il ne fera pas ce plaisir au nouveau maître des lieux.

— En tout cas merci, dit Philipp.

La situation lui est pénible. Il pince les lèvres. Dans un accès de désespoir doux, il saisit les vantaux qui sont appuyés contre le mur près de la porte. Il retire scrupuleusement les morceaux de verre truffés d'inclusions bulleuses et traîne les châssis vers son vélo, dans l'intention, comme il l'annonce, de les apporter au vitrier.

En chemin il se représente d'autres photographies encore, toutes à gros grain, couleurs un peu passées. Il s'admoneste, surtout ne pas oublier d'appeler Johanna pour réclamer l'appareil photo, pour cette raison et uniquement pour cette raison. Il faut à tout prix qu'il place ce petit préambule, qu'elle n'aille surtout pas s'imaginer qu'il veut lui casser les pieds.

Mardi 12 mai 1955

On entend des pas dans le couloir. Elle laisse tomber la chemise de nuit dont elle tenait l'ourlet de devant entre les dents et ouvre la porte, pour que son père n'aille pas lui reprocher de se barricader continuellement ces derniers temps. Qu'il aille se faire. À peine la porte est-elle déverrouillée qu'il entre, en robe de chambre de velours rouge, visage bouffi et paupières lourdes, ses cheveux grisonnants du côté où il a dormi sont brouillés, à l'horizontale de la tête, ça lui donne un air un peu maladroit et inoffensif ; mais Ingrid ne se laisse pas abuser. Polie, comme il sied à une fille bien élevée, elle lui souhaite le bonjour.

— Bonjour, dit aussi Richard.

Mais le ton sur lequel il répond à son salut atteste de sa mauvaise humeur, un échantillon parmi tant d'autres de cette colère qu'il trimballe partout depuis des jours. Les négociations pour la signature du Traité d'État achoppent en ce moment sur l'article 35, les droits de prospection dans les champs pétrolifères le long de la Marche, ça le rend très nerveux. En outre il souffre d'un abcès dentaire.

Il tourne le robinet et se lave les mains. Au bout d'un moment, sourcils plissés, il cherche le regard d'Ingrid. Il dit :

— Tu veux présenter tes excuses pour hier ? Ce serait un

premier pas et ça jouerait en ta faveur, que tu saches reconnaître tes erreurs et t'excuser.

Il y a quelques semaines encore, Ingrid se serait laissée aller à le questionner à son tour, à lui demander pourquoi (oui, pourquoi?) elle devrait s'excuser. Ou elle aurait fait une contre-proposition, qu'il s'excuse, lui, pour commencer, puisque le bonheur de sa famille ne laisse manifestement aucune empreinte sur son âme butée. Dans la nuit elle a préparé des douzaines et des douzaines de phrases, se rapportant toutes à l'amour et qui, croyait-elle, ouvriraient les yeux à son père. À présent elle persévère dans un mutisme devenu pour ainsi dire une seconde nature, elle enfonce profondément la brosse dans sa bouche et commence à frotter, pour que son père n'attende pas plus longtemps une réponse et n'aille surtout pas se faire d'illusions sur l'issue que pourrait avoir une deuxième tentative. Elle est agréable. Elle a dit bonjour bien gentiment. Ça ne mange pas de pain. Toute autre parole serait à ses yeux superflue, et donnerait l'impression qu'une fois de plus tout se passe comme son père l'a décidé. Il met un point d'honneur à avoir toujours raison. Omnipotent paternel. Tout ce qui sort de sa bouche a valeur de diktat. Mais Ingrid n'attache plus la moindre importance à ce genre de conversation. Elle a passé l'âge. Toujours la même impasse. Elle a mieux à faire.

— Fais ta tête de mule, va, dit Richard.

Il s'ébroue et lave son visage avec des petits gémissements, ce visage où Ingrid ne reconnaît rien d'elle. Il se rince la bouche à l'Odol, son abcès dentaire lui fait mal. Il se gargarise copieusement. Là-dessus il met son peigne sous l'eau et coiffe ses cheveux. Pendant ce temps il observe et apprécie Ingrid, via le miroir. Elle s'examine elle aussi dans le miroir. Elle constate que ces dernières semaines, ces derniers mois ont laissé des traces, beaucoup étudier et beaucoup mentir fatigue assez. Elle s'est déjà vue sous un meilleur jour. Penchée sous le bras soulevé de son père, elle se rince la bouche avec deux pleines gorgées d'eau. Alors qu'elle s'apprête à quitter la salle de bains, l'instant d'après, son père lui dit :

— Tu m'étonnes, vraiment. Tu te comportes comme si tu avais quinze ans et non dix-neuf. Tu n'as même pas honte.

Ingrid enregistre cette remarque sans faire de commentaire. Elle annonce qu'elle est indisposée, à première vue on dirait un prétexte mais elle a bel et bien un haut-le-cœur (les nerfs?).

— Je ne me sens pas bien, dit-elle.

Sur quoi elle se retire dans sa chambre. Tout en s'habillant elle se confronte au fait que personne hormis Peter ne la prend au sérieux. Il suffit qu'elle repense au dernier carnaval pour sentir monter en elle une amertume si violente qu'elle préférerait se recoucher. Ce n'est pas tant qu'elle reproche à son père de ne pas être enthousiasmé par Peter, ou d'avoir fait capoter leur semaine de vacances sur l'Arlberg en lui opposant un niet catégorique, non. Question de goût, après tout. Mais que son amour, pourtant réel et bien réel, ne soit aucunement pris au sérieux, et que ses sentiments soient requalifiés de simagrées, voilà qui la révolte. Son père la traite comme une gamine à qui l'on va retirer son jouet, et maintenant que la nouvelle de leurs fiançailles a filtré, il en remet une couche, parce que cette *bêtise* souligne bien à ses yeux, si toutefois c'était encore nécessaire, de quelles inconséquences sa fille est capable. Plus précisément : qu'elle *débloque* tout à fait, qu'elle est à ce point *piquée* qu'elle pousse jusqu'à coucher avec Peter. Un pas franchi depuis très longtemps, naturellement, mais qui, pour son père, relevait jusqu'ici du domaine de l'impensable. Pour lui le sixième commandement est le premier commandement. Rien qui ne menace plus violemment son système de valeurs, qui n'insulte autant à son sens de l'ordre social. Arbre, serpent, pomme, Cerbère, géhenne, feu éternel et damnés qui mijotent tout cru. Autant de synonymes de l'amour. Si son père savait qu'elle est une femme depuis très longtemps, probable qu'il l'enfermerait. Que la volaille reste dans le poulailler.

— J'espère seulement que tu finiras par retrouver la raison.

Ils prennent leur petit déjeuner tous les trois, Richard dans l'un de ses complets officiels, il boit son café, à chaque gorgée un violent mouvement de la tête vers l'arrière. Quand Alma lui propose un petit pain, il refuse, pour épargner sa dent douloureuse. Parler en revanche semble apaiser ses douleurs ; possible que ce soient ses propres paroles qui lui procurent cet apaisement instantané, tandis que les médicaments antidouleur qu'il vient de prendre dans la salle de bains mettront encore un quart d'heure avant d'agir.

— Parce que je tiens à souligner une chose : je ne négocie pas depuis des années avec les Soviets pour que ma fille perde la raison dans l'intervalle. Voilà dix-sept ans que d'autres président à nos destinées. Dix-sept ans de parjures, de mensonges et de déceptions. Pendant la moitié d'une vie j'aurai subi les catastrophes et les bouleversements sans broncher. Et maintenant que les choses s'éclaircissent un peu et qu'on est enfin maître chez soi, ce n'est pas ma propre fille qui va se mettre à semer la zizanie.

Il porte la tasse à sa bouche et avale une autre gorgée avec une grimace d'amertume.

— Nous nous sommes bien compris ?

Non.

Quand Ingrid y réfléchit, elle tient pour très vraisemblable que Leopold Figl lui-même, le ministre des Affaires étrangères, souffre de maux de dents, et que c'est pour cette raison précise qu'il boit plus que de raison. Du reste, la folie des grandeurs de son père et de toute la bande de clampins qui s'occupent des négociations commence à lui taper sérieusement sur le système. Eux et leur résistance à l'alcool. Comme si ça avait le moindre rapport avec le Traité d'État. Comme si ça pouvait impressionner tant soit peu les Russes. Elle le sait désormais pertinemment, ça ne les impressionne pas du tout, les Russes, qu'on s'en jette un, puis deux, sans problème, pensez s'ils ont l'habitude. Et ce n'est certainement pas parce qu'on est des buveurs chevronnés qu'ils vont nous accorder un Traité d'État. Si c'était aussi simple, les Hongrois joueraient moins au football et pratiqueraient plus assidûment l'ivrognerie. Ce qui est plus vraisemblable, c'est que le comité central du Soviet suprême, il y a cinq ans, encore sous Staline, a décidé qu'on octroierait à l'Autriche, en mai 1955, un Traité d'État, et c'est très exactement ce qu'on fait à présent, comme prévu, stricte application du plan, indépendamment de tous les torrents de vodka versés. Pourtant ces messieurs du gouvernement ne cessent de célébrer leur persévérance et leur sens aigu des négociations, il ne manquerait plus qu'on lise dans les journaux que le Traité d'État aurait vu le jour bien plus tôt si les gens, les toutes premières années, avaient été mieux nourris. Les livraisons de petits pois des Soviets sont réinterprétées en un destin national à la Woyzeck. Vraiment curieux. A-t-il déjà mangé ses petits pois ? Un cas intéressant, sujet : Autrichien. Et tous ces discours qu'il va répéter bientôt à table, tous les midis, une fois de plus, rien que d'y penser, ça lui porte sur les nerfs. Mais si son père veut vraiment savoir ce que sont des positions fermes, eh bien, qu'il rentre directement à la maison au sortir du Conseil des Alliés, sitôt qu'il sera parvenu à un accord avec les négociateurs moscovites, et qu'il mette en pratique ce qu'il menace justement de faire : empêcher à l'avenir tout contact entre elle et Peter. Qu'il le fasse, oui, on verra bien alors à quoi peut lui servir l'expérience emmagasinée au contact de l'homo sovieticus, il se heurtera à un mur, tout net, parce qu'il ne fait aucun cas de cet amour miraculeux. Ingrid passera en position silence, pour elle aucun problème, les choses peuvent très bien rester en l'état, selon le principe : tu ne m'aimes pas, je ne t'aime pas. Elle a quelqu'un d'autre pour ces choses-là. Mais si son père s'intéressait ne serait-ce qu'un peu à la relation qu'il entretient avec sa fille, et si, par amour pour elle, il renonçait à exercer ainsi son pouvoir, ce serait assurément une preuve d'amour susceptible de fléchir un peu son obstination. Certes, tout du moins de son point de vue, c'est hautement improbable, son père consentira tout au plus quelques compromis, ceux qui n'engagent à rien, c'est sa façon de penser, à lui, et c'est aussi sa façon de penser, à elle. La vie sera faite de compromis, avec ses parents, avec les Soviets, avec Peter, avec les enfants qu'elle aura un jour ou l'autre avec Peter.

Elle porte la main à son ventre, presque un réflexe. Voilà plus de cinq semaines déjà. Puis elle étale du miel sur son petit pain, et pendant que son père continue de parler, se répand sur le *blanc-bec* et le *morveux* (Peter), souligne que tout cela se paiera tôt ou tard (c'est pour elle), elle se demande, question de conscience, si elle aime vraiment son père. Et si oui, à quel point ? Bonne question. Mais comment aimerait-elle quelqu'un qui fait obstacle à son bonheur ?

Quelqu'un dont les arguments n'ont jamais rien à voir avec les sentiments ? Parce que les sentiments nous égarent. Parce que l'amour est un fléau. Un analphabète du sentiment ? (Elle vient de le lire dans un roman.) Rien que des motifs rationnels. Atroce. Atroce. Réponse, donc : Non. Le respecter : Oui. Mais l'aimer : Non. Et puis : Est-ce qu'au moins sa mère l'aime, elle ? Là encore, bonne question. Réponse : Peut-être. (Enfin, ce n'est pas tout à fait exclu.)

Ingrid observe ses parents (à la dérobée ?) : D'un côté l'incarnation du parfait patriote, à qui des puissances contraires rendent la vie dure et qui ne peut s'empêcher de craindre que l'esprit impur, par des interstices et des sutures éclatées, ne s'insinue dans l'âme autrichienne. De l'autre la femme au foyer déjà concassée par le moulin du mariage, arêtes un peu émoussées, flûtiste et apicultrice, qui se tient soigneusement à l'écart de tous les conflits, ou plutôt non, attendez, qui fait seulement semblant de se tenir à l'écart, mais cherche en même temps à arrondir les angles, à l'arrière-plan, et dont on peut dire au bout du compte, pour être juste, qu'elle obtient davantage de son mari comme ça, sans y toucher, qu'Ingrid avec sa franche révolte. Parfois Ingrid a l'impression que (même si ce n'est certainement pas l'amour idéal), il y a tout de même encore, derrière ce qui unit ses parents, un peu plus que de l'habitude.

Ingrid aimerait demander à sa mère ce qu'elle ressent pour son mari. Mais la question pour évidente qu'elle soit n'en est pas moins aberrante, car pour cela il faudrait qu'Ingrid ne soit pas du tout impliquée. Or, comme enfant, et elle saisit intuitivement cette ambiguïté, elle est précisément la conséquence palpable de l'amour de ses parents, même si celui-ci, de facto, n'existe plus. Ingrid incarne — d'une façon ou d'une autre — l'avenir de ce que ses parents ont éprouvé autrefois l'un pour l'autre. Sur ce point elle est même prête à recueillir l'héritage. Pourtant ses parents auraient dû mieux veiller sur Otto pendant la guerre, juge-t-elle. À la longue elle en assez de voir concentrées dans sa seule personne toutes les attentes, jeunesse, élan, jours meilleurs. Elle n'est pas l'avenir de ses parents. Elle est son propre avenir. Elle préférerait dire : Papa, arrête d'espérer que l'ordre de tes parents revienne. Le monde change, il change même à des endroits dont on n'attendait rien : Sous les espèces des filles, par exemple.

Richard se laisse aller sur la situation financière pour le moins floue de Peter, souligne qu'il y a de nombreux jeunes gens qui, en raison de la guerre et du contexte de l'après-guerre, ont pris quelque retard dans leur parcours professionnel. Raison pour laquelle il est d'autant plus irresponsable de tourmenter une jeune fille — plus jeune de six ans — avec des idées de mariage, alors même qu'on fait du surplace dans ses études depuis des années et que, de surcroît, on n'a rien d'autre à produire que des dettes.

Ingrid aimerait savoir d'où son père tire ces informations, et comme il ne cesse de souligner le marasme économique dans lequel Peter se débat, elle vole au secours de son cher et tendre (lui et personne d'autre, et toujours elle, etc.) :

— Papa, je sais comme personne que Peter bosse vraiment et se met en quatre pour réussir. C'est du travail honnête.

— Mais que le travail honnête est avant tout celui qui rapporte quelque chose et ne coûte pas un sou à autrui, ça, manifestement, ça n'est pas venu jusqu'à vos oreilles, pas vrai ? Je constate que même ta sagacité d'esprit bute là-dessus. Tant que ces petits jeux de société ne rapportent rien, ce sont de vastes fumisteries, rien de plus.

— Oui, parce que pour toi il faut nécessairement avoir hérité pour pouvoir entreprendre quoi que ce soit. Tous les autres sont des escrocs et des minables.

Alma rappelle :

— Ingrid —

— Maman, c'est tellement injuste qu'il se mette entre des gens qui s'aiment. Ce n'est pas la faute de Peter, tout de même, si son père est frappé d'interdiction professionnelle et s'il ne peut pas l'aider à financer ses études. Aux yeux de papa, Peter doit expier les fautes de son père. C'est injuste. Son aversion est totalement gratuite. Pure méchanceté. Et il voudrait que je lui donne mon assentiment.

— Je ne suis très certainement pas plus méchant que toi, à ceci près que, moi, j'essaie de faire fonctionner un tout petit peu ma cervelle.

Dehors, on entend le chauffeur de son père qui oblique dans l'entrée, et comme Ingrid est certaine que la conversation ne durera pas plus longtemps, elle dit la première chose qui lui passe par la tête :

— Tu peux bien mettre maman dans ta poche. Avec moi ça ne fonctionne pas.

Une veine saille le long du cou de Richard et pompe le sang dans sa dent douloureuse. Il lève les yeux, ceux d'Ingrid font le chemin inverse, droit vers le petit pain miellé ; comme si elle s'aplatissait devant les paroles tonnantes de son père.

— C'est le bouquet ! Je ne tolérerai pas qu'on me parle ainsi ! J'attends que tu te plies aux règles de cette famille, sinon j'en tirerai les conséquences ! C'est bien clair ?

Là-dessus silence. Comme si chacun fourbissait ses arguments. Même Alma, visiblement, cherche quelque chose à dire. À priori sans succès. Après quelques secondes seulement, comme s'il n'avait pris qu'avec retard toute la mesure de l'insolence d'Ingrid, comme si sa remarque était tombée peu à peu dans son entendement, chute très indolente, Richard frappe la table, si violemment que les tasses tressautent.

— Et maintenant ça suffit ! Je ne vois pas pourquoi je supporterais davantage tes petites humeurs. Aussi longtemps que tu seras sous mon toit, je te prie de faire ce que je te dis. Nous nous sommes bien compris ?

Ingrid le fixe sans desserrer les dents. Il s'en faut de peu qu'elle ne jette le vase de la cuisine contre le mur ou qu'elle se lève de table et parte sans demander son reste. Des forces centrifuges pareilles à celles du carrousel à chaînes du Prater agissent sur elle. Mais pour deux ans au moins elle restera dépendante de son père, il gardera la haute main sur elle, elle sait qu'au fond elle ne devrait pas pousser le bouchon trop loin.

Mais n'est-il pas à plaindre lui aussi ? A-t-il jamais aimé comme elle ? Elle n'arrive pas à l'imaginer, bien que ça lui fasse mal pour sa mère.

— Alors, nous nous sommes bien compris ?

— Oui, dit-elle d'une petite voix, non parce qu'elle est intimidée, mais parce qu'elle sait que son père n'entendrait rien d'autre et qu'elle parviendra encore moins à le convertir à un autre point de vue.

Raison pour laquelle elle n'entrevoit aucun moyen d'être honnête et heureuse à la fois.

— Je peux te faire confiance, vraiment, tu ne feras plus de bêtises ?

Elle trouve que ce qu'on entend par bêtises est une question de point de vue, aussi elle hoche la tête, regarde en même temps la fenêtre de la cuisine et les arbres fruitiers qui se dressent derrière, dans l'enfance elle y grimpait parfois. Otto lui aussi y grimpait. Elle aimerait savoir quels souvenirs traînent dans la tête de ses parents quand ils regardent par cette fenêtre.

Des bêtises, des bêtises.

— Bien, c'est rassurant.

Richard, boursouflé, rouge (sa joue a encore gonflé depuis hier), en même temps soulagé qu'Ingrid regarde par la fenêtre sans rien dire, comme s'il y avait quelque chose, là, dehors, qui la distrayait :

— C'est pour ton bien, tu le sais.

Conciliant, peut-être dans l'espoir d'être compris.

— Je le prends comme ça.

Et bien qu'on ne puisse pas dire avec certitude ce qu'Ingrid entend par là, c'est assez.

Richard se lève, marmonne quelque chose, marre de *négocier jusqu'à l'abrutissement* et de *rechercher sans cesse le compromis*. Alma appuie sa bouche contre la joue saine, qu'il lui tend. Ingrid suit l'exemple de sa mère. Sa bonne action de la journée. Richard prend son chapeau, s'assure devant le miroir qu'il ne l'a pas mis de travers. Il s'élance d'un pas vif, gémit un peu, exténué dès le petit matin, quitte la maison. La portière claque. Quand la voiture démarre, Alma dit sans colère ni reproches :

— Ingrid. Ingrid.

Ingrid commence à débarrasser la vaisselle sale.

— Je crois que je vais avoir mes règles.

Et Alma, tranquille une fois encore, comme si elle portait un certain intérêt aux menstruations d'Ingrid :

— Je devrais me mettre à noter ton cycle, je serais curieuse de voir ce que ça donne.

— Toi aussi, tu passes ton temps à me tomber dessus.

— Je ne te tombe pas dessus. Je me préoccupe de savoir comment tu vas. Mais tu dois faire preuve d'un minimum de compréhension envers tes parents.

Ingrid pose la vaisselle dans l'évier, promet ce faisant au bon Dieu qu'elle va se réformer pourvu qu'elle ait de nouveau ses règles, alors elle retournera même à confesse, souvent je n'ai pas respecté les, j'ai juré et blasphémé, j'ai même été parjure, envers mes parents j'ai été méchante, désobéissante, butée, insolente, j'ai souhaité maintes et maintes fois leur, j'ai péché par mes pensées, par mes regards et, seule ou avec d'autres, j'ai menti, fait l'hypocrite, colporté et amplifié les fautes d'autrui, j'ai été orgueilleuse, je me suis réjouie du malheur de mon prochain, j'ai été intempérante dans mes paroles, colérique et négligente. Surtout, surtout, j'ai commis le péché de chair.

Elle dit à sa mère :

— J'ai à peu près autant de compréhension pour vous que vous pour moi. Nous sommes donc quittes.

Une demi-heure plus tard elle s'en va, direction l'université. Mais au lieu d'aller en vélo jusqu'au pont de Hietzing pour y prendre le tramway, elle part pour Meidling via Lainz et la Fasangartengasse. En mauvaise fille qu'elle est, elle ne se soucie que de sa personne, et plus elle s'éloigne de la maison de ses parents et se rapproche de l'entrepôt de Peter, plus elle se dépouille de l'humiliation et de la tristesse de tout à l'heure, plus cette journée voilée se fait accueillante, comme les rues, les voitures des postes, les caniveaux jaunis de pollen, les gens bien coiffés, faces rubicondes et lavées. Les vitrines, les maisons. Tout lui semble si léger, même les sifflets que lui vaut sa conduite imprudente. Je roule aussi vite que ça me chante. Les allées défilent. Ici ou là, quand une maison n'a pas été reconstruite, on sent encore les effrois du temps. Sinon, c'est comme si le monde libre existait déjà ici, comme si cette ville était déjà affranchie du passé. Mieux : comme si le passé ici était déjà craché.

Elle entend encore la voix de la demoiselle qui lui apprenait les travaux d'aiguille :

— Notre passé est trop grand pour qu'un pays si petit en vienne à bout. C'est comme quand on prend un morceau trop gros, après plus possible d'avaler.

Elle tourne dans la voie pierreuse qui mène à l'entrepôt de Peter, le siège de sa petite entreprise, *Aux joies du salon* (et pourquoi pas ?). Peter s'est installé en location dans un ancien atelier de cycles, entre d'autres garages plus ou moins désaffectés, tous orientés vers la rivière qui court de l'autre côté de la route et vers les grands prés au-delà. À la lourde chaîne et au cadenas, elle s'aperçoit que Peter n'est pas encore là. Elle passe devant l'entrepôt, à la fois déçue et soulagée d'être au moins arrivée. Elle pousse jusqu'à un bistrot, cent mètres plus loin, un bouge dirait son père, vitres pas lavées depuis des mois, sur les murs des slogans datant des derniers jours de la guerre, *Gloire au pays des miracles! Nadeschda umerajet poslednoj*. La bicyclette cliquette dans le râtelier rouillé. Tambour, porte. Dans le bar un homme amputé d'un bras rumine seul à sa table. À une autre table un marginal se balance sur sa chaise, les manches retroussées. Il fait des additions sur un bloc à factures. Quand Ingrid apparaît il se met à chantonner.

— Arrête, il va pleuvoir.

— Encore une qui s'est levée du mauvais pied.

Ingrid tourne le dos au type, sans un mot de plus, les bras croisés. Elle se met au comptoir — pas lavé depuis la veille —, regarde les carrés aux noisettes dans la vitrine comme si elle n'en avait pas mangé depuis longtemps. Par la porte de la cuisine, ouverte, on entend le repas de midi qui mijote, dans l'arrière-cour des caisses de boissons qu'on empile, et les gémissements soutenus de la patronne. Ingrid connaît cette femme depuis qu'elle connaît Peter. Il mange ici quand il a du travail à l'entrepôt, il fait quelques petits travaux pour la patronne, repeint les chaises rouillées du jardin et ratisse le gravier de l'entrée. En contrepartie il peut utiliser les toilettes et le téléphone, parfois même, en hiver (mais Ingrid ne veut pas le savoir), il passe une nuit sur la banquette du poêle.

— Peter a appelé ? demande Ingrid quand la patronne rejoint le bar.

— Je serais lui, j'éviterais de me manifester, il me doit au minimum cent schillings.

La patronne tire une bière pour le marginal qui vient de lever son verre vide.

— Alors il n'a pas appelé? Parce que, c'est-à-dire, il n'est pas encore là.

— Je viens de vous le dire.

— Et hier? demande-t-elle.

— J'imagine qu'il préfère m'éviter.

Ingrid sait que Peter a des ardoises un peu partout, et que son nom figure toujours en haut de la liste. Mais qu'il en soit réduit à avoir des dettes dans le proche voisinage, c'est nouveau, et ça lui est très désagréable. Elle le lui dira. L'attitude bourrue de la patronne l'irrite également, après tout c'est stupide, qu'est-ce qu'elle s'imagine, cette vieille gourde ? Mais comme Ingrid est passée la veille chez sa grand-mère Sterk, qui n'a plus tout à fait conscience de la valeur de l'argent, elle sort son porte-monnaie de sa besace, le cache de tout son corps aussi longtemps qu'elle y farfouille. Puis elle tend princièrement un billet de 100 schillings à la patronne.

— A-t-on jamais vu ça, la fille qui donne de l'argent au garçon pour qu'il s'en sorte ?

— Occupez-vous de vos fesses, dit Ingrid.

Elle est rouge de honte et de colère. Elle jette le billet sur le comptoir sans s'assurer qu'il ne tombe pas à côté. Puis, fulminante, elle se dirige vers la porte sans saluer, sort, saisit son vélo par le guidon et le pousse jusqu'à l'entrepôt, toujours en colère, mais surtout contre elle-même à présent. Est-ce que c'est une vie, de courir comme ça dans tous les sens comme une folle ? Il faut bien avouer que la patronne n'a pas nécessairement tort, et les critiques de son père elles-mêmes ne sont pas toutes infondées. Mais elle préférerait réagir en lançant le vase de la cuisine contre le mur ou en crêpant le chignon de la patronne. Du reste elle ne cesse de s'emporter ces derniers temps, tout juste si elle n'en vomit pas. L'autre jour au centre-ville, du côté du Hoher Markt, un homme d'un certain âge l'a accusée d'avoir renversé sa bicyclette. Ni une, ni deux, Ingrid a sorti de son sac à provisions un chou-rave en guise de projectile, et l'homme l'aurait sûrement reçu en pleine tête s'il n'y avait pas eu des gens tout autour. Aussi Ingrid s'est-elle contentée de l'engueuler, lui conseillant de veiller un peu mieux sur ses affaires. Et quoique, en effet, elle ne fût en rien responsable de la chute de la bicyclette, son propre comportement lui parut anormal, et, rentrant à maison, ce brusque accès de colère lui fit même honte.

L'histoire d'Ingrid Sterk, réfléchit-elle. Qu'est-ce que ce serait, comme histoire ? Vraisemblablement un mélodrame. On reconnaît les mélodrames au simple fait qu'il y a des noms de femme dans le titre.

Elle appuie son vélo contre le portail bleu clair, tachetures de couleur là où la peinture par places a sauté. Puis elle s'assied sur un muretin qui sépare l'entrée de l'entrepôt, envahie par les mauvaises herbes, du garage voisin. Par un trou dans les nuages le soleil éclaire fugitivement cette zone. Ingrid palpe son ventre, elle lui fait confiance pour rendre la situation plus dramatique encore — depuis deux semaines il est si bizarrement gonflé, ça reste comme ça, rien à faire, pourtant elle mange très peu. Elle n'y comprend rien, cet état semble défier toute logique. Néanmoins elle ne se défait pas de l'impression qu'elle est encore enceinte. La première fois non plus, elle n'aurait jamais imaginé que Peter pût être aussi maladroit, et pourtant il l'a été, et les conséquences seraient d'ailleurs visibles depuis longtemps si, oui, si, enfin, elle a eu de la chance ou de la malchance, c'est selon, toujours est-il que sa grossesse s'est achevée sur une fausse-couche. C'était épouvantable. Elle n'a toujours pas digéré, c'était il y a six mois déjà. Voir ce petit embryon vermiculaire dans la cuvette et être obligée de tirer la chasse, parce que son père frappe à la porte et voudrait bien savoir combien de temps encore elle compte bloquer la salle de bains. Son premier enfant. Elle l'a perdu dans la salle de bains. Quand elle y pense, elle a des frissons qui lui courent dans le dos. Avec les doigts des deux mains elle appuie un peu au-dessus de l'aine, pour renfoncer les entrailles ; très étrange. Elle se dit que si son corps reste comme maintenant, elle ira voir un médecin dans les jours prochains, qu'il tire les choses au clair. S'il y a quelque chose, autant le savoir tout de suite. Et s'il n'y a rien, alors plus la peine de se casser la tête. D'ici là, juré, elle ne dira rien à personne, pas même à Peter, il serait bien capable de se réjouir d'une grossesse, il l'a déjà dit, et pas qu'une fois, il l'a même écrit dans sa dernière lettre en l'enjoignant vivement de se faire vacciner contre la rubéole. Quel con, quel petit con. Il devrait pourtant comprendre qu'elle doit gagner un peu d'indépendance, histoire de ne pas végéter intellectuellement dans le mariage comme sa mère. Et encore une pression des doigts, suspicieuse, au-dessus de l'aine, et une sensation désagréable qui ne lui apprend rien, en tout cas rien qui aille dans cette direction.

Parfois dans l'enfance elle avait le ventre rond, ferme et élastique comme la peau d'un tambour. Otto se faisait une joie d'en éprouver la résistance après le repas. Ils s'allongeaient sur le canapé du salon ou dans le jardin, le ciel au-dessus de leur tête et un sentiment de bonheur, parce qu'on n'entendait aucun bombardier ennemi là-haut. Otto tambourinait sur la peau de son ventre. Elle se souvient qu'il avait dit, une fois (il était encore au Jungvolk et ramenait de ces soirées formatrices un dialecte aventureux qui déplaisait foncièrement à ses parents : tout à coup elle entend la voix d'Otto, cette voix qui mue), qu'il avait dit, ou plutôt non, déclaré, même, tambourinant sur sa peau, et la phrase lui est restée en mémoire :

— Je vais m'engager comme volontaire dans l'Union coloniale, apprendre le swahili et épouser dix négresses.

C'était drôle, ils avaient beaucoup ri.

Pourtant Ingrid ne se souvient pas qu'elle ait particulièrement pleuré Otto. Ils étaient tous abattus, les voisins aussi, personne ne savait de quoi participait cet abattement. Les occasions ne manquaient pas. Et puis ces cohortes de soldats de l'Armée rouge dans le jardin, ils montaient aux arbres pour faire main basse sur les *biens allemands* dans les maisonnettes à oiseaux. Celles qui étaient hors d'atteinte, ils leur tiraient dessus. Une fois, Ingrid s'en souvient encore, ce devait être quelques jours après la mort d'Otto, à la mi-avril, depuis l'un des pommiers sur le point de fleurir, l'un de ces terribles Mongols a jeté un œil dans sa chambre, l'une des images les plus violentes de ces jours-là. Ingrid était debout à la fenêtre, son regard a croisé un bref instant les yeux du jeune soldat, bizarrement posés sur des pommettes larges. Puis l'homme s'est détourné. Il s'est hissé un peu plus haut dans l'arbre, il a secoué la maisonnette à oiseaux et un merle s'en est échappé.

Ingrid se souvient davantage de sa pitié pour le merle que de sa tristesse pour la mort d'Otto. Peut-être parce qu'Otto, même avant, était souvent ailleurs, dans des camps ou avec les canoéistes. Peut-être aussi parce que ce printemps-là les événements s'accumulaient, se précipitaient, que le deuil d'Otto était toujours présent et que cette douleur rétrospectivement se mélangeait à d'autres faits. L'Armée rouge défilait en formation serrée dans la rue, entonnait des chants mélancoliques, juste derrière il y avait des fardiers tout capitonnés de tapis et de coussins avec des femmes de l'Est dans des chemisiers de soldats. Un groupe de soldats assez conséquent cantonna plusieurs semaines dans les pièces du bas. Puis ce furent des officiers britanniques qui s'installèrent à la maison, encore moins la place pour pleurer. Les pénuries alimentaires, les baignades dans les réserves d'eau, les travaux de déblaiement, les vaporisations de DDT. De temps en temps Ingrid courait à la gare pour accueillir les convois de prisonniers de guerre, voir s'il y avait un membre de la famille parmi eux. Il est vivant ? Il est vivant ? Le discours de Noël de Figl, ses mots, rien à vous donner, ni bougies, ni quignon de pain, ni charbon, juste la foi dans ce pays. Deux vagues de grippe. Des gras bien maigres. Et avant même qu'on s'en aperçoive, Otto était mort depuis un an. Ingrid passa au collège. Les gens du cinéma allaient et venaient chez les voisins.

Son père fut nommé au ministère, plus tard il fut même ministre. Les soldats des troupes d'occupation se retirèrent dans les casernes. Les premières vacances à l'étranger. La première robe de bal et de nouvelles amies. La promenade au jardin zoologique, où un jeune étudiant la prit en photo. Il s'appelait Peter. Il avait acheté son appareil au marché noir et se faisait un salaire d'appoint devant la cage aux ours. Images souvenir pour les soldats de l'Armée rouge et pour les fonctionnaires soviétiques, une cage aux barreaux verts, à l'intérieur un ours à collier qui tourne en rond, comme hospitalisé, symbole de la victoire dans la Grand Guerre Patriotique.

Et Peter. Et Peter. Et Peter.

On-n'-empêche-pas-un-pauvre-cœur.

Maintenant, le muretin confortablement coincé entre les cuisses, chose qui serait tout à fait impensable à Hietzing — ainsi Ingrid a une surface où poser son livre d'anatomie, dans la lecture duquel elle ne progresse d'ailleurs pas —, elle attend son amoureux. Elle est assise dans la lumière brouillée de midi, elle a enlevé son cardigan bleu foncé, il est posé un peu derrière elle, là où sa tête reposerait si elle se laissait tomber en arrière comme tout à l'heure déjà. La lecture et l'atmosphère l'endorment, dans un bâillement elle s'arc-boute, lutte contre la somnolence et ce sentiment d'abandon croissant qui lui sape le moral. La matinée passe, l'après-midi commence et prend un tour ennuyeux. Quand Ingrid entend en passant un avertisseur à deux tons, elle pense dérapages dans le fossé, collisions et tôle froissée, et les images de son livre d'anatomie lui traversent la tête. Alors sa patience est définitivement à bout, l'élan de sa colère lui-même est brisé, et elle serait prête à tout pardonner à Peter, pourvu qu'il revienne entier à la maison.

À deux heures, elle perçoit enfin les traditionnels crachotements de moteur. Elle tourne la tête. L'auto, une vieille Morris des stocks de l'armée britannique, apparaît dans son champ de vision, un petit break, carrosserie surélevée, à l'arrière deux portes battantes qu'il faut soulever légèrement pour qu'elles ferment. Soucieuse d'éviter les innombrables ornières de la route, la voiture descend vers l'entrepôt en bringuebalant. Quand enfin, cahots, grincements, elle s'arrête devant la porte, une sensation de bonheur couvre les soucis d'Ingrid.

Elle lance à Peter par la vitre ouverte :

— Où tu es resté tout ce temps ? Si tu savais comme je suis heureuse que tu sois de retour.

Peter descend, ils s'enlacent. Ingrid est à peine plus petite que lui. Leurs bassins se collent l'un à l'autre, Peter pose les mains sur ses fesses et l'attire vers lui. Il desserre l'étreinte au bout d'un moment, caresses ses joues, pose son index sous son menton et le soulève pour pouvoir contempler son visage. Elle sent l'essence sur ses mains. C'est parce qu'à la pompe, toujours, il lustre ses chaussures avec le chiffon à essence.

— Eh, tu pues, une vraie infection.

Encore un baiser (le souffle lui manque, presque). Puis Peter de la main droite presse le sein gauche d'Ingrid sous l'étoffe lisse de la robe, aux lèvres cet irrésistible sourire madré. Il dit :

— Possible que tes seins aient un peu poussé en mon absence.

— L'ennui, sans doute.

Et ce grossissement, contrairement à celui de son ventre, serait plutôt du genre positif.

Ils rient. Peter se frotte les genoux après ce long voyage. Il va vers la porte. En chemin il sort son trousseau de clés de la poche de son pantalon, le panneton tourne et couine deux fois dans le cadenas rouillé. Ingrid veut savoir comment était le voyage. Pendant que Peter retire la lourde chaîne des poignées de la porte et ouvre grand les deux battants, il explique, épuisé, heureux, qu'il a pris un peu de retard parce que la veille, du côté de Vöcklamarkt, un pneu a crevé.

— Je suis vraiment pas verni. La poisse. Un choc et pfft ! Je crois bien que j'ai senti l'air jusqu'à l'intérieur.

Il hausse les épaules.

Il a des traits gracieux et pourtant très masculins, un visage obstiné, silencieux, regard bien éveillé sous des cheveux touffus, sombres. Ingrid aime que, pour tout ce qui touche aux déceptions de l'existence, il ait une telle encaisse, c'est d'ailleurs ce qui fait une bonne partie de son charme. Et : Aujourd'hui elle recherche davantage la vitalité que cette sécurité qui, pendant des années, et pas seulement sous l'influence de son père, était à ses yeux la chose du monde la plus souhaitable, récompense pour une enfance pourrie.

Il dit :

— J'avais une roue de secours. Mais la route était bosselée par le gel, j'ai abîmé la jante, du coup il a fallu que je roule au ralenti le reste du temps. Ça valait toujours mieux que de refaire l'équilibrage en Haute-Autriche. Erich s'occupera de ça, il me doit un service.

Il fixe les battants de la porte aux murs latéraux de l'entrepôt, puis il vide la boîte à lettres, étrangement remplie à craquer. Ingrid, qui ne s'étonne pas moins que, dans une entreprise qui n'enregistre à vrai dire que des pertes, il puisse y avoir une telle demande, pousse son vélo dans la pièce inondée de lumière. Il y a là deux établis, un tour et une presse à épreuves sur laquelle Peter ne travaille plus depuis qu'il fait tout imprimer à Ottakring. Des caisses de munitions font office de sièges de fortune et servent en même temps à remiser des outils hors d'usage. Un blaireau empaillé, reliquat furtif d'un collège anéanti par les bombes, fouine, tout au fond, sur les rayons qui surmontent la presse à épreuves, dans quelques boîtes de la toute première version de *Connaissez-vous l'Autriche ?* Le jeu ? Oui. *Connaissez-vous l'Autriche ?* Un jeu d'histoire et de géographie qui remet au premier plan, dans toute son innocence et sa beauté, la petite république occupée (et qui, bientôt, recouvrera son indépendance ?).

Peter sort plusieurs boîtes de ce jeu du coffre de la Morris, deux douzaines d'exemplaires défectueux qu'il a ramenés de son voyage d'affaires dans les Länder du sud et dans les environs de Salzbourg. Il soupire :

— On manque une fois encore de tout, pas seulement de travail.

— Pour l'instant oublie le travail.

Ingrid suit Peter à l'intérieur. Ça sent le papier, la sciure humide, la rouille et l'huile de machine. Il fait un peu frais. Ils s'asseyent côte à côte sur l'une des caisses, joignent leurs mains, entrecroisent leurs doigts et appuient jusqu'à ce que les articulations blanchissent.

— Tu as sûrement faim après un voyage pareil.

— Et comment.

Peter souffle. Après une pause il ajoute :

— Mais ces derniers jours j'ai mangé si souvent au restaurant que je n'ai plus trop envie.

— Dis plutôt que tu dois de l'argent à Mme Stöhr.

Il a un sourire grimaçant, son regard est (comment dire ?) : accablé dans tous les sens du terme, contrit et — : Un peu de honte ? De la gêne en tout cas.

— On en reparlera, mon bon ami.

Mais pour l'instant elle le laisse en paix. Elle prend sa bicyclette et va chez l'épicier. De retour, le confort est toujours aussi précaire, et Peter, la mine immuablement défaite, est planté là dans ses vêtements de tous les jours, un jean avachi (où l'a-t-il dégotté?) et une blouse de travail grise et disgracieuse que sa sœur aînée lui a offerte pour Noël, l'année dernière. Il bricole quelques jeux décollés. Ingrid change elle aussi de tenue, comme la plupart du temps quand elle est à l'entrepôt et qu'elle craint de se salir. Elle a apporté ici de vieux vêtements qu'elle aime bien, des vêtements qu'elle ne pourrait pas porter à la maison, pas même dans le jardin, des vêtements comme une déclaration d'indépendance, c'est tout du moins son impression, qui s'accordent avec l'atmosphère de célibataire qui flotte dans l'entrepôt, s'accordent avec tout ce qui, ici, reste inachevé, à l'absence d'agrément, s'accordent à ce réchaud électrique égratigné, tordu, mais qui rend encore de bons services et sur lequel, maintenant, elle prépare un repas pour Peter. Une assiettée de Krautfleckerl agrémentée de salade, de pain, de bière.

— Allez, lave-toi les mains, c'est prêt!

Peter suspend sa blouse de travail grise à un crochet porte-serviettes près du lavabo. Il se lave les mains à la brosse, bien fort, jusqu'aux coudes. Puis il s'assied à la petite table parcourue d'entailles de couteau qu'Ingrid vient de débarrasser et qu'elle a poussée au milieu de la pièce avec deux caisses de munitions. D'évidence il a très faim, il tire à lui l'assiette remplie. Il prend sa fourchette, se penche vers son repas. Ingrid l'observe tandis qu'il se sert, mastique, déglutit. Parfois elle presse son bras ou le haut de sa cuisse, comme s'il fallait qu'elle s'assure qu'il est bel et bien là. Ses yeux, sa bouche, la plus petite parcelle de peau. Et ses doigts. C'est

beau, de le voir attaquer quelque chose. Le pain. Comme il l'enfourne. Il regarde Ingrid par-dessus sa main. Il lui fait de l'œil. Ça la réjouit. Il se passe la main sur le ventre, satisfait. Ingrid elle aussi se touche le ventre (l'espoir, comme depuis quelques jours déjà, que ce mal au cœur soit imputable à une constipation, merci merci, petit Jésus). Peter tend son verre pour qu'elle le serve encore, rassemble les derniers restes de chou avec le dernier morceau de pain. Il fait passer le tout à grosses gorgées, soupire d'aise, il part en arrière, les bras appuyés sur la caisse de munitions. Pendant un moment on a l'impression qu'il va sourire. Il dit :
— Je t'aime.
Et Ingrid, commençant à faire la vaisselle :
— Ça vaudrait mieux pour toi. Mais ce qui me préoccupe pour le moment, bien plus que ces déclarations d'amour qui ne te coûtent rien, c'est que tu répondes à quelques questions.
Elle veut savoir auprès de qui il s'est endetté et pour quel montant. Où en sont les créances et ce qu'on peut encore espérer tirer, enfin tout ce qui, d'une façon ou d'une autre, n'a pas une valeur illusoire. Où on l'a grugé. Combien vaut vraiment le stock, déduction faite des plateaux qu'il devra jeter, vu que — une défaite de plus dans la vie de Peter Erlach, un coup de plus au-dessous de la ceinture économique — le Traité d'État est sur le point d'être signé et que les zones d'occupation n'existeront plus. Et puis : quelles sont à peu près les rentrées mensuelles, à la louche, en incluant ce que lui rapportent les petits cours. Où en sont les dépenses courantes, quelles qu'elles soient, sans oublier les réparations sur la Morris, attendu que, avec une régularité préoccupante, il y a toujours un câble de frein qui lâche ou — voir ce qui s'est passé hier — un pneu qui crève.
Et :

— Il te reste combien de temps, au juste, avant d'avoir fini tes études ? Ce serait vraiment bien, que tu puisses reprendre tout ça en main, je serais tellement heureuse.

Elle s'essuie les mains dans un torchon sale, puis elle prend un papier et un crayon dans l'intention d'assujettir la vie de Peter à un ordre mathématique, une construction arithmétique, sans envisager d'autre critère pour ses efforts que le succès possible, c'est-à-dire sans prendre en compte une seule seconde les connaissances qu'on peut faire en voyage, ni la possibilité de voir un peu *son petit monde*, toutes choses qui pourtant, selon Peter, vous enrichissent d'une façon ou d'une autre. Qu'il commence enfin, de grâce, à penser en termes économiques, voilà ce qu'implore Ingrid, et sur ce chapitre son père a entièrement raison, quand il affirme qu'il ne faut pas hésiter à mettre les mains dans le cambouis.

— Il ne manquerait plus que ça.

— On n'a rien sans rien.

Ingrid s'approche énergiquement de la table, met une jambe sous ses fesses pour se surélever un peu. Les coudes écartés, un gros crayon de menuisier à la main, elle trace des colonnes sur un papier qui traîne.

— Allez, délie ta langue, dis-moi un peu, je veux tout savoir.

Des additions, des soustractions et de temps en temps, pour faire un compte rond, des majorations et des minorations, toujours au détriment de Peter, sans contredit, une fois, deux fois, Ingrid parie que les comptes sont comme toujours arrangés. Huit plus sept plus un plus un plus neuf plus deux, vingt-huit, je pose huit, je retiens deux, deux plus huit plus trois plus deux plus neuf plus sept plus un, trente-deux, je pose deux, je retiens trois, trois plus quatre plus neuf plus trois plus cinq plus sept plus six, trente-sept. Arrondissons :

— 40 000 schillings de dettes, 20 000 schillings de créances. Peter, tu es dans le rouge jusqu'au cou.

Peter retourne travailler, piteux, et Ingrid l'observe tandis que, avec une persévérance qui ne présage rien de bon, il prépare les commandes prises ou reçues pour les expédier ; comme anesthésié par cette activité. Au bout d'un moment Ingrid griffonne À LIRE DE TOUTE URGENCE en haut et en bas de la feuille de comptes, elle se lève, fixe la feuille au petit panneau d'affichage à gauche dans l'entrée. Puis, de retour sur la caisse de munitions, elle se débonde et exprime toute sa frustration, pourquoi y aller par quatre chemins, et il faut avouer que ça fait du bien, de parler d'égal à égal avec un adulte, de ne plus avoir l'impression d'être une enfant, cette foutue différence d'âge, six ans, mais on ne les remarque pas du tout.

Là, une grande respiration :

— Parce que ton marasme perpétuel me reste franchement sur l'estomac, c'est toujours la même chose depuis que je te connais, et je me demande parfois s'il y a seulement un espoir que ça s'améliore un jour. Chaque fois qu'on croit que tu remontes enfin la pente, de nouvelles difficultés surgissent, c'est vraiment comme si on avait jeté un sort sur ton travail. Si papa apprend que tu as même des ardoises au restaurant, tu vas te couvrir de ridicule, et les gens diront, à juste titre, qu'ils comprennent les parents d'Ingrid, puisque Peter ne tient pas debout tout seul, non, qu'au fond il se ridiculise à courir après le petit sou, toujours le petit sou. Chéri, je sais bien que tu te crèves sincèrement à la tâche, que tu fais ce que tu peux et qu'il y a pas mal de choses qui se mettent en travers de ton chemin et contre lesquelles tu ne peux rien. C'est pour ça, aussi, que je ne te fais aucun reproche. Mais tu aurais sacrément besoin d'un succès, d'un seul. Ça me désespère tellement, que ton assise matérielle soit si minable. Tous les jeunes gens, enfin, disons beaucoup de jeunes gens qui pensent au mariage, en tout cas ceux qui ont les pieds sur terre, ont des revenus convenables, mais pour ce qui nous concerne, j'aime autant te le dire, ce sont des espérances bien lointaines, inaccessibles, au grand large des îles Fortunées. Ne me regarde pas comme ça, tu sais très bien que c'est vrai. Comme si tu voulais végéter encore des années avant d'arriver à quelque chose, et en attendant on reste d'éternels fiancés. Cette voiture de merde, par exemple, pardonne-moi l'expression, achèvera de te ruiner, avoue-le, cette fois encore ton voyage t'aura coûté bien plus qu'il ne t'a rapporté, et même si tout s'équilibre, tes voyages professionnels devraient tout de même déboucher sur quelque chose, et pas seulement sur une augmentation de la pollution dans les environs. Ça te permettrait déjà de régler cette histoire de pneu. And according to this : Dès que ce sera possible, tu me bazardes cette vieille guimbarde, tu n'auras pas à le regretter, et achète-toi plutôt l'une de ces petites fourgonnettes Steyr, même si c'est pour pester qu'elle est trop petite, et ne va surtout pas fantasmer sur une Opel, une Ford ou une DKW, ce serait avoir la folie des grandeurs, parfaitement, ce n'est tout de même pas possible que tu achètes une voiture pour la seule et unique raison qu'on peut y dormir ensemble à l'arrière. On se demande. A-t-on jamais entendu ça. Parfois je me dis que tout pourrait être bien, mais l'instant d'après je n'ai plus le courage de croire que ça s'arrangera avec le temps, tout du moins que les dettes seront payées, que tu auras enfin un petit capital et un logement où l'on peut bouger sans se marcher dessus ni entendre les voisins quand ils se retournent dans leur lit. Dis-moi quand tu penses que ce sera possible, dans cinq, dans dix ans? et encore, j'en doute, je commence à en avoir joliment marre, tu sais, c'est comme ça depuis que je te connais et rien ne change jamais, parce que tes affaires éclipsent tes études. Et tout ça pour rien du tout. Ça me fait penser à ce que dit papa, qu'on doit toujours s'efforcer de se maintenir au-dessus de la moyenne, et pas seulement d'un point de vue moral, bien sûr, il n'a pas agi autrement pendant la guerre, je crois, et sa position actuelle atteste du bien-fondé de cette remarque. Réfléchis un peu, pense à tes connaissances, des gens très gentils pour la plupart, certes, tous liés plus ou moins au Wandervogel, ils ont certainement des qualités morales, je ne dis pas, mais c'est à peu près tout. Ceux-là même qui te tiennent pour un homme riche et ne comprennent pas que ce n'est pas une vie, pourtant, parce qu'ils sont eux-mêmes dans un tel pétrin qu'ils ne peuvent rien se payer et rien offrir à leurs enfants. Je pourrais citer des noms. Mais ce ne sera pas notre monde à nous, non, il faut que ce soit mieux, pour toi, surtout, tu es moins bien loti que moi, et tu ne seras pas obligé de tout faire tout seul, je veux bien donner de ma personne, à l'occasion tout du moins. Tu ne veux sûrement pas que ta fiancée gagne plus que toi, et dans l'état actuel des choses c'est pourtant ce qui arriverait immanquablement, or tu ne veux pas ça, si ? non, alors, et puis ce n'est pas seulement une question de revenus, le standing joue aussi un rôle. La manie de cancaner des gens est énorme. Si tu me connais, tu sais très bien que je ne dis pas ça pour te blesser. Mais je ne peux tout de même pas servir à tout le monde l'histoire de tes malheurs pour t'excuser, je veux que mon mariage s'annonce sous les meilleurs auspices, je veux pouvoir dire fièrement il est architecte, ingénieur, que sais-je, on a bien le droit, une vie légère et merveilleuse nous attend, même si tout ne sera pas rose, bien sûr, mais ce sera largement suffisant pour être heureux. Tu comprends ce qui m'importe ? Ne vois pas en moi la petite fille de ministre arrogante et bêcheuse, toute cousue d'or, et surtout ne va pas croire que tu n'es pas assez bien pour moi, je t'en prie, j'ai la tête bien froide, du pur bon sens et c'est tout, et je vois bien qu'il y a des choses qu'on devra affronter. Comprends-moi, si on se marie, les parents voudront savoir qui tu es et ce que tu fais, et ils tomberont tous à la renverse s'ils apprennent que tu es un simple répétiteur qui accumule les dettes en vendant des jeux de plateau. Crois-moi, je ne dis vraiment pas ça pour te blesser ou juste pour parler, je me fais du souci, c'est tout. Je ne veux pas donner raison à papa, surtout pas, je ne lui ferai pas ce plaisir. Dieu que c'est stupide, si on s'aimait moins, les choses seraient deux fois moins graves, mais une vie sans toi est impensable, on reste ensemble, advienne que pourra, tu ne seras pas déçu une deuxième fois, je te le promets, je ne suis pas Hertha. Mais je t'en prie, je t'en prie, remets le nez dans tes cours au semestre d'hiver, tu verras qu'au bout du compte ce sera plus profitable que de passer une année de plus sur les routes, avec le verglas, la neige, les voies encombrées. Tu ne peux pas faire confiance à la météo, pas plus qu'au reste, et au moins ça m'épargnerait des nuits sans sommeil. Peut-être que tu finiras par décrocher un diplôme, ce serait vraiment une bénédiction, tu as quand même vingt-cinq ans maintenant, Peter, et tu ne peux pas continuer avec ce travail de misère, sans jamais joindre les deux bouts. Mets-toi bien en tête que tu ne tiendras pas longtemps comme ça. La semaine dernière j'ai donné de l'argent à Mme Hastreiter pour qu'elle raccommode un peu les draps, mais elle a tout pris pour le loyer, il faut dire qu'elle t'a déjà avancé tellement. Et ce matin j'ai aussi donné à Mme Stöhr, je ne te reproche rien mais tu avoueras quand même que c'est un monde, que la fille soit obligée de donner de l'argent au garçon pour qu'il s'en sorte. Je ne peux tout de même pas piller éternellement mes deux grands-mères pour couvrir mes, tes bêtises. Ça ne sert à rien de te donner de l'argent, tu es un vrai panier percé, papa avait bien envisagé de te soutenir un peu financièrement, mais quand il a vu que tu ne parlais pas de reprendre tes études, il est parfaitement logique qu'il ait renoncé. Dis donc, tu m'écoutes, vraiment, ou tu te dis bah, cause toujours, je ferai ce que je juge bon de faire, c'est parfois ce que je crains, tu sais, parce que tu ne réagis jamais à rien. Ce n'est pas parce que tu as six ans de plus que tu peux te permettre de penser la pauvre Ingrid, etc. Tu m'écoutes ? À la bonne heure, alors dis-toi bien une chose : Il va falloir que tu descendes de tes rêves de grandeur et que tu penses un peu à ce que tu dois à ta future famille, il en faudra, de la place, des vêtements, de la nourriture, et si je suis à la maison qui financera tout ça, alors que la vie augmente chaque jour ? Tu ne peux pas multiplier les petits cours. Te remettre à étudier ne te tuera pas, et à l'arrivée la récompense ce sera moi. Je rendrai ta vie si merveilleuse que tu seras récompensé au centuple. Qu'est-ce que c'est, deux ans, dans une vie, surtout la nôtre, celle qui nous attend, ça passe en un rien de temps, deux ans, et quand on sera enfin indépendants, qu'on ne devra plus rendre de comptes à personne et qu'on sera dans nos murs, qu'on aura des bébés, eh bien, on se dira que ça valait la peine de souffrir, et en attendant, moi, je profite de toutes les commodités qui me sont offertes à la maison, je fais mon trousseau, je ne perds jamais de vue notre vie à deux et à la fac je fais tout mon possible pour rester dans les temps. Et si tu daignais y reparaître, à la fac, papa serait sûrement plus conciliant, ce serait un progrès pour tout le monde. Entre nous, il est de toute façon trop tôt pour parler de mariage, au bout du compte on y perdrait nous-mêmes, dix-neuf ans, c'est un petit peu prématuré, et même pour toi il vaut mieux attendre, comme ça toutes les circonstances seront réunies le moment venu. Pour ce qui est de la jugeote, je te fais confiance, tu en as pour trois, pourvu que tu t'y mettes, et tes autres défauts, là, bien sûr, il faudrait vraiment faire quelque chose, c'est à peine croyable, toute cette négligence, cette pagaille perpétuelle, tu connais mon avis là-dessus, on en a déjà parlé cent fois et tu t'en es toujours tiré en disant que tu n'avais pas le temps et point. Mais ce n'est pas une excuse. Je crois plutôt qu'on ne t'a rien appris de tout ça à la maison, c'est tout, et après tu es resté trop longtemps tout seul ou en sous-location. Regarde-moi ce linge et ces vêtements trempés de sueur, c'est vraiment répugnant, de quoi vous dégoûter, nuire à tes affaires, tu ne le remarques pas toi-même mais les autres se disent voilà un beau jean-foutre doublé d'un cochon, impossible qu'il fasse un travail correct, et cette jolie fille chic, là, où est-ce qu'il a bien pu la dégoter, enfin, ce genre de choses, tu te mets toi-même des bâtons dans les roues, pour l'amour du ciel réagis, sinon ce sera toi qui paieras les pots cassés. Quand on regarde tes pieds, on a parfois l'impression que tu sors tout droit de la cheminée. Alors réfléchis un peu, et ne va pas chercher de faux-fuyants, il n'y en a pas, comprends bien que tu dois mettre un coup de collier maintenant, surtout pour ce qui concerne ta propre personne, et plus tard, quand je serai moi aussi maîtresse de mon destin, ce qui est tout à fait envisageable, alors on ne pensera plus aux problèmes du début. Aie un peu de patience, toi aussi, et rends-moi les choses plus faciles, Peter, regarde-moi et ne va pas comprendre de travers, je sais qu'à première vue ça compliquera nos objectifs communs, mais à présent il faut que tu travailles avec une volonté de fer pour montrer un peu tes capacités à papa. Je n'attends pas de grands exploits, loin de là, mais si je te soutiens à fond, et je le fais, sois-en certain, j'ai besoin d'être sûre que je ne me berce pas de chimères, oui, tu as bien entendu, s'il y a bien un trait de caractère qui te fait cruellement défaut et qui me semble en revanche trop présent chez papa, c'est le sens des réalités.

Et de nouveau une profonde inspiration, soufflez, voilà, satisfaite, elle est satisfaite, tout son discours sur le pragmatisme lui semble habile, après tout il faut bien que quelqu'un garde la tête froide, et pourquoi y aller par des voies détournées, aucune raison de commencer maintenant. Et Peter? On dirait que le sermon a fait son effet. Il n'a pas cherché du tout à l'interrompre, s'est contenté de lever les yeux vers elle de temps en temps avec une mine contrite, perdu dans ses pensées ou peu assuré (?), mais manifestement patient (comme un cheval dans l'orage), prêt à encaisser une fois de plus : Il continue de rafistoler ses jeux en silence, visage figé, les yeux rivés sur son travail. Ingrid le voit qui, égaré, casse la tête d'une figurine.

— Tu me fais vraiment de la peine, mais je n'en ai pas encore fini. Figure-toi que papa est au courant de nos fiançailles.

Et en plus je suis enceinte, pour ne rien arranger.

Elle est sur le point de le lui dire, mais elle ne le dit pas, car Peter se détourne de toute façon de son travail. Effrayé, il regarde le visage d'Ingrid, et pour un bref instant, chose singulière, elle a même un sentiment de bonheur, qu'elle attribue tout naturellement à la force encore intacte de son amour.

Et le mois de mai dans une inspiration lumineuse s'engouffre par la façade ouverte et s'instille par les briques de verre du toit. Au vrai tout est chaud et paisible comme dans le désert.

Ingrid dit :

— Je ne sais pas comment ça se fait, mais les nouvelles vont vite.

Les tempes de Peter scintillent de sueur, il fait rouler son verre de bière à demi plein sur son front, deux fois, aller-retour.

— Comment il l'a appris ?

Moins une question que la certitude qu'il n'en sortira rien de très bon.

— Eh bien, il n'a pas fait directement un scandale, en tout cas pas au début. Juste qu'il détestait qu'on le mette devant le fait accompli et qu'il n'admettait pas ces fiançailles, point. J'aurais dû sentir tout de suite que les négociations étaient beaucoup plus importantes pour lui. Mais je lui ai dit que j'avais pris ma décision.

— Il faudra qu'il en prenne son parti.

— Tu crois vraiment ? À la fin il a fait valoir comme d'habitude qu'il était encore le maître chez lui, que ses principes, n'est-ce pas, blabla, et que je ne suis pas encore majeure. Il dit qu'on l'a trompé, en quoi d'ailleurs il n'a pas tout à fait tort. Il n'admet pas qu'on le prenne perpétuellement pour un con. Mais le bouquet, c'est qu'une fois de plus il a essayé de minimiser mes sentiments. Cette fois il a prétendu que *Roméo et Juliette* n'était pas une pièce sur la puissance de l'amour, mais sur les calamités de l'adolescence. C'est à ses yeux une raison suffisante pour me menacer de tout et n'importe quoi, et pour exiger en premier lieu que je ne te revoie plus.

— D'abord le mariage contrarié, maintenant les amours contrariées.

— Écoute, si je suis ici, c'est bien la preuve que je n'avale pas cette interdiction. J'ose espérer aussi qu'il ne m'interdira pas les excursions avec l'Alpenverein. Mais il faut tout de même veiller à ne pas l'énerver davantage. Crois-moi, je le connais, il ne faut pas que ça empire. Aussi longtemps qu'il est le maître, il ne me lâche pas.
Pause.
— Pour commencer tu ne viens plus à la maison.
Peter, commissure des lèvres blanchies, bras ballants, flotte dans sa chemise trop grande. Il regarde Ingrid fixement (avec impuissance ?), rien en lui ne bouge, raide comme un pieu, à ce moment précis il lui paraît très fragile. Il n'a sûrement rien mangé ces quatre derniers jours pour économiser de l'argent, limpide, pour ça qu'il n'a que la peau sur les os, rien qu'elle n'ait déjà constaté.
Il dit avec un rire amer :
— Très bien. Je ne dois plus venir. Juste parce que — Et puis merde, je ne m'énerverai pas. De toute façon personne ne trouve grâce à ses yeux.
— Admettons.
Puis pour la dixième fois tout ce que Richard a contre Peter, la litanie complète : Qu'il est un propre à rien, première étape, et que ces fiançailles secrètes avec sa fille n'ont fait que renforcer sa conviction (on ne peut pas le reprocher tout à fait à papa, non plus, après tout c'est le parfait contrepied de ce qu'il nous a dit de faire). Que Peter est son aîné de six ans, qu'il n'est rien et qu'il ne possède rien et qu'au surplus on ne lui a manifestement pas appris comment bien présenter. Et puis : Que le père de Peter a comparu deux fois devant le Tribunal du peuple et que, après plusieurs mois à traîner des briques, aux travaux forcés, il a passé un an et demi à St. Martin am Grimming pour y réformer sa mentalité, ce qui

n'a pas donné grand-chose. C'est du moins ce qu'assure Richard. Ce qu'il ne sait pas, celui-là. *On n'épouse surtout pas un gaillard de ce genre.*

— Quant à moi, sa fille, il me tient pour naïve comme pas deux, mais il n'exclut pas toutefois que la simple bêtise soit le moteur de tout ça.

— Et allons donc. Je. Je crois que je pourrais —

Ingrid est toujours assise sur la caisse de munitions, la table dans le dos. Peter va et vient dans l'atelier, là où il y a de la place. Il secoue obstinément la tête et rassemble les imprécations qu'il aimerait bien lâcher mais qui, ici, ne sont pas de mise, en une critique tempérée, savoir qu'on serait tout de même en droit d'attendre autre chose d'un ministre.

— Le gouvernement tout entier fait peine à voir, dit-il : Mais bon, où mène la politique, je l'ai déjà compris il y a dix ans.

— Peter, s'il n'y avait pas eu la guerre de Corée, je n'aurais pas couché avec toi. Pas tout de suite.

— Tant mieux pour nous, tant pis pour la Corée. Manifestement ton père voit les choses en sens inverse.

Il fait une grimace :

— Que dit ta mère au juste ?

— Maman ? Politique de la neutralité. Il faut juste que je lui promette d'être toujours bien sage.

— Espérons qu'une fois encore sur ces matières —

— Rien ne filtrera. Aujourd'hui en partant elle a dit : Que les gens n'aillent pas se plaindre, surtout. Et je lui ai promis que ce ne serait pas le cas, qu'elle pouvait en être certaine.

Ingrid se lève, enlace Peter et l'embrasse avec la langue. Elle enfonce les mains dans les poches revolver de son jean. À ce moment-là précis leur étreinte est interrompue par un toussotement gêné. Peu importe. De toute façon ça ne lui disait trop rien, les baisers, il fallait que ce soit, c'est tout.

C'est l'un des assistants bénévoles de Peter qui annonce sa présence, un garçonnet d'environ six ans, grosse touffe de cheveux blonds, strabisme, un œil collé : quatre pansements couleur chair entrecroisés, à droite. Il porte des culottes courtes sur un collant de laine. Quoique l'entrepôt soit grand ouvert, il n'ose pas entrer avec sa trottinette.

— Alors, comment va ? demande Peter.

— Comme ça.

— Attends, j'ai quelque chose pour toi.

Peter va chercher sa veste, qu'il trouve parmi les affaires qu'Ingrid a débarrassées de la table. Ses mains plongent dans les poches, extérieur, intérieur, cliquetis de clés, froissements de papier. Il se dirige vers la porte. Là, il tend au garçonnet une décalcomanie de la route du Großglockner. Pour le garde-boue de ta trottinette, annonce-t-il. Le gamin ne se tient plus de joie, remercie plusieurs fois avec des courbettes enthousiastes, c'est comme si on venait de lui offrir une plaque minéralogique.

— Papa en reviendra pas.

Le garçon veut coller tout de suite la décalcomanie. Mais, comme Ingrid s'approche elle aussi de la porte parce qu'elle a envie de sortir un peu, il s'en va. Il lance à Peter, déjà sur la route (le raidillon empierré), la jambe de poussée fléchie dans l'air comme si ses mots gelaient le mouvement : maman m'attend. La voix s'estompe, la jambe se remet à pousser, glisse du plat de la chaussure dans le gravillon.

Bien qu'il pluviote légèrement, Ingrid reste dehors. Elle suit des yeux le petit garçon jusqu'à ce qu'il disparaisse au niveau du bistrot. Son regard vagabonde et revient en arc vers le pré saturé de fleurs, par-delà la rivière, jusqu'à un boqueteau de peupliers précédé d'un lotissement de petites maisons, stades de construction échelonnés. Un tambour mélangeur ronfle depuis un moment dans le silence calme. Deux hirondelles volent. C'est vrai, ils l'ont écrit dans le journal, qu'elles sont de retour. Ingrid observe un moment les changements de cap brutaux des oiseaux, ils glissent puis accélèrent à grands battements d'ailes vifs, un spectacle qui lui rappelle que, maintenant que les jours réchauffent, la plus belle période de l'année commence pour l'entrepôt. L'été il s'y accumule une chaleur étouffante, l'hiver on gèle parce qu'il est impossible de chauffer raisonnablement tout l'espace, et la santé de Peter s'en ressent aussi la plupart du temps.

L'an passé, fin novembre, l'un des voyages commerciaux de Peter s'était éternisé. Il était passé par les stations de sports d'hiver les plus reculées pour y engranger quelques commandes. Il recula plusieurs fois le jour de son départ, ajoutant une date, puis l'autre, jusqu'au moment où il fut grand temps de rentrer à Vienne. Où il gelait à pierre fendre. Bien qu'il s'emmitouflât dans l'épais cache-nez qu'Ingrid lui avait tricoté avec des restes de laine, les heures de travail dans l'entrepôt lui valurent un sérieux coup de froid qui eut des répercussions impitoyables et immédiates sur son travail. Il garda le lit pendant une semaine, fiévreux, une semaine encore il fut presque sourd. Ingrid le revoit encore en train d'essayer de lire les mots sur ses lèvres. Aucun médecin ne put l'aider, tous décrétèrent qu'il fallait simplement attendre que le rhume fût passé. Et elle (Ingrid), déjà submergée par les problèmes à l'université et à la maison, se laissa entraîner dans la débâcle, oscillant sans cesse entre l'hystérie et le désespoir, parce que, d'une part, elle avait toutes les peines du monde à détourner Peter de son entrepôt, et que, d'autre part, elle ne pouvait même pas le soulager de la moitié du travail à rattraper. Elle s'affaira dans tous les sens pendant deux semaines, au trente-sixième dessous, de surcroît sans succès patent. Quand Peter, le deuxième dimanche de l'avent, au petit matin, entendit le tic-tac du réveil, il sut que la période de Noël venait de lui passer sous le nez. Encore une occasion de gagner de l'argent qui s'envolait. Dès le début de l'année, il remplit l'entrepôt jusqu'au plafond, obstinément, pour pouvoir parer désormais à semblables éventualités. Mais cette précaution-là elle aussi, c'est à craindre, sera torpillée par la signature imminente du Traité d'État (selon l'expression de Peter). Dès que tout sera signé, il faudra bien qu'il remplace les plateaux où sont tracées les frontières des anciennes zones d'occupation. Si son père était au courant (c'est du moins ce que suppose Ingrid), sûr qu'il redoublerait de zèle dans ses négociations avec les Russes (si toutefois c'est possible).

Elle jette quelques cailloux dans le ruisseau, un peu triste à l'idée que Peter, une fois de plus, aura dilapidé ses forces pour rien. Le bruit du tambour mélangeur est couvert par une motocyclette qui attaque péniblement la voie pierreuse. Au grand soulagement d'Ingrid, elle tourne avant même d'atteindre les garages et, pétaradante, disparaît avec son raffut entre quelques immeubles d'habitation.

Entre-temps Peter a remis la table et les caisses de munition à leur place initiale et poussé la vieille Morris gémissante dans l'atelier. Il referme la porte gauche du garage, couinements des charnières, la tige verticale glisse dans l'anneau de métal fixé sur le sol. Il s'arrête un moment, observe le chantier de l'autre côté de la route. Un homme, une femme et deux enfants, les mains dans le dos, endimanchés, tirés à quatre épingles, avec des tresses, des raies impeccables comme à la Fête-Dieu.

Ingrid suit le regard de Peter. Les enfants lui font penser à son ventre. Un instant plus tard elle a l'intuition amusante qu'elle fait tout cela pour que ses enfants plus tard aient un beau passé. L'idée lui plaît, elle se demande si elle doit en parler à Peter. Mais au bout du compte il irait s'imaginer Dieu sait quoi. Sur le muretin elle ramasse son cardigan et son livre d'anatomie gaufré de quelques gouttes de pluie, puis elle rejoint l'entrepôt. Peter ferme la deuxième porte battante derrière elle. Maintenant la lumière ne pénètre plus que par le verre du toit, des cônes qui répandent une clarté tranquille, étouffée. Ingrid et Peter sortent tous les deux les jeux et le matériel du coffre de la Morris. Peter balaie le lattis de la surface de chargement et Ingrid gonfle les deux matelas pneumatiques avec un soufflet. Elle pense qu'un beau lit conjugal serait tout de même une bénédiction, à la longue besogner à la va-vite sur des matelas gonflables perd considérablement de son charme. Quand Peter l'attire à lui, comme dans cette petite pension entre Vienne Neustadt et le Semmering, elle n'a pas oublié cette nuit-là. Peter qui était étendu sur elle et elle qui s'enfouissait complètement en lui, ça l'a rendue tellement heureuse qu'elle était prête à en payer les conséquences. Rien que ces bons draps propres et amidonnés, alors qu'ici à l'entrepôt ils n'ont que deux couvertures de la Wehrmacht, un sac de couchage souillé d'urine et une peau d'ours dénichée dans le grenier (par chance personne n'a encore remarqué sa disparition, elle craint qu'on puisse en tirer certaines conclusions, et les bonnes). Elle pousse les matelas gonflables dans la voiture, étend l'une des couvertures de la Wehrmacht par-dessus. Puis elle commence à se déshabiller avec lenteur, ingénument. Peter, qui a repris un peu le dessus, fait la même chose. Il s'assied dans le coffre, dénoue les lacets de ses chaussures, observe en même temps Ingrid qui dégrafe son soutien-gorge et le jette sur l'une des portières ouvertes de la Morris. Ingrid aime quand Peter la regarde se déshabiller, une jouissance, c'est une chose de se dévêtir dans de petits espaces, salles de bains, cabines d'essayage, chambres à coucher, cabinets de médecin, et une autre de se dévêtir dans de grands espaces, comme ici, dans cet entrepôt qui paraît grandir, grandir encore, tandis que, nue, elle marche vers la barre qui traverse la pièce et où avant la guerre on suspendait les cycles. Elle pose ses vêtements dessus. Puis elle rejoint Peter, toujours assis sur l'arête de la surface de chargement, déshabillé lui aussi entre-temps. Il pose ses mains sèches (travail avec le papier) sur ses hanches, il touche ses fesses, appuie, palpe, caresse son dos, là où sont les reins. Ses mains se posent sur ses seins, font des tours. Après un moment il se laisse tomber en arrière, ouvre les bras, et Ingrid rampe sur lui, dans l'odeur de caoutchouc fade des matelas pneumatiques, la poussière des couvertures de la Wehrmacht. Elle embrasse les mamelons de Peter, lèche le sel au fond de sa cicatrice en haut du bras, de l'autre côté, où la blessure est plus grande et plus sillonnée que devant sur la zone d'impact. Elle passe la main gauche dans les cheveux décoiffés de Peter et elle l'embrasse, pour jouer, claque des petits baisers sur son front et sur sa joue. Si ça ne tenait qu'à elle, ils se câlineraient encore un peu, ils s'enlaceraient encore. Mais Peter se détache d'elle et lui fait comprendre qu'elle doit s'allonger sur le dos. La tendresse personnifiée, une fois de plus. Comme il a encaissé suffisamment de critiques pour aujourd'hui, elle se soumet malgré tout à ses directives et le laisse s'enfoncer en elle. Pas si fougueusement, voudrait-elle dire, sûr qu'elle envisage au moins de le freiner, rien ne presse, on a tout le temps. Mais ils sont restés séparés plusieurs jours, généralement ça le démange en pareil cas, il ne tient plus. Ce stupide voyage, aussi, par le karst des contreforts alpins, au sud, pourquoi, oui, pourquoi, cinq jours de perdus, quand elle se dit que Peter pourrait être débarrassé bientôt de ce fardeau, ces remous permanents, petits et grands écueils entre lesquels il devient toujours plus difficile de circuler. Les affaires leur ont déjà causé bien assez de soucis, elle serait tellement heureuse, si Peter vendait ses licences ou faisait tout du moins conduire quelqu'un d'autre à sa place, faute de quoi l'avenir sera encore fait, continuellement, d'inquiétudes, d'énervements et de travail jusqu'à pas d'heure. Et quelle bénédiction, si Peter reprenait ses études, ils pourraient étudier ensemble, aller ensemble à la bibliothèque, au restaurant universitaire, ce serait bien possible, après tout, même sans le maigre pécule que lui rapportent ses jeux. Pense-t-elle. Et la Morris tangue, Ingrid entend la suspension, ça grince et cliquette comme un vieux landau, comme au tir forain. Pourvu que l'un des bouchons du matelas ne saute pas une fois de plus. Ingrid presse Peter très fort contre elle, il enfouit son visage dans son cou, haletant. Ses mains glissent sous ses fesses et, tandis qu'il s'enfonce violemment en elle, tu aimes, ça va, les écarte, de la pointe du doigt il effleure son anus. Elle ouvre les cuisses aussi grand que possible, les pieds en l'air, et se rappelle qu'elle doit prendre garde qu'une éclisse de bois, échappée du lattis latéral maintenu par des traverses de fer, ne s'enfonce une fois de plus dans sa chair. Oui, c'est de l'amour, la très grande Volonté de Dieu. Plusieurs gémissements étouffés lui échappent, et quand elle réalise qu'elle n'est pas dans le jardin parental, mais bien dans l'entrepôt de

Peter, ces gémissements se changent en petit cris, rapidement étouffés toutefois dès que Peter vient.

Ascension à l'horizontale ? Pour Ingrid ? Cette fois du surplace. Elle colle ses cuisses l'une contre l'autre, peut-être que comme ça, pourquoi pas, ou alors si elle se frotte contre les cuisses de Peter. Mais ça ne fonctionne pas. Elle se blottit donc contre son épaule et ferme les yeux, entend son cœur à lui qui tape, comme celui d'un garçon qui a couru très vite, un gamin qui, par les champs, la pulsation peu à peu calmée, rentre à la maison.

Elle dit :

— Un beau jour on se mariera.

L'espace d'un instant elle a l'impression qu'elle peut s'envelopper dans ses propres paroles, mais elle préfère quand même tirer la peau d'ours sur son corps nu. Elle est assez mouillée entre les cuisses, il y a un courant d'air et un peu de fraîcheur. Sa main droite seule est encore sur Peter et enserre son sexe amenuisé, gluant.

— On appelle ça une atrophie, dit-elle après un moment, encore un écho des gémissements dans la voix : Je l'ai appris au début de la semaine. Quand un membre se rabougrit, on dit en médecine qu'il s'atrophie.

Peter bâille à s'en décrocher la mâchoire.

Elle dit :

— Manifestement il n'y pas que ton sexe, qui s'atrophie.

Peter lâche encore un bâillement, sans essayer le moins du monde de le réprimer ou tout au moins de l'étouffer. Il présente ses excuses, la nuit passée en raison de la panne il n'a presque pas dormi. L'instant d'après il est déjà parti, submergé par une envie de dormir à vrai dire plus professionnelle que post-coïtale, comme une marmotte, mon Dieu, même des éclats de trompette ne le réveilleraient plus. Et elle ? Ingrid ? Elle fixe le plafond de la voiture, un bras sous la nuque de Peter, l'autre main entre ses cuisses redressées, index et majeur pressés sur la proéminence du clitoris, en reconnaissance pour sauver ce qui peut l'être. Elle retire le bras gauche de dessous la nuque de Peter, produit de la main droite des petites vibrations, elle pose la main gauche sur son bas-ventre et tire doucement vers le haut, stimulation supplémentaire, elle l'a découvert il y a peu de temps, puis la main gauche sur le sein droit, bien aussi, puis descente entre les cuisses, pas par en haut, vu que la main droite bouche l'entrée, mais par en bas sinon par-derrière, sous la cuisse gauche, mieux, elle s'assied dessus, dans cette position toutefois sa main s'engourdit vite, c'est bête, elle le sait par expérience. Avec l'index et aussi le majeur gauche elle se stimule dedans, c'est assez bon, en même temps elle pense à un rapport sexuel, ça vient presque automatiquement, pourtant il y a un instant encore elle pensait aux dettes de Peter. Elle voit défiler des images décousues avec des morceaux de corps dedans et des mouvements rapides. Elle a fermé les yeux, elle est concentrée tout entière sur elle-même et en même temps très calme, pas la plus petite tension musculaire, ça peut vous mettre en l'air l'o. ou Dieu sait comment ça s'appelle. Respiration ventrale lente et profonde (respirer par saccades, ça aussi, ça peut vous mettre en l'air l'o.) Elle sent alors très exactement quand elle jouit, et dès que ça part, elle expire profondément et continue de se caresser pendant ce temps-là puis arrête, très bien, très intense au début, contractions dont la fréquence diminue rapidement et qui après une minute peut-être s'apaisent. Pour une autre minute elle se sent drôle et sa tête tourne, elle suppose que c'est lié à la baisse de l'irrigation cérébrale. Mais ça passe aussi. Elle se nettoie les doigts dans la couverture de la Wehrmacht et se pelotonne contre Peter, la tête sur son épaule. Elle se sent bien et en même temps un peu humiliée par ces attouchements clandestins. Et nerveuse. Oui, nerveuse. Parce qu'il faudrait tout de même penser à rentrer à la maison. Mais là-bas il y a encore moins à attendre qu'ici, alors elle reste allongée encore un moment et suit le cours de ses pensées — se demande comment elle pourrait mettre un peu d'ordre dans sa vie. Premièrement, deuxièmement, troisièmement. Mais le modèle cabossé de ses parents est selon son point de vue inapplicable à sa propre personne, et comme Peter lui-même est en pleine phase de transition, sans points de repère fiables, son monde à elle est difficile à cerner. Les pensées effleurent l'essentiel sans s'y arrêter, s'inclinent devant les faits, rêveusement, mécaniquement. Et comme ses critères de valeur passablement flous, ses pupilles se dilatent elles aussi peu à peu. Dix minutes après, Ingrid s'endort à son tour. Quand elle se réveille, parce qu'elle a ses règles et que ça fait mal, elle sait avant même d'avoir ouvert les yeux qu'il fait sombre et qu'il pleut. L'air est rempli d'un bruit chantant, comme un écho, produit par les gouttes que le vent souffle par bourrasques contre la porte.

Précautionneusement, pour ne pas se fracasser la tête, Ingrid rampe hors de la voiture. L'aire grumeleuse sous ses pieds est froide au toucher. Les bras grands ouverts, elle avance à tâtons jusqu'à l'entrée, cherche l'interrupteur le plus facile à trouver, sur le pilier du milieu. Elle allume la lumière. Pendant que ses yeux se font encore à la clarté, elle cherche, dans la lueur de deux ampoules 40 watts, sa besace avec les serviettes hygiéniques à l'intérieur, puis ses vêtements, manifestement le sommeil de Peter n'en est pas trop perturbé. Il rentre la tête sous la couette et continue de

grincer des dents. Ingrid se glisse à la hâte dans ses habits, puis elle rejoint de nouveau Peter dans la voiture, toujours en rampant, dans la chaleur qui monte des couvertures. Elle embrasse Peter derrière l'oreille et sur la tempe, l'enlace du mieux qu'elle peut, passe la main sur sa nuque et touche ses cheveux, touffus et hérissés par la coupe (c'était quand, déjà?), humides, aussi, une sensation agréable et familière. Il marmonne dans son sommeil ou dans un demi-sommeil (elle ne sait pas), deux fois :
— Ça suffit.
— Ça suffit.
Charmant, vraiment.

Ingrid inspecte la patte de boutonnage de sa jupe et de son cardigan, puis la lumière s'éteint de nouveau et elle se retrouve dehors sous la pluie, sur sa bicyclette. Elle fait exactement le même trajet qu'à l'aller, cette fois sans se presser. À cause des crampes menstruelles, elle n'a pas trop envie de se donner du mouvement, et puis, elle aura beau s'évertuer, elle n'en sera pas moins trempée. Quant au scandale que son arrivée ne manquera pas de provoquer, il sera de toute façon violent, qu'elle s'amène cinq minutes plus tôt ou cinq minutes plus tard. Son bilan moral est largement négatif, de toute façon, et il lui reste à espérer que personne n'ait remarqué son absence. Rien de neuf sous le soleil.

Peu avant la Stranzenberggasse elle demande l'heure à un vieil homme.
— Dix heures moins vingt, dit l'homme.

Ingrid le remercie, lui souhaite une bonne nuit. L'homme a déjà soulevé son chapeau étincelant de pluie, il ajoute :
— Je vais allumer quelques cierges sur les tombes, comme ça mes morts aussi auront un peu de joie, puisqu'il faut qu'ils soient morts.

Le ciel est bas et couvert, les gouttes légères tombent dans la lumière grise des becs de gaz, un film d'eau qui réfléchit suffisamment la lumière pour que la passante s'y reflète comme passante. Les pneus sont enveloppés d'eau, ils sifflent doucement sur le sol mouvementé. Par des fenêtres ouvertes, des voix emphatiques s'échappent des radios. Voix qui gardent leur quant-à-soi par-delà les jardinets plantés de légumes. À pédaler dans la pluie sa jupe est dure sur les cuisses. Deux autos passent à toute allure, l'une après l'autre, klaxonnent comme pour une noce.

Avec un peu de chance, d'autres choses aujourd'hui seront plus importantes que moi.

En chemin sur les voies qui mènent à la maison et de là partent ailleurs.

Jeudi 3 mai 2001

Le lendemain matin les pigeons sont toujours là. Philipp se demande si les oiseaux savent ce qui s'est passé la veille. Peut-être que le cerveau des pigeons n'a pas la capacité d'enregistrer la présence de Steinwald et Atamanov. Peut-être que les pigeons ont déjà oublié les ouvriers et le massacre. Philipp tient cette hypothèse pour possible, si l'on songe un peu à l'affirmation de Johanna, qui voudrait que la capacité mémorielle d'un poisson rouge n'excédât pas les deux secondes écoulées, même pas le temps de faire le tour du bocal.

Malgré le bain de sang d'hier, le roucoulement des pigeons semble tout à fait normal.

À midi il bruine.

— Manquait plus que ça, dit Steinwald.

Lui et Atamanov ont installé au petit matin un boyau de plastique rigide bleu clair, épais de cinquante bons centimètres, qui part de la fenêtre du grenier et descend droit dans le container à ordures. Ils y jettent des pelletées d'immondices de pigeon, une couche après l'autre, avec un tel entrain que Philipp ressent lui aussi l'envie de se retrousser les manches et de se colleter avec quelque chose. Dans un coin du jardin où la végétation a proliféré, équipé d'une bêche, il creuse un trou pour y enterrer les cadavres des jeunes oiseaux tués. Ils sont incroyablement nombreux. Il les compte un à un, jusqu'au moment où ce dénombrement perd sensiblement de son charme, arrivé à vingt-cinq environ. Il met le reste dans deux seaux et les chavire dans la fosse. Puis il comble le tout, tasse bien la terre et urine sur les empreintes de ses bottes de caoutchouc, dans l'espoir d'ôter ainsi aux chiens du voisinage toute envie de venir gratter le sol dans son jardin, déjà en très piètre état.

Quand il revient vers le container, celui-ci est déjà à moitié rempli — ou peu s'en faut — d'une bouillie compacte et humide, tantôt croûteuse, tantôt gluante, brouet d'excréments, de plumes et d'os où grouillent des asticots et de la vermine. Il découvre aussi un nid de jeunes souris, ce qui l'encourage si besoin était à appeler sur-le-champ l'entreprise qui lui a livré le container. Il demande qu'on vienne chercher ledit container aussi vite que possible et qu'on en apporte un autre. Pendant ce temps-là des choses dont il ne saurait dire si elles vivent encore ou sont déjà mortes filent le long du boyau de plastique avec un bruit traînant, râpeux et qui l'oppresse. Il décide d'apporter quelque chose à boire à Steinwald et Atamanov pour remonter le moral des troupes. Il monte dans le grenier avec trois bouteilles de bière. Par mesure de précaution, il frappe avant d'entrer. Quand les deux hommes se tournent vers lui, leur abattement est net, sans apprêts. Steinwald a le visage blafard, comme s'il venait de tomber d'un écran de télévision verdâtre, il crache et avoue à Philipp que lui aussi, cette fois, il n'a pas pu s'empêcher de vomir.

— Mais bon, une seule fois.

Philipp regarde Atamanov. Il est livide comme toujours, fixe ses bottes et s'éponge la nuque avec un mouchoir crasseux, déjà tout trempé. Bien que Philipp n'ait assurément pas demandé aux deux hommes de s'attaquer à son grenier avec tant d'ardeur, il éprouve des remords, une manière de conscience de classe un rien piteuse à l'idée que les riches, si le travail était une belle chose, ne l'abandonneraient certainement pas aux pauvres. Il s'ouvre aussi une bière et trinque avec ses ouvriers.

— Que nous ayons moins d'ennemis, désormais, que de gouttes au fond de cette bouteille.

Il boit à grosses gorgées. Un moment, il se surprend à toussoter avec Atamanov, par pur embarras. Ça le dérange lui aussi, et il commence, sans grande conviction toutefois, à parler de l'ange gardien disparu.

— Sur le socle de grès, là-bas, à gauche de l'entrée, il y avait un ange gardien dans mon enfance. J'aimerais bien savoir où il est passé.

Steinwald ne relève pas, et Atamanov se retranche en haussant les épaules derrière la barrière de la langue, qui lui offre un abri sûr. En silence, il écrase le mégot de sa cigarette dans la crasse mouillée sous laquelle les madriers pourris réapparaissent. Sans dégoût visible, lui et Steinwald retournent à leur écœurant travail.

— Si vous avez besoin de quoi que ce soit, dites-le-moi.

Philippe se retire. Il descend d'un étage, entre dans l'ancienne chambre à coucher de sa grand-mère, dont les deux fenêtres donnent côté sud et vers l'arrière de la maison (à l'ouest). Il s'étend sur la moitié la moins avachie du lit et se réjouit franchement que les quelques pigeons encore en vie aient fui tout au moins la pluie en direction de la ville.

Dans la chambre à coucher tout est calme. Philipp entend bien un son coupant, le raclement des pelles sur les planches du grenier, parfois aussi des pas vigoureux qu'il relie tout naturellement à des bottes de caoutchouc gris foncé. Mais ces pas et ces raclements ne lui parviennent qu'étouffés, segments de réalité déformés, méconnaissables ou presque, qui l'oppressent dans leur fièvre sourde mais qu'il ne tarde cependant pas à oublier, sitôt qu'il griffonne quelques pensées dans son carnet de notes du moment.

Enfant d'un ménage en morceaux, on devrait apprendre au moins une chose (sinon la tendresse et la faculté de dialoguer) : L'art de s'accommoder de l'incertitude. Dans un mauvais mariage il n'y a pas de continuité. Ça aiguise le regard, accoutume à l'impondérable. Et ça devrait tout de même vous aider, SOS, mayday, à vous orienter dans la vie.
Censément. Censément.
Tiens donc.
Et pourtant : On, non, je me sens attiré par une femme, Johanna, qui livre des pronostics assez fiables sur le cours prochain des choses, par une femme, donc, qui s'efforce d'amenuiser les incertitudes du quotidien.
En secret chacun de nous voudrait savoir ce que lui réserve l'avenir, ne serait-ce que pour pouvoir imaginer plus facilement, au présent, qu'il sait encore ce qu'il fait.
Johanna, la collectionneuse d'orages, la grenouille, dit : Plus tu cherches à être spirituel, Philipp, plus tu fuis ce que tu es vraiment. L'intelligence chez toi est un moyen privilégié pour te soustraire à tout ce sur quoi précisément tu devrais exercer ton intelligence. Tu t'embarques de préférence dans des choses qui sont tout à fait inoffensives, ne présentent pas le moindre danger — des choses qui n'en valent pas la peine. Tout ce qui est extérieur à toi. Tu es un lâche. Plus lâche qu'un lapin domestique.
Et encore : Tout ce que tu fais est une tentative de garder

le contrôle. Ta passivité est une passivité stratégique censée t'éviter une confrontation avec les choses désagréables. Ton père s'est assigné la tâche, professionnellement, s'entend, de réduire les risques d'accidents de la route, et toi, tu cherches à faire la même chose dans ta vie privée. Tu crois que tu peux éviter les catastrophes ou tout du moins simplifier tes problèmes en bougeant le moins possible. Ta stratégie consiste à rester à trois mètres de la route, au risque que la vie te passe à côté. Tout ça pour éviter la catastrophe.

— Oui, oui, je sais, je sais. Tu penses bien que. Pour éviter la catastrophe. Un lapin domestique. Rien de nouveau là-dedans. Merci tout de même pour la leçon.

La pluie a faibli. La bouche en cul-de-poule, très concentré, Philipp, dans les bras un carton à bananes rempli de toute sorte de papiers dénichés dans les différentes commodes de la chambre d'Alma, se dirige vers le container pour vieux papiers, devant, sur la rue. Il se dit que toute cette paperasse l'intéresserait sûrement si c'étaient ses voisins, et non lui, qui s'en débarrassaient. Mais là : on repassera.

Le container est déjà rempli à ras bord de choses qu'il a lui-même jetées. Il doit le basculer vers l'avant et y enfoncer plusieurs fois le pied pour faire un peu de place.

Lundi 7 mai 2001

Le container à ordures, déjà changé vendredi après-midi, est une fois encore remplacé, et quand le tout nouveau container — nouveau à tous les sens du terme, visiblement — se retrouve près de l'escalier, Philipp a enfin le sentiment que le travail proprement dit peut commencer. Il jette, grand style, tout ce que sa grand-mère lui a laissé. Face au nouveau container, d'une impeccable propreté, cette façon de faire lui semble moins inconvenante qu'auparavant, mais suffisamment indécente toutefois pour qu'il éprouve le besoin de se tranquilliser : Ne te demande pas à quoi pourrait bien servir ceci ou cela, ou encore si c'est susceptible de te faire de l'usage un jour ou l'autre, n'écoute pas Johanna qui cherche à te donner mauvaise conscience, ignore ceux qui veulent t'édifier et insinuent que tu dépasses les bornes et qu'un homme qui, précisément, agit comme tu agis, restera nécessairement solitaire et exclu toute sa vie. Ne perds pas de vue l'idée que l'autoprotection est un réflexe sain et qu'il t'est loisible de décider ce qui te profite et ce qui ne te profite pas. Souviens-toi que la mémoire familiale n'est jamais qu'une convention inventée par ceux qui ne supportent pas de mourir et de tomber dans l'oubli. Pense à ces peuplades indiennes chez qui celui qui anéantit tout à fait son bien jouit du plus grand prestige, et continue de travailler, car le travail est nécessaire et bon.

Parmi tous les objets dont il se débarrasse, bien des choses sont en fait impeccables, intactes ou tout du moins passables, enfin, d'un strict point de vue téléologique. Aussi Philipp ne s'étonne pas que Steinwald, lors de la pause goûter, prise à trois, lui demande si les choses qui ont atterri dans le container ne seront plus, même après un examen approfondi, de la moindre utilité.

— Tout juste, répond Philipp.

Il ajoute qu'il lui est parfaitement égal de savoir ce qu'il adviendra de tout cela, en jetant ces objets dans le container il renonce définitivement à faire valoir ses droits sur eux.

Steinwald et Atamanov remplissent donc le coffre de la Mercedes. À ras bord. Ils récupèrent même des bouteilles agrémentées d'étiquettes à tête de mort que Philipp avait mises de côté parmi les déchets dangereux.

Quand Philipp émet quelques réserves à ce sujet, souligne qu'il est peut-être excessif, tout de même, de vouloir vendre jusqu'à ses déchets nocifs, Steinwald dit :

— Pourquoi pas ? Avec le temps, tout prend de la valeur.

Philipp n'est décidément pas sensible à ce genre d'arguments. Il soulève une objection, fente, parade :

— On peut tout aussi bien retourner cette assertion. Avec le temps tout est décrépit, bousillé, superflu, inutile.

Steinwald hausse les épaules, claque violemment la porte du coffre. Puis il traîne le radio-cassette dont Philipp, il y a une heure, avec une habileté toute gymnique, s'est débarrassé, jusqu'au grenier, pour qu'ils y aient désormais de la musique. Il y a une copieuse provision de cassettes dans la Mercedes de Steinwald. Philipp ne peut s'empêcher de souligner qu'il a l'oreille délicate sur ces matières. À la grande indignation de Steinwald, il qualifie Elton John de sombre idiot, insulte encore assez douce si l'on songe que Steinwald possède aussi un enregistrement du groupe Scorpions. La seule cassette qui plaise à Philipp est celle qui appartient à Atamanov. Une musique ukrainienne entraînante qui, si Philipp a tout compris, est d'ailleurs la raison principale ou du moins l'une des raisons pour lesquelles Atamanov, en prévision de ses noces prochaines, connaît actuellement quelques difficultés financières. Il semble résolu à engager la formation la plus coûteuse du pays, huit hommes, la moitié d'un orchestre.

Au son de cette musique, Philipp, la nuit, pendant deux heures et dans ses bottes de caoutchouc, danse sur le sol du grenier, irréprochablement nettoyé mais toujours aussi malodorant. La fenêtre est remise en état, les vitres comme absentes, la lune pleine. Et la mesure avec. Dans la main en guise de baume une bouteille de rhum aux cerises que sa grand-mère devait utiliser pour faire gâteaux et sablés, Philipp, les bras déployés, virevolte et essaie d'oublier que Johanna ne lui a toujours pas rapporté son appareil photo. Depuis le premier mai elle n'est pas reparue. Il danse comme un fou, écrase plusieurs dés de mort-aux-rats et, dans les pauses ménagées entre les morceaux, il sent la pourriture et le moisi qui émanent de la maçonnerie, et derrière le revêtement de plafond il entend les souris courir.

Samedi 29 septembre 1962

La pluie entre-temps a cessé. Des ruisselets courent encore dans les sillons que l'eau s'est frayés dans le cailloutis de la rampe d'accès. Mais à l'ouest, d'où sont venus les nuages, le temps s'éclaircit déjà. Une lumière hésitante s'insinue çà et là par quelques trouées. Dans un instant les coutures là-haut vont craquer.
— Trous du cul. Qu'ils aillent tous se faire.
Il monte les marches du perron. Une odeur moisie — mortier impérial et royal — s'échappe de la façade humide. Il appuie le parapluie que le garçon de café lui a prêté contre le mur et ouvre la porte de la maison. Dans l'espoir insensé que quelqu'un à son entrée volera vers lui pour lui ôter son manteau, il arpente les pièces du rez-de-chaussée. Un gâteau au fromage blanc encore coincé dans son moule est posé sur la desserte de la cuisine et refroidit. Il ne trouve pas d'autre indice de la présence d'Alma.
— Alma ! — — Alma !
Il entend sa femme qui lui répond depuis l'étage supérieur, paroles incompréhensibles : Je suis là ! ou quelque chose d'approchant. Ce qu'il a très bien compris, en revanche, c'est qu'Alma ne juge pas nécessaire d'ouvrir la porte de sa chambre pour s'adresser à lui.

Il jette sa serviette sur le bureau du fumoir. Tout en rejoignant le vestibule, il enlève ses chaussures. Quand, de la chaussette gauche, il marche dans une traînée d'eau qu'il a lui-même tracée, il lui vient l'idée de prendre un bain brûlant puis de se glisser dans des habits secs. Peut-être qu'un bain serait un bon début, peut-être que, dans la baignoire, il parviendrait à se calmer ou à atteindre tout du moins une forme d'inertie qui lui permettrait d'accepter plus facilement sa nouvelle situation. Peut-être que ce bain lui sera profitable à tous égards pour l'après-midi qui se prépare, tout à l'heure Ingrid et Peter ont annoncé qu'ils passeraient. Ils viennent chercher des meubles pour la maison qu'ils ont achetée voici quatre semaines, une belle corvée en perspective — ces deux-là ont leur façon de faire bien à eux, il faut avoir les nerfs solides.

Détends-toi, l'enjoint Alma avec une régularité inébranlable. Et il répond tout aussi inébranlablement : Je suis moins détendu que d'autres parce que j'ai le sens des responsabilités.

Il monte dans la salle de bains et ouvre les robinets. Il attend que l'eau soit très chaude dans la tuyauterie puis il met la bonde, sort le bain moussant du placard et, doigt sur le capuchon, verse un peu de ce liquide d'un vert profond dans la baignoire. D'ici à ce qu'elle soit remplie, il a dix minutes devant lui. Il sort, couloir, droite, là il frappe doucement à la porte de la chambre à coucher d'Alma.

Dans la pièce éclairée par deux fenêtres Alma lit un livre, à demi couchée, à demi assise, la tête vers le pied du lit parce que la lumière y est meilleure.

— Déjà de retour ? Étonnant.
— C'est exceptionnel.
— Je ne te reconnais pas.

C'est vrai, il est impensable que, à sept semaines d'un vote au Conseil national, et quand on serait samedi, il s'absente ne serait-ce qu'un bref instant.

— Je voulais encore passer au ministère pour travailler tranquillement à un mémorandum sur le barrage d'Assouan, mais la pluie m'a chassé et me voilà.

— L'orage se sera trompé de jour.

Alma ne le quitte pas des yeux. Il se sent mal à l'aise sous son regard, peut-être parce qu'il prend conscience que ce serait le moment de lui dire que le parti ne veut plus de lui. Il devrait lui dire qu'il sera plus souvent à la maison désormais. Il devrait lui dire que la situation lui rappelle son cousin Leo, qui est revenu de captivité en 1953 et, après une si longue absence, a dû reconquérir péniblement ses prérogatives de maître de maison. Il devrait dire qu'il se fait couler un bain pour rafraîchir un peu la conception qu'il a de la vie privée. Il devrait dire tant de choses, et — dans une épouvante soudaine il pressent la vérité — il devrait surtout se remettre à parler avec Alma.

— Une des filles du café Dommayer m'a expliqué que le mauvais temps était dû aux satellites qu'ils envoient dans l'espace, et qui ne laissent plus passer le soleil. Peut-être bien que le Danube va se remettre à geler.

Alma hoche la tête. Manifestement Richard ne trouve plus les mots qui font rire. Il marche vers la fenêtre qui donne vers l'arrière, sur le jardin. Les rideaux sont ouverts. Par les salissures d'eau il regarde les arbres fruitiers qui perdent leurs feuilles depuis quelques jours. Un voile de vapeur à la hauteur des hanches sur la pelouse. Le regard de Richard se brouille un instant, en même temps il est pris d'une sorte d'effroi parce qu'un grand espace vide l'entoure, plus de vide que sa prédilection pour le respect et la distance ne l'exige. Si petit que soit ce pays pour lequel il épuise (il épuisait) ses forces, et si modestes que soient la maison et le jardin qui lui appartiennent, à lui, à lui seul : Tout est encore assez grand pour qu'on s'y perde.

— Qu'est-ce que tu lis ? demande-t-il.
— *L'Arrière-saison.*
— C'est de qui ?
— Stifter.
— Adalbert Stifter, tiens donc.
— C'est l'un des livres que les Löwy nous ont laissés. Il y a une date dessus, Noël 1920, et aussi le prix, 24 couronnes.
— C'est intéressant ?
— Pour peu qu'on ait un faible pour l'âme et les paysages.
— On dit que le plus remarquable des paysages est le visage humain.
— Juste après l'Autriche, qui est comme chacun sait le paradis sur terre.

Elle se paie sa tête, très bien, il le sait. Mais quoi. Même si le chemin est encore long, au fil des ans on se fait peu à peu à ces choses-là, et à bien d'autres encore.

— Un beau pays, tranquille, accueillant.

Alma s'étire, elle se tourne sur le côté, vers Richard. Elle porte une robe bleu clair à encolure carrée qui met ses seins en valeur. À sa voix on entend qu'elle a le menton dans la main.

— Tu oublies la mémoire courte. Un pays où, sitôt entré, on doit ou l'on peut déposer le passé, selon la situation dans laquelle on se trouve.

(Où l'oubli est tantôt un châtiment, tantôt une grâce, c'est selon, tout dépend d'où l'on vient, de la gauche ou de la droite, comme dans le grand jeu de société qui a précipité la faillite de Peter.)

Les mots d'Alma tombent lentement en lui, indolents comme des flocons de cendre. Il s'assied sur l'arête du lit, ouvre la fermeture-éclair latérale de la robe d'Alma et glisse une main à l'intérieur, sur la taille. Le visage d'Alma ne change pas. Elle ressemble à quelqu'un qui se ménage une courte pause, à quelqu'un qui sans la moindre attente voyage en train. Elle évolue dans sa propre réalité, qui ne s'ouvre pas à Richard, à sa propre vitesse. Elle se soustrait à Richard en le laissant se livrer à ses attouchements.

Il prend conscience comme rarement encore que la part de bonheur qui lui est échue dans cette vie s'incarne en grande partie dans Alma, et que, là, dans une devise inconvertible pour lui, elle repose et pourrit. Mais au lieu d'avouer son désarroi ou de dire simplement qu'il aime sa femme comme avant, après toutes ces années, et qu'il ne lui est pas difficile de se l'avouer, il demande :

— Comment ça se fait, que tu ne m'approches plus depuis des mois ?

Il regarde fixement en direction de la fenêtre orientée au sud. Il se gratte la tête. Il sait qu'il est dans une impasse.

— Mais rappelle-toi, c'était dimanche dernier, constate Alma en dodelinant de la tête, plus amusée qu'autre chose par un problème qui lui semble manifestement irréel.

Richard s'efforce de se rappeler, et en effet, ça lui revient, *c'était dimanche dernier*, en bas dans le salon, sur l'ottomane. Il tourne le visage vers Alma, repentant, il sait qu'il s'y est mal pris et qu'il n'y arrivera plus maintenant.

— J'ai l'impression, c'est tout.

— Ce qui laisse supposer que, sitôt rhabillé, tu as de nouveau la tête au travail.

Ils se regardent. Richard se souvient de ce que Ludwig Klages affirmait il y a plus de vingt ans : Que, dans un mariage, quand les deux partenaires s'accordent sexuellement, tout le reste est de moindre importance. Ils avaient assisté tous les deux à une conférence de Klages à la salle Bösendorf, et Richard, de ce jour-là, avait eu l'assurance que lui et Alma formeraient un bon ménage. Ce qui lui avait plu d'emblée chez elle, entre autres choses, c'est qu'elle avait fait voler en éclats en l'espace de quelques semaines toutes les craintes profondes qu'il entretenait sur les femmes. Dans sa jeunesse, il n'aurait jamais espéré rencontrer une fille qui, non contente d'être cultivée, fût suffisamment souple pour qu'il n'eût pas à user de rhétorique afin de la mettre dans son lit. Toutes les observations qu'il avait faites au sein de sa famille et dans le cercle de ses connaissances allaient dans cette direction.

Il dit :

— Ces derniers temps, j'ai l'impression que ça ne te dit trop rien.

— Ce n'est pas tout à fait faux.

Elle jette un œil dans son livre, comme pour s'assurer qu'elle retrouvera du premier coup le passage qu'elle vient de lire.

— Je comprends, dit Richard.

Il se lève du lit, blessé. Les bras croisés sur la poitrine, il se poste de nouveau à la fenêtre. Il sait que, s'il l'interroge sur les causes de cette désaffection, elle lui fera des réponses évasives, se référera à on ne sait quelle citation, ou dira des choses qui lui sont connues, soit, mais qu'il est tout de même préférable de ne pas lui rappeler. Combien l'idée d'embrasser un homme pourvu d'un dentier est peu excitante, par exemple. Très bien, elle le lui a déjà dit il y a quelques années, il le sait maintenant, il se le tient pour dit, elle a fait la remarque, pas la peine d'en rajouter.

— Peut-être que tout finit par devenir ennuyeux, hasarde-t-il.

Alma remonte la fermeture-éclair de sa robe.

— Tout ? veut-elle savoir.

— Oui, pour peu qu'on le fasse longtemps. Même le travail.

Il est nerveux. Irritation. Honte. Peur ? Amertume ? Il faut bien avouer une fois de plus qu'Alma est devenue une femme dure, sûre de soi. Elle est coriace, pense-t-il. Pas à prendre avec des pincettes. Ce sourire timide, quand elle avait la jeune vingtaine, elle ne l'a plus depuis longtemps. Est-ce que ces choses-là existent encore ?

— Il n'y a que les idiots pour jouer les culbutos à longueur de journée sans devenir fous.

Alma rit en plissant les sourcils :

— Drôle d'image.

Et juste après, sur un autre ton, sans le moindre soupçon d'intérêt pour ce qu'il cherche à lui dire :

— Tu devrais surveiller ton bain.

Les bras ballants le long du corps et les jambes ouvertes, Richard est étendu dans l'eau brûlante, et il se dit qu'Alma a tout aussi peu besoin de lui que le parti. Ses prétendus amis du parti. De beaux amis. Qui le poussent sur une voie de garage sans le plus petit argument objectif. Ou alors simplement parce qu'elle ne lui revient pas, cette télé où votre tête se contrefait à l'écran comme dans un œil de poisson. Ou parce que les jeunots s'imaginent qu'ils sont John F. Kennedy. Les couillons. Ce serait à mourir de rire, si ça ne vous donnait pas en même temps envie de dégueuler. Ou le frisson. Les faits sont là. Débiter des fadaises sur l'art et la manière de *charmer les électeurs* ou la nécessité d'être *à la hauteur de son époque*, mais refuser de voir que les fondements les plus importants de l'existence sont le sens des responsabilités, la circonspection et le respect. Et puis quoi, Josef Klaus ? Ce serait donc lui, l'homme du futur ? Est-ce qu'il en a l'air ? Un homme charmant, mais il est permis d'avoir des doutes. Enfin, ils auront tôt fait de se rendre compte que les décisions qui sont prises ces derniers temps sont tout simplement pathétiques. On les voit déjà, les pilules qu'il faudra bientôt avaler, qu'on songe par exemple à la façon dont on livre les électeurs aux socialistes. Cette inqualifiable bêtise. Une tripotée d'abrutis. Jure-t-il. Et avec la même rage il s'envoie de pleines poignées d'eau sur la figure et par-dessus la tête, bien qu'il sache pertinemment qu'il a l'air désormais d'un crétin accompli. Accompli et dupé, humilié, floué. Encore une menue contribution à l'obscurcissement de son humeur, coresponsable comme le bulletin météo tout à fait erroné, comme la distance qu'affecte Alma. Coresponsable, sans être toutefois déterminante : Comme l'ingratitude du monde.

Tel est l'enseignement que la vie lui aura apporté : ne jamais s'évertuer à faire le bien de son prochain si l'on en attend quelque reconnaissance. Cette contrainte intérieure, cette volonté de s'engager pleinement doit être le moteur central de l'existence, tout le reste n'est qu'obstacle et se résout bien souvent en déceptions. Si l'on vous manifeste de la reconnaissance, tant mieux, mais on ne saurait l'attendre. Richard a constaté que la gratitude et la reconnaissance étaient souvent le fait de gens auxquels on n'aurait curieusement jamais pensé. Et il s'agit toujours de ceux pour qui l'on s'est engagé, peu importe qu'ils appartiennent à votre propre parti ou au parti adverse. L'essentiel, c'est qu'on a jugé une chose juste et qu'on l'a imposée dès lors avec une logique de fer. Sur ce point toutefois il ne s'entend plus du tout avec les principaux camarades du parti. Ne serait-ce que tout à l'heure, par exemple, au café Dommayer, entre quatre yeux, Dorbach lui a répété que les intérêts du parti ne devaient pas être lésés. Mais quels sont les intérêts du parti ? Ce qui est juste est toujours dans l'intérêt du parti, voilà, on devrait l'écrire en lettres d'or. Vous les reconnaîtrez à leurs fruits. En sa qualité de mandataire, d'élu du peuple, il a le droit et le devoir de ne pas s'engager seulement pour ceux qui l'ont choisi, il faut qu'il garde à l'esprit la misère de tous. C'est qu'il n'est pas ministre du parti, mais ministre de la république. Le fondement même de sa conviction politique. Cependant un camarade du parti, quelle que soit sa trempe, vaut aujourd'hui bien plus que le plus intègre des hommes, s'il s'avère que celui-ci, précisément, n'appartient pas au parti. Alors songez à ceux du camp d'en face, impossible que ce soient des hommes d'honneur qui en bien des circonstances auraient raison. Cette façon de penser dépasse aujourd'hui toutes les fractions. Pour ce qui le concerne lui-même, il faut bien l'avouer, il a longtemps jugé, après la Seconde Guerre mondiale et même bien au-delà, que les chrétiens-sociaux étaient des êtres meilleurs, tout comme les sociaux-démocrates pensaient de leur côté qu'ils étaient des êtres meilleurs. Et que dire des nationaux-socialistes, qui s'imaginaient qu'ils étaient au-dessus de tout et de tout le monde. Grâce au Führer, au peuple et à la patrie. À quel dégrisement — pour user d'un euphémisme — cette perception des choses les a conduits, chacun le sait. Mais tous les autres se sont vus confortés dans leur opinion, y compris Richard, qui se lança alors en politique. Il donna un franc coup de collier. Il croyait que tous les chrétiens-sociaux feraient comme lui, s'efforceraient de condamner dans leur propre personne, et avec d'autant plus de vigueur, les défauts qu'ils constataient chez leurs adversaires politiques. Au terme de sa carrière, hélas, il faut qu'il batte en brèche cette certitude. Il doit bien reconnaître que chrétien-social ne signifie pas nécessairement démocrate, ne signifie pas nécessairement qu'on se préoccupe d'autre chose que de son propre confort, ne signifie pas qu'on accueille l'opinion de son adversaire sans le moindre préjugé, ne signifie pas qu'on connaît sa résistance à l'alcool, ne signifie pas qu'on est à même de renoncer à ce que, précisément, on reprochait aux communistes, savoir qu'ils s'envoyaient trop de femmes. Les camarades du parti font très exactement la même chose. Une fois encore Kennedy, l'alpha et l'oméga. Et chez les sociaux-démocrates un simple regard en coulisses suffit à s'assurer que les choses sont au moins aussi misérables. Le même topo. Et pourtant, même si cette évolution le heurte beaucoup, même si les édiles du parti ne lui témoignent pas la plus petite reconnaissance et le mettent sur la touche, il ne regrette pas d'avoir dépensé tant de temps et d'énergie au service du parti. Peut-être qu'il aura fait germer quelque chose malgré tout, peut-être que sa conception des devoirs fondamentaux d'un élu du peuple reviendra un jour à la mode. Pour lui en tout cas ce sera trop tard, rien à faire. L'avenir? De l'air, du vent, des chimères. Hiberner une fois encore comme pendant la guerre, quand, pour quelques années, il a dû courber l'échine pour la patrie, non, il est trop vieux. Soit il garde la main, soit il s'en va. Fini la comédie, rideau.

Il trouve qu'il aurait mérité une autre sortie, et rétrospectivement c'était une erreur, de ne pas avoir réintégré le comité directeur des usines électriques après la dernière élection. Mais c'est là une pensée épuisante, à présent, presque douloureuse, parce qu'au fond les spéculations dirigées vers le passé ne coûtent rien. Ce qui est capital, c'est que a) cette porte elle aussi est fermée aujourd'hui, parce que b) même au sein du comité directeur on l'aurait poussé de toute façon vers la retraite en raison de son âge, et que c) ce qui l'attend désormais, du coup, ce sont les loisirs culturels et tout le tremblement, travaux de jardin, cithare, tournois de tennis, participation au comité d'organisation de divers bals, caution morale et première valse avec une femme qui peu après minuit aura des envies d'ailleurs. Non merci. Quand il se dépeint la chose dans les détails, il se sent mal, vraiment mal, un gargouillis au creux de l'estomac. Il n'avalera pas ça. Il a vécu pour son travail, des semaines et des semaines sans dimanches ni jours de congé à s'engager politiquement pour la vie privée des gens, tandis qu'à la maison les défaites s'accumulaient, avec pour conséquence qu'il se repliait de plus en plus sur le ministère. Là, depuis 1948, il aura donné le meilleur de lui-même, tout maîtrisé. Avant la fin de l'année, les derniers becs de gaz de Vienne se seront éteints, toutes les semaines ou presque dans tel ou tel coin du pays le curé de service inaugure une nouvelle cabine haute tension. Lui, M. l'ingénieur Richard Sterk, *le Romain,* aura fait construire des halles à turbines grandes comme des opéras. Il a contribué à faire suffisamment de place au bien-être pour que celui-ci puisse prendre ses aises. Et maintenant? Maintenant on le renvoie chez lui comme un malpropre.

Gorbach lui a dit au café Dommayer :

— Comme ça tu pourras te consacrer pleinement à ce que tu as toujours voulu faire.

Richard a peine à le croire.

— Je la retiendrai, celle-là, voilà ce qu'il a répondu.
Car enfin quoi ? Il devrait jouer les solitaires maintenant ? C'est ça ? Dévorer les livres comme Alma, pour être plus intelligent, peut-être, mais sans avoir jamais la possibilité de mettre en application ce nouveau savoir ? Tout cela est dérisoire. Aussi bien c'est vrai, qu'il a besoin de temps. Mais de temps dans un tout autre sens, d'un délai, d'un intervalle pour se faire à cette nouvelle situation qui, en premier lieu, il le sait, aura je-ne-sais-quoi d'un inquiétant trop-plein. *Ce que tu as toujours voulu faire.* Mais quoi. Il croyait que son propre avenir serait lié si étroitement à celui de la république que les conséquences en découleraient d'elles-mêmes, y compris pour sa propre personne. Une erreur fondamentale, il s'en aperçoit maintenant. La patrie est sauvée, pour lui c'est une autre affaire. Lui qui aura participé aux négociations du Traité d'État mais qui manque sur toutes les photos importantes. Pas de chance. Tu seras resté une grosse légume assez longtemps. Maintenant il va falloir se débrouiller tout seul. Tu es adulte, Richard Sterk, remue-toi. C'est vrai, je suis adulte. Comme si j'avais besoin de ça. Un tel traitement. Qu'ils aillent tous se faire mettre. Et remettre.

Richard pose la tête sur le bord arrière de la baignoire en gémissant, ça refroidit sa nuque et ça lui donne le sentiment que tout cela n'est pas si grave. Moitié moins. Il fixe le plafond et sent que son corps tout entier se ramollit. Intellectuellement, en revanche, après tous ces efforts, il se sent très concentré, très lucide, chose rare ces derniers temps. Sans doute parce qu'il est tout le temps débordé.

Peut-être qu'il devrait en prendre simplement son parti, et se remettre à cultiver davantage l'intérêt qu'il portait aux sciences de la nature étant jeune homme. Un peu de matière sèche désamorcerait peut-être le cocktail explosif, fonctions honorifiques et vie privée à perte de vue. Il pourrait chercher à savoir par exemple si quelqu'un a découvert pourquoi l'eau oublie parfois de geler. Il en a entendu parler autrefois, depuis le phénomène ne lui est jamais sorti de la tête. À l'époque on racontait que cet oubli, au plus infime ébranlement, était réparé, en quelques fractions de seconde. Ça lui en imposait. Ce serait intéressant, de savoir d'où ça provient. Enfin, au fond ça lui est bien égal, sauf qu'il y a là comme un germe d'espoir, l'illusion qu'on pourrait rattraper ces choses que, tôt ou tard, on a laissé passer.

Est-ce que le temps lui aussi peut oublier de passer, du temps figé qu'il faudrait toucher pour qu'il se remette à couler ? Cent ans qui passent en un bref instant, sans la plus petite douleur ?

Pour un moment, tandis que cette pensée le traverse, il parvient même à s'imaginer qu'il jouira de cette situation nouvelle. Il suffit qu'il atteigne à plus de sérénité, qu'il refoule tout ce qui lui tient à cœur. Et parce qu'il est un homme méthodique, il s'empare aussitôt de ce projet, s'appuie sur ce qui selon lui est aujourd'hui le plus important dans sa vie : le temps.

En ouvrant et refermant les jambes il produit des vaguelettes, suit leurs mouvements du regard et se demande ce faisant si le temps travaille réellement. Qu'importe, après tout, de toute façon il travaillera, mais sans doute pas pour lui, ni pour d'autres, juste pour soi. Est-ce qu'on peut battre le temps à la course. Comme dans le conte du lièvre et du hérisson, peut-être, en se reproduisant, confer Ingrid, qui l'a fait grand-père. Est-ce qu'on peut avoir le temps à sa main — comme un fils prend son père par la main et le mène à un animal mort.

Est-ce que le temps devient jamais insignifiant.

Il sait que sa propre personne devient peu à peu insignifiante, elle, et pas seulement insignifiante, sans élan ni volonté, sans attrait, sans véritable réceptivité intellectuelle. Il pourrait allonger la liste un moment. Mais la sensation agréable de pouvoir tenir tête est enfuie, quoi qu'il advienne, aussi il préfère renoncer à réfléchir plus avant.

Les vaguelettes ne cessent de courir l'une vers l'autre au centre de la baignoire, ventre et rebord, aller, retour, avarie. Richard glisse au fond de l'eau, seuls les genoux de ses jambes pliées émergent encore, îlots, sa tête plonge, les yeux fermés, les ailes du nez entre le pouce et l'index. Voilà à peu près à quoi ressemblera l'avenir. L'eau accueillante et chaude qui l'entoure, l'eau glaireuse de septembre 1962, c'est le quotidien — la retraite — la solitude — le deuil — l'espace — la distance — le déclin. Il se redresse, s'ébroue. Il se savonne la tête, y fait courir une eau brûlante. Il se lave les aisselles, se gratte, reste de nouveau sans bouger. Son ventre s'arrondit misérablement, des bourrelets gélatineux entrecoupés de plis profonds et pas le moindre soupçon de bronzage bien que l'été vienne à peine de finir. Pas de muscles non plus, de la graisse, rien que de la graisse, des bouffissures, tout le gras des sept années grasses. Là-dessus des poils sombres et gris rassemblés tout autour d'un nombril blanchâtre, comme s'il en émanait un attrait magique. Les poils flottent avec indolence dans le courant léger que sa respiration et son pouls provoquent, peut-être aussi que ce sont ses mains qui tremblent un peu. Possible. Sinon, et depuis quelques minutes déjà, il ne bouge plus du tout. Ferme les yeux. Oui. Oui. Et dans son souvenir émerge un temps où lui et Alma commencent à se baigner ensemble. Commencent puis cessent bientôt.

Quand était-ce ? Il ne le sait plus exactement. Pas au

début, en tout cas, plutôt dans les années quarante, quand Alma ne se baignait plus avec les enfants et que ceux-ci étaient souvent dehors. Otto avec les Jeunesses hitlériennes et les canoéistes, Ingrid à l'abri à la campagne avec d'autres gamins de six à quinze ans. Otto est mort depuis si longtemps, plus qu'il n'aura vécu. Et Ingrid ? Elle lui rend la vie vraiment impossible, sinon insupportable, la première fois qu'il éprouve une chose pareille. Par principe, ce sont toujours les autres qui sont coupables. Et il lui revient que — Ce n'était pas toujours ainsi. Quand était-ce, déjà ? Au début de l'été 1943. Ou en 1944 ? Mondsee. *Les Indes Noires*, il s'en souvient encore. L'auberge où Ingrid et sa classe étaient hébergées s'appelait Les Indes Noires. Il a encore dans l'oreille, vaguement, les accents enfantins d'Ingrid, remplis de fierté. Fille à tout faire dans Les Indes Noires estivales, hisser les couleurs dans Les Indes Noires en tempête. Affectée à toutes les tâches, cuisine, salle de jour, chambrées, lavabos, chaussures, obscurcissement. Il a vu la répartition des tâches quand il a rendu visite à Ingrid après qu'on l'a dégradée, condamnée, et pour longtemps, à la corvée de cabinets. Cette gamine toute sèche avec ses jambes de Pinocchio, à qui on ne pouvait pas donner assez de fer pour qu'elle reprît quelques couleurs. Lors de la distribution des rations, elle avait insinué que la maîtresse avait reçu une part plus grosse que la sienne. Le scandale que cette remarque n'avait pas manqué de provoquer s'était frayé un chemin, dans le fracas de la guerre, jusqu'à Vienne. À l'arrivée de Richard, il ne l'oubliera pas de sitôt, c'est une petite fille malheureuse comme la mort qui s'était jetée dans ses bras, était restée toute la journée suspendue à son cou, oscillant entre les pleurs, la stupeur et la promesse solennelle de se servir de sa cervelle la prochaine fois avant de parler. Terrifiée, effarouchée et comme frappée d'hébétude. La première fois qu'il la voyait comme ça. Une misère criante. Il la laissa parler sur son petit banc, vue imprenable sur le lac où se reflétaient les montagnes et les nuages. De temps en temps, d'un ton geignard : Papa, ça me fera une bonne leçon, je te le jure. Oui oui, bien sûr, fillette, tu verras, tout finira par rentrer dans l'ordre. Ou Dieu sait quelle vérité générale du même acabit. On parle pendant des heures et des heures au Conseil national, et quand c'est votre propre fille qui a du chagrin, on ne trouve rien à dire.

Il faut bien avouer que la guerre était une sale période, y compris pour les enfants, même l'été sur les rives du lac de Mondsee, surtout quand l'un des gamins avait la malchance d'avoir des parents dont les opinions allaient à contre-courant de l'idéologie dominante. Alors on pouvait bien se baigner dans une eau tiède, faire du canot ou cueillir les fleurs des champs, rien n'y faisait. Quand Richard voit les choses sous ce jour, il se dit que les conflits avec Ingrid avaient déjà commencé à l'époque. Si la fillette a éprouvé dans toute leur dureté les méthodes d'éducation d'alors, c'est certainement parce qu'elle était la fille d'un homme douteux politiquement. C'est ainsi qu'elle aura elle-même ressenti les choses, on peut le supposer, puisque aussi bien Richard, après sa visite là-bas, n'aura même pas réussi à atténuer les punitions. *Pour que la gamine apprenne un peu la vie.* L'enthousiasme d'Otto pour la guerre s'expliquerait mieux lui aussi dans ce contexte, une compensation des errements paternels, en quelque sorte. Étrange que ça ne lui ait pas traversé l'esprit plus tôt. Alors que c'est si évident. Voilà ce que c'est, de n'avoir jamais pu encaisser les nazis. Des tensions encore et toujours, hier comme aujourd'hui, bien qu'un antifasciste soit la gloire d'une famille, un héritage désormais transmissible à l'infini, aux enfants, aux petits-enfants, etc, un trésor inestimable.

Et que vous enseigne cette expérience ? Hein ? Où est la reconnaissance ? Oui, où ? En a-t-il jamais eu, de la reconnaissance ? En a-t-il jamais eu.

Richard se dresse dans la baignoire et se douche, non sans une certaine satisfaction, parce qu'il vient de dénicher une injustice de plus dans sa vie.

Au Yémen, dit-on, les rebelles forment un gouvernement. Les Bédouins brandissent la menace d'une guerre civile. Confirmation : L'imam est bien mort dans l'incendie du palais royal. Au sein du Parti communiste chinois la ligne dure progresse. Un boycott contre les étudiants nègres provoque un conflit national aux USA. Et Piccioni ? Il assure devant les Nations unies que le sud Tyrol est un problème juridique et, comme Kreisky par le passé, annonce la poursuite des négociations bilatérales pour l'automne. Crues dévastatrices en Espagne : Plus de 800 morts. Le général Franco voit l'avenir du pays dans une monarchie sociale. Le Parti socialiste autrichien se prononce en faveur d'une réforme de la constitution. Le vice-chancelier Pittermann, lors d'un discours prononcé pour l'ouverture de la campagne électorale à gauche, crée la surprise en préconisant une légalisation de la proportionnelle afin d'assurer une meilleure collaboration entre les grandes formations. Le Parti populaire autrichien commencera sa campagne le 1er octobre en lançant un appel aux urnes. Une semaine plus tard, il dévoilera son programme électoral et tiendra une conférence inaugurale au Konzerthaus de Vienne. En supplément des traditionnelles réunions électorales, 500 « parlements de la jeunesse » se tiendront dans toute l'Autriche, *accompagnés d'autant de « surboums ». À des fins publicitaires, le Parti populaire vient de produire un disque, quelques morceaux dixieland interprétés par les jeunes gens d'un jazz d'Ottakring : Les pièces musicales sont entrecoupées de slogans électoraux — Heures heureuses avec nos airs. Avenir radieux avec le Parti populaire. Prévisions météorologiques : Temps doux mais instable. Ondées locales de faible ampleur. À l'heure de midi et durant tout l'après-midi les éclaircies prédomineront.*

Quand le minibus couleur ocre que Peter a emprunté oblique dans l'entrée en klaxonnant, il est un peu plus de quatre heures et le temps est de nouveau au beau fixe. Quand le soleil se ramasse çà et là dans de maigres effilochures nuageuses, il est laiteux et flou, parfois aussi, pour un instant, jaune comme une tartine beurrée. Avec cela un vent qui dans les régions supérieures souffle plus fort qu'en bas, devant la maison, où se tiennent Richard et Alma. Le vent traîne des ombres de nuages dans le jardin et par-delà le mur mitoyen jusque chez les voisins.

— Je t'en prie, Richard, quelle que soit l'humeur d'Ingrid, n'oublie pas que tu n'as qu'une fille.

— Je ferai ce que je peux.

Alma et Richard quittent le massif de roses sous la pergola et s'avancent vers l'esplanade à peu près sèche désormais. Par places quelques flaques d'un ovale crasseux, là où la lumière du soleil d'automne les atteint, étincellent. Peter fait demi-tour et recule jusqu'à la porte de la villa pour ne pas avoir à traîner inutilement les meubles. Ingrid descend, en grandes bottes de cuir, petite jupe plissée rouge vif et blouson de cuir noir à grain lisse. Ses cheveux blonds couleur sable sont réunis en une queue de cheval et pendillent. Une cigarette à la bouche, elle soulève l'enfant de la banquette avant, une petite fille qui s'appelle Sissi et qui, depuis la dernière fois que Richard l'a vue, a viré elle aussi au blond. Elle sait marcher, courir, même, depuis quatre semaines ; Alma le lui a déjà annoncé. Ingrid pose Sissi par terre. L'enfant trottine en rond. Alma le prend dans ses bras. Et bien que ces embrassades et le babil de bienvenue qui les accompagne donnent à la scène un vernis joyeux, Richard a le sentiment d'être dans une société dont les règles ne lui sont pas familières. Il croit déceler une irritation discrète sous la cordialité d'Ingrid, impression qui se confirme quand, avec une gêne bourrue, il s'immisce dans la cérémonie de bienvenue.

Il s'agenouille devant sa petite-fille et dit :

— Tu sais que tu es maigre, toi. Tes parents ne te donnent donc rien à manger ?

Tout en prononçant ces mots, il saisit que même des formules innocentes comme celles-ci peuvent être embarrassantes, aussi il ajoute en riant :

— Ta mère était comme ça, elle aussi. Les chiens ne font pas des chats.

Ingrid écrase sa cigarette en dodelinant de la tête. Puis elle dit :

— Compliments !

Rien de plus, rien de moins, mais c'est suffisant pour rétablir une fois de plus l'éternelle distance entre père et fille.

Richard passe une main furtive dans la chevelure duveteuse de l'enfant. Il se redresse et cherche les yeux d'Ingrid. Elle le regarde en fronçant les sourcils. Il a l'impression qu'elle veut le défier, l'inciter à faire un autre commentaire imprudent. Seulement, il ne sait pas ce qu'il pourrait bien ajouter, hormis peut-être que c'était une *blague* qui vient de lui échapper. Mais même cet argument à décharge, il ne le servira pas aujourd'hui. Il en par-dessus la tête, de devoir se justifier continuellement aux yeux d'Ingrid.

Il reste indécis quelques instants. Alma lui vient en aide et oriente la conversation sur le véritable objet de la visite d'Ingrid : il serait grand temps de faire un peu de place en bas, on ne peut plus respirer. La plupart des pièces, assure-t-elle, étouffent sous le poids des meubles. Le séjour par exemple ressemble à l'entrepôt d'un antiquaire.

— Et je n'en suis pas le seul responsable, dit Richard : Ceci pour que personne n'ait l'idée de me le reprocher.

Dans les dernières semaines de la guerre, quand le front de l'est approcha bien plus vite que prévu, l'une des questions les plus pressantes était de savoir comment l'on pourrait se prémunir des pillages. À l'aide de véhicules des centrales électriques — Richard, en raison de son emploi stratégique, resta à l'arrière jusqu'à la fin des conflits — il déménagea quelques pièces d'ameublement de taille modeste et de grande valeur à Salzbourg, dans une usine électrique. Mais la majeure partie des meubles resta à Vienne. Il avait évoqué la situation avec Alma. Ils s'étaient assis tous les deux dans la cuisine pour en parler et si la conversation, alors, ne s'était pas éternisée, c'était à la fois parce les événements se précipitaient — et que, par conséquent, on avait bien d'autres sujets d'inquiétude —, et parce qu'ils trouvèrent malgré tout un terrain d'entente. Richard fit venir à la maison un menuisier qui en raison de quelques doigts en moins avait été jugé inapte par la Wehrmacht. L'homme, sur les conseils de Richard, pourvut tous les meubles de quelque volume de petits crampons spéciaux. Il enduisit de colle, mit des clous sans tête, vissa, polit et émoussa des têtes de vis, jusqu'à ce que, deux jours plus tard, on eut l'assurance que les armoires et les lits ne seraient démontables qu'au prix du plus grand effort. Richard paria sur l'aspect encombrant des meubles, sur leur poids conséquent et sur la paresse des Russes qui, de toute façon, avaient bien d'autres maisons à piller dans le voisinage.

— C'était ton idée, dit Alma.
— Et j'en suis fier aujourd'hui encore, fier de t'avoir persuadée de son bien-fondé.
— Je ne sais pas.
— Pense aux voisins.
— Si c'était à refaire, j'y réfléchirais à deux fois.
— À l'époque ça faisait bien ton affaire, qu'il n'y ait que des babioles à partir.
— Parce que je n'avais pas prévu que, ma vie durant, il faudrait que je fasse venir les déménageurs plusieurs fois dans l'année.

Richard se raidit. Il sait, et depuis très longtemps, que son projet était boiteux, parce qu'après la guerre on ne prit pas la peine de remettre les meubles en l'état — tout d'abord parce qu'on n'en voyait pas la nécessité, puis, plus tard, parce qu'on craignait de casser plutôt qu'autre chose. Ce qui se paie, d'évidence, sitôt qu'on s'avise de repeindre les murs ou de poncer le parquet. Certains meubles ne sortent plus du tout des pièces parce que le chambranle des portes est trop étroit, et dans l'escalier qui mène au grenier, au plus tard, on reste coincé en faisant pivoter dans les portes les meubles de taille un peu plus modeste, ou alors on s'occasionne un violent tour de reins. Raison pour laquelle certaines pièces sont restées telles quelles depuis un quart de siècle. Ce qui ne dérange pas le moins du monde Richard, du reste, il apprécie de trouver à son retour, le soir, les choses dans l'état où elles étaient au matin, à son départ. Alma en revanche juge la chose insensée. Elle passe la majeure partie de son temps à la maison.

Jusqu'ici. Et Richard peut comprendre son mécontentement jusqu'à un certain point. Néanmoins il préférerait que les modifications nécessaires ne soient pas apportées maintenant. En ce moment tout l'accable.

— Anciens et robustes : Pour moi ce sont des objets de valeur, dit-il.

Et Ingrid, lapidaire :

— Pas pour moi.

Il voit l'étiquette qu'on vient de lui flanquer à l'instant, comme collée à la salive sur son front : Petit bourgeois — borné — ringard. Non pas vieux, mais démodé. Il envisage un bref instant de ne pas répliquer, pour qu'Ingrid cette fois n'ait pas l'occasion d'en rajouter. Dieu sait qu'elle lui a déjà fait sentir que tout dans sa vie la répugnait. Il hésite. Mais quoi, il ne va pas laisser passer ce reproche sans rien dire.

— Ça ne prouve pas que tu connaisses la vie mieux que moi. Ça confirme simplement que nos expériences ne se recouvrent pas et que c'est pour cette raison, justement, que nous sommes d'un avis différent.

— Au moins un point sur lequel nous sommes d'accord.

— Et c'est bien regrettable.

Regrettable ? En tout cas Ingrid s'en accommode très bien, manifestement. Elle ne verse pas de larmes sur le héros de son enfance. Elle hausse les épaules.

Et Richard est stupéfait de constater à quel point le geste d'Ingrid lui paraît naturel. Peut-être qu'au fil du temps on finit par développer une sorte de résistance contre les gros yeux, le mutisme et les remarques teintées d'ironie.

Ils entrent dans la maison et arpentent les pièces du bas sans s'y arrêter longuement. Les commodes aux pieds torses où reposent des lampes pansues, les bibliothèques aux portes en partie vitrées, les rideaux drapés de mille plis, derrière, les armoires Biedermeier et les sofas ouvragés, cadre et moulures de bois fruitier, tout cela aux yeux d'Ingrid n'a plus la moindre valeur utilitaire aujourd'hui, sombres vieilleries qu'on aimait simplement autrefois, tels des camarades d'école qui ont redoublé et à qui, depuis ce temps, on n'a plus adressé la parole.

— Ne me laisse pas tomber, Ingrid, implore Alma : Depuis que la télévision est là et qu'on a changé le sofa de place, je ne sais plus où mettre ma chaise à gamberge.

Les lèvres étirées et pincées, Alma embrasse du regard la situation, insatisfaite. Let's learn english, les nouvelles du jour, Au théâtre ce soir : la troupe de Paul Löwinger (*Les Trois Saints du village*). Elle regarde Peter :

— La chaise à gamberge est l'endroit où je réfléchis. Là, tôt ou tard, je pense à chacun.

Son gendre, visage morne et intimidé, hoche la tête et, gêné, pose le bras autour de la taille d'Ingrid. Avec un léger vacillement dans la voix, il propose de démonter le week-end prochain quelques-uns des meubles qui embarrassent Alma. Il assure qu'il est versé dans le maniement des outils, depuis le temps où il avait l'atelier, avant qu'il ne soit contraint de vendre les licences de ses jeux de société. Ingrid atteste des dispositions manuelles de son époux. Richard pour sa part se tient à l'arrière-plan et espère que personne ne lira le scepticisme qui se dessine sur son visage. Il jette un œil rapide à la pendule et se promet de la remonter ce soir, elle bat déjà très lentement.

— Je préfèrerais que les meubles fassent encore un peu d'usage, dit Alma.

— Il faut que tu t'y fasses : notre fille préfère les meubles en tubes d'acier.

— Tu as quelque chose contre ça ? demande Ingrid.

— Non, dit Richard.
— Alors tout va bien.

Le haut du corps de travers, pour que sa fille puisse prendre appui sur sa hanche, Ingrid fait volte-face sur le palier et bifurque dans l'ouvroir, de l'ouvroir dans le fumoir, du fumoir dans la salle à manger et de là dans la véranda. En passant près du coffre de chêne espagnol où l'on remisait autrefois les jouets, Ingrid s'arrête et demande à sa mère la permission d'emporter l'objet. Comme si le coffre appartenait à Alma.

Alma sort nappes, serviettes, candélabres et bougies. Pendant ce temps Ingrid s'avance dans l'encadrement de la porte de la véranda et demande si les quelques arbres du jardin ont bien donné cette année.

— Les cerises oui, la récolte précoce était délicieuse. Mais après toutes ces pluies, fin juin, la plupart des fruits étaient piqués. Un régal pour les oiseaux.

Richard évoque les abricots (du gel pendant la floraison), les pommes Archiduc Jean (une valeur sûre, l'arbre est dans ses meilleurs années), les grosses prunes (l'arbre vieillit). Mais ses informations ne semblent pas atteindre Ingrid. Richard a le sentiment que ce que regarde sa fille, là, dehors, c'est elle-même en train de trotter.

Il s'interrompt :

— À trop regarder en arrière, on devient nostalgique.

Réponse d'Ingrid, sèche, presque murmurée tout en se tournant à demi, amère néanmoins :

— Depuis qu'on m'a signifié mon congé, ma nostalgie se tient dans les limites du raisonnable.

Richard se demande pourquoi il ouvre encore la bouche. Voilà des années qu'une conversation normale, semble-t-il, n'est plus possible. Tous les mots sont faux. Autant laisser tomber. Et à quoi bon se rappeler qu'Ingrid, étant petite, le croyait aveuglément ? Ou, tout aussi étonnant, qu'elle avait à son entrée au collège ce besoin presque incessant de communiquer. Après que, dans le jardin des Wessely où elle jouait au badminton, on l'eut conviée à prendre part aux prises du *Conseiller Geiger*, elle raconta à qui voulait l'entendre, et dans les moindres détails, comment on l'avait *approchée*, et encore, et encore, dans le cas où tel ou tel n'aurait pas apprécié un détail à sa juste valeur. Ça comme le reste : Fini, fini, fini.

Il dit :

— On lit aujourd'hui un peu partout combien il est important de quitter la maison au bon moment.

— Eh bien, même de m'avoir fichue dehors se sera révélé bénéfique, tout compte fait.

Fini.

— Si tu vois les choses comme ça.

— Je les vois comme ça, oui. Et je peux même te dire pourquoi. Parce qu'il faut toujours que tu aies raison, peu importe comment.

Richard n'insiste pas. Si plein que soit son cerveau aujourd'hui, si bosselé de questions et de reproches, il est encore assez lucide pour voir que ça ne sert à rien. On tourne en rond. Et puis c'est vrai : Le jour où Ingrid, une fois de plus, rentra à la maison après minuit et se permit au surplus de répondre avec insolence, il sortit de ses gonds, lui cria dessus pendant une bonne demi-heure avant de la jeter dehors. Simplement parce que c'était la seule réplique à ce silence tantôt réfractaire, tantôt méprisant. Il était vraiment à bout. Et puis son humeur était déjà à l'aigre, la loi des séries, parce qu'une fois de plus sa secrétaire était enceinte. Mais dès le lendemain il revint sur cette mesure, il n'est pas de ceux qui refusent de reconnaître leurs erreurs. *Je ne campe pas sur mes positions.* Ingrid pourtant, le jour même, s'était déjà envolée, comme si la valise, toute prête, attendait sagement dans l'armoire, et qu'il ne manquait qu'un prétexte pour la sortir de là. Aux yeux de Richard, Ingrid a quitté la maison au moment précis où, c'est du moins ce qu'il soupçonne, elle a pu rejeter toutes ses fautes et ne pas assumer sa propre responsabilité. Quant à lui, il avait le choix entre voir son nom traîné dans la boue sans trop pouvoir réagir et donner son consentement à un mariage-éclair. Ce qu'il fit, bon gré mal gré. Si Ingrid depuis peu défend une version simplifiée de ces événements, cela reste sa vérité à elle, bien pratique après coup pour déverser sa bile à loisir dès qu'elle est à la maison. Mais qu'importe, pourquoi s'énerver, pourquoi risquer une attaque d'apoplexie. Autant vouloir redresser les pieds des commodes.

Ingrid attend plusieurs secondes. Quand elle est certaine que son père ne fera plus aucune remarque, elle dit :

— Une chance, au fond, que je passe ici de temps en temps, comme ça je vois que c'est juste une maison, rien de plus. Juste une maison avec un jardin.

Un peu de nostalgie quand même, donc, voudrait souligner Richard avec une certaine satisfaction. Mais là encore il se retient. Il est maître de ses nerfs, et il sait qu'Ingrid aura toujours le dernier mot, ne serait-ce qu'en raison de son jeune âge. C'est là son atout.

Alma rend sa liberté au coffre. Une fois encore elle passe à un autre sujet, évoque maintenant l'état de santé de certains voisins, quand celui-ci laisse à désirer. De bonne grâce, Ingrid participe à la conversation. Une colique hépatique, le cancer flambe, sûrement les nerfs. Pendant ce temps Richard aide son gendre, manifestement mal à l'aise, à sortir le coffre de la maison. Peter le remercie deux fois, explique que c'est un collègue de bureau qui lui a prêté le minibus Volkswagen et que lui, Peter, s'est fait rapidement à son nouveau travail au sein de la Commission pour la sécurité routière. Il ajoute qu'il a établi un registre photographique des principaux carrefours de la république fédérale, et même rassemblé les statistiques de tous les accidents qui se sont produits sur les carrefours en question. On verra bien ce qui en ressortira. Après que Richard a déjà lâché deux « tiens, tiens », il se fend à présent d'un « intéressant, intéressant ».

Ils retournent dans la maison où les deux femmes montent justement l'escalier. Ils se joignent à elles. Maintenant c'est Alma qui porte la fillette, elle a posé le menton sur l'épaule droite de sa grand-mère et regarde Richard qui, en bas, à l'extrémité de la main courante, s'appuie de la main gauche sur le boulet de canon. Richard se sent attiré par le regard de Sissi. Dans une palpitation soudaine il s'aperçoit qu'il a laissé des traces lui aussi dans cette petite fille. Cette idée éveille en lui une fierté obtuse. Le temps de quelques marches c'est un peu comme si, dans cet enfant, et quand il ne serait plus là, il continuait d'avoir raison. Mais un instant plus tard la fierté s'arrête à mi-chemin, et une pointe de regret lui rappelle qu'il ne partagera le quotidien de la fillette que de loin en loin. Au nouvel an et pour la récolte des abricots, et encore, si le temps s'est montré clément. Et puis, non moins humiliant à ses yeux, la famille d'Ingrid est encore évolutive, alors que la sienne propre se désagrège pièce par pièce.

Il s'est évertué à vivre, agir, penser, sentir comme il faut, selon sa conscience, d'après les règles que ses parents lui ont enseignées. Il a fait ce qu'il devait faire, on ne peut pas en dire autant de tout le monde, loin s'en faut. Il a toujours été guidé, porté par la pensée du bien d'autrui. Pourtant tout le monde se détourne de lui.

Ils poursuivent la visite. Au début Ingrid fait la difficile même à l'étage. Les choses changent quand on vient aux chambres d'enfant. Tout à coup elle est de meilleure humeur, elle est heureuse de revoir les meubles de la chambre d'Otto et réclame la panoplie complète, la petite armoire peinte dans un turquoise très pâle, vacillante sur ses pieds de merisier tout droits, le lit d'enfant au cadre orné d'entrelacs, la table, les deux chaises et la commode — badigeon turquoise, là encore —, dont Sissi, réquisitionnant toutes les forces de son petit corps, essaie d'ouvrir le tiroir du milieu.

Richard parierait qu'Alma souffre de voir la chambre d'Otto ainsi vidée. De la chaise à gamberge à la chambre des pleurs et retour, fini maintenant. Il observe Alma. Elle se maîtrise. Comme si souvent elle réprime ses sentiments, ne laisse rien paraître (l'expression de Richard). Elle s'avance simplement jusqu'à demander si Ingrid et Peter envisagent d'avoir un autre enfant. Mieux vaut ne pas imaginer ce qui se passerait si c'était *lui*, Richard, qui posait la question.

— Tant que je suis encore à l'université, aucune idée, dit Ingrid : Pour l'instant les études sont prioritaires, et de loin.

Ingrid ouvre les portes de l'armoire. Une odeur de poudre antimite s'en échappe. C 10 H Dieusaitquoi. Richard aimerait bien citer la formule chimique mais elle ne lui revient pas. Quant au terme lexical précis, il lui échappe lui aussi pour l'instant.

— Quel est le prochain examen ? demande-t-il.

— On verra.

— J'espère tout de même que tu sais quel est ton prochain examen !

— Ben...
Restons dans le flou.
Richard, comme s'il était surpris par ce qu'il vient d'entendre, hausse le sourcil gauche, ses lèvres s'amenuisent, et Ingrid se rappelle juste à temps qu'il faut d'abord et avant tout qu'elle réussisse son examen si elle veut conquérir son indépendance, car la main paternelle (déjà ça), et corrélativement l'argent qui s'y trouve, ne l'a jamais abandonnée jusqu'ici. Après tout on ne peut pas fonder son existence sur le seul amour qu'on porte à son conjoint. Avec le peu que gagne Peter à la Commission, ni le cocon douillet qu'elle est en train de se préparer, ni la poursuite de ses études ne seraient envisageables. C'est Richard qui fait vivre la famille tout entière. La seule manifestation d'autorité qu'on lui accorde sans réserve est de venir en aide à ces trois indigents.
Ingrid concède en soupirant .
— Il a fallu que je modifie la liste des matières à apprendre, à cause de toute cette agitation. L'achat de la maison. J'espère vraiment que les choses seront plus faciles avec Sissi, une fois qu'on sera installés pour de bon.
Alma, comme si ça ne la touchait pas le moins du monde, qu'Ingrid offre à son père le spectacle d'une éternelle étudiante, ou que, à rebours, et contrairement à son mari, elle achève tout de même ses études, fait savoir :
— Ça me réjouit, que les meubles d'Otto soient dans de bonnes mains.
Précisément ce dont Richard doute.
Ingrid et Peter ne prennent que le mobilier frivole, pièces d'appoints et armoires supplétives, ce qui est au rebut ou, depuis toujours, traîne là dans un coin, en un mot tout ce qui ne nécessite pas d'attention particulière ni d'attachement

trop fort (par la glu et les crampons). Ne suscite pas le moindre respect. Des meubles symboles d'indifférence, de désaffection désinvolte, voilà ce que pense Richard. Et intérieurement il rejette ce point de vue — car c'en est un —, parce qu'il ne croit pas du tout que, en partant de telles prémisses, on puisse jamais prendre racine.

Après que même le lit et l'armoire de sa propre chambre ont été jugés bons pour le service, Ingrid dit :

— Ce qu'on n'emporte pas dans le bus aujourd'hui, on le prendra samedi prochain, quand Peter démontera le mobilier du salon pour maman.

Son regard s'attarde un instant sur son mari. Richard remarque le mouvement las de ses paupières.

— O.K., dit Peter.
— O.K., dit aussi Ingrid.

Puis la conversation se grippe de nouveau. Quatre personnes, quatre adultes importuns dans leur propre maison. Plus une fillette qui ne sait et ne saura rien et fait office de sujet de conversation idéal à l'instant où, au milieu du silence, chacun s'avise qu'elle s'est oubliée.

— Dis donc, tu sens, toi.
— Oui, c'est vrai qu'elle sent.
— Vous avez apporté des couches ?
— Dans la voiture. Elle est réglée comme une horloge.
— Restez ici, les hommes, nous on descend.
— Papa, tu pourrais en profiter pour aller chercher ma dînette dans le grenier? Tu sais bien, ma phobie des araignées. Peter t'aidera.

Déjà dans l'escalier, Ingrid lance :

— J'imagine qu'elle est dans ma vieille malle, celle à carreaux noirs et blancs.

Richard n'est pas à proprement parler enchanté par cette

mission, d'autant que son gendre est à peu près la dernière personne sur cette terre avec qui il voudrait se retrouver seul dans le grenier. Il se demande ce que madame sa fille, avec sa fichue jugeote, est encore allée imaginer. Drôle d'attelage. Après tout ce qui s'est passé, personne n'irait penser que ces deux-là puissent nouer une quelconque amitié. Mais que faire d'autre. À contrecœur, il se lance à l'assaut du grand escalier qui dans l'ombre s'enroule sur deux fois douze marches. Il s'arrête devant la porte du grenier, se retourne pour s'assurer que son gendre l'a suivi. Quand Peter a atteint le palier à son tour, il ouvre la porte d'un grand coup. Les gonds lâchent un gémissement lugubre qui semble épaissir un peu plus l'air suffocant de la pièce désertée. C'est comme si cet air-là contenait la substance délavée, presque immatérielle déjà, du passé, les simples squames des événements, la cendre grise du souvenir refroidi avec les ans.

Comme il ne trouve rien de mieux à dire, Richard hasarde :

— Demain, à l'occasion du soixantième anniversaire de Leopold Figl, je vais faire un petit discours.

Il cherche à se mettre à la place de son gendre, et que cette situation, vraisemblablement, soit encore plus indifférente à Peter qu'à lui-même, apaise un peu son dégoût.

— Ainsi donc il a déjà soixante ans, constate Peter d'un air pénétré.

— Comment ça, *déjà*? Ce n'est pas si vieux, soixante ans, quand on a la santé.

— Possible.

L'expression de Peter est tranquille, les traits de son visage ne disent presque rien. Il progresse prudemment entre les cheminées et toutes ces vieilleries mises au rebut, comme si les choses qui poussent ici dans le vide des jours pouvaient l'attraper avec leurs tentacules. C'est du moins l'impression de Richard. Les lames du plancher craquent. Sur un banc d'écolier, près d'une fenêtre, pignon sud, un vase collé oscille dangereusement. Il y a même un encrier, comme si quelqu'un allait venir d'un instant à l'autre, s'asseoir et, au débotté, recopier toutes les histoires dada que la poussière pour égayer un peu les esprits domestiques sera allée inventer.

Dehors le jardin humide, le mur, un peu à l'écart, décalées, les maisons voisines derrière la cime jaune-vert des arbres, un froissement d'automne. Entre les pignons, des fils téléphoniques flapis qui, d'avoir été gavés de la substance perdue des voix perpétuellement caverneuses, devraient être depuis très longtemps bouchés comme des artères sclérosées.

— Mais Figl n'est pas en bonne santé, malheureusement. Son état susciterait plutôt l'inquiétude.

Peter hausse légèrement les sourcils, ce geste peut se rapporter à un objet qu'il vient d'apercevoir, il peut être aussi le fruit du hasard et ne pas avoir le plus petit rapport avec quoi que ce soit. Peter ne pose pas de questions sur l'état actuel de l'ancien chancelier.

— Pour ce qui le concerne, dit Richard, je crois que la dégringolade a déjà commencé. Vertigineuse. Les débuts aussi étaient vertigineux, d'ailleurs. Six ans à Dachau, ça vous marque un homme.

Une fois de plus aucune réaction, pas même un signal fugace, rien, Peter ne relève aucun de ces propos. Manifestement la conversation va s'ensabler avant même d'avoir commencé. Pourtant Richard, fermement convaincu que ce qu'il a appris au contact de ses adversaires politiques est aussi bien applicable à son gendre, se lance dans un assez long monologue.

Il expose la biographie du premier chancelier élu de l'après-guerre, actuellement à la tête de la province de Basse-Autriche. Il évoque plusieurs de ces remarques qu'il garde toujours *pour la bonne bouche*, souligne par exemple que Figl et ses compagnons de route, dont il a l'insigne honneur, depuis cette histoire de linge délavé en 1938, de faire partie, auraient assurément, pour l'amour du pays, décroché les étoiles, surtout si celles-ci étaient rouges et à cinq branches. Des gens comme Leopold Figl se font de plus en plus rares, une espèce en voie d'extinction, et avec ça un homme intelligent, pas badigeonné d'un simple vernis culturel, non, intelligent parce qu'expérimenté. *Surtout ne pas effaroucher les chevaux*, voilà ce qu'avait lancé Figl à plusieurs reprises pendant les négociations avec les émissaires soviétiques. Sans les talents de négociateur de Figl, assure Richard, c'est toute la Basse-Autriche qui serait aujourd'hui un combinat.

Il cligne de l'œil, bien que Peter ne puisse pas le voir d'où il est. Il soulève justement une vieille lampe de cheminot.

— Cadeau des Russes qui ont pris leurs quartiers ici à la fin de la guerre, dit Richard.

Puis il poursuit sans désemparer, se lance tout entier dans son discours, qui, comme il ne manque pas de l'annoncer d'ores et déjà, culminera dans quelques mots bien sentis, savoir qu'on ne peut que souhaiter de nombreuses années encore au jubilaire, années pendant lesquelles il sera responsable et garant de tout le travail effectué. Et que les successeurs de Figl ne s'avisent pas d'oublier, surtout, que pour certains assumer ses responsabilités n'est pas un office, mais une obligation.

Tandis que Richard parle ainsi et pense davantage à sa propre personne qu'à son camarade du parti, Peter, dans la lumière trouble des vitres sales, vide une armoire rustique. Des particules de poussière dansent autour de sa tête. De temps en temps, dans les bras un carton étiqueté, il chasse d'une pichenette des crottes de souris qui dégringolent dans la poussière du plancher. Il découvre une valise. Mais elle contient simplement un vieil édredon; absurde. Il a toutes les peines du monde à refermer le couvercle. Les serrures rejoignent indolemment les étriers croûteux.

En bas on entend les voix pragmatiques des femmes. De quoi peuvent-elles parler?

— Pour en revenir à Leopold Figl. Il a essayé de conformer l'Autriche selon son idée, telle qu'il se l'imaginait dans les baraquements de Dachau. Je trouve que le résultat parle pour lui.

Une fois de plus Peter ne fait entendre qu'un vague halètement de contention, il se fraie un chemin tant bien que mal dans ce mobilier qu'il observe d'un œil averti. Il expertise la vieille crèche de Noël et la voiture à pédales d'Otto, dont l'une des roues arrière est cassée. Il ramasse un livre sur les lames du plancher, s'avance vers la fenêtre et jette un œil à l'intérieur. Peut-être qu'on pourrait entendre, maintenant, les gargouillis et les succions de l'araignée quand elle aspire le liquide d'un cadavre de mouche. Peut-être que les microparticules de poussière en suspension dans l'air se livrent mille et un combats et, au lieu d'instaurer un romantisme nostalgique, produisent une atmosphère d'hostilité nerveuse : Oui oui, les enfants ont fait du patin à roulettes ici autrefois, mais c'était seulement à cause des mesures anti-incendie, à l'époque des bombardements alliés, quand seuls les extincteurs à pompe et les sacs de sable avaient droit de cité dans les greniers. Richard pourrait amener la conversation sur la guerre, après tout Peter y a été blessé. Mais à cet instant précis il s'aperçoit qu'il n'est jamais qu'un gugusse aux yeux de Peter, et que celui-ci n'a pas la moindre intention, fût-ce en rêve, de faire un pas vers son beau-père. Situation peu enviable, que celle de deux hommes qui n'ont aucune envie de discuter ensemble mais se voient néanmoins contraints de le faire pour que ladite situation ne soit pas plus pénible encore. Quoique. Manifestement rien de tout cela n'est pénible pour son gendre, ce fantoche qui ne sait pas ce qu'est la fierté familiale, ce séducteur à la petite semaine, socialiste délavé qui sévit dans les greniers d'autrui et n'y trouve jamais qu'un reliquat inerte, parce que son propre passé, nazisme oblige, a été déblayé, non, liquidé.

Richard pense qu'il aurait mieux fait, il y a cinq ans, de glisser à Peter une grosse enveloppe en l'enjoignant de ne plus reparaître et d'aller chercher fortune ailleurs. Ça aurait coûté moins cher que l'achat d'une maison.

Comme cet après-midi déjà, au café Dommayer, lors de ce décevant tête-à-tête avec Gorbach, il éprouve désolation et impuissance face à tout ce qu'il ne parvient pas à comprendre. Une affliction sourde et sans contours s'empare de lui, c'est comme s'il portait le deuil de toute sa vie alors qu'il n'est pas encore mort.

Et parce qu'à présent il n'a plus envie, lui non plus, de parler, il consent à chercher la dînette d'Ingrid avec son gendre. Il vérifie dans tous les coins où Peter jusqu'ici n'a pas osé s'aventurer, préférant garder la distance de rigueur à l'endroit de son beau-père. Et il s'aperçoit ce faisant que le lit près duquel il se trouve maintenant vient de l'ancienne chambre de la bonne d'enfants. Un lit sans matelas, rien que le squelette. Il ramasse un grand carton à dessin posé sur le sommier, à l'intérieur des gravures anciennes et des eaux-fortes. Quelques ressorts du sommier sont cassés, les autres n'inspirent plus confiance. Curieux, qu'ils aient pu tenir autrefois. Curieux, aussi, que Richard ait été heureux certaines nuits avec Frieda. Curieux enfin que, l'espace d'un instant, il revoie sur le lit une jeune fille rousse de vingt ans à genoux, tout à fait nue, alors que son propre à rien de gendre, dont le regard tout à l'heure déjà semblait passer à travers les choses sans les voir, ne remarque rien une fois de plus et fixe une valise en carton.

— Ce doit être ça, dit Peter.

Richard, absent, comme indécis — doit-il se réjouir ou non ? Il se souvient que Frieda a pleuré quand il lui a donné son congé, elle a écrit cent fois *Je te hais* sur le papier peint de sa chambre, et ce n'est qu'une fois la jeune fille partie, dans le train, qu'on s'en était aperçu —, dit :

— Oui, j'imagine que c'est ça.

Ils remplissent à ras bord la surface de chargement du minibus. Richard soupçonne Ingrid et Peter de vouloir écourter au maximum leur visite, aussi les pleurnicheries de Sissi, qui ne cesse de lancer des objets, font un prétexte opportun. Que les enfants doivent être au lit à sept heures, c'est là une invention du Biedermeier, et Ingrid, Richard a déjà pu le constater, n'accorde aucune valeur au Biedermeier. Un morceau du gâteau d'Alma, englouti, un verre de bière, descendu. Une corbeille de calvilles de Dantzig pour la route. Des sous pour l'essence, de la main magnanime du Père. Pas de quoi, vraiment. Et chez lui le sentiment que, peu importe ce qu'il fasse, il a perdu le don de convaincre les autres de ses qualités, qu'il n'est plus de ces êtres pour qui la roue en un tournemain se met à tourner dans le bon sens. Le minibus tangue et s'ébranle, la lumière des phares glisse sur le gravillon lavé que les pneus juste après chassent alentour, le côté sale vers le haut. Un bref salut de la main par la vitre baissée, côté passager, puis plus rien. Et le bus s'en va dans le même mouvement, le pare-chocs ballant, bringuebalant, balbutie sa route dans la pénombre plus dense déjà, s'en va, donc, bon an mal an, là-dessus dans le bleu clair grisé du ciel la demi-lune, sa lueur jaune, position latérale fixe au-dessus de la forêt viennoise, peut-être que c'est elle, la lune, en haut, qui fait que le vert des arbres scintille encore.

— C'est tout pour aujourd'hui, dit Richard.

Alma elle aussi a dû garder de cette visite une impression troublante, car elle décide de ramasser encore quelques noisettes dans le crépuscule.

Pendant un bon moment Richard l'observe depuis les marches du perron. Une légère odeur de feuillage dans le nez. Il regarde sa montre. Huit heures moins vingt. Il se mouche, ferme en même temps les yeux et ne les rouvre qu'à l'instant où il entend les pas d'Alma qui s'approchent sur le gravier. Elle avance en prenant son temps, un petit seau dans la main. Richard lui fait un signe de tête. Pourquoi ? Il ne sait pas lui-même pourquoi. Il se détourne vite. Avec une sensation d'abattement profond il monte dans sa chambre et s'y enferme.

Mardi 22 mai 2001

— Tu es une vraie calamité, dit Philipp quand Johanna reparaît enfin : Une calamité ambulante, voilà ce que tu es, pour avoir l'effronterie de disparaître comme ça pendant trois semaines. Je n'arrive pas à y croire. Si on me demande un jour dans une interview ce que je tiens pour la pire effronterie, je n'aurai pas besoin de réfléchir longtemps, la réponse jaillira comme la balle du canon : La pire effronterie qui existe c'est toi, Johanna Haug, une effronterie si invraisemblable que tu devrais t'étrangler de honte incontinent. Mais non, tu t'allonges sur mon matelas et tu t'emportes contre la housse de couette, tu couches deux fois avec moi, règles le réveil, et quand tu es de retour chez toi, tu as déjà oublié que tu es passée ici. Des effronteries comme celles-là, tu les prodigues à foison. Avoue que toi-même ça te désole !

Johanna trépigne, frotte ses fesses dénudées contre les draps, chasse la couette des deux jambes et dit que, avant de négocier le moindre aveu de sa part, elle attend que Philipp concède que les draps en effet sont atroces.

— Violets, pour être tout à fait précise, dit-elle : Ce qui rend pareillement atroce tout ce qui s'approche à moins de deux mètres de ce lit. Et il se trouve que c'est moi, précisément, qui y suis couchée en ce moment.

Elle rit et elle l'embrasse, et il rit avec elle, bien qu'il n'ait pas envie de rire du tout, elle l'entraîne, voilà. Il ne veut pas se laisser entraîner, il le sait dans le mouvement même où il rit, ni par l'orgie florale de l'enveloppe de couette ni par Johanna.

— Écoute voir, ma météorologue, vilain petit canard, dit-il après qu'ils ont fini de rire tous les deux : Les metteurs en scène de cinéma se donnent bien du mal aujourd'hui sur le chapitre du temps, chacun s'en aperçoit, enfin, chacun devrait s'en apercevoir. Dernièrement ils ont même réussi à faire pleuvoir des grenouilles, à peu près quarante millions, ce qui rentrera certainement dans l'histoire du cinéma. Néanmoins je ne peux que rire, vraiment, quand je me dis que tout cela n'est qu'une plaisanterie en comparaison de ce que je vis.

— Ah.

(Peut-être que je devrais simplement aller me dégourdir les jambes ou faire du vélo ou donner quelques coups de poing dans l'oreiller. Comme il est beau, de savoir qu'une fois de plus ça passera.)

Philipp s'habille sommairement. Avant d'en venir aux mains avec Johanna, ce qui ne saurait trop tarder, il se retire un moment dans le jardin. Là, le vent tourne et retourne les feuilles auxquelles la nuit affecte un gris grenu. Il y a instant encore pourtant il faisait clair. Philipp, jambes écartées, se poste devant un prunier sec et défeuillé, sort son pénis collant et pisse contre le tronc, avec une brûlure agréable dans l'urètre, parce qu'il vient de baiser. Au ciel les étoiles sont tranquilles. La maison dans la lumière raréfiée paraît plus digne de confiance, pas la plus petite trace désormais de ce côté miteux, moisi. Même les souvenirs désagréables qui, opiniâtres, épient derrière les fenêtres, ont pâli pour l'instant.

Philipp s'égoutte, trotte plus avant dans le jardin ombragé, singulièrement résolu d'abord, puis hésitant, puis de nouveau sûr de soi, titubant dans tous les pièges que cette nuit lui tend.

Les voix de ses parents et de ses grands-parents, singulièrement proches, mais comme évidées et incertaines : On ferme, mon garçon, on ferme ! Rentre chez toi ! Encore trois bouffées de cigarette et terminé ! La ficelle de la nuit est mâchouillée et s'effrange. Couche-toi auprès d'elle sur le matelas, couche-toi auprès d'elle et ne dis rien.

Au petit matin, là-bas devant, le long de la route, une foule d'écoliers passe sans se presser. Le courant s'interrompt vers sept heures et demie. Une pause. Puis deux gamins qui courent parce qu'ils sont en retard. Dans le dos de Philipp, Johanna se rhabille et s'apprête à partir. Philipp se concentre tout entier sur ce qui se passe dehors et comme la fenêtre est ouverte entend les appels des enfants. Leurs voix claires sont le meilleur moment de la journée. Philipp pense que son père lui a conseillé autrefois, dans le cas d'éventuelles échauffourées, de s'accrocher au cartable des belligérants, puis, une fois qu'ils sont à terre, de leur en coller une aussitôt. Quand Johanna se tourne de nouveau vers lui, il a presque le sentiment de revenir d'une de ces bagarres. Johanna rajuste son soutien-gorge, efface les plis de son chemisier et annonce qu'elle va y aller (ce dont il ne doute pas un instant). Il lui dit au revoir sans faire de plaisanterie. Leurs plaisanteries à tous les deux sont la pire des choses, depuis quelque temps elle ont un côté faux, ou mènent tout du moins à une forme de fausseté, quand il dit par exemple pour finir :

— Ciao, Bella.

Et rien de plus, bien qu'à l'évidence il juge que tout n'a pas été dit entre eux, loin de là. Il se concentre entièrement sur autre chose, s'efforce de convertir les regards qu'ils échangent — plusieurs secondes — en journées entières où ils ne se verront pas.

One, two, three, four, five, six, seven, all the children go to heaven —.

Tout est comme si l'on cherchait à écrire la même phrase, mais en plus beau, cette fois, dans son cahier. Peut-être que c'est cela, qui fait de nous de pauvres diables.

Et elle est partie.

Tout l'après-midi la fatigue lui colle au corps comme de la crasse, et il lui est bien égal de foutre en l'air son temps, car il n'a aucun projet en vue et, donc, rien non plus à reporter. Steinwald et Atamanov rappliquent vers deux heures, deux heures et demie. Les petites affaires qu'ils font avec ce que lui ont légué les grands-parents se sont révélées plus lucratives et moins sudorifiques que d'arracher le papier peint. Vêtus de complets qui paraissent achetés aux bonnes œuvres du Miterrsteig, il descendent tous les deux de la Mercedes rouge, arrêtée devant le garage, claquent les portières et s'avancent vers Philipp qui, conformément à ses habitudes, est assis sur les marches du perron entre des papiers et des livres, sans travailler, toutefois, puisque aussi bien, en raison de la chaleur et de la nuit passée, il doit constamment lutter pour ne pas piquer un somme. Steinwald et Atamanov s'arrêtent devant lui, ils veulent lui reverser une partie de l'argent qu'ils ont gagné en vendant les affaires d'Alma, ou, à tout le moins, convertir cette somme en heures de travail gratuites. Philipp ne saisit pas très bien ce qu'ils disent, il ne veut pas entendre parler d'argent et ne les écoute par conséquent que d'une oreille distraite. Il continue d'observer leurs complets, très convaincants, surtout de la façon dont ils les portent. Et puis il ne pourrait pas les imaginer dans des habits neufs. Il pense : Si je portais ce que portent Steinwald et Atamanov, j'aurais l'air d'un clown. Mais eux ont l'air d'hommes qui ont à faire, ne se préoccupent pas de vétilles et surtout n'entendent pas s'éterniser là. Il envie ses deux assistants et répète une fois encore qu'il ne veut pas entendre parler de l'argent qu'ils gagnent avec ce qu'il jette, en aucune façon. Ils haussent les épaules, pas à proprement parler désemparés, plutôt pour marquer leur incompréhension face à l'entêtement de Philipp. Atamanov se gratte derrière les oreilles, qu'il a assez grosses. Puis les deux se détournent, presque en même temps, comme des marionnettes. Ils se dirigent vers le container à ordures et, impatients, y fourragent un peu pour voir ce que Philipp a jeté dans l'intervalle.

À l'instant où celui-ci, une fois de plus laissé pour compte, se retrouve (assis) sur les marches du perron, ça ne lui va pas non plus. Il louche alors vers le container et regrette d'avoir refusé de faire cause commune avec Steinwald et Atamanov. Pas pour l'argent, pour la chose en elle-même. Il se lève du perron, se frotte le derrière et va traîner ingénument autour de la Mercedes, dont le coffre est ouvert. Il ne s'aperçoit qu'à cet instant que les sièges avant ne s'accordent pas avec les sièges arrière, et que tout un tas de petits sapins odoriférants pendouillent à l'intérieur de la voiture, y compris au plafond. Quand Steinwald s'approche de lui pour fourrer dans le coffre le tourne-disque et les dernières chaussures du dimanche de Richard, Philipp veut savoir ce que font tous ces petits sapins dans la voiture. Il trouve que la question s'impose. Mais le résultat est décevant. Steinwald, gêné, gratte la crasse incrustée dans les callosités de sa main gauche et répond que, en dépit de tout le respect qu'il lui doit, il préfère ne pas en parler, vu que Philipp de toute façon se tient à l'écart de tout, ou que, ce qui ne vaut pas mieux, il ne s'intéresse manifestement à rien. Philipp se demande comment Steinwald peut avoir le culot de faire une telle remarque, après tout c'est lui, Steinwald, qui ne dit pas un mot à table d'ordinaire ou n'ouvre la bouche que pour manger, bâiller ou commenter les travaux déjà effectués ou encore en souffrance. Philippe n'insiste pas néanmoins, car il sait que Steinwald et Johanna sont de connivence. Plutôt que d'entendre de la bouche de Steinwald ce que Johanna ne cesse de lui dire, à savoir que *tout cela* est aussi vrai que les morts puent, il préfère garder le silence.

Il y a quelques jours, ça lui revient maintenant, Steinwald a refusé de le déposer, lui, Philipp, au pont Kennedy. Il voulait y manger une glace, banane, malaga, et que Steinwald pût lui refuser ce service sans avancer la moindre explication l'avait tellement décontenancé, alors, qu'il était resté à la maison.

Steinwald lui tourne le dos et se laisse tomber avec ostentation sur le siège du conducteur, si lourdement que la voiture tout entière vacille. Il tourne la clé de contact. À la radio une voix oppressée par les interférences glapit quelques informations sur la vache folle et la baisse du prix de la viande. Steinwald démarre et décrasse le moteur. Il tourne le rétroviseur. Puis il fait signe à Atamanov de se dépêcher. Le cailloutis crisse. Déjà la Mercedes atteint le portail, bifurque dans la rue et disparaît. Passablement abattu, comme tant de fois auparavant, Philipp rejoint sa place attitrée, le seul endroit où en ce moment la vie lui laisse un goût à peu près supportable : les marches du perron. Et tandis que, là, comme en passant, il s'occupe à tirer mécaniquement sur le gros orteil de son pied droit, produisant un craquement audible tout autant que sensible (comme s'il n'y avait rien d'autre à disposition), il attend patiemment le moment qu'il jugera opportun pour s'attaquer à quelque chose — par exemple aux lettres qu'il a trouvées ce matin dans l'armoire à chaussures.

Mais les heures passent l'une après l'autre sans qu'il parvienne à se ressaisir pour faire enfin quelque chose de significatif. Il est toujours aussi peu disposé à courir le risque d'apprendre plus qu'il ne veut réellement savoir, à quoi bon réchauffer ce qui, à demi digéré déjà, circule dans son ventre. Aussi n'a-t-il pas fait grand-chose, hormis peut-être se mettre dans une humeur massacrante, quand, vers six heures et demie, Steinwald et Atamanov reviennent, avec dans le coffre de leur Mercedes un grill de jardin neuf — et rouge — qu'ils offrent à Philipp en récompense de sa prodigalité, agrémenté de côtelettes, de saucisses et de bouteilles de bière, pour une grill-party d'au moins dix personnes.

Philipp se réjouit sincèrement, la distraction n'est pas non plus pour lui déplaire, et il enjoint ses assistants d'inviter leurs parents et amis. Réaction renfrognée chez Steinwald, mine déprimée pour Atamanov. Les deux ouvriers préfèrent mettre un peu d'ordre. Ils transportent quelques madriers pourris derrière le garage, les jambes arquées et les fesses en arrière pour que leurs costumes ne s'abîment pas. Philipp pendant ce temps file vers le mur pour dénicher des voisins susceptibles de prendre part à leur petite fête. Depuis chaque chaise il fait des tractions et lance des ohé dans les jardins voisins. Mais ses appels se perdent, comme éconduits, et Philipp lui-même, non moins éconduit, retombe à chaque fois lourdement sur sa chaise. Sur les terrasses, des choses qu'il n'a jamais vues jusqu'ici. Un transat jaune est apparu. Mais la femme qui l'accompagne — ou l'éructante progéniture de quelques parents riches —, un livre éminemment subtil sur le visage pour se protéger du soleil, est absente. Et tous les autres avec elle. Tous.

En chemin vers la dernière chaise, il s'imagine qu'il aurait pu appeler la fille du parent des Wessely, de l'autre côté du mur, et lui demander par exemple comment elle allait et si elle avait un petit ami. Et si tel n'était pas le cas, il l'aurait invitée dans son jardin pour faire connaissance. Peut-être qu'elle aurait voulu lier connaissance, elle aussi, et se balader un peu avec lui, le long du mur du jardin, tout simplement, mettons sept ou huit fois. Voilà ce qu'il aurait proposé à la fille du parent des Wessely, si seulement elle avait été allongée dans son transat jaune ou occupée à se limer les ongles sur une balancelle. Mais en deçà et au-delà du mur tout reste silencieux, et quand il retient son souffle, il entend la fatigue qui bourdonne dans sa tête.

Il finit tout de même par convaincre Mme Puwein, une amie de sa grand-mère qui, fin avril, est venue chercher une figurine de porcelaine qu'Alma Sterk lui avait promise. Mme Puwein est accompagnée d'un certain monsieur Prikopa, un homme de quatre-vingts ans avec rien qu'une petite touffe de cheveux blancs sur le front et de grands yeux dilués. C'est M. Prikopa qui prend quelques photos brouillées de Philipp, Steinwald et Atamanov (a little out of focus). Philipp parvient à convaincre les deux de se glisser eux aussi dans leurs bottes de caoutchouc. Et ils posent ainsi, les traits tendus, le visage tourné vers l'objectif, clignant des yeux dans le soleil du soir, comme si dans un flash perpétuel ils s'efforçaient péniblement de rester au garde-à-vous, devant la maison, devant le container à ordures et tout près du socle de l'ange gardien envolé (là où pressés contre le grès les bouillons blancs ont déjà atteint une hauteur respectable). Pour finir Philipp et ses assistants se font photographier dans la fenêtre ouverte du grenier, têtes rapprochées, bras sur les épaules, avec un sourire encore plus convaincu que tout à l'heure dans le jardin. Les visages des trois hommes, d'avoir monté toutes les marches, se sont un peu écalés, le sourire de Philipp tout du moins semble venir du cœur. Il en profite même pour se réconcilier avec les pigeons qui séjournent toujours dans les parages, sur la gouttière du toit et sur le pignon.

L'un des pigeons s'envole.

— Allez-y ! lance Philipp à M. Prikopa.

M. Prikopa tourne en rond, décontenancé. Puis il laisse tomber l'appareil photo et, de ses grands yeux délavés, les regarde tous les trois là-haut d'un air si désemparé que Philipp ne peut s'empêcher de rire. Mais Prikopa manque ce rire-là comme tout le reste. Philipp tambourine du poing sur l'appui ridulé de la fenêtre, comme un dément, et lance mille indications à M. Prikopa, de sorte que le pauvre ne sait bientôt plus où donner de la tête. Il retire son veston, le tend à madame Puwein — elle avance déjà la main gauche, préventivement —, sort un grand mouchoir blanc de la poche de son pantalon et s'essuie le front en poussant des petits gémissements.

Plus tard quelques étoiles arrivent, pour que les vaisseaux à la recherche des îles au sud des choses puissent s'orienter un peu. Philipp pose des côtelettes sur le grill et trinque avec ses hôtes. La graisse exsudée grésille dans les braises. Philipp est insouciant et tranquille. Au moyen de quelques blagues, il incite ses invités à se servir copieusement, et quand Mme Puwein ou M. Prikopa l'interrogent, il hoche la tête aimablement ou dit qu'il n'est pas au courant, ou alors il se contente de quelques gestes bavards donnant l'impression qu'il prend intérieurement son élan pour, une fois parvenu à la réponse, répliquer avec d'autant plus de conviction. Mais la plupart du temps il ne dit rien.

Steinwald, lui, descend bière sur bière et, les joues rouges comme un bonhomme de fête foraine, ventre à knödels, champion de force, répond au contraire avec un luxe de détails à tout ce que Mme Puwein désire savoir. Même au sujet de la nouvelle coiffure de Philipp — il a les cheveux courts maintenant —, il répond avec bienveillance. Jusqu'ici, pourtant, il a fait comme s'il n'avait pas remarqué ce changement.

Après que Mme Puwein et M. Prikopa sont partis, Philipp et ses aides restent encore un moment dans la lumière brouillée de la cour, dans la chaleur aigre qui monte du grill. Ils continuent de boire de la bière, à plus petites gorgées maintenant. Ils trinquent pour la énième fois à la poursuite des travaux et à la bonne marche des affaires. Croyant avoir trouvé un moment opportun pour glisser cette remarque, Steinwald observe qu'il serait plus intelligent que lui et Atamanov, pour la durée des travaux qui restent à accomplir, s'installent dans les chambres vides du premier étage :

— Il y a bien assez de place.

— Pardon? demande Philipp comme s'il avait des problèmes d'audition.

Mais Steinwald, toujours persuadé que son idée est la bonne, poursuit d'un ton serein :

— Comme ça vous n'aurez pas à nous payer pour les travaux du soir, et puis ça nous économisera des frais d'hébergement, ce serait surtout bien pour Atamanov, à cause de son mariage.

Philipp prend une vigoureuse gorgée de bière. Il se demande ce que ces deux-là attendent de lui. Si sa mémoire est bonne, ce sont deux émissaires de Johanna, et il n'arrive pas à comprendre Johanna, ou, pour mieux dire (plus subtil) : Il la désire plus qu'il ne la comprend.

Il jette un regard en coin à Steinwald et dit :

— Le chauffe-eau ne suffira pas pour trois.

Sur quoi il prend une mine de circonstance.

— On prendra des douches froides, rétorque Steinwald.

Atamanov hoche la tête d'un air entendu, comme s'il comprenait chaque mot, ce qui rend Philipp tellement honteux — il ne sait pas lui-même pourquoi — qu'il hoche la tête à son tour.

Ils se taisent un moment.

Puis Philipp reste longtemps éveillé. Des bruits crépitent tout autour de lui. Les planches craquent, très fort, il n'aurait jamais pensé que ce fût possible. À un moment il entend même les chevrons du toit qui dans un gémissement soutenu prennent leurs aises, on dirait une carriole brimbalante sur laquelle Philippe voyagerait et qui, sur une voie cahoteuse, menacerait de s'effondrer. Il ne cesse de se réveiller, retourne la couette du côté sec et il a peur.

Dans la vaste maison un peu délabrée avec ses pièces vides et à moitié vides.

Jeudi 31 décembre 1970

Elle ne sait pas non plus pourquoi les gens meurent dans la nuit. Elle-même, la nuit, elle est toujours comme abattue, d'ailleurs elle ne peut ni se concentrer ni travailler vraiment. Et puis, quand une vie touche à sa fin comme ça, l'effroi la saisit la nuit surtout, pendant la journée en revanche elle garde une certaine sérénité. Elle n'aime pas particulièrement la nuit. Le jour tout est plus beau.

Ingrid appelle chez Mme Grauböck, personne ne répond. Mais dix minutes plus tard elle reçoit un coup de fil de M. Grauböck qui demande où en sont les choses. Après qu'elle l'a informé du piètre état de sa femme, il demande s'il peut passer avec les enfants.

Vite, les infirmières chassent les autres patientes dans le couloir et face à leurs questions indiscrètes s'efforcent de dédramatiser la situation. Dans la pièce des soignants, Ingrid trouve deux bouquets de fleurs qui traînent dans un coin, elle les porte dans la chambre de Mme Grauböck. Sa respiration est rauque et graillonnante, comme si un poids énorme oppressait sa poitrine. Ingrid dégage le fond de la gorge de la mourante avec un petit aspirateur, lui administre une dernière dose de morphine sous-cutanée. Elle bascule préventivement la fenêtre pour que ça ne sente pas trop.

La mort, une petite heure plus tard, n'en est pas plus digeste. Les cérémonies lugubres (s'agenouiller tout autour du lit, allumer des cierges, psalmodier des phrases au conditionnel) la heurtent durement une fois de plus. Et puis ce cadavre cyanosé, presque noir, comme elle n'en a encore jamais vu, et tous les proches qui s'effondrent comme si le battement de cœur de la jeune femme ne gouvernait pas que son propre corps. Gitti s'occupe du mari, un petit fonctionnaire aux cheveux crépus. Ingrid prend en charge les enfants, neuf, dix et quatorze ans. Ça la secoue. Ils pleurent tous. Et bien qu'elle sache par expérience que ça vaut encore mieux que l'hébétude, qui peut durer des semaines ou des mois, elle est si touchée qu'elle ne peut s'empêcher de pleurer. Elle s'allonge avec la fille aînée de Mme Grauböck dans les bras, le temps qu'elles se calment toutes les deux. Elle reprend plusieurs fois son souffle, c'est comme si elle venait de courir très vite. Puis elle fait sortir les parents pour pouvoir s'occuper des formalités. Elle éclaire les pupilles de la morte, ternes et sans arrondi, écoute les battements du cœur au stéthoscope, en fermant les yeux pour mieux se concentrer. Comme la plupart du temps elle entend tout de même un petit quelque chose, les sons étouffés du couloir qui semblent résonner dans le cops silencieux de la morte ; ce qui est un peu spectral, enfin, inquiétant et consolant en même temps : spectral. Elle fait en sorte qu'on descende le cadavre au sous-sol. Elle parle encore un peu avec M. Grauböck qui la remercie plusieurs fois de s'être occupée de tout. À quatre heures et demie, après une heure et demie en première ligne, une fois que les parents sont rentrés chez eux, elle peut se retirer à son tour dans la salle des infirmières pour se faire servir un café. Elle allume une cigarette, glisse de tout son long sur sa chaise et étire les jambes. Elle reste assise là, boit, fume, regarde fixement le mur et écoute le bruit griffu du stylo de Bärbel, qui tient son journal. Dans le couloir les pas traînants d'un patient sénile, levé à l'aube comme de juste, et un bon moment plus tard les roues couinantes du chariot de la femme de ménage, qui vient pour nettoyer le sol à la serpillière. Ingrid s'aperçoit que la soufflerie de la pièce est extrêmement sonore.

De cinq à sept elle dort. Vers la fin elle rêve qu'elle doit se débarrasser d'un cadavre, une histoire horrible. L'humeur est à l'avenant quand, en bas, dans la cour, le raffut d'un chasse-neige la réveille. Bien qu'il fasse encore sombre, la neige diffuse un peu de clarté dans la pièce, de sorte qu'elle peut se lever sans lumière. Elle se brosse les dents à l'instant où le téléphone jette sa sonnerie contre le casier de métal. C'est sa collègue Bärbel qui veut savoir si elle va bien. Elle file l'aider à faire une prise de sang. Et quoi sinon ? Dans quel état sont les autres ? Mme Mikesch, la tête posée sur la collerette rouge rose de sa chemise de nuit, refuse catégoriquement qu'on lui prenne son sang, d'une part — c'est tout du moins l'impression d'Ingrid — parce qu'elle a besoin de ce refus pour sa psyché et qu'elle y puise l'énergie d'aller mieux, d'autre part pour créer toutes les circonstances propices à déverser sur Ingrid un flot de paroles (là encore à des fins thérapeutiques). Ingrid l'abandonne, passablement irritée, dans son lit, puis effectue les tâches en souffrance. Là-dessus elle boit une tasse de café noir et informe les collègues qui viennent de prendre leur service des événements de la nuit passée : Mme Grauböck est morte, son agonie aura été un calvaire. Mme Mikesch est une emmerdeuse.

Le médecin-chef Kalvach passe la main dans les cheveux d'Ingrid, ce qu'elle perçoit comme l'expression d'une très grande bienveillance. Il ne l'avait jamais fait encore, et c'est un geste paternel. Ingrid s'en réjouit. Pendant ce temps-là Ladurner, une collègue, se ridiculise en racontant à tout le monde qu'elle en veut à son mari et que, du coup, elle rentrera plus tard aujourd'hui pour lui rendre la monnaie de sa pièce. Puéril. Ingrid ne ferait jamais une chose pareille. Mais ça lui va très bien, en revanche, que Ladurner puisse trouver dans son travail une thérapie suffisante à ses problèmes de couple, comme ça elle n'a pas à avoir mauvaise conscience, elle non plus, quand elle quitte la maison le plus tôt possible. Elle mémorise tout ce qu'elle doit faire dans la matinée puis elle déclare solennellement à Ladurner :

— Mariée depuis onze ans et demi.

— Je ne pourrais jamais tenir, dit Ladurner.

Et une jeune infirmière de mettre son grain de sel :

— Moi non plus, d'autant que les lois sur le divorce changeront peut-être bientôt. Alors on les laissera joliment en plan, nos hommes.

Après la mort atroce de Mme Grauböck, Bärbel met Ingrid au courant de toutes les petites affaires de la maison. Dès que quelqu'un meurt, on peut s'attendre à entendre les choses les plus intimes, Ingrid l'a déjà constaté assez souvent. Chacun sa mesure, les uns pleurent, les autres parlent. À ce qu'on raconte, Ladurner règle ses horaires sur ceux d'un interne en chirurgie, un Égyptien. Ingrid se demande pourquoi elle est si bête, pourquoi elle ne commence pas elle aussi à sonder ses dispositions en matière d'adultère. Sans doute parce qu'avec la répartition de son temps en ce moment, entre son mari, ses enfants, son travail et son ménage, elle n'a pas franchement besoin d'un amant pour être débordée. Il ne manquerait plus qu'une aventure pour l'envoyer définitivement à l'asile.

Trois arrivées et plusieurs coups de fil à la mairie et à la caisse assurance accidents pour obtenir ses fiches de paie. La femme des assurances se souvient même de son prénom, ce qui la sidère. Et à la mairie aussi on se montre très diligent. Elle recevra bien ses bulletins de 1968. Comme ça le fonds de bienfaisance aura ce qu'il veut.

La petite causerie du matin achève de la réveiller tout à fait. Le chef de service a des façons qui rappellent l'époque nazie. Ingrid en a des frissons dans le dos. Cette fois il s'emporte parce que certains collègues assurent des heures dans d'autres établissements alors qu'ils sont encore de service ici. Il compte bien assécher ce marigot. Il cite même des noms, coram publico, ce qui provoque des grimaces gênées chez les médecins-chefs. Pour la plupart ils l'ont bien cherché. Puis un collègue récolte des éloges pour des choses dont le mérite revient à Ingrid. Mais ni le collègue en question ni Ingrid ne protestent. Elle se contente de s'énerver, *mais c'était moi*, voilà ce qu'elle devrait dire, ne serait-ce qu'afin que ses collègues l'entendent, tout du moins ceux qui sont juste à côté. Elle devrait le dire. Mais pas un son ne sort de sa bouche, peut-être parce qu'après tous les événements oppressants de la nuit passée, elle n'arrive pas à comprendre que de telles injustices soient seulement possibles, ni que le chef ne lise pas immédiatement sur son visage cette épouvante qu'il lui faudra bien digérer.

Retour dans le couloir, où une blague du médecin-chef Kober récolte de grands éclats de rire :

— Cinq femmes enchaînées dans la cuisine. Milieu naturel.

Ingrid rit par force.

— À se tordre, vraiment. Ha ha ha.

Kery au contraire est en colère, Kober mériterait qu'on le gifle, car enfin, n'est-ce pas, ce sont des propos misogynes. Ingrid sait aussitôt combien ce genre de sorties est prisé des collègues. Kery, cette pauvre dinde, ne saisit pas qu'elle s'engage là dans une impasse. Ingrid évoque ce *joli cas* avec sa collègue Ladurner, qui l'approuve et assure qu'elle se garderait bien elle aussi d'agir de la sorte.

Dehors, fini.

Bien emmitouflée, Ingrid prend l'ascenseur et descend. Elle aime le cliquetis des poulies et l'entrechoquement sourd des câbles dans la cage. Dans les couloirs de l'hôpital de jour, des noms sont lancés. On entend le bourdonnement des appareils de radiographie devant à l'accueil. Ingrid, en passant, se coiffe de son petit bonnet de laine bleu, se glisse dans ses gants avec des gestes sûrs de doctoresse et se faufile au-dehors par les portes battantes, droit dans l'air froid et coupant où elle se sent un peu étourdie. À moins que ce ne soit le soulagement d'avoir tenu le coup pendant cette garde ? Pour un bref instant, comme ses essuie-glaces chassent mollement la neige du pare-brise de sa Coccinelle et que le vent, de côté, lui souffle les cristaux au visage et les mêle à son souffle, elle éprouve quelque chose comme du bonheur. Le raclement des pelles à neige résonne dans les ruelles. Un hélicoptère progresse lentement, par saccades, dans les rafales de vent, diagonale droite. Le voir atterrir dans la brume du matin est là encore un sentiment agréable.

Quand elle démarre la voiture, deux jacassements de pie à l'allumage et le moteur qui toussote puis renâcle, il est neuf heures moins vingt. Un froid de chien. Moins quatre.

Les essuie-glaces qui griffent le pare-brise, Ingrid va chez Palmers et s'y gratifie de deux ensembles de lingerie noire. Quand elle s'est couchée tout à l'heure, après la petite conversation en aparté avec Bärbel, il a bien fallu diagnostiquer que les sous-vêtements qu'elle porte sont déjà foutus et ne seraient plus du tout appropriés à une petite aventure. Ingrid, toute bousculée qu'elle soit en ce moment, doit prendre davantage soin d'elle. Elle va aussitôt chez le coiffeur. Arrivée là-bas, il lui suffit d'une bref regard par la vitrine pour constater qu'il y encore trop peu de hippies. Le salon est plein à craquer, et il est hors de question qu'elle reste là à attendre pendant des heures et des heures, aussi bien on ne fait pas encore de magasins où l'on pourrait acheter du temps à soi. Alors droit à la supérette pour y faire quelques achats, très cursivement, l'essentiel étant qu'il y ait beaucoup de choses. La raison : Elle n'arrive pas à se concentrer, ne sait pas encore ce qu'elle cuisinera pour toute la meute au jour de l'an. Elle range ses achats dans le coffre de la Coccinelle puis elle reprend sa place dans le trafic. Elle a oublié ses cigarettes dans la pièce des médecins. Autant dire qu'elles sont perdues.

Le buraliste lui dit :
— Madame le docteur jolie femme.
— J'ai de beaux enfants et aussi un mari épatant, répond Ingrid.

Qu'est-ce qu'il croit. Mais au fond ça la rassure, que tout

le monde ne lise pas sur son visage, et dès le premier regard, les soucis qui sont les siens.

Puis l'urgence suivante : Apporter les photos de Noël à développer. Et retour à la supérette, parce qu'elle a oublié les serviettes. Maintenant il est dix heures un quart. Si elle se dépêche un peu elle arrivera à temps pour somnoler devant le film du matin, allongée sur le sofa. Depuis quelque temps ils repassent *Le Conseiller Geiger*, dans lequel Ingrid, alors âgée de onze ans, fut figurante. Toute heureuse à cette idée (ou est-ce plutôt un accès de sentimentalisme ?), elle cède à la tentation et complète ses emplettes par une bouteille de mousseux à l'abricot. Après les gardes nocturnes, elle est toujours à moitié hors du monde, ces jours-là elle incline aux achats impulsifs. Et puis quoi. Elle est d'avis qu'elle a bien mérité cette bouteille aujourd'hui.

Ce qui attend Ingrid à la maison ? Une saleté épouvantable dans le tambour et Cara, la chienne, qui, toute à sa joie de la revoir, manque de la bouffer tout cru, ce qui ne lui profiterait guère, grasse comme elle est. Manifestement les enfants ont laissé Cara à la maison en raison de sa craintivité, et Peter lui-même, qu'elle entend travailler en bas dans l'atelier, aura trouvé dans le barnum du nouvel an un bon prétexte pour se retrancher à la cave au lieu d'accompagner les enfants. En plein branle-bas de combat.

Ingrid n'arrive pas à prendre très au sérieux l'aversion de Peter contre les salves et les décharges, après tout les pétarades des autos de course à l'allumage lui prodiguent une joie manifeste. Il aura lu quelque article sur le syndrome de la Saint-Sylvestre chez les anciens combattants, comme certaines femmes entendent parler de la migraine et en cas de besoin savent en contrefaire tous les symptômes. La guerre chez lui est une sorte de migraine virile, très maline, subtile, élaborée. Simples faux-fuyants. Le deuxième jour des fêtes, Ingrid a fait le grand nettoyage. Portes et fenêtres étaient grandes ouvertes quand tout à coup un courant d'air a violemment refermé une porte, et Peter, endormi sur le sofa, a eu tellement peur qu'il est aussitôt tombé. Mais on se posera la question (sceptique) : Est-ce qu'en pareil cas les enfants ne seraient pas tombés eux aussi du sofa ? Et puis : De toute façon Peter passe le plus clair de son temps libre dans la cave, fermement convaincu que le travail qu'il effectue à son établi balance ses faiblesses familiales. Même de ce point de vue, juge-t-elle, monsieur le spécialiste en circulation routière n'est pas particulièrement à plaindre.

Elle dépose deux sacs dans la cuisine. Avant de sortir aussi les autres achats de la voiture, elle allume la télé du salon pour qu'elle puisse tourner un peu. Un éclair à l'intérieur du poste, scintillations verdâtres sur l'écran, puis peu à peu cette clarté laiteuse, les silhouettes qui s'affûtent et laissent apparaître un insert blanc :

Ce film se passe dans l'Autriche actuelle, pauvre et accablée de soucis. Mais n'ayez crainte : De tout cela, il ne sera guère question.

— Il ne manquerait plus que ça, dit Ingrid en bâillant.

Après que les premières secondes du film sont passées sous ses yeux comme au travers d'un voile, elle va dans le garage et y traîne les boissons. Elle fait du café, découpe une pomme en morceaux, et tandis que la voix familière et blasée de Hans Moser retentit à son oreille, elle se fait une idée précise des images qui défilent au même moment dans le salon vide. Elle donne des boules de valériane à Cara et l'apaise de quelques mots et de quelques caresses. Elle range les courses, chaque chose à sa place. Le mousseux à l'abricot ? Selon toute vraisemblance elle a vu un peu trop grand, elle le boira plutôt pour le concert du nouvel an, quand les voisins viennent, ceux qui n'ont pas de téléviseur. Est-ce que Sissi et Philipp sont allés faire de la luge avec les enfants des voisins, justement ? Sans doute. Elle espère que Sissi a bien habillé son frère. Les maladies chroniques de ses deux enfants finissent par lui porter joliment sur les nerfs. Rougeole, scarlatine, variole, conjonctivite *and so on*. Ce dont elle a vraiment besoin maintenant, c'est d'une entrée tranquille dans la nouvelle année.

Ingrid s'allonge sur le sofa. Elle oriente le radiateur soufflant vers ses jambes et s'emmaillote dans la couverture, les bras croisés sur la poitrine. Avant de piquer du nez, elle voit cinq minutes du *Conseiller Geiger*. Hans Moser, factotum dudit conseiller à la cour, rend visite à une fermière et veut échanger un vase contre des œufs, mais pour avoir les œufs il faut un tuyau de poêle et pour un tuyau de poêle un mannequin de confection et pour un mannequin de confection une couronne mortuaire et pour une couronne mortuaire une baignoire sabot et pour une baignoire sabot un caleçon et pour un caleçon un perroquet. — Comme une invitation à la danse, la sarabande effrénée des rêves matinaux.

Ingrid se réveille quand Peter farfouille dans le tiroir à couverts de la cuisine. Elle soulève péniblement ses paupières lourdes. À la succession des images troubles qui flottent encore sous ses yeux — le conseiller rencontre son amour de jeunesse, Marianne Mühlhuber, qu'il a abandonnée voici dix-huit ans —, elle comprend qu'une demi-heure à peine s'est écoulée. Le conseiller promet des réparations, envisage même de donner à son ancienne amoureuse et à Mariandl, la fille — désormais âgée de dix-sept ans — de celle-ci, le nom qui leur revient à toutes les deux. Mais son ancienne amoureuse, railleuse :

— Parce que nous vivons une époque de réparations, n'est-ce pas ? Ré-pa-ra-tions ! Ré-pa-ra-tions ! Je ne supporte plus de l'entendre, ce mot-là !

Ingrid sait que Marianne Mühlhuber après quelques atermoiements acceptera tout de même la proposition, parce qu'elle espère récupérer ainsi la nationalité autrichienne, perdue dans les tourments de la guerre. Très romantique. Mais le conseiller, qui s'insinue insupportablement, abandonnera une fois encore sa famille, en plein banquet de mariage cette fois, parce que le devoir l'appelle.

— Tu parles d'un trou du cul, grogne Ingrid.

— Tu as dit quelque chose ? demande Peter, qui apparaît justement dans l'encadrement de la porte, sa silhouette mince dans une tenue de bureau, pantalon impeccable et chemise propre.

— Oh, non, non, le rassure Ingrid en secouant la tête, les yeux levés un peu à l'oblique vers les siens.

— J'ai compris *trou du cul*.

Ingrid s'assied avec des mouvements lents, ramène les genoux sur la poitrine et enroule les bras autour des jambes, sa conception personnelle du confort. Elle désigne le téléviseur d'un mouvement de tête. Elle prend une gorgée de café à tout hasard, il est encore tiède. À son regard, on dirait qu'elle tombe des nues au ralenti.

— Dans dix minutes monsieur le Conseiller prétextera que le devoir l'appelle et que c'est pour cette raison et elle seule qu'il n'a pas de temps à consacrer à sa famille, vu qu'il doit se mettre en quatre pour la communauté. Classique. Étonnant, que ce réalisme pur et dur ait pu m'échapper jusqu'ici. J'ai toujours pensé que j'avais joué dans un film du terroir bien sirupeux. Comme quoi on peut se tromper.

Peter regarde l'écran un moment.

— Ça a dû m'échapper, tiens, qu'ils le repassaient.

Puis il pince doucement la nuque d'Ingrid, à sa manière habituelle. Il a un pansement autour du pouce, ça gratte. Comme Ingrid ne réagit pas, il lui demande si par hasard elle est toujours en colère.

Elle s'étonne qu'il n'ait pas refoulé davantage la conversation d'il y a deux jours, signe indubitable, à ses yeux, que sa conscience le travaille. Aussi elle ne lâche pas le morceau — elle s'évertue (évidemment, qu'elle s'évertue) à lui expliquer, d'une voix d'abord très douce, traînante, puis peu à peu plus animée, que la discussion n'est en rien réglée pour la simple raison que deux jours se sont écoulés et que le nouvel an approche, ce serait trop facile. Elle avance que ce genre de réconciliation à peu de frais, quoique aucun événement notable ne soit survenu dans l'intervalle, ne tiendrait pas très longtemps, et serait de surcroît malhonnête. Qu'il accepte enfin de se confronter aux réalités et qu'il la laisse en paix, elle, Ingrid, avec ses sempiternels prétextes et ses réponses toujours semblables. On la prend continuellement pour une idiote, et au cas où il aurait dans l'intention de lui faire changer son point de vue à ce sujet, qu'il jette plutôt un œil dans le tambour puis dans l'évier, où s'amoncelle la vaisselle d'hier et de ce matin. À quoi bon ranger, n'est-ce pas, au fond il y aura toujours la bonne poire pour passer après tout le monde. Est-ce que, au point où en sont les choses, il pense le plus sérieusement du monde qu'elle n'a pas la moindre raison de se mettre en colère ?

— Mais si, mais si.

Il le dit d'un ton assez charmant et ferait mieux d'en rester là. Mais il poursuit, après tout son comportement à elle est tout aussi singulier, et il est hors de question qu'il supporte cela très longtemps. Son activité professionnelle porte gravement atteinte à la vie de famille, il ne peut tout de même pas rester là sans rien faire.

Elle le foudroie d'un regard bref, une seconde plus tard ses yeux sont de nouveau fermés. Elle lui dit — et à la fin de sa phrase, seulement, ses yeux se rouvrent —, comme s'adressant au téléviseur :

— À quoi bon avoir étudié aussi longtemps, si c'est pour que ma formation ne serve à rien. Tu le savais bien, que tu épousais un futur médecin.

Pas de réponse. Qu'il reste là les bras ballants est assez éloquent. Il n'a rien à dire, car il sait très bien que rien ne pourrait l'aider à se justifier.

Ingrid, les jambes toujours repliées, se frotte les mains. Elles sont froides. Elle ne quitte pas l'écran des yeux. Elle cherche un point d'appui, le flux de ses pensées est coagulé, pour finir elle cite une phrase que le chancelier Kreisky a employée il y a peu de temps :

— Comme les épouvantails dans un champ de concombres, incapable de parler.

Peter se plaint :

— Tu es si agressive.

Ingrid réplique avec un contentement mou :

— Mais bien sûr.

Dans les faits elle vire toujours à l'aigre, sitôt qu'elle échange quelques mots avec Peter. Et puis, qu'est-ce qu'il s'imagine. L'an prochain elle aura trente-cinq ans, elle a ses premiers cheveux blancs, et lui, il pense qu'il peut lui dicter sa conduite. Elle a suffisamment de difficultés à se détacher de son père, pas besoin d'un homme qui voudrait la dominer tout autant et, au lieu d'appuyer ou tout du moins de reconnaître ses efforts, lui donne un sentiment d'insuffisance. Quoiqu'elle en fasse toujours bien plus que lui, elle ne récolte jamais le moindre compliment, tout juste concède-t-on peut-être que le repas était bon. Les heures et les heures passées dans la cuisine sont appréciées à leur juste valeur, parce que cela s'accorde avec l'image de l'épouse modèle, maîtresse de maison et bonne mère de famille, allégorie triomphante sur la façade des bâtiments publics : bobonne avec ses sabots et son chignon, une gerbe d'épis dans les bras, à gauche et à droite des enfants. Et sinon ? Pas la moindre parole de reconnaissance. On évite soigneusement d'évoquer tout ce qui, à la maison, pourrait donner l'impression qu'elle est capable ou pourquoi pas désirable. L'égoïsme de Peter ne le tolérerait pas. Il n'arrive pas à se décentrer, tout tourne autour de lui, voilà bien la pathologie des hommes, là-dessus ils sont tous pareils ou peu s'en faut. Sûr qu'elle n'est pas la seule à être affublée d'un homme qui n'aime que lui-même. Tout cela est dommage, très dommage, d'autant que monsieur le chef de famille, d'évidence, ne fait pas preuve du plus petit discernement. Autant essayer d'apprendre les tables de multiplication à Cara.

Comment s'est passée ta garde, Ingrid ?
Personne ne le lui demande.
Comme elle est déjà bien lancée, elle informe Peter qu'elle a réussi à décaler son prochain tour de garde : lundi au lieu de dimanche. Elle n'a pas soufflé depuis des jours et des jours et elle a besoin de ce long week-end pour dormir tout son soûl et se régénérer. Comme Peter ne travaille pas non plus la semaine prochaine, ça ne change rien, de toute façon.

Peter s'emporte épouvantablement, c'est qu'il avait prévu tellement de choses, lundi, partant du principe qu'elle serait à la maison et qu'elle arriverait bien à se démerder (ses propres mots). Il a rendez-vous avec deux collègues pour participer à un tournoi de foot à la Stadthalle.
— Eh bien, formidable, dit Ingrid.
Une seconde plus tard elle fait la moue :
— Ce ne sera pas la première fois que les enfants seront seuls à la maison. J'ai le soupçon tenace, du reste, qu'aujourd'hui encore ils se débrouillent très bien sans escorte parentale. Ça leur fera un entraînement pour lundi.
— Les enfants ne sont pas le problème, je les expédierai avec les gamins des Andritsch en ville, il y aura sûrement quelque chose, l'impression d'un timbre premier jour ou un discours sur la place de l'hôtel de ville. Mais je ne peux tout de même pas expédier aussi les ouvriers qui viennent pour la salle de bains. Et puis, je ne sais pas comment tu veux qu'on installe le miroir.
Pures foutaises, juge Ingrid, et, parce qu'il faut bien freiner Peter avant qu'il ne rejette toutes les fautes sur elle, elle dit trois fois qu'elle ne lui est d'aucune utilité sur ce sujet, à lui de faire appel à ses propres capacités. En cela elle suit l'exemple de Sissi. Sa fille, pas même âgée de dix ans, est bien plus rouée et fine stratège que sa mère, trente-cinq ans bientôt. En l'espèce, Sissi a compris depuis très longtemps que jouer la blonde était le meilleur moyen d'arriver à ses fins. De l'utilitarisme comme autoprotection. Une forme de bêtise appliquée, comme si la stupidité était une manière de politesse : *Désolée, mais je ne sais pas le faire. Je ne m'y connais pas. C'est vraiment trop dur pour moi.* Il faut que ces phrases-là deviennent une routine pour Ingrid, il n'y a guère d'autre choix, elle le voit bien. Soit l'on donne

aux hommes la possibilité de se sentir supérieurs, soit ils se dérobent.

Est-ce qu'il y aura au moins quelque chose à manger lundi, voilà ce que veut savoir Peter. L'effronterie qui broche sur le tout. Dès que son mari, très exceptionnellement, doit faire quelque chose, il est pris de panique, pourtant c'est le plus souvent Ingrid, et de très loin, qui s'appuie les désagréments. Et pour gagner son argent, elle travaille aussi plus dur que monsieur l'expert en trafic routier, qui peut foncer des journées entières dans la région comme ça lui chante. Si l'on cherche une chose à l'aune de quoi juger leur implication professionnelle, il suffit de regarder à quoi ils rêvent la nuit. Tandis qu'Ingrid ne cesse de ressasser ses soucis à l'hôpital et peut s'estimer heureuse si d'aventure elle se réveille, Peter achète en rêve une Alfa Romeo et, le lendemain matin, nage dans une félicité telle qu'il est impossible de lui parler. Il se vante même de jouer aux fléchettes avec ses collègues de bureau. Sans doute pour ça qu'il est si fatigué à la maison.

Elle dit :
— Comme tu veux. Tout se passera bien.

Sans un mot de plus elle se lève et, les yeux mouillés de fatigue, prend la direction de la cuisine.

Quand elle passe devant Peter, il dit d'un ton patient (possible que ce soit une tentative de réconciliation) :
— Je sais que tu n'es pas au mieux, ces derniers temps.
— Justement : Ne prends pas trop au sérieux ce que je viens de dire.

Elle secoue la tête et se détourne de nouveau. Elle n'a pas envie de se bagarrer, elle ne se sent pas capable pour l'instant de la débauche d'énergie nécessaire. Elle suppose que Peter et elle ne parleront plus beaucoup ensemble aujourd'hui. Tu parles d'un idiot. Parfaitement. Il tient en elle une femme de ménage, une cuisinière, une gouvernante pour les enfants et de temps en temps une maîtresse — insatisfaite, d'ailleurs. On peut compter sur les doigts d'une main les rares fois où monsieur s'excuse pour ses éjaculations précoces. Et la métamorphose se poursuit : blanchisseuse, repasseuse, dactylo. Et tout cela à vil prix. Les fruits du long combat pour l'émancipation de la femme. Où cette évolution-là a mené, Ingrid en est l'illustration éclatante. Aussi c'est peu dire qu'elle s'en tape, de leur poussée à gauche, on ne l'entend que dans les rues. Mot d'ordre à la maison : *Chut!*

Une cigarette entre les lèvres, Ingrid nettoie une partie de la vaisselle. Pendant que Peter, offensé, s'est retiré dans la cave, elle se recouche de tout son long sur le sofa, les coudes repliés, et, le long d'une mèche de cheveux, suit le reste du film à la télévision, sans que les passages qu'elle a ratés ne lui manquent vraiment. Elle connaît trop bien tout cela, sa mémoire comble d'elle-même les lacunes. Et puis, voilà vingt-trois ans que ce film existe, sa tête a procédé elle aussi à un certain découpage. Il y a les scènes préférées, qui mènent leur vie indépendamment de l'action, tandis que d'autres scènes, tout aussi indépendantes de l'action, ont entièrement perdu leur signification, matériau mort qu'on pourrait aussi bien couper, si ça ne tenait qu'à elle. Elle laisse défiler ces scènes-là sans y participer et profite du creux pour réfléchir à ses soucis quotidiens, à la nuit passée, pour rêver aussi. Puis de nouveau elle est comme captivée par un plan dont la familiarité lui semble presque inquiétante.

Quand elle regarde en arrière, elle observe la même fragmentation dans sa propre vie. Aucun ordre linéaire, aucune chronologie stricte. Sa vie lui semble un amoncellement anarchique d'étapes en apparence closes sur elles-mêmes, et son apparition dans le *Conseiller Geiger* est l'une de ces étapes. Elle a fait tantôt ceci, tantôt cela, et au bout du compte elle n'a rien accompli qui, à l'étape suivante, lui aurait permis de progresser tant soit peu.

Ingrid dort, mais par bribes, quelques minutes. Le retour des enfants et les aboiements du chien l'arrachent à son sommeil. Philipp a le pas mou du genou, ses doigts dans les moufles trempées sont blancs, pourtant il sourit de tout son visage tendu par le froid et fait deux fois « Brrr ». Ingrid le déshabille, le frotte, le traîne dans sa chambre où, il n'en démord pas, il veut enfiler son *pyjama Campus* en guise de survêtement. Depuis le soir de Noël il ne porte rien d'autre à la maison que ce *pyjama Campus*, même pendant la journée, vu qu'il est jaloux du *pull-over Campus* de Sissi, laquelle, en retour, et pour ne pas être en reste la nuit, se couche dans son *pull-over Campus*, à la seule différence qu'au lit elle porte ce pull-over sans maillot de corps dessous. Un vrai succès.

— Demain il faudra bien que je lave ton pyjama, dit Ingrid.

Elle aide Philipp à se glisser dedans, l'enjoint de descendre avec elle et de regarder maman à la télé, en noir et blanc, du temps qu'elle était toute jeune fille et portait une robe-tablier. De quelle couleur, déjà ? Ils descendent l'escalier quatre à quatre, direction le séjour. Là, Sissi a déjà changé de chaîne. Ingrid l'engueule, qu'elle remette tout de suite le film. Sissi obéit docilement avec une inconséquence factice, là-dessus elle raconte que Philipp, tout à l'heure, quand il faisait de la luge avec un certain Hansi, a bien failli se fendre le crâne en deux. À dix centimètres près. Hansi, raconte Sissi, est *plein aux as* (ce qui l'a manifestement impressionnée) et il souffre au surplus de diabète insulino-dépendant (là encore l'expression a dû l'impressionner).

— Tu ne pourrais pas fermer ton clapet cinq minutes, pour une fois, supplie Ingrid.

Philipp sort et revient avec les lunettes de ski — teintées en orange — de Sissi. Il dépeint le film en couleurs et espère que maman, quand elle apparaîtra à l'écran, sera un peu plus reconnaissable grâce aux lunettes. Sissi donne un grand coup sur la tête de Philipp, arrête immédiatement, tu vois bien que maman veut regarder la télé, puis elle lui conseille de demander de la lécithine Buer au père Nöel l'année prochaine, en premier sur la liste, même, histoire qu'il se calme un peu (Ingrid pourrait en prendre aussi, déjà qu'elle mange en douce le biomalt des enfants). Comme si elle avait oublié aussitôt ce qu'elle vient de dire à Philipp, ou comme si elle jugeait qu'elle s'est suffisamment insinuée auprès de sa mère, Sissi recommence, pour la dixième fois cette semaine, à seriner la même antienne, savoir qu'elle veut se faire percer les oreilles. Ingrid voudrait bien savoir où elle est allée chercher cette idée fixe. Mais comme au même moment l'image se disloque sur l'écran parce que Peter vient d'utiliser sa perceuse dans la cave, elle s'épargne un énième examen du sujet. Un vrombissement à haute fréquence remplit les murs de la maison et la cheminée, en même temps des lignes blanches et grises palpitent nerveusement sur l'écran et arrachent la mère de la jeune Mariandl à sa stupéfaction (son mari, le très distingué conseiller de la cour, a donné derrière son dos à Mariandl, pourtant mineure, la permission de se marier).

Ingrid n'en peut plus, les interférences, savant mélange de film du terroir et de salves parasitaires, rayonnent jusque dans son cerveau. Elle n'arrive pas à le croire : Comment a-t-elle pu ignorer cette infamie pendant vingt-trois ans ? Comment n'a-t-elle pas vu que cette femme abandonnée avec un enfant illégitime a survécu tant bien que mal aux années trente et à la guerre, tout cela pour que monsieur le Conseiller de la cour revienne au bout du dix-huit ans et, grand seigneur, s'érige en chef de famille absolu. Quand Ingrid se rappelle que cette guimauve, lorsqu'elle était adolescente, lui paraissait l'incarnation du bonheur terrestre le plus pur, parfaite idylle au sein d'un paysage familier. Quand elle se rappelle combien ce film et son happy end tiré par les cheveux l'avait émue alors, et ses amies tout autant, dans un grand rêve collectif que les images suscitaient ou reprenaient en l'amplifiant. Quand elle se rappelle de surcroît que, même bien des années plus tard, le conseiller Geiger et son mode de vie mesquin l'enthousiasmaient et que, aujourd'hui encore, la carte dédicacée du suave Paul Hörbiger, sourire apostolique, compte parmi ses trésors les mieux gardés : Quand elle se rappelle tout cela — le regarde au prisme de sa propre vie et de sa situation actuelle —, elle se dit qu'il y a de quoi vomir.

Au bout de cinq minutes Peter a percé son trou et les images refluent à leur rythme habituel et régulier sur l'écran, jusqu'à ce que la perceuse les bouleverse de nouveau pour trois secondes. Ingrid envoie Philipp dans la cave, qu'il dise un peu à son père qu'on va manger et qu'il reprendra après. Philipp, les lunettes de ski sur le visage, sort en courant et revient en annonçant que papa n'en a plus pour longtemps, trois minutes à peine. Même chose pour le film. Les images conservent un équilibre précaire pour une poignée de secondes, puis elle se dissolvent de nouveau dans les palpitations, les crépitements, la neige ; comme si Peter manquait quelque chose dans la cave. Mio marito. Ingrid le prend mal.

— Qu'est-ce qu'il fabrique, en bas ? demande-t-elle d'un ton acide.

— Une maquette du carrefour de l'Opéra, dit Philipp naïvement.

Ingrid martèle plusieurs fois le sol. Elle va dans le vestibule, ouvre violemment la porte de la cage d'escalier et lance en direction de la cave :

— Bon sang, j'aimerais bien voir la fin de mon film ! C'est suffisamment déplaisant, que tu t'intéresses davantage à tes fichus carrefours !

Elle revient à la vitesse requise dans le salon, juste à temps pour ne pas rater sa propre entrée. Cette fois, elle lui semble particulièrement brève et sans substance. Ingrid a l'impression d'être tout à fait coupée de la jeune fille d'alors. Les traces extérieures sont effacées aussi bien que les désirs et les rêves de l'époque, plus la moindre relation avec cette femme de trente-quatre ans qui, fatiguée d'avoir trop veillé, une sensation bourdonnante dans les jambes, s'est assise sur le sofa d'une petite maison de la dix-huitième circonscription de Vienne et, interdite, regarde le téléviseur où son épiphanie 1947, augmentée de ses vues d'alors, hante l'écran.

Philipp, cessant un instant de mâchouiller ses lèvres, dit que la musique était trop forte et les gens trop nombreux, il n'a pas vu maman, et maintenant il aimerait bien savoir comment le film arrive dans la télé.

— Le courant sort de la prise et l'émission vient dans l'air. Elle traverse les murs, sinon il faudrait sortir pour regarder la télévision. Maintenant, te dire comment tout cela traverse les murs et pourquoi les gens qui habitent derrière les tours antiaériennes ont une poutre verticale au milieu de l'écran, je serais bien incapable de te l'expliquer. Le mieux, c'est que tu demandes à papa, il en profitera aussi pour t'expliquer pourquoi sa perceuse démolit l'image.

Ingrid se précipite dans la cuisine pour qu'on n'aille pas insinuer une fois de plus qu'elle ne fait pas son travail. Entre les casseroles qui sifflent et gémissent, tandis qu'elle découpe et râpe, égruge et épice, elle rejoue la scène d'autrefois. Elle remue son corps vieilli de plus de vingt ans comme elle le remuait, suppose-t-elle, à l'époque, ne croit pas néanmoins que ce soit particulièrement convaincant. C'est comme si elle avait perdu sa légèreté en cours de route.

Même Cara, la chienne, qui entre justement, ne lui lance qu'un bref regard avant de ressortir.

La conversation à table est normale et paisible. Quand ce n'est pas Sissi qui a la bouche ouverte, Ingrid raconte des choses sans importance sur son travail, pour que le silence ne s'installe pas, elle sait que Philipp se sent toujours oppressé en pareil cas. Elle a déjà observé que le garçon, quand tout est silencieux à table, se met à jouer avec les aliments. À rebours il mange bien sagement quand on raconte des histoires. Elle rapporte donc qu'un collègue a reçu ce matin des éloges qui lui étaient dus, à elle. Puis elle se rappelle ce que sa collègue Gitti a raconté au petit déjeuner, et elle en fait là encore le récit : Le nouveau chef de service ne sait pas que Margot, l'infirmière, est mariée au médecin-chef Feldhofer, aussi il ne s'est pas gêné pour flirter avec elle sous les yeux de Feldhofer pendant une opération. Une situation particulièrement gênante.

Philipp mange sagement et là-dessus arbore un visage de prélat. Il est le seul que cette histoire intéresse, rien d'étonnant d'ailleurs.

Il dit :

— Ce serait plus simple s'il ne fallait pas manger.

Un instant plus tard il se lève de table sans demander la

permission et monte à l'étage. Sissi en profite et se lève à son tour, demande si elle peut prendre les jumelles pour observer les oiseaux dans la mangeoire. Peter, flatté, va chercher les jumelles et profite lui aussi de l'occasion pour mettre le cap sur la cave. Ingrid baigne ses mains dans l'eau de vaisselle, met les assiettes à sécher sur le râtelier. Parfois, quand elle est dans un mauvais jour, ces petites choses lui semblent pires que la guerre et l'hiver.

Puis des boules Ohropax, la seule possibilité ces jours-là de dormir une heure. Un bruit, un désordre, les enfants qui se tiennent les portes, se chamaillent pour le moindre bout de papier, et pour Ingrid plus aucune place sinon dans son propre corps. Embouts de cire dans les oreilles, masque de sommeil sur les yeux, couverture tirée sur la tête, noir comme dans un four, enfin coupée de l'environnement et de la famille. Avec Ohropax, Ingrid prend conscience des dures limites de son corps, elle pense à un tube d'acier, lourd et creux. Les bruits du dehors sont presque enfuis mais ceux du dedans importunent et captivent tout à fait : respiration, déglutition, pulsation.

Cet effet inquiétant — s'éprouver enfermée entre deux embouts auriculaires — la maintient éveillée un moment encore.

Le jour où les négociations du Traité d'État se sont achevées et où Ingrid n'est rentrée qu'à onze heures à la maison, parce qu'elle venait de coucher avec Peter à l'entrepôt et qu'elle s'était mise en retard, elle s'attendait à recevoir un copieux savon. Mais à cause de la rage de dents de son père, si violente qu'elle provoqua même des troubles de la vue, personne ne remarqua rien.

Au petit matin Ingrid dit :
— J'ai dû louper tout ça.
Et son père dit :
— J'aimerais avoir ton sommeil.

Entre-temps Ingrid va aux toilettes, et elle a aussi très soif. Elle voit alors Philipp assis avec son tracteur Matchbox sur le palier de l'étage, le regard dans le vague. Il lui fait pitié, et puis elle a mauvaise conscience, elle retire ses embouts auriculaires, s'habille et bat le rappel des troupes. Que tous ceux qui ont envie de prendre l'air soient prêts dans cinq minutes.

Sissi bougonne un peu, vient quand même.

Peter ne fait même pas semblant de vouloir les accompagner, ce qui n'étonne pas du tout Ingrid. Il excipe de sa cheville, qu'il s'est foulée le soir du 24, quand, monté sur les patins à roulettes que le père Noël venait d'offrir à Sissi, il s'est cassé la figure dans le vestibule. Au moins il se passe toujours quelque chose.

— Entendu, tu es tout excusé.

Mais quoi : Il ne devrait pas faire tant de manières. S'il ne peut pas aller se promener, qu'il emmène au moins les enfants faire un tour dans les transports en commun, Dieu sait s'ils aiment ça.

Bref questionnement.

Brève réponse :

— Maintenant que tu es habillée.

Monsieur l'habitant de la cave. Il ne sait pas du tout ce qu'il rate, en manquant ces heures avec les enfants.

Ingrid passe les petits élastiques, en bas des jambes de la salopette de Philipp, sous les semelles de ses bottines, tire par les manches le cordon qui retient les moufles puis lui enfonce son bonnet fourré sur la tête. Elle met sa laisse au chien et embrasse Peter sur la joue. Peter lui tend aussi l'autre joue, de sorte que, devant les enfants, il faut bien qu'elle se fende d'un deuxième bisou. Qu'à cela ne tienne. Peter promet de passer les traditionnels coups de fil de la Saint-Sylvestre et de mettre un peu d'ordre dans la cave à charbon. Ingrid est persuadée que, trois minutes à peine après qu'ils seront partis, il se retrouvera devant la télévision. Il y certainement du sport quelque part, une bonne compensation pour toutes les heures que les enfants, il s'en est encore plaint dernièrement, passent devant l'écran sans qu'il puisse regarder ce qui lui plaît. Le pauvre chou. Ça vous donnerait presque envie de pleurer. Tous ces gens qui n'ont besoin de lui qu'à l'instant où il délie sa bourse.

— Türkenschanzpark ou Schönbrunn ? demande Ingrid.
— Schönbrunn, lui répond-on d'une seule voix.

Ingrid elle aussi préfère Schönbrunn, les allées y sont mieux dégagées et la marche s'en trouve facilitée. Elle embarque chien et enfants, échange deux phrases avec la voisine qui secoue sa nappe par la fenêtre — encore une qui a peur que son ménage parte en vrille ; à ce qu'on dit son mari met les caleçons de feu son père, ce qui est tout de même un peu raide —

Et c'est parti.

Cette fois les bâtiments de Schönbrunn sont singulièrement blottis, pleins et replets. Le jaune des façades semble blanchi par la fumée qui s'échappe des cheminées et, rabattue, se mêle à l'air pour lui donner son goût. Les allées sont presque désertes, les haies appesanties de calottes de neige et les arbres défeuillés, sales, se dessinent durement dans la lumière gris-blanc, dans les branchages des corneilles, petits paquets noirs comme jetés là par l'enfant Jésus. L'air est froid. Dans le ciel des nuages gris passent et Philipp, qui n'a pas voulu laisser son bobsleigh à la maison, le traîne, couinant, sur le gravillon et les feuilles givrées, dans la neige durcie par les pas. Parfois il court devant, chancelle dans son épaisse salopette ouatinée avec les mouvements empesés d'un pingouin. Il ne cesse de regarder tout autour de lui. On entend des pétards et de la musique dans les environs du jardin zoologique ou du Platzl de Hietzing, des bruits qui s'effacent vite sur la neige, comme s'ils venaient de plus loin. Une atmosphère merveilleuse, juge Ingrid. Elle en profite et elle se dit : Si le nouvel an pouvait être aussi beau que cet après-midi, ce serait un pur bonheur. Qui sait, peut-être que le petit cochon porte-bonheur dévorera une fois encore les mauvais présages.

Sissi se laisse traîner en tout sens par Cara dans les allées, et Ingrid a le temps de méditer. Mais elle n'arrive hélas à rien du tout, en tout cas rien qui puisse l'aider à améliorer un peu sa situation présente. Elle a compris trop tard qu'il était idiot de vouloir jouer toujours l'épouse parfaite. Au lieu de balancer systématiquement les corvées inhérentes à cet office par des baisers et des roses, elle aurait mieux fait d'éduquer son mari quand il était encore temps, maintenant elle ne le gagnera plus à ses vues. Il s'en lave les mains, pas de raison que ça change, conne un jour, conne toujours. Elle en est en partie responsable, il faut l'avouer, puisqu'elle a d'abord encouragé la paresse de Peter puis, la chose une fois faite, ne l'a pas combattue assez énergiquement. Même si à vrai dire (tout cela est très compliqué), rien dans l'attitude de Peter n'atteste qu'il soit capable, confronté à tel ou tel problème relationnel, de le comprendre en quelque façon ou d'en tirer la moindre conséquence. Sa propre mère, déjà, avait dû rater deux ou trois choses dans son éducation.

Et là encore Ingrid se reconnaît bien : À peine a-t-elle découvert un point sensible chez Peter, qu'elle éprouve tout aussitôt de la pitié pour lui. La mort de Mme Grauböck, cette nuit, lui revient à l'esprit (curieux, qu'elle ne cesse en même temps de l'oublier), et elle se rappelle aussi que Peter, quand sa mère est morte, n'avait que quinze ans, en pleine guerre, la guerre, la petite guerre plutôt, ça a dû laisser des traces là encore, même s'il est difficile de rapprocher le gamin de l'époque et l'homme de quarante ans, allez savoir où et en quoi ces deux-là se rejoignent exactement, ce qui était là depuis le début et ce qui n'est arrivé qu'ensuite. On néglige la plupart du temps l'avant et l'après. La guerre est bien commode, et plus commode encore, sans doute, la conjonction de la guerre et de l'enfance, bien que personne ne reste englué ni dans l'une ni dans l'autre. Pour ce qui la concerne, elle, peu de choses dont elle puisse dire à coup sûr qu'elles auraient été différentes s'il n'y avait pas eu la guerre. Et pour Peter en revanche ? Sur ce chapitre, elle observe incontestablement un lien direct avec leur marasme conjugal actuel, c'est en tout cas ce qu'elle se dit à chaque fois qu'elle choisit le beau rôle. Elle revoit alors le petit Peter qui tient son bras meurtri, le filet de morve qui lui pendille du nez, elle l'entend même dire (croit l'entendre) : Ils sont tous contre moi, les uns me tirent dessus, les autres me laissent en plan, à commencer par ma propre famille.

Un écureuil brun sombre avec une tache blanche sur la poitrine apparaît sur le chemin, s'arrête, lève la tête et regarde Philipp qui s'approche en titubant. Il semble se demander un instant quelle direction il doit prendre. Puis un pétard éclate sur les pelouses entourées de hautes murailles et l'animal bondit dans une haie touffue. Philipp court

jusqu'à l'endroit où il a disparu, regarde à l'intérieur, et Sissi lui donne un coup si violent dans le derrière qu'il tombe la tête la première dans la haie. Très *malagauche*. Ingrid réprimande Sissi. Philipp court comme un fou après sa sœur hilare. Il est bien de taille à se mesurer à elle. Il crie :
— Reviens, saleté.

Mais comme il oublie ce faisant de pleurer, Ingrid rit elle aussi de la situation. Si ça ne tenait qu'à elle, elle conseillerait à Sissi de garder ces bottes-là pour ses futurs amoureux.

Juste après, elle relaie Philipp et traîne à son tour le bobsleigh, son fils s'essouffle peu à peu. À la bonne heure, tout rendre dans l'ordre.

— Tu es la meilleure maman du monde, crachote-t-il, déjà retourné à son insouciance (un de ses bons côtés).

Une gouttelette scintillante oscille à la rampe de son nez, manifestement ça ne le dérange pas. Ingrid lui saisit la nuque et le mouche. Elle pense : La seule chose positive qui sera ressortie de tout ça, ce sont les enfants.

Les problèmes ont commencé dès la deuxième moitié de ses études, quand elle bossait jusqu'au bord de la crise de nerfs sans que Peter lui apporte le moindre soutien. C'était déjà le cas à Hernals, avant même qu'il soit contraint de vendre les licences de ses jeux de société. Quand ce fut chose faite, fin 1960, alors qu'elle était enceinte de Sissi, Ingrid espéra qu'une vie meilleure allait commencer. Au lieu de ça les choses ont empiré. Ingrid était alitée à l'hôpital, Peter toujours en vadrouille, il fallait qu'il photographie ses croisements routiers. Elle poussait, poussait, suait, et du dehors montaient les rengaines populaires d'une petite fête de plein vent, Trude Herr, Vico Torriani, la goutte d'eau qui faisait déborder le vase. Puis les visites bien trop courtes de

Peter à la maternité, cette façon qu'il avait d'affirmer qu'il n'y avait pas grand-chose à dire au sujet de son nouveau travail. Les nombreuses promenades en solitaire sur le Wilhelminenberg avec la poussette, et plus tard nourrir les canards avec Sissi, activité ô combien ennuyeuse, alors qu'en fait elle aurait dû étudier. Une fois qu'ils étaient tous les quatre au supermarché, c'était en 1965 ou dans les premiers mois de 1966, Philipp n'avait pas un an, Sissi s'est sentie mal et elle a vomi dans la poussette, directement sur Philipp et les aliments qu'elle avait déposés là. Philipp s'est mis à crier comme un cochon qu'on embroche. Et Peter ? Il rougit jusqu'aux oreilles, jeta quelques regard alentour pour vérifier qu'on ne l'observait pas, lui et sa petite famille. Prophylactiquement, il recula de deux pas, pour signifier à chacun qu'il prenait ses plus vives distances vis-à-vis de cette infamie. Chaque fois que quelque chose allait de travers, c'était Ingrid la coupable, attendu que Peter se contrefoutait de tout. Belle logique. Ingrid pourrait encore citer des douzaines d'exemples, autant de choses qu'elle n'arrive pas à oublier. En cela pareille à l'éléphant, tout du moins aussi longtemps qu'elle n'a pas fait un travail sur ces petits incidents. Et ce travail commence tout juste. Car aujourd'hui seulement, depuis que Philipp est au jardin d'enfants, Ingrid trouve un peu de temps, parfois tout du moins, pour se dire des choses qu'elle aurait dû se dire bien avant. Le problème, c'est qu'elle était prise jusqu'ici dans le tourbillon des soucis quotidiens, n'avait jamais l'occasion de réfléchir vraiment, et que par conséquent elle n'arrivait pas du tout à apprécier à sa juste valeur le maigre soutien de Peter. Précisément parce qu'il fallait qu'elle se batte et s'escrime toute seule. La peur de se ridiculiser aux yeux de ses parents fit le reste. Et c'est ainsi, entre le marteau et l'enclume, que les années passèrent.

Elle n'arriva même pas à obtenir une aide à domicile pour les enfants ou pour tenir le ménage. Peter s'y opposa à chaque fois, arguant qu'il détestait ces liens semi-familiers, qu'il ne voulait pas être constamment à la disposition d'étrangers et faire le taxi en toute circonstance. On en resta là. La proposition de Richard — déduire la bonne d'enfants des impôts en la mentionnant dans sa propre déclaration comme assistante personnelle, préposée à la mise en ordre de sa succession — ne fut même pas étudiée. Et une fois de plus c'est Ingrid qui en fit les frais. Si Mme Andritsch et les autres voisines n'avaient pas été là, elle se serait pendue.

Elle était jeune, même si elle n'avait pas l'impression de l'être tant que ça à l'époque : vingt ans, vingt-deux, vingt-quatre. Elle était alors loin de voir — peut-être parce qu'elle ne *voulait* pas le voir — ce qu'elle aurait pourtant dû regarder d'un peu plus près, d'un œil plus critique. Elle ne peut s'en prendre qu'à elle-même, c'est tout. Car il faut bien avouer qu'elle s'est beaucoup donné la comédie. Le grand bonheur par exemple — soyons honnête, il n'a jamais existé.

Et maintenant : Maintenant le vin est tiré. Il faut qu'elle en prenne son parti, bien que ce ne soit pas une mince affaire, d'aimer Peter et son tempérament cordial, insouciant, résolument distant, viscéralement indifférent.

Ou pour mieux dire : Tout à fait convenable, débonnaire, tempérant, non, peu exigeant, prompt à relativiser et minimiser toutes choses, instruit par les misères et la guerre, défensif, farouche, etc., etc.

Depuis le rétrécissement de l'allée en direction de la grotte de Neptune, des rires et des cris. Quelques instants plus tard, des jeunes gens obliquent dans le champ de vision d'Ingrid, qui s'entretiennent en italien. Deux couples se forment. Ils descendent l'allée en faisant quelques pas de valse sans musique. La neige crisse sous leurs pas, ils rient et lancent des « Auguri ! ». Cara aboie. Sissi regarde de tous ses yeux bleus, Philipp reste bouche bée, un peu en colère. Ingrid se réjouit profondément, elle rayonne avec les jeunes gens, rejette son écharpe rouge — elle s'accorde si bien avec ses cheveux fournis — sur ses épaules et tourne elle aussi deux fois sur elle-même. Avec un cavalier imaginaire et une cigarette dans la main. La première fois de la journée qu'elle a le sentiment d'avoir un peu de terre ferme sous les pieds.

Vienne, la valse, autrefois (autrefois), c'était quelque chose.

Quand les réverbères s'allument, ils sont de retour à la maison. Peter accueille sa famille à la porte, Cara peut pénétrer à l'intérieur et faire des pâtés jusque dans la cuisine. Ingrid, qui déboutonne son manteau mouillé, est gratifiée d'un baiser, pas vraiment un baiser de cinéma. Mais enfin. Elle se réjouit tout de même, d'autant qu'elle est encore à demi absente, emportée par la danse fantomatique des jeunes gens. Le meilleur est à venir : À la question de savoir ce qui, pour l'amour du ciel, lui a pris, s'il a descendu par hasard toute la bouteille de mousseux à l'abricot (dénégations de sa part), Peter s'enhardit jusqu'à confier qu'il ne pourrait pas imaginer la vie sans eux trois. Là encore ça fait du bien à Ingrid, bien qu'il laisse entendre ainsi que femme et enfants, à ses yeux, sont une manière de cumul.

Il aide les enfants à ôter leurs bottines. Il parle des appels qu'il a passés et reçus.

Il dit :

— Trude demande si on a besoin d'un calendrier. Elle nous en enverra un.

— C'est gentil de sa part, de penser à nous.

Quand Ingrid met les enfants dans la baignoire, Peter lui apporte même une tasse de café additionné d'un peu de mousse de lait. Très singulier. Il est comme métamorphosé.

Métamorphosé ? Certes, de longues années d'expérience auront appris à Ingrid quels sont les mécanismes à l'œuvre derrière tout cela. Reste que les tentatives d'approche et les gestes conciliateurs de Peter sont tout à fait agréables pour l'instant. Il faut dire qu'un rien l'amollit. Le souhait que les choses s'améliorent est ancré en elle, ne serait-ce que pour la bonne et simple raison, très pragmatique, qu'il y a les enfants. Elle espère qu'aucun d'eux n'aura hérité des piètres dispositions conjugales de Peter. En même temps elle espère aussi, tout naturellement, que le soin obsessionnel qu'il apporte à des vétilles ne se transmettra pas à la postérité. Les pauvres seraient mal embarqués.

Elle pense à cette manie qu'il a de bricoler dans son atelier et à ces jeux auxquels il ne s'est jamais vraiment résolu à renoncer, jusqu'au moment où il ne resta plus d'autre choix. Éclatants exemples sur le chapitre des bagatelles. Pour Ingrid, ces jeux, au tout début, étaient synonymes de liberté et d'esprit aventureux et de créativité et d'affirmation de soi. Mais au fond elle jugeait assez mal les choses, hormis pour l'affirmation de soi. En vérité c'était un prolongement de la récolte des mégots pendant les années de vaches maigres, une entreprise née dans les années de l'immédiat après-guerre, par force, totalement inefficace et pour tout dire franchement absurde, dans laquelle Peter s'était lancé pour ne pas avoir à échafauder des projets de quelque ampleur.

Connaissez-vous l'Autriche ?

Ingrid pense : Lentement, lentement, je finis quand même par me faire une idée.

Elle savonne la tête des enfants et rince leurs cheveux fins, légers, comme sa propre mère l'a fait bien avant, quand Otto et elle se retrouvaient tous les deux dans la baignoire. Elle ne se souvient plus très bien d'Otto. Mais elle sait encore que sa mère appelait Otto *mon raton laveur* et elle (Ingrid, Gitti) *mon putois*. Elle appelle Philipp *mon raton laveur* et Sissi *mon putois*. Les enfants lâchent leurs petits rires pointus et comme Ingrid, d'avoir travaillé toute la nuit et de s'être promenée, est passablement claquée, comme le froid lui donne un peu mal à la tête, elle persuade les enfants de se livrer à une petite compétition pour savoir lequel des deux peut rester le plus longtemps sous l'eau. Les enfants se bouchent le nez, *prêts ? partez !*, ouvrent grand la bouche et avalent de l'air. Avant que leurs derrières ne glissent au milieu de la baignoire et que leurs torses ne disparaissent sous l'eau, ils ferment les yeux très fort. Leurs visages, bonnes joues gonflées de trompettiste, paraissent glaireux sous la surface, brouillés par le savon, perspectivement agrandis. Ingrid pense à des poissons qu'on voit nager sous un pont. Les crissements du tramway dans la Pötzleinsdorfer Straße sont maintenant aussi perceptibles que le tic-tac du chauffe-eau.

Les enfants recommencent plusieurs fois ce petit jeu. Ils crient sous l'eau, puis ils veulent savoir si Ingrid a compris ce qu'ils viennent de dire.

— Anticonstitutionnellement ?

— Non ! crie Sissi.

— Une deuxième chance, alors.

Ingrid est assise près de la baignoire, elle prend une gorgée de café. Les bulles d'air éclatent à la surface de l'eau. Étouffées et défigurées les voix des enfants montent jusqu'à elle, compréhensibles pourtant.

— Popocatépetl ?
— Non !
Tout clapote comme ça, très vite. Ça passe. Le temps s'enfuit et c'est tout. Ce que j'ai fait ? Ces six derniers mois ? L'année dernière ? Chez les enfants beaucoup de choses se sont faites. Sissi entre l'an prochain au collège, Philipp à l'école élémentaire, le plus dur est derrière. Mais moi ? Tout ce qui se passe est lié d'une façon ou d'une autre aux enfants. Je subordonne les années à des choses qui ne me touchent pas directement. Avant c'est *moi* qui ai rencontré Peter, et l'année suivante c'est *moi* qui ai passé le baccalauréat, et telle année c'est *moi* qui ai fait ma première fausse couche, et telle autre année encore c'est *moi* qui suis partie de la maison, et ensuite c'est bel et bien *moi* qui ai soutenu ma thèse. Maintenant les enfants sont scolarisés et ils ont la scarlatine, etc. Et *moi* : je vis simplement à côté.

Les enfants doivent se laver les parties génitales, pendant ce temps Ingrid raconte qu'au jardin zoologique, à l'époque où Peter y travaillait comme photographe, un phoque est mort après avoir avalé l'appareil photo d'un soldat soviétique. Les soldats soviétiques avaient les yeux bridés comme *Le Petit Triton* dans le livre préféré de Philipp (ses cheveux sont-ils verts ? entremêlés de lis de mer quand il chevauche des carpes moussues entre des buissons d'algues).

Les enfants sont impressionnés, ils remettent la tête sous l'eau. Ingrid chronomètre. Elle reste assise là, les yeux rivés sur la montre, dix secondes se sont écoulées. Dans un instant Philipp va jaillir, éclabousser tous les murs et haleter, tout épuisé et déçu que Sissi une fois de plus l'ait battu.

C'est peut-être la dernière fois que les enfants font ce pari-là, pense Ingrid. En bas le téléphone sonne. Peter l'appelle, et avant même que les enfants soient sortis de l'eau, elle court dans le couloir et descend l'escalier. Elle part du principe que tout ce qui, sur les enfants, est encore sale, partira de soi-même en trempant.

C'est monsieur son père qui présente ses vœux pour la nouvelle année, la voix lestée de tout ce qu'ils se sont déjà dit par le passé, quelques paroles échangées avec Peter en supplément. Il se plaint, à la demande d'Alma (c'est en tout cas ce qu'il prétend), qu'Ingrid ne soit pas venue à Noël.
Ingrid coince l'écouteur entre l'oreille et l'épaule et essuie ses mains mouillées dans sa robe. Depuis que Peter et son père en sont venus aux mains en démontant les meubles du salon, le contact entre la treizième et la dix-huitième circonscription s'est réduit au strict minimum.
— Noël est une fête de paix, papa.
Ingrid n'est pas désagréable, elle garde nettement son quant-à-soi.
(Chanter, s'enlacer, s'embrasser, jouer la reconnaissante et proférer de stupides discours hypocrites, très peu pour elle).
— Et Dieu sait si j'ai besoin de paix.
Son père soupire avec indulgence. Voilà longtemps qu'elle ne l'a pas vu aussi doux. Il lui adresse une nouvelle invitation, pour la nouvelle année. Mais comme Ingrid, indépendamment de la pyrotechnie extérieure, ne souhaite pas commencer l'année dans les pétarades familiales et les détonations, elle laisse entendre qu'elle ne passera qu'après sa prochaine garde.
Elle ne s'embarrasse pas de détours :
— Je préfère venir seule.
Même pas la peine de demander à Peter, et les enfants, qui

s'ennuient chez leurs grands-parents, pourront tout aussi bien regarder le saut à skis à la maison.
— Ta mère sera déçue. Elle aimerait bien revoir les petits.
Après une pause il demande :
— Tu vas bien ?
— Je crois, oui, enfin à peu près. De toute façon je n'ai pas une minute à moi. Rien de bien neuf.
— Tu devrais te ménager davantage, conseille Richard.
— Ce sont plutôt les autres, qui devraient me ménager.
Son père ne relève pas.
— Tu sais déjà dans quelle discipline tu vas te spécialiser quand tu auras terminé ton —?
Le mot *cursus* ne lui revient pas à l'esprit, et au bout d'un moment il dit :
— Enfin, quand tu auras fini ton post-doctorat.
— En gynécologie.
(Si toutefois...)
Il rit. Ingrid a l'impression qu'il veut faire la démonstration de son brillant humour, il dit :
— Grâce à Dieu, il y a deux spécialités auxquelles je n'ai jamais eu recours : la gynécologie et la psychiatrie.
Là-dessus il parle un moment de la poussée à gauche observée lors des dernières élections, il semble qu'Alma s'en réjouisse secrètement. Il insinue que cette évolution, contrairement à ce que l'on pourrait supposer, ne lui donne pas du tout le sentiment d'être passé à coté de sa vie. Au bout du compte c'est blanc bonnet et bonnet blanc. Il évoque la situation actuelle au sein du parti. Ingrid entend la plupart de ces histoires pour la deuxième ou la troisième fois, néanmoins elle ne dit rien et écoute le tout bien sagement, ça ne mange pas de pain. L'un des avantages des années passées

avec Peter, c'est qu'elle a développé au fil du temps une sorte de connaissance intuitive de l'autre sexe. Et à qui d'autre que son père appliquer au mieux cette science.

Cinq minutes passent, puis Ingrid parvient à couper court, aimablement, aux déclarations profuses de son père, en lui demandant ce qu'il a offert pour Noël.

— À maman un petit coffre-fort Wertheim et pour moi un extincteur pour la voiture.

De plus en plus original. Mais toujours mieux que chez elle, où les seules choses qu'on vous offre sont celles qu'il fallait acheter de toute façon.

— Au fait, dit Richard, maman demande si tu as assez de sacs à main.

— On n'en a jamais assez.

— Oui, bien sûr.

Coupure du son.

Peter passe, en chemin entre la salle de séjour et la cuisine. Il effleure le cou d'Ingrid. Des frissons courent le long de son dos; agréable ou désagréable, elle ne saurait pas le dire. Mais il lui semble que Peter s'est levé exprès pour ça.

Richard demande :

— Et vous faites quoi, ce soir?

— L'invitation au Semmering que Peter avait finalement acceptée est tombée à l'eau, ils sont tous malades là-bas. Si les enfants dorment encore deux heures, on ira chez le Chinois, sinon on reste à la maison.

— Tu prendras du canard?

Elle souffle distinctement.

— Je ne sais pas, je pense que j'ai encore le temps de choisir avant de me retrouver devant la carte.

— Pourquoi aller chez le Chinois, si ce n'est pas pour manger du canard?

Ce type de critique la dépasse, ou tout du moins elle ignore désormais les commentaires de ce genre, à quoi bon : Cet homme ne changera pas, sa propension à donner des leçons ne fera qu'empirer (et de ça comme du reste, elle se soucie comme d'une guigne).

En haut les enfants crient qu'ils ont fini.

— Embrasse maman pour moi et souhaite-lui la bonne année.

— Maman veut te parler. Je te la passe.

— Allô, Ingrid?

— Maman? Il faut que je raccroche maintenant, les enfants sont dans la baignoire et ils m'appellent. Je viendrai mardi.

Poids nu :	Philipp	19,5	kilogrammes
	Sissi	32	kilogrammes
	Ingrid	62	kilogrammes

Peter sèche les cheveux des enfants et leur donne leur ration de pain. Pendant ce temps Ingrid passe sous la douche et éprouve des sentiments de culpabilité, parce qu'elle se ferme toujours intérieurement dès qu'elle a affaire à ses parents. C'est comme si elle avait un intérêt pervers à ce que tout reste en l'état entre eux. Certes, elle a bien des raisons de les battre froid. Mais en même temps il est indéniable qu'elle n'a ni le temps d'améliorer leurs relations ni le désir, dans le cas d'une éventuelle amélioration de celles-ci, de devoir assumer des obligations supplémentaires. Parfois elle a le sentiment d'être brusque et déplaisante surtout par routine, pour qu'on la laisse en paix. Quoiqu'il soit impossible alors, et à plus forte raison, de parler de paix, puisqu'elle ressent de la culpabilité sitôt qu'elle a expédié ses parents.

Ces sentiments de culpabilité la conduisent alors à vouloir réparer ses fautes ; une fois encore, son besoin de paix. Maintenant par exemple : La voilà qui décide, à peine s'est-elle douchée, de rappeler sous un prétexte quelconque et d'être plus aimable. Mais en même temps elle s'effarouche à cette idée, car il est peu vraisemblable qu'elle se sentira mieux ensuite. *Est-ce que tu seras plus heureuse alors ?* Enveloppée dans l'eau et la vapeur, elle en vient à la conclusion qu'elle est la plus égoïste de tous.

Contre, parade :

Non, Ingrid, pauvre idiote, tu dois t'affranchir de cette idée stupide, ça chamboulerait tout. Tu ne peux pas être responsable du bonheur de chacun. Il faut garder aussi un peu d'énergie pour soi. Pense à ce que tu as lu dans *Cosmopolitan* il y a quelques semaines, dans la salle des médecins : *On emploie son énergie pour soi et ce qui reste pour les autres*. Tu fais tout le contraire. Tu es à l'évidence trop peu égoïste, ça saute aux yeux de tout le monde. Au lieu de passer ton temps à essayer de justifier ton propre comportement, laisse les autres se prendre en main tout seuls. Non ? Je n'ai pas raison ?

Mais elle a beau se persuader, la mauvaise conscience reste, et elle se promet, tout du moins mardi, quand elle visitera ses parents, de faire un premier pas. Rien qu'un premier pas. Ça ne va pas la tuer.

Ingrid se sèche et s'habille pour la soirée. À cette occasion elle déniche la carte dédicacée de Paul Hörbiger au fond d'un tiroir et la brûle dans la cuvette des toilettes. Elle bascule d'un rien la fenêtre pour que la fumée puisse s'échapper. Puis elle descend à l'étage inférieur, où Peter dans la salle de jeux fait l'Auguste pour les enfants. Philipp embrasse Peter plusieurs fois et le serre très fort, Ingrid est presque jalouse. Que l'inertie de Peter lui vaille une telle popularité auprès des enfants, sitôt qu'il condescend à jouer un peu avec eux, voilà un phénomène qu'elle ne s'expliquera jamais. Car enfin, elle élève les enfants, Peter les consomme.

— Je ne voudrais surtout pas troubler votre idylle, mais si vous n'allez pas au lit illico presto, tous les deux (elle désigne Sissi et Philipp), vous pouvez toujours faire une croix sur le Chinois, et pas question non plus de fondre du plomb. Allez, hop, je ne plaisante pas.

Quand un peu plus tard, alors qu'ils regardent tous les deux la télévision, son briquet tombe, Peter se penche tout de suite pour le ramasser. Et quand elle éternue il dit aussitôt :

— À tes souhaits.

Cette sollicitude démesurée l'interloque presque. Depuis le repas de midi, six heures, tout de même, Ingrid n'a plus entendu la moindre critique, ni rhétorique ni accents outragés. Peter recherche même le contact corporel, à sa façon, toute de maladresse ; il lui glisse une mèche de cheveux mouillés derrière l'oreille. Mais comme il fait preuve d'une indéniable bonne volonté, et que tout bien pesé il n'est certainement pas le pire des hommes, elle ne veut pas faire son enquiquineuse et briser l'harmonie de cette soirée. Plusieurs fois elle se mord les lèvres, ravale une remarque qu'elle aurait bien lâchée. Très bien. Dieu le lui rendra, ou alors c'est vraiment à se tordre.

Peut-être que Peter prend conscience que le vent a tourné, peut-être aussi qu'il prend peur à l'idée d'un possible divorce, comme en ce moment chez les Andritsch. Peut-être que ça heurte sa fierté, et qu'il se remémore alors pour quelques jours ses obligations domestiques. Il y aurait de quoi.

À propos des Andritsch : Ingrid aimerait savoir si M. Andritsch, cette année encore, à minuit, fera un feu d'artifice comme pour la dernière Saint-Syvestre. Il n'y avait pas le plus petit souffle de vent et la fumée des fusées stagnait sur la terrasse, allait s'épaississant, jusqu'au moment où M. Andritsch et ses assistants (ou plutôt *son* assistant, Peter, après que le petit Andritsch eut jeté l'éponge), parmi les caisses de boissons et les pièces d'artifice, ne furent plus que des spectres flous et balbutiants. Ingrid a le sentiment que, de toute l'année, elle n'a jamais ri aussi franchement que cette nuit de décembre 1969, à la vue de ces deux hommes enfumés et toussotants. Dans le vacarme de la valse de minuit et des cloches qui battent à toute volée, parmi les grandes gerbes de rires et d'étincelles, ils s'acquittèrent, imperturbables, de leur mission. Danube bleu, Si comme un dieu —

Cara rejoint Ingrid sur le sofa et enfonce son museau froid dans son aisselle gauche, les petits coussinets de cuir sur ses cuisses et dans sa main. Dehors des salves craquent encore. On dirait que les enfants des voisins font sauter des canettes de Coca, possible que l'une ou l'autre des boîtes aux lettres soit visée. Avant que les choses ne tournent vraiment mal, Ingrid ferait mieux de donner encore quelques boules de valériane à Cara puis de l'enfermer dans la cave.

— Tu as pris de bonnes résolutions pour la nouvelle année ? veut savoir Peter.

— De bonnes résolutions ? C'est l'opium des malheureux, réplique Ingrid.

Elle caresse le chien. Au bout d'un moment elle dit :

— Tu sais, l'an passé déjà, les bonnes résolutions n'ont servi à rien, on a chuté dès le premier obstacle après les Rois.

Peter marmonne d'un air gêné, mais sans la contredire, peut-être parce qu'il ne trouve pas les mots justes. Mais on voit bien que les bonnes résolutions seraient pour lui un réconfort.

Il est assis auprès d'elle, recroquevillé et un peu penché, se roule une cigarette entre les doigts, les lèvres en avant. Il se consacre un instant au téléviseur, rit même plusieurs fois, comme partagé, car ensuite, après qu'il a attendu un peu, il se redresse et veut parler de la suite des événements. Ingrid, qui fume elle aussi et suit du regard les volutes de sa cigarette, apaisée par les images qui, changeantes, insignifiantes, défilent sur l'écran, répond aimablement qu'elle lui a déjà tout dit avant-hier et qu'il n'y a rien à ajouter.

Peter observe pourtant qu'il a du mal à se faire à sa position. Elle lui retourne l'argument, pour elle c'est exactement la même chose. Peter écrase sa cigarette et reste assis là, les mains dans les poches de son pantalon, la tête enfoncée dans les épaules. Ingrid lui tend la dernière perche qui ait encore quelque consistance :

— C'est déjà bien, que nous ayons survécu à cette année. La prochaine ne peut qu'être meilleure.

En même temps : Elle en aurait bien quelques-uns, des vœux pour l'année 1971. Des vœux. On en a toujours, pourtant Dieu sait si on ferait mieux de se déshabituer.

Une constatation, rien de plus.

À en perdre son latin.

D'avoir passé la nuit à veiller, elle a le sommeil qui lui bourdonne dans les dents et une douleur pareille à un voile dans le crâne. Plus elle reste assise là, plus ses pensées s'estompent. Mais elle voit nettement une chose : Tout, plutôt que d'abandonner son métier. Elle ne lâchera pas. Elle aime son métier. C'est le métier qu'elle voulait. Elle aime arriver à l'hôpital, se dévêtir jusqu'aux sous-vêtements puis se glisser dans ses pantalons blancs et dans cette blouse blanche qui lui descend jusqu'aux genoux. Dans sa tenue de travail elle a le sentiment d'être une femme moderne, autonome et forte. Son écriture dans les dossiers des malades. Le contact avec les patients et les soignants. Elle se plaît là-dedans, tout cela correspond au sentiment qu'elle a d'elle-même, c'est ce dont elle a besoin.

À présent il est six heures et demie et elle entend les enfants qui continuent de courir dans tous les sens là-haut. Leurs petits pas trottinants qui font trembler l'abat-jour, quand ils se pourchassent d'une pièce à l'autre.

Jeudi 31 mai 2001

Vers le matin Philipp fait un rêve : Il est travailleur au kolkhoze *Victoire du Communisme* et y rencontre la fiancée d'Atamanov, qui travaille comme opératrice sur machine dans une laiterie industrielle. *Opératrice sur machine dans une laiterie industrielle.* L'expression, en rêve déjà, épate Philipp et semble garantir d'emblée, dans son affectation singulière, tout ce qui s'ajoutera par simple surcroît : À savoir que cette femme s'appelle Asja, et aussi, pourquoi pas, qu'ils sont tous les deux en Ukraine, dans le district de Krivoï-Rog. Là, Philippe noue une liaison avec Asja, dans une pièce où se trouvent de nombreux bidons de lait de cinquante litres et une centrifugeuse grande comme une table. Les détails du processus de séduction sont classiques et comme il est naturel dans ce genre de rêves la femme apprécie ce que Philipp lui fait. Elle hurle de bonheur, ce qui impressionne particulièrement Philipp, tout autant du reste que la personne elle-même : Elle est âgée d'environ vingt-cinq ans, cheveux sombres, visage très résolu, assez plat, pommettes hautes, paupières tombantes et bouche en léger cul de poule. Elle est de taille moyenne, presque sans poitrine, mais les deux premiers boutons de son chemisier sont ouverts, ce qui compense en quelque sorte l'absence de poitrine, comme si le véritable attrait de la chose résidait précisément en ceci qu'on ne vous promet rien. Et en effet Philipp a le sentiment qu'on lui refuse quelque chose, comme si c'était de son propre fait, par l'effet d'on ne sait quelle arrogance, que la fiancée d'Atamanov n'avait pas de poitrine. Cette sensation le trouble, il s'aperçoit soudain que la jeune femme a repris ses distances, est de nouveau habillée de la tête aux pieds, et il saisit alors, toujours dans son sommeil, que le rêve, tandis qu'il était troublé, a fait un saut dans le temps et l'a privé de la fin de son rapport sexuel. Philipp et Asja quittent la pièce. La fiancée d'Atamanov porte un blouson de cuir fatigué dans lequel elle ressemble à une camarade du Parti au temps des luttes de classe. Elle dégage quelque chose de résolu, de convaincu qui rend Philipp jaloux, il lui vient l'envie de devenir communiste, de posséder un passeport rouge et de trouver ainsi une échappatoire à sa détresse. Il le dit à la fiancée d'Atamanov, encore dans l'une des étables, et l'espace d'un instant il a le sentiment qu'il va fondre en larmes, tant la profondeur et la portée de ses sentiments l'émeuvent. Mais la fiancée se contente de lui jeter un bref regard et dit :

— Je ne comprends rien à la politique.

Hautement irrité par ce rêve et soucieux d'être un homme meilleur à l'avenir, Philipp, au matin, se dirige d'emblée vers le container à ordures, pour sauver ce qui peut l'être du legs scriptural de sa grand-mère (désormais je serai déterminé, responsable, je vais extraire le précieux minerai du passé). Mais non, décidément, il n'a pas de chance. Pas de chance. L'indifférence des uns, etc. Hormis quelques modes d'emploi jaunis (aspirateur, lampe à UV, mixeur, téléviseur) et une carte postale échappée des années cinquante figurant un couple de Lapons en costume folklorique occupé à traire

un renne (Renmjölkning), toutes les affaires personnelles et les livres qu'il a jetés ont trouvé un amateur plus avisé que lui. Abattu et conscient que les conditions favorables ne seront plus jamais réunies, il s'assied sur les marches du perron et se remémore certains détails des lettres qu'il a lues.
Philipp rechigne à aller au jardin d'enfants.
Il ne saisit pas tout à fait quelle réalité cette remarque peut avoir encore pour lui, si, plus de trente ans après, tandis qu'il répète cette phrase, il rechigne toujours, ou s'il avance au contraire, y va de son plein gré ou veut tout du moins y aller ou n'est plus du tout obligé de —.
Il attend, il ne sait pas quoi.
Vers dix heures la factrice arrive. Philipp l'embrasse, comme assez souvent déjà, discrètement, au couvert d'un mur. Puis il lui demande — inspiré en cela par un roman de Wilhelm Raabe — combien de kilomètres elle fait par jour pour sa tournée.
— À peu près dix, répond-elle.
Il lui fait observer, se lançant dans d'épuisants calculs, que, au lieu de faire par exemple le tour de la Terre, ce qui à raison de dix kilomètres par jour lui prendrait un peu plus de dix ans (elle atteindrait alors la fin de la trentaine) : elle fait du surplace. En dépit de tous les kilomètres qu'elle parcourt avec son chariot postal, elle ne sort pas de Vienne, pas même de la treizième circonscription, pour être précis. Elle réfléchit un moment, sans comprendre, puis elle dit d'une mine indifférente que tout cela lui est bien égal et qu'elle préfère se faire câliner un peu plutôt que de parler. Comme si Philipp avait discouru pour la seule beauté du geste. Ils s'embrassent encore *un peu*. Mais rien de très solide. Philippe observe avec surprise combien les contacts que la factrice lui prodigue le laissent froid.

Tromperie et trahison, dit-on, sont les derniers feux et partant la dernière espérance de l'amour. Paraît-il. Mais Philipp rejoint le perron tout aussi abattu qu'il l'avait quitté. Des éclairs palpitent, il commence à pleuvoir. Bientôt il tombe des cordes. Les gouttes s'abattent à grande vitesse, leur crépitement se fait entendre avec une acuité toute particulière sur l'auvent cuivré qui surmonte la porte de la villa. Des hallebardes. Les gravillons de l'esplanade jaillissent avec les gouttes. De temps en temps cela cesse un peu, mais brièvement. Des vapeurs violentes. Tout gris sur gris. Les arbres verts, les buissons verts, les contrevents verts. Verts et gris. Pas de Mercedes rouge vif, Steinwald et Atamanov sont occupés par d'autres affaires. Pas d'appel. Pas de Johanna. Rien.

Par pure colère, Philipp resserre sa ceinture d'un cran et en dépit de la pluie s'attaque de nouveau à la barre à tapis où, pour la première fois depuis qu'il cultive cet art, il réussit un tour de hanche. Il réessaie aussitôt de rééditer sa performance, il sent qu'il est dans les dispositions adéquates, glisse cependant de la barre lisse de pluie et se réceptionne lourdement sur le sol. Ses poumons se contractent et tandis qu'il rassemble ses dernières forces pour bomber les reins, essaie de reprendre son souffle, il s'exhorte à rester tranquille et à ne pas se cramponner à la vie. Il reste allongé comme ça un moment, le grain de poussière dans l'œil de notre Maître et Créateur, avec une arrogance opiniâtre qui le préserve des jurons. Les gouttes claquent sur son visage (une pluie fine tombe sur lui) et il sent que, sur son occiput, une douleur diffuse et une chaleur désagréable travaillent en rythme à lever une bosse. Il ne veut surtout pas y porter la main, par défi, non par peur, par pur défi.

Mais quand il se retrouve un peu plus tard dans sa baignoire, il touche tout de même sa blessure et constate à sa grande surprise que du sang a collé ses cheveux.

— Nom de Dieu, je n'en rate pas une.

Le soir, bandage autour de la tête, il regarde la télévision et dans une certaine mesure se sent bien. Steinwald et Atamanov rentrent à la maison. Philipp les attendait déjà. Il entend qu'ils remplissent le réfrigérateur, montent et descendent plusieurs fois l'escalier qui mène à l'étage. Ils ont pris leurs quartiers dans les anciennes chambres d'enfant, les plus petites de la maison, comme pour montrer qu'ils ont l'ambition de prendre le moins de place possible ; ou, pour ce qui est de l'occupation des sols, de ne pas aider Philipp au-delà du strict nécessaire. Après quelque temps Steinwald frappe à la porte de Philipp. Il entre et demande si Philipp veut manger avec eux. Après que Philipp a accepté, Steinwald, toujours avec la mine la plus ingénue qui soit, demande qu'il ait la bonté, aussi longtemps qu'il pleut, de ne rien jeter dans le container. En outre le toit de la maison fuit.

Philipp lève le nez du téléviseur et se demande ce que Steinwald va encore trouver avant d'évoquer le bandage qui ceint sa tête à lui, Philipp. Steinwald ajoute qu'Atamanov vient d'aller au grenier pour y chercher le radio-cassette, et qu'il a fait au passage cette déplorable constatation (l'eau pénètre dans le grenier, la dure matérialité des faits). Steinwald lève les bras comme pour s'excuser.

— À plusieurs endroits.

— Mauvaises nouvelles pour un flâneur invétéré comme moi.

Steinwald se gratte sous le chapeau. Comme la plupart du temps il porte son petit feutre brun sous lequel jaillissent les boucles sombres.

Philipp dit :

— Vous avez un joli chapeau, Steinwald. Il me rappelle le chapeau du policier dans *French Connection*. Mais si, vous savez, Gene Hackman, la course-poursuite, cette grosse bagnole qui pourchasse un métro aérien.

Steinwald pince les lèvres, pour un instant le rouge a presque disparu. Philipp se dit qu'il va enfin parler du bandage. Mais non. Comme s'il était persuadé que Philipp cherche simplement à forcer la commisération, et comme s'il jugeait pardessus le marché que la meilleure façon d'arriver est encore de faire la sourde oreille aux flatteries, Steinwald ignore et le bandage et le compliment, et se contente d'ajouter avant de partir, très professionnel, que ni lui ni Atamanov ne sont en mesure de réparer les dégâts sur le toit. Mais il peut en revanche, si Philipp en exprime le souhait, s'adresser à des entreprises fiables et peu chères, puis superviser les travaux. Steinwald regarde Philipp avec candeur, et celui-ci, ne sachant que répondre, grogne un merci bourru et se tourne de nouveau vers le téléviseur.

D'ici le repas il a encore une heure, et, comme les jours précédents déjà, il accorde une attention toute particulière, lorsque par extraordinaire il cesse de changer de chaîne, à ce qui est lu et raconté. Peut-être qu'ainsi il tombera tôt ou tard sur une phrase qu'il pourra employer avec Johanna, ou qui lui sera utile dans un autre contexte, avec Steinwald et Atamanov, en discutant avec la factrice, en contemplant l'une des photos qui surmontent la coiffeuse dans la chambre à coucher de sa grand-mère. Il faut beaucoup de phrases.

Je ne suis pas assez grand pour *Bonne nuit les petits*. Ce sera assez habillé, mettez quelque chose de sombre. Pourquoi tu ne l'as pas dit tout de suite ? On ne peut tout de même pas laisser entrer un clown pareil. Même pour les mouvements à deux balles on voit la jeune garde qui rapplique, et bientôt même les tousseurs solistes quitteront la scène. Mais ça suffit, Edda, foin de toutes ces foutaises, ressaisis-toi ! Bonsoir, Johanna nous dit le temps qu'il fera. Il lui faut un médecin de toute urgence ! Laissez-moi passer ! Si tu ne pars pas maintenant, je te fous dehors, et si je n'y arrive pas, je trouverai quelqu'un pour le faire. Demain il faut que j'y retourne et ça ne me dit trop rien. Qui gagne ? Personne, les uns perdent seulement moins vite que les autres. C'est tout à fait le mot. J'aimerais bien ne pas avoir à supplier pour la moindre paire de bas. Attends un peu, désormais c'est ton problème, plus le nôtre. Ne te casse pas la tête pour moi. Couche-toi, tu verras, ça va passer. Tout nous incline à la paresse. Probabilité de pluie : 60 p. 100. Vent de nord-ouest. It's a crying shame. On raconte qu'il y a des passages qui tendent vers l'opéra, mais c'est un peu tiré par les cheveux.

Sur le mur des toilettes, à la fac, Philipp a lu autrefois la phrase suivante :

Il advint que j'entendis le son d'une trompette, sans savoir ce qu'elle m'entendait signifier.

Des choses de ce genre lui reviennent.

Au repas du soir ils parlent tous les trois de la bosse de Philipp, et Steinwald livre un pot-pourri d'accidents qu'il a vus sur des chantiers ou dont on lui a fait le récit. Une histoire d'œil droit crevé impressionne tout particulièrement Philipp. Le pneu d'un camion plein à craquer éclate et un gravillon, sous la pression de l'air expulsé, est propulsé si violemment dans l'œil d'un ouvrier que celui-ci en est éborgné. Cette histoire laisse Philipp sans voix. Il se perd dans ses pensées, voit d'abord des tracteurs de semi-remorques puis des pirates et des flibustiers qui, bandeau sur l'œil, enlèvent les filles de comtes polonais, et l'espace d'un instant il ne dit rien. Mais plus tard, allongé dans son lit (il entend au loin l'un des ouvriers qui joue de la flûte traversière, pour rire), il se réjouit de sa blessure à la tête et cherche une position qui lui permette de sentir la bosse sans en éprouver de la douleur.

Il se souvient trop tard qu'il a une histoire de camion en stock, lui aussi. Ça l'énerve, maintenant, d'avoir laissé passer l'occasion de la raconter, alors que le contexte s'y prêtait si bien. Quoique Steinwald et Atamanov ne soient pas encore au lit, mais tout affairés à arranger leurs chambres à l'étage, Philipp résiste à la tentation de se relever. Pour être certain de ne pas oublier l'histoire, demain soir à table (au fait, Johanna ne la connaît pas non plus), il se la raconte toutefois à lui-même, au moins quatre ou cinq fois, en en variant la teneur et la durée :

Dans toutes les versions il a seize ans et s'enfuit de chez lui. Tantôt c'est un camionneur finlandais qui le prend, direction la Grèce, tantôt un camionneur du Burgenland, direction la France. Les deux conducteurs arrêtent leur semi-remorque sur un petit parking au milieu de la nuit et se couchent sur le volant dans l'intention de dormir une heure. À partir de là, l'histoire suit très exactement le même canevas : Contrairement au chauffeur, Philipp n'a pas envie de dormir, il ne se sent pas particulièrement fatigué. Et puis il est énervé, le chauffage auxiliaire fonctionne à plein et le camionneur, soucieux de préserver sa nuque — c'est par là qu'il prend froid —, lui a défendu d'ouvrir la fenêtre. Dans la cabine il fait une chaleur accablante. Philipp jette des regards ennuyés en direction de l'autoroute, suit les lumières qui trouent l'obscurité. Après quelque temps un autre semi-remorque arrive sur le petit parking — tout à fait désert sinon — et se gare juste devant eux. Le nouveau venu recule, la distance qui sépare les deux véhicules se réduit peu à peu. À cet instant le camionneur, près de Philipp, se redresse brusquement sur son volant, voit dans un demi-sommeil les feux arrière qui se rapprochent, son visage se déforme, il s'arc-boute contre le volant et appuie à fond sur les freins, qui ne répondent pas. Toujours plus effrayé à l'idée d'emboutir d'un instant à l'autre l'arrière de l'autre semi-remorque, il écrase les freins deux fois encore, la bouche grande ouverte. Mais une fois de plus aucune réaction. Il veut donner un grand coup de volant. Au même moment Philipp lui saisit l'épaule et lance (ici plusieurs variantes sont possibles) :

— On est arrêtés, putain, on est arrêtés !

Vendredi 1ᵉʳ juin 2001

Au matin Philipp est fatigué et moulu, sa tête vrombit comme un beffroi. Il met un temps infini à se sortir du lit, tant il se sent engourdi, misérable. Sans pouvoir se rendormir, il reste allongé sous la couette, jusqu'au moment où le silence est revenu et la Mercedes repartie. Puis, pas lavé, pas rasé, la tête calcinée, pour ainsi dire absent à soi-même, bien qu'il boive du café pour deux, il reste assis sur le perron, se frotte les yeux, bâille, et l'air très chaud lui donne des gifles. Il note tout cela dans son carnet du moment puis observe quelques écoliers qui, devant, le long de la route, passent. Il pense à cette odeur inimitable de rognures spiralées et d'encre renversée qui montait du fond de son cartable et qui s'est imprimée nettement dans sa mémoire. Il pense au cahier d'écriture qu'il avait à l'école. Il regarde les pigeons, leur vol neutre, sans afféteries, dans le segment de ciel et de jardin qu'il aperçoit depuis sa vigie. Il attend que quelque chose arrive. Il attend que la factrice, aujourd'hui encore, peut-être, couche avec lui.

Elle arrive. Même les factrices ont leurs éloquences :

— Pas le temps pour autre chose.

Elle a un rire apeuré et remonte vite fait son pantalon.

Quand Philipp la raccompagne dehors, il constate qu'un

pigeon s'est fourvoyé dans la cage d'escalier. L'oiseau tout ébouriffé est ramassé sur lui-même, ses pattes rouge corail, écailleuses, plantées dans la main courante, à une cinquantaine de centimètres du boulet de canon, et il regarde Philipp de ses petits yeux orange sale. Pendant un instant Philipp s'interroge, se demande ce qu'il doit faire en premier. Il décide finalement de commencer par raccompagner la factrice jusqu'au portail. Ils sont tous les deux hébétés et sans courage, un peu gênés aussi. Leur désir d'aventure se fissure de partout. Pour faire diversion, Philipp parle de ce qui arriva le jour où, deux ans après la mort de sa mère, son père le persuada d'aider le facteur à distribuer les annuaires. On avait de la neige jusqu'aux genoux, et c'était pour la (bonne) cause familiale. Il fallait que Philipp, le soir, fût sur les rotules, pour que son père puisse rendre visite à une voisine sans craindre que son fils ne se réveille au beau milieu de la nuit. Philipp rit et hausse les épaules, un geste qui s'adresse à la fois à son père et à la factrice. Ils se disent au revoir en s'embrassant, à l'ombre du mur, comme les jours précédents. Puis Philipp rejoint la maison sans se presser et effarouche le pigeon, qui s'enfuit par la porte d'entrée.

Le pigeon vole sur le toit. Le café refroidit. Le soleil se consume. Philipp est assis, une tartine beurrée à la main, à sa place attitrée, où il est presque impossible de tenir à cette heure de la journée. Il n'arrive pas à se décider. Il étudie la migration des ombres méridiennes. Il gratte une piqûre d'insecte sous le genou gauche. La gratte lentement, la chasse. Va dans la chambre de Steinwald, celle qui est si impeccablement tenue, regarde par la fenêtre ou par une autre fenêtre encore, celle du fond dans la chambre de ta grand-mère, ta fenêtre préférée. Va dans la Lainzer Straße et récupère les photos, depuis le temps elles doivent être prêtes.

Philipp s'encourage.

Et reste assis sur le perron.

Il se demande ce que Steinwald et Atamanov font en ce moment, où ils peuvent bien traîner. Et où se cache Johanna. Il voudrait l'appeler mais il n'ose pas, parce qu'il a peur de la déranger ou de l'acculer ou de donner l'impression de vouloir ou même d'attendre quelque chose. Il sait par expérience comment les choses finissent, d'habitude, quand il appelle Johanna sans avoir une idée précise de ce qu'il ambitionne (par exemple de revendiquer ses sentiments). Aussi il se ressaisit, bien qu'il n'aime pas être contraint de se ressaisir.

— Encore un pas vers la duplicité, de se ressaisir, observe-t-il en se levant du perron.

Depuis peu, il commence sa ronde le long du mur du jardin par le côté nord, car depuis que la piscine est remplie dans la propriété des voisins, il espère y rencontrer enfin quelqu'un. Des parasols sont déployés. Des sandales de caoutchouc blanches traînent par terre. Cette fois il y a même un vapeur gonflable qui dérive sur l'eau et, si l'on en croit son balancement, une écolière ou un directeur de banque nageaient là il y a un instant encore, juste avant que Philippe n'apparaisse. Mais les voisins une fois de plus sont invisibles ou morts ou embusqués, ou ils ont trop à faire ou ils surveillent la femme de ménage ou ils maudissent leur conjoint ou ils comptent et touillent on ne sait quoi dans des casseroles ou ils gémissent et halètent parce que le week-end est à leur porte, les uns sur les autres ou les uns derrière les autres, et ils collent de sueur ou ils s'épilent les jambes ou ils s'essaient à des vers rupestres ou ils font des gammes derrière des fenêtres bien hermétiques, à la trompette par exemple.

Dans le jardin suivant Philipp a plus de chance. Là où, il y a quelques semaines encore, on l'a menacé d'une brosse métallique, une jeune femme est allongée cet après-midi sur une couverture de laine, sur la pelouse, et elle lit. Une rousse avec des taches de rousseur. Elle ne remarque pas Philipp, soit parce qu'il ne fait presque pas de bruit, soit parce qu'elle est si profondément plongée dans sa lecture qu'elle ne perçoit pas ce qui l'environne. Philipp l'observe un moment. Puis il l'appelle et lui demande ce qu'elle lit.

Elle lève la tête, sans paraître démesurément surprise, soulève le livre, mais la distance est trop grande pour que Philipp puisse discerner ce que c'est.

— C'est bien ? demande-t-il.

La femme fait un vague mouvement de la main, qui ne signifie pas grand-chose ou porte un jugement assez défavorable sur le livre.

Philipp propose donc quelques pièces de son propre fonds, qu'elle se donne la peine de franchir le mur et de se servir.

— Peux pas, lance-t-elle, contente d'avoir trouvé un bon argument : Je suis enceinte.

Philipp reçoit cette nouvelle de plein fouet. Une fois de plus on l'a devancé, il rate toutes les occasions, elle est enceinte et chez toi il ne se passe jamais rien.

La femme dit :

— Des jumeaux.

— Pardon ?

— J'attends des jumeaux, crie-t-elle d'un ton réjoui, comme si elle venait de l'apprendre à l'instant.

Philippe se réjouit lui aussi, car enfin, qu'une femme soit enceinte de jumeaux et lui en fasse le récit, c'est bien la première fois.

— Épatant, oui, dit-il : Et sait-on qui est le père ?

La femme rit, rougit un peu. Elle secoue la tête, mais de telle façon qu'il est parfaitement clair qu'elle n'entend pas répondre à la question de Philipp, simplement la commenter. Philipp rit en retour. Ça lui fait mal aux coudes, et il faut qu'il se hisse un peu pour retrouver une position plus confortable. Ce faisant il perd sa botte droite. Puis il s'allonge à plat ventre sur les tuiles qui couvrent le mur — il tombe à l'oblique vers la maison —, de telle façon que le haut de son corps dépasse, comme si le reste, invisible, était coincé dans un canon pointé vers le ciel. Philipp ne sait pas quoi faire de ses mains et se sent singulièrement à côté de la plaque ou tout à fait stupide ou encore surgi d'un rêve, et, pour qu'on ne prête pas attention à cette posture fâcheuse, il dit :

— Possible que je sois l'heureux papa.

La femme le regarde avec curiosité à travers une boucle, comme si cette idée méritait quelque réflexion, puis elle dit :

— Non, ce n'est pas vous.

Mais ç'aurait été possible, pense Philipp. Quoique les possibles conjugués au passé soient synonymes de vanité. Néanmoins il est satisfait de sa réponse.

Ils discutent un moment des jumeaux, imaginent comment ce sera, quand les deux enfants pourront ramper, chacun dans une direction différente. Mais le manque de confort sur la crête du mur finit par couper le souffle à Philipp, il a de violentes douleurs aux côtes, mieux vaut mettre un terme à la conversation. La femme hoche la tête quand il annonce sa sortie. Elle saisit mécaniquement son livre, ne le quitte pas des yeux, toutefois, jusqu'au moment où il a disparu de l'autre côté du mur.

Au vrai Philipp est une figure marginale sur tous les murs de sa vie, au vrai tout ce qu'il fait s'écrit en notes de bas de page et le corps du texte manque. Quelque chose dans ce genre-là, en tout cas, quelque chose dans le genre de cette belle écriture misérable, se dit-il, et il le dit dans un mélange de fierté et de provocation, car la pensée qu'il ne cherche la proximité qu'aux seuls endroits où il est sûr et certain de ne pas être accaparé lui semble, l'espace d'un instant, le gage même de sa souveraineté — bien qu'il conçoive en même temps à quel point il s'en laisse accroire. Pourtant (pourtant, pourtant) il se sent fortifié par cette pensée (rencontrer la femme enceinte a amélioré aussi, un peu, son humeur), et il décide de profiter de ce vent favorable pour monter dans sa chambre, l'ancien ouvroir, et y arracher la tapisserie.

Vendredi 30 juin 1978

La radio crachote un exposé sur les énergies de substitution, où l'on assure que l'augmentation de CO_2 dans l'air entraînera un réchauffement de l'atmosphère terrestre, réchauffement qui provoquera la fonte partielle des masses glaciaires sur les pôles, ce qui, en retour, occasionnera une élévation de cinq à huit mètres du niveau de la mer. Venise dans l'eau jusqu'au cou, New York jusqu'aux genoux.

— On ferait mieux d'aller à New York, dit Sissi, la révolutionnaire professionnelle *in spe* qui mâchouille son chewing-gum de voyage la bouche ouverte.

Ses fantasmes de vacances — Peter se les représente à traits vifs — convoquent des métros, des odeurs de poubelle, des grandes places avec des joueurs de flûte de Pan et dans les musées des tableaux où les modèles ont les deux yeux sur la même joue et ressemble à des extra-terrestres. Avec ça des types aux cheveux longs plantés à tous les coins de rue, et qui sifflent par les dents à chaque fois qu'une jeune personne passe.

— Pense à tout ce qui nous attend sur la côte adriatique.

— Je ne vois vraiment pas quoi, contre Sissi, dix-sept ans, taille moyenne et silhouette mince, cheveux roux bouclés, coupe tout à fait arbitraire.

— Le soleil et la mer, dit Peter.
— Et les clochettes aux filets des pêcheurs qui vous rappellent les clarines d'ici. Bienvenue au pays.

Ils s'apprêtent à partir pour la Yougoslavie où ils ont déjà passé les grandes vacances l'an dernier. Cette fois ils vont camper, parce que les hôtels se sont présentés à eux dans un état si déplorable, la dernière fois, que même Peter n'avait jamais rien vu de semblable, pas même dans les années cinquante, quand il partait en tournée dans toute l'Autriche avec ses jeux de société et n'était pas trop regardant pour ce qui touchait au logement. Lits affaissés, W.-C. la plupart du temps sans *W*. L'un des derniers jours, ils attrapèrent même des puces à Dubrovnik. Quand Peter fut réveillé au milieu de la nuit par les morsures et alluma la lumière, elles sautillaient par centaines sur lui et sur les enfants. Comme des particules de poussière qui dansent dans le soleil des greniers.

Il réveilla les enfants et lança :
— Allez, on remballe !

En cinq minutes ils étaient dehors et traversaient la route pour chercher un autre hôtel, quoiqu'on ne leur eût pas remboursé le prix de la première chambre ; il fallait attendre le grand chef. Le retour à Vienne fut tout sauf confortable. Mais divertissant : C'était à qui aurait le plus de puces. Ils ont beaucoup ri. À la maison néanmoins Peter dut investir environ trois cents schillings pour acheter de la poudre anti-puces, du spray anti-puces et un collier anti-puces pour Cara, et pourtant, trois semaines durant, il se trouva toujours un petit groupe bien caché quelque part et qui, après s'être tenu à carreau quelques jours, s'abattait sur l'un ou l'autre des enfants.

Pour parer cette fois à ce genre de désagréments, ils vont

camper du côté de Porec. Parmi les oliviers, dans la société des tortues sauvages. Une compagnie moins hostile. Ce sera magnifique.

Pourtant Sissi chicane :

— Papa, je ne veux pas aller camper. S'il te plaît.

Il dit :

— Nous ne donnerons pas suite à votre requête, mademoiselle.

— Mais je ne suis plus un petit bébé qu'il faut tout le temps surveiller. Même les parents d'Édith lui permettent de prendre l'Inter-Rail.

— Peut-être parce que les parents d'Édith eux-mêmes ne partent pas en vacances. Estime-toi heureuse.

Sissi joue nerveusement avec l'élastique qu'elle porte au poignet gauche — *contre le mauvais œil* (l'une des réponses classiques de Sissi aux questions prétendument idiotes). Sur un ton de colère condescendant, elle dit :

— Je suis la seule qu'on n'interroge jamais, ici.

— Arrête, je vais pleurer. Tu vas t'amuser, et en plus tu te reposeras.

— Si mon repos est ta seule préoccupation.

— C'en est une, mon Dieu, oui.

— Je me reposerais bien mieux sans vous.

— En dormant dans le couloir d'un train entre Innsbruck et Naples. À mon humble avis —

— Ça vaut toujours mieux que de vous entendre ronfler sous la tente.

— C'était la chienne qui ronflait.

Ah bon ? Sissi esquisse un sourire du coin gauche de la bouche, l'autre coin ne bronche pas. Sa tête branle dans une ironie muette. Elle dit froidement :

— Si tu veux, enfin, si ça peut te faire plaisir. Il y a

encore bien d'autres raisons pour lesquelles ces vacances seront néfastes. Parce que la vie de famille détruit la personnalité.

— Tu arrêtes, maintenant.
— Il suffit de regarder autour de soi.
— Je me demande où tu regardes, justement.
— Et moi je me demande pourquoi ce serait toujours toi, précisément toi, qui saurais ce qui est bon pour moi.

Peter un bref instant conduit la voiture d'une seule main. La gauche. D'un ton badin (il n'est pourtant pas au mieux de sa forme), il lève l'index de la main droite dans la petite lacune entre les deux sièges avant et déclare :

— Parce que j'ai tout de même quelques années de plus que toi.

— J'ai très exactement l'âge qu'avait maman quand tu l'as rencontrée.

— Alors tu sais aussi sûrement qu'elle devait être rentrée à six heures au plus tard, sinon ça bardait. Elle avait vingt ans et des poussières qu'elle partait encore en vacances avec ses parents, et pas en Yougoslavie, à Bad Ischl.

— Elle a dû détester ça. Ça commence à me taper sur le système, d'être obligée de me trimballer partout avec vous.

Et peu de temps après, dans un soupir éloquent :

— J'aimerais tellement avoir un père plus libéral.

Peter s'engage sur la route du Semmering, où les parents d'Ingrid possèdent un jardin ; à Schottwien. La dernière fois que Peter a entendu parler de ce jardin, c'était pour apprendre que la sœur de son beau-père l'utilisait. Tante Nessi, et toute sa famille de snobinards.

— Je suis libéral, objecte-t-il : Un pas de plus et ce serait l'indifférence totale, ce que tu m'as déjà reproché, d'ailleurs.

Dans le rétroviseur il cherche les yeux de Sissi. Elle

317

soutient son regard pendant ce bref instant, sur les lèvres un sourire fatigué et qui en dit long. Peter sait qu'elle le regarde comme une chose qu'on ne tient pas en très haute estime, dans un mélange où l'étonnement le cède à la déploration. On devrait l'envoyer passer deux semaines de vacances chez l'un de ses grands-pères, qu'elle choisisse même lequel, on la verrait rappliquer alors au bout d'une semaine, avec, ce serait du moins heureux, des exigences plus modestes et une idée plus objective de ce qu'on entend par un homme libéral.

Sissi dit :

— Tu es libéral seulement quand ça t'arrange.

— Si je ne voulais pas me casser la tête, tu serais depuis longtemps dans le train, ça me coûterait moins. Je trouve même que je suis étonnamment libéral, patient, débonnaire et généreux. Tout ce que j'aurais souhaité de mes propres parents. Moi aussi, je voulais qu'ils soient plus libéraux.

— C'étaient des nazis, dit Sissi.

Bien que le reproche semble s'adresser aussi un peu à lui, et bien qu'il en ait assez, de devoir perpétuellement, en raison de sa naissance, de sa classe d'âge et de cette enfance comme enfermée dans une armoire aux poisons, se sentir coupable, Peter préfère ne pas relever. Il ne va tout de même pas entrer en conflit avec Sissi dès l'aller. Depuis la mort d'Ingrid, il a élaboré quelques stratégies pour s'en sortir avec les enfants. Et il voit combien ce que lui disait l'autre jour un collègue d'un ton réconfortant, à savoir qu'il est bien difficile de mettre une gamine de dix-sept ans dans sa poche quand on a le grand malheur d'être son père, est juste.

Et quoi. Il s'efforce de laisser à ses enfants, dans les limites du raisonnable, la plus grande marge de manœuvre possible. Voilà quatre ans qu'il est responsable de leur éducation, seul, il a fini par s'habituer au peu de reconnaissance qu'on lui témoigne. Aussi longtemps qu'il ne se fait pas de souci (ce droit-là au moins, espérons-le, lui est concédé), il n'entrave pas la liberté des enfants. Et si l'un d'eux veut absolument connaître son avis, il s'efforce de le formuler de la façon la plus neutre possible, pour ne pas se tromper. Il se plaint rarement de l'état de leurs chambres — des soues, pourtant. S'il évoque la note de téléphone astronomique, c'est par égards pour les voisins, qui sont tributaires de la même ligne et se plaignent que celle-ci soit continuellement occupée. Il y a deux bonnes heures, quand Philipp et lui s'apprêtaient à partir, il a accepté que la machine à laver tourne encore trois quarts d'heure, le temps que les T-shirts de Sissi soient propres. Il n'a pas dit que la dernière semaine de classe et même, dans le pire des cas, la matinée du départ lui auraient largement suffi pour faire sa lessive, et il n'a pas dit non plus que c'était un grand classique, et pourtant c'était un grand classique. Il accepte ces choses, c'est tout, parfois avec un sentiment d'oppression. Mais il se persuade alors que le caractère de Sissi a aussi ses bons côtés, par exemple quand il rentre lui-même plus tard que prévu et qu'elle ne le remarque même pas. Pour occuper le temps, ils ont joué au foot contre la porte du garage, avec un raffut épouvantable, de sorte que M. Andritsch s'est approché de la clôture et leur a conseillé de prendre effectivement des vacances, et vite. À trois heures, enfin, comme les cloches du vendredi sonnaient, une heure après le rendez-vous convenu, Sissi a bourré son linge encore trempé dans son sac de nylon et ledit sac dans le coffre déjà plein à craquer. Peter s'est bien gardé de dire combien il jugeait la chose dégueulasse, et il a toléré aussi que Sissi claque la portière en lançant « vacances de merde ! ».

Puis ils sont partis, here we go, here we go, et Peter pour

les distraire un peu s'est mis à chantonner, Jimmy Brown était un marin, etc. Il a prudemment concédé que Freddy Quinn n'arrivait pas à la cheville de David Bowie, la cause est entendue. Mais mieux vaut cela que le silence radio (ou que les chants qu'on lui a appris dans son enfance).

— Sommes-nous à l'unisson, mesdames et messieurs ?

Maintenant ils franchissent le col du Semmering et la route descend la croupe d'une colline. Ils longent plusieurs pensions, virage à gauche, ligne droite, virage à gauche, virage à droite, après une brève ligne droite le paysage s'ouvre et ils aperçoivent les Préalpes.

Peter dit :

— Je vous garantis deux semaines de beau temps. J'ai fait une libation en l'honneur de mon saint patron, il ne nous laissera pas tomber.

Philipp a un rire pesant et glisse jusqu'au milieu de la banquette, parce que le soleil est de son côté. Les rayons lui brûlent le bras et la cuisse.

— Ne t'étale pas comme ça, dit Sissi.
— Moi ?
— Remets la jambe de ton côté. Enlève ton pied !
— J'étouffe près de la vitre.
— Tu avais tout le temps de te demander d'où viendrait le soleil, si on part au sud.
— Alors ne laisse pas traîner tes cheveux de mon côté.
— Même pas vrai.
— Et comment.
— Allez, ferme ta gueule.
— Pauvre conne.

Philipp se rapatrie dans son coin. Après quelque temps il rit, un peu sournoisement, comme un gnome.

Sissi se plaint :

— Papa, ce salaud-là a pété, je ne tiendrai pas longtemps.
— Qu'est-ce que j'y peux? demande Philipp.

Son visage poupin et délicat, aux dents en comparaison trop grandes — elles ont fini leur croissance, elles —, se colore de rouge sur les joues, le front, jusqu'au petit duvet à la naissance des cheveux.

— Je rêve ou t'as pété? demande Sissi
— Mais j'y peux rien, réplique Philipp, et de reprendre son petit rire de gnome, à moitié par le nez, à moitié par le ventre.

Quelques instants plus tard il se retourne, gloussant, vers la vitre et fixe un mur épais d'arbres et de fourrés.

— Abruti, dit Sissi.

Elle souffle sur une mèche de cheveux et la chasse de son visage. La ramène avec les doigts derrière son oreille droite.

Maintenant Peter sent lui aussi le pet de Philipp, il baisse la vitre d'une dizaine de centimètres mais Sissi, assise juste derrière lui, là où s'offre un abri plus sûr, grogne que le vent lui tire sur les cheveux. Ah? Peter remonte la vitre.

— Là devant, tenez, c'est la Muraille de l'ours, dit-il en regardant les versants montagneux qui flottent et disparaissent dans une brume de beau temps : Et derrière c'est la Kampalpe, mais on ne la voit pas d'ici.

Comme prévu on ignore ses indications. Peter est le seul qui semble éprouver une certaine solidarité avec le paysage, qui voit autre chose que des espaces vides et des villages vides, châteaux de sable qui s'éboulent sitôt qu'on les a quittés. Philipp s'apprête à piquer un somme. Sissi regarde bien par la vitre, mais comme si, là-bas, dehors, elle partait à la recherche de ce sens de la vie que l'air, peut-être, contient en quantité infinitésimale. Bien du courage.

— Allez, sois contente, un peu, dit Peter.

— Non, désolée, répond-elle d'un ton renfrogné en lui tirant gracieusement la langue.

Décidément l'atmosphère n'est pas aux vacances. Chacun est vraiment soulagé, pourtant, que les résultats scolaires ne soient pas si mauvais, Peter le premier, lui qui, au vu des nombreux devoirs qu'on ne lui a jamais fait signer, n'aurait pas exclu quelques mauvaises surprises. Sissi a plusieurs trois dans son bulletin et un quatre en maths, une contre-performance évitable selon elle. Elle ne manque jamais, va donc volontiers à l'école, elle donne même l'impression que la vie scolaire, avec ses journées structurées, lui manque pendant les vacances. Philipp, à rebours, pendant la moitié de l'année scolaire, est littéralement vert. Il lui faut toujours quelques jours pendant les vacances pour se remettre des *effrois du système de compétition capitaliste* (l'expression est de Sissi). Il a complètement loupé la dernière série de devoirs de l'année, plus de jus, sans doute aussi parce qu'il a fallu piquer Cara, sa préférée, au début du mois de juin. Ne pas oublier non plus que certains professeurs (enseignants) l'ont dans le collimateur, les vieux, surtout, ils n'arrivent pas à se faire à l'indolence du garçon. Avant la Pentecôte (Peter l'a appris par la bande), le professeur d'histoire a renversé la besace de Philipp devant toute la classe. À ce qu'on raconte toutes les immondices des années écoulées s'y étaient sédimentées : crayons cassés, rognures, restes de gommes et de papiers divers, agglomérat de miettes et de casse-croûte moisis solidaires des serviettes qui les avaient enveloppés. Très malodorant, une horreur, enfin, il imagine. Qui le lui a raconté, déjà ? Philipp est aussi le seul de sa classe qui oublie en toute bonne foi d'aller à l'école l'après-midi. Le ballon de foot sous le bras, il sonne chez des camarades de classe dont les mères, de quelques hochements de tête éloquents, lui conseillent de vite rejoindre les autres sur les bancs de l'école. Oui, vraiment, un petit con. Une vraie misère. Même Peter n'a pas réussi à découvrir à quoi ce petit morveux est bon. En tout cas il n'est pas doué, impossible de lui apprendre à siffler avec les doigts ou un brin d'herbe, ensuite il a mal aux joues et c'est tout. Il n'a pas non plus le sens des affaires. À chaque fois que Peter le dépose sur la Kutschkaplatz pour qu'il y vende ses billets de tombola, il rentre le soir bredouille, avec tous ses billets, les pose sur la table de la cuisine et hausse les épaules, désemparé, dans l'attente (l'espoir ?) informulé(e) que les Heinzelmännchen viendront faire le travail pour lui. Il n'a pas d'ambition, ni pour le sport ni pour les filles, elles sont encore loin de l'intéresser. Et le courage n'est pas non plus son lot. Un pauvre diable, vraiment.

— Philipp, tu te souviens du jour où tu as vomi au Prater après le tour dans le grand huit ?

— Je crois que j'ai le vertige, c'est pour ça.

— Et au palais des glaces ? Tu avais tellement honte de ta tête que tu voulais sortir tout de suite.

— Je me sentais déjà mal avant.

— Tu me fais un bel empoté de frère, tiens.

— Ce n'est pas ce que je voulais dire, objecte Peter : Tu as un frère tout à fait épatant, Sissi. Et toutes les raisons d'être fière de lui.

— Si seulement il pétait moins.

— Salope.

— Eh, derrière, on se calme.

Ils descendent la vallée de la Mürz en direction du sud-ouest. À la sortie de Mürzhofen, devant un champ de maïs liseré d'arbres du côté de St. Lorenzen, des enfants sont au bord de la route et vendent des cerises. En guise de protection contre le soleil, ils ont attaché un vieux parapluie à un bâton et fiché le bâton dans le sol pour que l'ombre tombe sur le cageot à cerises.

Peter s'arrête, achète un kilo et demi.

De retour dans la voiture, il permet aux enfants de cracher les noyaux par la fenêtre. Maintenant, depuis la banquette arrière, quand le vent renvoie à l'intérieur de la voiture un noyau maladroitement craché, il entend même quelques éclats de rire. Ils trouvent ça franchement tordant. Pour ce qui le concerne il avale les noyaux. Bon pour la digestion, c'est tout du moins ce qu'on racontait dans son enfance.

— Ma première voiture. Je ne sais pas si je vous ai déjà raconté —

— Dix fois, papa.

Peter s'arrête net et appuie un instant ses avant-bras au volant. D'un ton plaintif, il dit :

— Sissi, tu ne sais même pas ce que je vais raconter.

— Vas-y.

— J'avais acheté un système d'alarme et il —

— Se mettait à hurler dès qu'on ouvrait une des portières.

Sissi rejette la tête en arrière et, habile, crache un noyau de cerise en direction de Philipp et de la vitre, paf, dehors. Son regard s'attarde sur son frère côté droit.

— Hé, s'emporte Philipp.

Un sourire frise sur les lèvres de Sissi. On entend le froissement du sac en papier. Elle enfourne une autre cerise.

— Même que les voisins te sont tombés dessus à bras raccourcis, parce que tu n'arrivais pas à la maîtriser. Que ce soit le matin ou le soir.

— Ça me fait plaisir, Sissi, que tu sois aussi bien informée. Comme ça tu auras suffisamment matière à cogiter.

Et juste après :

— La fin des années quarante et le début des années cinquante, je ne vous dis que ça. Cette lune. Ces nuits sibériennes. Je vous ai déjà raconté ce boulot d'été, quand j'ai participé à la construction de la centrale électrique de Kaprun ?

— Oui, et pas qu'une fois.

— Hm. Hm.

Dans le rétroviseur il entraperçoit le visage fatigué (exténué ?) de Sissi. Il entrevoit la pointe de sa langue qui roule et pousse un noyau de cerise tout au bord des lèvres, grande respiration, sa tête qui s'abaisse puis se relève, le noyau propulsé en direction de sa propre vitre dans un grand plop.

Peter lui saisit rhétoriquement le poignet :

— Si je réfléchis bien, Sissi, avec tout ce que je raconte, je ne dois pas être un aussi mauvais père que ça.

— Tant que tu peux t'écouter parler, tu es content.

Elle le dit avec mordant et sans hésiter, le visage toujours imperturbable, certaine que c'est là la seule façon de se faire comprendre dans sa famille.

— Parce qu'il n'y a pas moyen de t'arracher quoi que ce soit, réplique Peter, toujours calme : Dès que je m'apprête à poser une question, tu réponds invariablement que j'essaie de te mettre à nu. Pourquoi ? Je ne comprends pas.

Elle hausse les épaules et soulève les sourcils, comme pour dire qu'il n'est pas nécessaire de tout comprendre.

— Ton frère est moins avare d'informations. Il ne faut pas lui tirer les vers du nez.

— Parce qu'il n'a rien à raconter.

— Qu'est-ce que tu en sais, proteste Philipp : Évidemment, que j'ai des choses à raconter.

— Mais non.

— Mais si.

— Balivernes. Rien de rien de rien.
— N'importe quoi.
— Des mensonges et des vantardises que tu es allé pêcher dans tes livres d'aventure.
— C'est pas vrai. J'ai autant de choses à raconter que toi.
— Ah oui, et quoi ? demande Sissi : Vas-y, dit-elle : Ne fais pas ton rabat-joie, parle, dis-nous un peu ce que tu as à raconter.

Philipp regarde un bref instant par la fenêtre. D'une voix atone, il lit deux noms de localité sur un panneau :
— Peggau, Deutschfeistritz.

Puis il enlève les deux cerises qui se balançaient à son oreille, les met dans sa bouche, retire la queue et la pousse par-dessus le bord de la vitre. Le vent la chasse.
— Allez, vas-y, Philipp, raconte-nous quelque chose, dit Peter.

Le garçon affiche une mine offensée. Il ouvre la bouche, la referme aussitôt, sans avoir dit quoi que ce soit.
— Allez, je t'écoute, poursuit Peter.

Nerveuses et brunies, ses mains reposent, très rapprochées, sur le haut du volant. Au niveau de la cimenterie de Peggau, il lance la voiture dans un virage en épingle à cheveux, très vite, sur la gauche. Philipp bascule vers Sissi. Sissi de la paume lui donne un coup sur l'épaule, le renvoie dans son coin.
— Reste de ton côté.
— Comme si c'était ma faute.
— Tu as une poignée, là, sers-t'en.

La main droite de Philipp saisit la poignée gainée de matière plastique au-dessus de la vitre, la gauche se pose sur son ventre, il la fait tourner là un peu, droite, gauche, bâille au bout d'un certain temps. Il tourne la tête sur le côté, morose, une mèche au sommet de son crâne se dresse en épi. Il observe les muscles peu développés de son bras, les fait saillir par intervalles réguliers. Puis son regard glisse sur la paysage qui s'ouvre et se referme l'instant d'après et, Peggau passé, pour un temps bref, sur le fleuve qui remue lentement, un ruban de liquide gris-bleu.

Un promeneur sur l'autre rive jette un bâton dans l'eau pour son chien. Philipp suit le chien du regard, puis la voiture est déjà passée, dans le virage suivant.

Peter dit :

— Philipp, j'aimerais que tu nous racontes une histoire.

La voiture franchit l'une des crêtes, on descend doucement. Peter change de vitesse sans raison, l'une, puis l'autre. Il scrute la route puis d'un bref regard par-dessus l'épaule avise son fils. À quoi pense-t-il en ce moment ? Peter ne saurait pas le dire. Possible que, derrière les rêves de Philipp, se cache une lucidité intense. Peter entend l'élastique claquer contre le poignet gauche de Sissi. Il entend, vraiment, que ça fait mal. Il pense : Bientôt les chamailleries vont reprendre. Je ferais bien de les occuper, ces deux-là.

Proposition à la descendance :

— Vous pourriez chanter quelque chose. Non ? Vous ne trouvez pas ? Pour remonter le moral des troupes. Alors ? oui ? oui ? ah, voilà ... allez ... allez ... parfait.

Le garçon se lance, rien d'exceptionnel, mais enfin : *Quand reviendra-t-il enfin, l'été, mon bel été des temps passés.* Une chanson toute simple sur les coups de soleil qu'on attrape à la piscine, en plein air, sur les rationnements d'eau et l'espoir que, dans l'avenir aussi, il y aura des vagues de chaleur, le-plein-soleil-de-juin-à-septembre. Pas un mot sur l'amour, les cœurs brisés ou les grands élans de liberté dans des lointains désespérés. Rien qu'une chanson amusante et

simple. Philipp la chante d'une voix lente et douce (douce comme le fleuve d'été avec ses eaux bleues brouillées), et bien qu'il imite avec un certain charme l'accent guttural et caverneux de Rudi Carrell, on dirait plutôt un Moritat.
Quand il a fini de chanter, Sissi dit :
— C'est un bel été, je ne sais pas ce que tu as.
— Mais pas comme avant.
— Quand ça, avant ?
— Avant, c'est tout.
— Mais quand ?
— Quand on était à Venise avec maman.

Les fois où les enfants évoquent Ingrid, inopinément, comme maintenant, se font plus rares d'année en année, et la douleur que ces phrases sortent d'une rumination silencieuse faiblit elle aussi. Peter se souvient encore de l'effroi qu'il éprouvait au début quand un des enfants disait à table :
— C'est la première fois qu'on mange des *fleckerl* aux pommes sans maman.
Et il était très rare alors qu'ils éclatent en sanglots, ils disaient ces phrases juste comme ça, en passant, comment dire, pour déplorer que les choses aient à ce point changé, dans une sorte de réaction en chaîne qui touchait des détails infiniment. Les enfants faisaient ces remarques parce qu'ils y voyaient une possibilité de se rattacher à la vie d'avant, avec Ingrid, ex negativo : Nous, on le fait, et maman ne le fait plus.
Ingrid. Cette femme merveilleuse, si éloignée de la mort. Ils venaient de passer les vacances à Venise, là, sans la plus petite difficulté, ils avaient trouvé la Piazza San Marco, à pied, en prenant pour repère les coins de rue et les parapets polis par des millions et des millions de mains. Une idée d'Ingrid.

Puis un dimanche. C'est le dernier jour avant qu'Ingrid ne reprenne son travail à l'hôpital. Elle embarque enfants et affaires de bain dans sa voiture. Une collègue médecin, plus jeune et dont le mari possède un grand bateau à moteur, l'a invitée. Elle porte le bikini rouge que Peter lui a acheté en Italie sur un marché, elle rit et profite de la lumière, des eaux lascives du Danube, de la vie. Elle est encore loin de la mort, très loin, et pourtant, comme tout le monde, il suffit d'un hasard. Elle dit que cette journée est merveilleuse, elle saute de l'étrave, elle plonge, éclaboussures, ses pieds, l'eau qui se referme et Ingrid qui ne remonte pas, une minute, deux minutes, ça va si vite, mourir, si facile, pas de mouvement, pas de son à s'échapper de l'eau, tu ne tutoieras pas le Danube, même dans les beaux fleuves on peut couler. Comment ? Ce qui s'est passé ? Son bracelet s'est pris dans un vélo à demi enfoui dans le lit de galets, elle tire, tire, au lieu de glisser sa main hors du bracelet, combien de fois ne l'a-t-elle pas enlevé sans y prêter attention, le bracelet, avant d'aller se coucher, combien de fois, assise au bord du lit, parlant en même temps, comme ça, juste, elle a des hématomes à l'attache du bras, les ongles de son autre main cassent, les fibres musculaires de son épaule se déchirent, elle tire, le bracelet se tord mais il tient, une fois, deux fois. Et Ingrid : Avale l'eau du Danube, tout entre dans ses poumons, elle tousse, pas facile de tousser sous l'eau, elle est médecin, elle le sait, ça ne change rien, sous l'eau pas facile de tousser, elle sait qu'on meurt, forcément, quand on a de l'eau dans les poumons, elle ne veut pas mourir, elle ne veut pas, elle tient à, elle tire, elle cogne, elle tient, si le bracelet cassait maintenant, oui, sûrement elle, lâche, vers le haut, si le bracelet maintenant, elle arriverait sûrement encore, elle tient à, non, si, lâche, mais non, elle y arriverait encore, elle tient à la vie, lâche, fini.

Maintenant la réalité effrayante : Ce n'est pas seulement ce corps qui se dirige tranquille selon le courant, les cheveux libres à la dérive sur le côté, pas seulement la dernière bulle d'air qui trouve la sortie des poumons d'Ingrid et remonte à la surface pour, scintillante, cloquer un moment le courant calme et passer. C'est aussi ce qui se passe sur le pont du bateau et dans l'eau tout autour, là où la vie, celle que chantent les chansonniers, continue. Le mari de la collègue d'Ingrid plonge, avale lui aussi de travers. Sa femme se précipite sur le nécessaire de survie, utilise tout ce qu'elle y trouve, fusées de détresse, fumigènes. Elle pose une balise, jette la bouée dans l'eau, la bouée dérive, descend le Danube. Sissi appelle sa mère, bien vingt fois, et la voix s'efface, maman, maman, balayée par le vent du fleuve, l'adolescente, Sissi, devrait mettre la bouche sous l'eau, non, elle ne le fait pas, elle reste assise là, recroquevillée, elle a treize ans, sur l'une des minces banquettes de plastique, Sissi, la tête entre les genoux, les mains sur la tête, elle pleure. Et Philipp : Son regard passe sur l'eau, il attend que sa mère remonte, que sa mère leur fasse un pied de nez en riant, qu'elle leur montre le roseau qu'elle a utilisé pour respirer sous l'eau, comme dans le western, John Wayne, *Rio Lobo*, Philipp a vu le film avec son père, il compte jusqu'à cent, maman, tu nous as fait une belle peur, c'est plus drôle du tout, puis il recommence depuis le début ... dix-sept, dix-huit, dix-neuf, vingt, vingt et un —

On raconte que si l'on met la tête dans le Danube, le Danube qui est chaque jour un autre, on entend un bruit chantant qui vient dit-on des galets tout au fond, les galets que l'eau lentement roule et entrechoque.

Par un hasard incroyable, un hasard tout à fait stupide.

Et Peter voudrait qu'Ingrid revienne pour voir comme il

fait face, parce qu'il fait face, très bien, juge-t-il, maintenant que les premiers temps sont passés, l'époque où il vivait avec cette chape de plomb et où pressé par le temps il dictait aux enfants leurs devoirs, de sorte que Sissi lui disait parfois :
— Papa, j'ai l'impression que tu as oublié certaines choses.

Et il voudrait qu'Ingrid revienne pour l'approuver, oui, voir comme c'est, comme ce *serait* bien maintenant, car depuis beaucoup des choses se sont passées, beaucoup de choses ont changé, le temps a réglé bien des problèmes.

Et il voudrait qu'ils soient de nouveau une famille et que le monde soit beau comme dans les albums, que les arbres fleurissent dans le jardin, que les couchers de soleil soient fastueux et qu'ils lisent de bons livres ensemble et que les enfants soient fiers et viennent volontiers à la maison.

Et il voudrait qu'Ingrid soit assise sur le siège passager, auprès de lui, là où sont maintenant l'appareil photo et la petite caméra à film réduit, et qu'elle pose aussi sa main sur le haut de sa cuisse et y enfonce légèrement les doigts.

Et il voudrait qu'ils soient heureux jusqu'à la fin des temps, il imagine ou il est persuadé qu'ils pourraient être heureux, il y pense très souvent, c'est sombre, douloureux, vague, penser on peut toujours, ça ne coûte rien.

Ça ne coûte rien.

Car ce n'est pas qu'il soit naïf au point de, non, bien sûr, pour se faciliter les choses il a un peu rectifié son souvenir, il sait très bien que son mariage n'était pas ce qu'ils avaient imaginé tous les deux, que les ingrédients nécessaires à un bonheur durable n'avaient pas suffi et que Sissi tout du moins était assez grande pour mesurer l'ampleur du désastre. Et il sait aussi que les années qui ont précédé la mort d'Ingrid sont les plus néfastes de sa vie, ce qui n'est pas rien, vu qu'il aura été la plupart du temps, avant et même après, du côté des perdants, un de ceux pour qui les défaites s'accumulent comme une artériosclérose.

Dès qu'il y repense, c'est comme si c'était hier.

Quand il a appelé à la maison, la veille de la mort d'Ingrid, elle a envoyé un des enfants répondre.

Sissi : Ça va bien. Ici il bruine.

Lui : Tu peux me passer maman.

Sissi : Oui.

Lui : Alors comme ça, il paraît qu'il bruine.

Ingrid : Oui, au moins ça m'évitera d'arroser le jardin.

Lui : L'herbe a déjà repoussé ?

Ingrid : Oui, évidemment.

Lui : Ici à Munich il a plu hier seulement, aujourd'hui il fait un temps magnifique. Quelque chose de spécial, sinon ?

Ingrid : Non, pas que je sache, tout va bien.

Silence radio.

Lui : Alors embrasse-les pour moi.

Ingrid : Oui.

Lui : Et je t'embrasse, toi aussi.

Ingrid : Merci, à plus tard.

On en était là. Vraiment triste. Triste. Les dernières années, surtout, ils s'étaient beaucoup disputés, la plupart du temps pour des broutilles, au départ en tout cas, d'insignifiantes broutilles, par exemple : Son dernier cadeau d'anniversaire à lui, Alexander Spoerl, *Votre auto et vous*. Et puis aussi, très nette sous ses yeux, la première communion de Philipp. C'était bizarre. S'il ne savait pas que c'est la stricte vérité, il n'arriverait pas à croire qu'il ait pu sortir autrefois des choses comme :

— Mon fils ne portera pas de nœud papillon.

Et Ingrid dit :

— Si cette première communion te tape sur les nerfs, c'est ton problème, et dans ce cas tiens-toi à l'écart.

Puis elle ajouta :

— Manifestement tu ne supportes pas que quelqu'un d'autre que toi concentre l'attention.

Il jugea :

— Maintenant ça suffit, je ne suis pas obligé d'écouter plus longtemps ces conneries.

Ingrid en rajouta :

— Ta réaction est bien la preuve que ce que je viens de dire est vrai, et que tu ne le supportes pas.

Quand il se remémore ces moments-là (et aussitôt lui reviennent les parents d'Ingrid, ces deux maudits vieillards), il éprouve une sensation abominable qui lui ronge l'estomac, et à tout prendre il préférerait encore s'enfuir ou qu'il pousse des ailes à la voiture, tant l'irréparable lui est désagréable et l'oppresse. Ça revient d'un jour sur l'autre (d'une heure sur l'autre ?), ça le prend comme ça, alors il faut s'efforcer de chercher une distraction (ou de s'apaiser ou de s'anesthésier). Cette fois il se ressaisit violemment, incite les enfants à chanter encore, allez, un effort, espèces de bonnets de nuit, avanti, *Griechischer Wein*, *By the Rivers of Babylon*, *Fiesta Mexicana*. Ça aide. Et lorsque Sissi, pour qui les chansons jusqu'ici n'étaient pas assez engagées (Tout compte fait, je préfère encore qu'on se dispute), de sa bouche rouge tirant un peu sur le bleu (les cerises), de sa belle voix de contralto, y va également de sa chanson, eh bien, quel signe y voir, sinon le vrai début des vacances ? *Blowin in the Wind*, reprend Peter de sa voix de basse métallique et chevrotante, touché comme à Noël pendant *Douce nuit*, une boule de douleur dans le cou, parce qu'il a l'impression un instant qu'ils sont, quoi ? oui, quoi ? très rare que cette pensée-là le traverse : une famille.

Il sait, bien sûr, il ne le sait que trop, même, que tout cela ne va pas durer éternellement, pas même très longtemps, sans doute. Sitôt qu'ils seront sortis de la voiture, chacun filera de nouveau à son propre tempo.

À Graz derrière la gare centrale Peter quitte le grand axe routier. Pas en direction de la jonction sud, où commence un nouveau tronçon d'autoroute, mais du sud-est, de la banlieue, il a la ferme intention — petit excès de zèle — d'examiner un carrefour où, au début de la semaine, un accident mortel s'est produit. Les journaux en faisaient un récit pour le moins embrouillé.
— C'est obligé ? demandent les enfants à l'unisson.
— Ce ne sera pas long.
Pour qu'ils ne prennent pas trop mal ce petit crochet, il s'arrange pour passer devant la maison d'arrêt de Karlau.
— Regardez plutôt ça. Les bâtiments, là, devant, qui ressemblent à un monastère, le mur extérieur avec les barbelés au-dessus. C'est le pénitencier.
— Fascinant, dit Philipp.
Sissi répète d'un ton acide :
— Fascinant...
Puis, très cuistre :
— Il y a énormément de films sur l'univers carcéral, parce que beaucoup de gens jugent en effet *fascinant* qu'on puisse enfermer les autres.
— Moi je trouve ça intéressant, en tout cas, se défend Philipp.
Peter vient au secours de son garçon, selon lui le fait que tout ce que la société réprouve soit concentré dans les pénitenciers donne précisément à la chose un certain attrait.
— Un attrait certain, dit Sissi.

Et Peter :
— J'en veux pour preuve que tu préfères fumer des cigarettes contenant des herbes illicites. Tu devrais analyser tranquillement, avec un peu plus d'objectivité, les raisons de cette attirance, à des fins d'édification et de connaissance de soi.

Sissi ne répond rien. Mais quand Philipp veut s'acheter une glace dans une petite épicerie et que Peter fait demi-tour en pleine voie, contrevenant quelque peu à la réglementation en vigueur, pour être honnête (mais quoi, il n'y a pas le moindre risque), elle gémit ostensiblement :

— Monsieur l'ingénieur, membre de l'Observatoire national de la sécurité routière, tous mes compliments.

Dieu sait s'il s'en tape. Qu'elle râle, grand bien lui fasse. Philipp a droit à sa glace. Elle est bonne ? Et lui, Peter, à son carrefour. Il le trouve du premier coup.

— Maintenant vous allez pouvoir observer votre père au travail pendant dix minutes. Merci d'y apporter toute l'attention requise.

Il le dit comme si c'était une plaisanterie, et de fait il ne s'attend pas du tout à ce que ses enfants portent sur lui un regard plein d'admiration, aucune illusion là-dessus, surtout pour ce qui concerne Sissi. Pourtant il s'avoue combien sa reconnaissance importe à ses yeux. Et comment. Il se l'avoue, mais il n'en laisse rien paraître.

— Il faut bien que quelqu'un fasse ce boulot-là aussi. Mieux vaut ça qu'un tour à l'usine de papier-cul.

Peter Erlach, quarante-huit ans, domicilié à Vienne, dix-huitième circonscription, Pötzleinsdorfer Straße. Veuf depuis quatre ans, ça marque. Deux enfants, dix-sept et douze ans. Expert en circulation routière, une voix qui pèse de tout son poids dans les comités importants. Un homme svelte, musclé, qui au premier regard pourrait avoir la fin de la trentaine, allure preste, une façon de parler sereine et légèrement traînante, une voix agréable et qui vous reste dans l'oreille, un sourire sympathique qui ne se change que rarement en rire. Sa tête est étroite avec un menton fort, de sorte que la bouche, large, semble devancer les joues. Le haut du visage est assez large également, sous une chevelure abondante, châtain foncé, la raie de côté, impeccable, à droite. Il est bien bronzé, parce qu'il a installé une lampe à UV au-dessus de son établi dans la cave. Il a l'apparence d'un homme sûr de soi, conscient de son effet. En même temps un tempérament taiseux, pensif et qui n'a jamais exigé grand-chose de la vie. Qu'on le laisse en paix, peut-être. Il paraît équilibré, tout du moins se contient-il. Les climats sont pour lui quelque chose de cyclique, quelque chose qui croît et décroît comme la lune, et que gouvernent de solides dictons paysans (après la pluie le beau temps, toujours). Il n'a pas d'amis, beaucoup de connaissances. Ses connaissances l'aiment bien. Il passe pour digne de confiance et on le tient pour intelligent quoiqu'il ne parle pas beaucoup. Quand il est lui-même, il incline au retrait. Un solitaire, si on veut. Toujours reconnaissant de ne pas avoir à se régler sur les autres. Parfois il couche avec une bibliothécaire de l'Université technique. Mais comme la dame est mariée, il a le sentiment que c'est une histoire qui ne l'engage à rien. Un cinq à sept qu'il dissimule à ses enfants. Petite partie de cache-cache. Dans une autre occasion, une fois qu'il fut moins circonspect, on le jugea coupable de flétrir, par son inclination toujours intacte pour les femmes, la mémoire de la mère de ses enfants. Depuis, officiellement, il est un modèle de vertu.

Autre élément d'une certaine importance : Pour avoir

développé une théorie générale des nœuds routiers, il a acquis une renommée internationale, en se contentant de pointer des choses qui devraient être à vrai dire naturelles. Savoir que les carrefours sont semblables à des systèmes de distribution actifs et catalyseurs. Et que la nature d'un carrefour est indissociable de l'utilisation que les usagers de la route en font, ou plus précisément : qu'un carrefour qu'on a planifié et construit ne prend tout son sens qu'après-coup, que seul le trafic qu'on y enregistre lui confère son rôle réel. Et : Qu'il y a des mécanismes qui encouragent les infractions, et que, subséquemment, seul un carrefour qui fonctionne pour tous les usagers selon les règles élémentaires du bon sens est un carrefour sûr.

Il gare la voiture sur le bas-côté, dans l'entrée d'une station-service qui, face route, a deux pompes à essence. Il sort un bloc-notes de la boîte à gants, prend l'appareil photo sur le siège passager et descend. Il cligne des yeux dans la lumière crue du soleil, laisse glisser son regard sur l'installation routière, sans empressement manifeste et sans paraître curieux. Il commence à prendre des notes. Il règle le diaphragme et le foyer. Prend une photo. Puis il soumet le carrefour à une inspection minutieuse. Il travaille avec concentration, la brûlure du soleil tantôt sur le visage, tantôt sur la nuque, l'odeur du trafic dans le nez, comme il aime.

C'est un nœud routier à trois branches, un T de travers, avec une branche adjacente qui rencontre une artère principale où le trafic est très dense. La branche la plus faible n'a qu'une importance locale et débouche par en bas, en angle aigu, dans la branche principale. Ce qui pose de sérieux problèmes de visibilité, d'autant que le carrefour est rétréci dans le sens de la largeur par des immeubles privés. Sur l'axe principal, en lui-même assez net et dégagé, on roule, comme

Peter le constate, à de grandes vitesses. Néanmoins, pour les véhicules qui veulent tourner, il n'y a ni voie de ralentissement ni marquage au sol, par conséquent aucun bouchon non plus. Avec les conséquences que cela implique. La situation, surtout pour les véhicules qui sortent de la ville et souhaitent prendre à gauche, est proprement catastrophique. Plus la moindre piste quand on veut traverser le carrefour. Une voiture qui, venue de l'axe principal, voudrait tourner dans la branche latérale, dans l'angle, devra le faire le plus vite possible afin de sortir aussitôt de la zone de danger, et il peut arriver ce faisant qu'elle coupe la voie opposée. Bing. Depuis la station-service, Philipp prend en photo quelques voitures en train de tourner. Un instant plus tard il franchit l'artère principale pour le côté gauche de l'embranchement, où de nombreux repères à la craie attestent du travail de la police au début de la semaine. Il observe ce tracé. Flèches, démarcations, traces de frein. Il remarque les éclats de plastique qui étincellent au soleil, balayés dans le caniveau. Pendant ce temps les voitures continuent de circuler tout autour de lui, il n'est ni anxieux ni indifférent, il a le sentiment net que rien ne peut lui arriver, parce qu'il arrive à isoler la plus infime irrégularité dans cet arrière-plan sonore. Question d'expérience. Il prend d'autres photos. Il court jeter un œil dans la branche adjacente. À l'extrémité supérieure, où la route rencontre de nouveau une rue transversale, il aperçoit un restaurant et juste devant une jeune fille juchée sur des échasses qui progresse jambes raides vers les vacances. Il la suit du regard un moment. Puis il change une nouvelle fois de côté et prend une photographie du carrefour en direction de la ville. La station-service apparaît maintenant à l'image. À droite, à l'extrême bord du viseur, l'Opel Manta beige (marron clair) qu'il a achetée l'année dernière. Entre-temps les enfants sont descendus. Peut-être qu'il aurait mieux fait de garer la voiture à l'ombre.

— J'ai presque fini! lance-t-il.

Il survole ses notes, fait un premier bilan. Après une autre photographie il obture l'appareil et, stylo brandi, escorté par le tintement d'un carillon, pénètre dans la petite boucherie dont la porte d'entrée fait face au lieu de l'accident, la maison coincée entre les deux routes, le côté conique étroit tourné vers la ramification prioritaire.

Après qu'il a commandé six sandwiches au salami et aux concombres, il pose quelques questions. Y a-t-il déjà eu des accidents à cet endroit précis par le passé, de la tôle froissée, entend-on parfois des pneus crisser sans qu'il y ait pour autant de la casse?

— Oui, ma foi, répond la femme derrière le comptoir.

De la pointe d'un couteau, elle arrache une large bande de peau d'une saucisse hongroise puis la découpe en tranches électriquement.

— Le docteur m'a prescrit de ne pas m'énerver, sinon je suis bonne pour la crise cardiaque et fini. Mais je crois plutôt que c'est la vésicule. Je n'ai encore jamais eu de problèmes de cœur, mais de vésicule, oui.

Le visage de la femme a des sillons partout. Ses mains sont vieilles, à la main droite il manque le petit doigt plus la glénoïde. Une langue de peau plissée sur la zone de l'amputation est plus sombre que la peau du revers de la main, et on ne voit pas non plus les veines en dessous.

— Ça crisse, ça couine, c'est comme dans une porcherie. Les gens envoient leur voiture tous les deux ou trois ans à la bénédiction. Puis ils se trimballent au petit bonheur dans la région, partant du principe que le bon Dieu les a épargnés hier et que ce sera pareil aujourd'hui.

L'air dans la boucherie est si épais qu'il semble exsuder de la graisse. Le magasin s'est fait semble-t-il une spécialité des saucisses sèches et des casse-croûte en tout genre. Deux chauffe-plats suintants, au milieu de la pièce assez fraîche sinon, proposent trois variétés de Leberkäse. L'estomac de Peter grogne. Il sent la sueur dans ses aisselles et sur sa poitrine. Au carrefour il faisait trente, voire quarante degrés.

— Une horreur, dit la femme : Il faut avoir le cœur bien accroché.

Avec des gestes mécaniques, elle coupe en deux six petits pains. En passant elle évoque de bonne grâce certains détails, dans la mesure où elle est au courant. Peter note dans son carnet quelques remarques factuelles dont l'importance lui semble indéniable, par exemple que le poteau de démarcation, en face, côté plat, ne reste jamais longtemps debout, les voitures n'arrêtent pas de le renverser.

— Ça ne m'étonne pas, dit-il.

Un instant plus tard, après que la femme dans un soupir est arrivée au terme de son rapport, il ajoute :

— Ce sont des routes de fous.
— Les gens sont fous.

La femme coupe deux gros cornichons dans le sens de la longueur, répartit la garniture, coiffe le tout des moitiés de pain prévues à cet effet. Puis elle enveloppe les sandwiches dans du papier très fin et les fourre dans un sac en papier. Peter fait rajouter deux bouteilles d'eau minérale. La femme lui tend le sac.

Tout en comptant il dit :

— Pas mal de routes présentent le désavantage d'accélérer le trafic à l'endroit précis où elles devraient le juguler. Pour ce qui est de ce carrefour, il faudrait soit interdire la circulation bilatérale dans l'angle aigu, soit infléchir le débouché de cette route vers la gauche, comme ça (il parle avec les mains), vers le sud, donc, pour qu'elle rencontre frontalement l'axe central. Et il serait alors très judicieux, parallèlement, de reculer le débouché de cette route de quelques mètres. Comme ça on libérerait de la place sur l'artère principale pour un marquage au sol, une file pour les gens qui prennent à gauche, entrent ou sortent, et on pourrait faire un îlot routier. Grâce à cet îlot, on parviendrait à freiner considérablement ce grand flux de voitures et à faire de vraies files. Non seulement ça améliorerait l'efficacité de l'ensemble et la visibilité dans tout le secteur, assez considérablement, mais ça permettrait aussi d'éviter la plupart des collisions. Notez néanmoins que la condition préalable à de telles améliorations serait qu'on rase cette maison.

— Charmant.

Le visage de la femme reste assez inexpressif. Elle rend la monnaie à Peter, là-dessus elle referme le tiroir-caisse avec le ventre et s'essuie les mains dans un torchon.

— Vous avez déjà remarqué qu'on plante de préférence les pensées sur les tombes et les îlots routiers ? demande-t-elle.

— Non, ça ne m'avait jamais frappé.

— Eh bien, réfléchissez-y.

Peter se tourne vers la porte.

— Merci pour les informations.

Il sort dans la fournaise et la clarté, le contraste soudain fait danser des petits points jaunes devant ses yeux. Il les plisse un instant et, comme il se retourne une fois encore parce que la femme l'a suivi jusqu'à la porte, il sent le soleil brûlant comme une flagellation dans le dos. La maison semble se pencher sur lui, c'est du moins son sentiment, et au même moment il a l'intuition que la femme vendra la

maison sitôt qu'on lui fera une proposition raisonnable. Coincée comme cela entre deux routes, pas même un peu de place devant la porte. Une occasion pareille ne se représentera pas.
— Et puis vous n'êtes pas non plus vernie pour les places de parking. Soyez contente, dit-il sobrement.
Il se détourne, dans l'odeur de l'asphalte chaud. Il passe sur la zone où voici trois jours le jeune motocycliste est mort d'hémorragie. Ce faisant il imagine à quoi pourrait ressembler le carrefour après les aménagements nécessaires. Oui, à bien y réfléchir, ce n'est pas faux, les bordures des îlots routiers sont souvent plantées de pensées. Il croit même savoir d'où ça vient. Pas des esprits des morts qui, sur les carrefours sanglants, reviennent chercher les lunettes, les chapeaux et les cartables qui traînent sur le bord de la route. Non, c'est plutôt que les pensées — il ne les aime pas particulièrement, lui non plus — sont bon marché et peu exigeantes. Comme les chrysanthèmes. La veille, il a déposé un bouquet de chrysanthèmes sur la tombe d'Ingrid.
— Hop, réglé.
Les enfants se précipitent sur les petits pains au salami ; comme toujours c'est à celui qui aura englouti son sandwich le plus vite.
— Ne bâfrez pas comme ça.
Philipp, entre deux coups de crocs, arrive néanmoins à demander si c'était un carrefour intéressant.
— Intéressant si on veut. Deux routes sans rime ni raison.
(Sans raison ni fin, sans trêve ni repos.)
Avant de monter dans la voiture, Peter étanche le gros de sa soif. Il fait le plein, puis ils repartent, mastiquant tous les trois. À la radio les informations de 6 heures.

Au Conseil national, lors de la dernière session ordinaire avant la pause estivale, violents affrontements au sujet de la révision de la loi sur la Chambre des travailleurs proposée par le Parti socialiste autrichien. Les six gouverneurs du Parti populaire se prononcent eux aussi en faveur d'un grand référendum sur la centrale nucléaire de Zwentendorf. L'Éthiopie lance une grande offensive contre l'Érythrée. Bonn prend la présidence de l'Union européenne. Le footballeur Hans Krankl répondra pour les trois prochaines années au nom de « Juan ». La nouvelle recrue du FC Barcelona a été accueillie à l'aéroport de la capitale catalane par 120 journalistes et plusieurs centaines de supporters déchaînés. L'Union soviétique projette d'envoyer des cosmonautes sur Mars. La princesse Anne est à Vienne.

Philipp, encouragé par Peter, décline la composition de l'équipe qui voici une semaine a sorti de la Coupe du monde le champion en titre. Il énumère les actions, les buts, les minutes de jeu et le nom des buteurs. Il mentionne l'unique changement au sein de l'équipe autrichienne, soixante et onzième minute, Franz Oberacher remplace Walter Schachner. Cartons jaunes pour Kreuz et Sara. Arbitre : Abraham Klein, Israël. Un peu de temps passe. Puis Philipp veut parier avec Sissi, deviner de quelle couleur sera la prochaine voiture qu'ils croiseront. Mais il se fait envoyer sur les roses. Trop puéril. La dramatisation de ce qui, de toute façon, arrivera. Peter s'offre pour jouer les remplaçants.
— Blanche.
— Bleue.
Ils parient cinq fois. Mais ils sont toujours à côté de la plaque, ils préfèrent arrêter. Philipp sort un Astérix du videpoches. Sissi regarde furtivement le paysage estival. Pendant

ce temps Peter se creuse la cervelle pour trouver un divertissement anodin. Comment faire ? Bonne question. Il essaie deux fois, préfère finalement se taire plutôt que s'exposer une fois encore au risque d'essuyer un refus. Pas évident de trouver quelque chose qui ne soit pas ringard, convienne aux enfants et en même temps ne paraisse pas trop adulte ou insidieux.

Il déglutit la dernière bouchée de son deuxième sandwich au salami. Puis une troisième tentative, au fait, tous les deux, saviez-vous que, pendant la guerre, quand on avait des tickets de rationnement pour les produits alimentaires, les bouchers avaient développé l'extraordinaire faculté de couper et peser la viande à quelques grammes près, et que, sitôt le système des tickets abolis, cette faculté disparut aussi soudainement qu'elle était apparue ?

— Un phénomène étonnant, non ?

Il récolte l'une des piques habituelles de Sissi, qui se réclame cette fois d'Ernesto Che Guevara :

— Le capitalisme étouffera tôt ou tard de ses contradictions.

Peter en prend bonne note. Admettons. Pour finir il se surprend à essayer — pour la combientième fois ? —, aidé du panorama qui défile à vive allure par la vitre, d'élargir un peu le patrimoine culturel de ses enfants, quand, par-delà la Mur cachée derrière des arbres, la tour du château de Weißenegg s'offre à eux. Un soliloque maladroitement camouflé dans lequel il s'agit surtout, comme à chaque fois qu'il parle avec sa femme morte, de s'étreindre soi-même.

Après Wildon, Sissi retrouve un peu sa langue, soit que l'ennui l'accable, soit qu'elle éprouve un besoin de communiquer aussi emprunté que celui de son père. Après avoir donné une bourrade à son frère, elle dit :

— Explique-moi un peu pourquoi tu veux être coiffeur.
Philipp lève le nez de son Astérix et dit :
— Mais je n'ai jamais dit que je voulais être coiffeur.
— C'est un beau métier, pourtant.
— Laisse-moi tranquille, je ne veux pas être coiffeur.
— Mais tu passes ton temps à dire que tu seras coiffeur.
— Je n'ai encore jamais dit ça.
— Dommage, ce serait le métier idéal pour toi.
Philipp se cache derrière son illustré, du mieux qu'il peut. Comme Sissi ne lâche pas prise, il dit :
— Laisse-moi tranquille avec tes conneries.
— Pourquoi mes conneries ? Tu ferais des permanentes aux femmes et tu leur servirais un bon café pendant qu'elles sont sous le casque.
— Papa, dis à Sissi que je ne veux pas être coiffeur.
— Sissi, fais-nous grâce de ton humour bizarre.
— Je m'intéresse à ce qu'il fera plus tard, réplique Sissi, maligne comme pas deux.
Et s'adressant de nouveau à Philipp :
— Si tu ne veux pas être coiffeur, qu'est-ce que tu veux faire ?
Par la vitre Philipp regarde le tracé de l'autoroute en construction au sud de Lebring, un camion qui s'approche d'eux en direction du tout nouveau pont sous lequel la Manta va passer dans un instant.
— Tu veux être cantonnier ? demande Sissi : Comme ça tu aurais des muscles et de bonnes couleurs toute l'année, et ce serait la grande classe. Ça plaît aux filles. On t'a déjà dit que tu étais assez joli garçon ?
Philipp fait la moue. Les leçons de ces derniers temps lui conseillent d'ignorer prudemment les compliments de Sissi. À d'autres, les louanges.

Elle dit :
— Tu es mignon, mais un peu petit, et je crains hélas que tu ne grandisses plus. Tu resteras comme tu es.
— C'est complètement faux.
— On appelle ça le manque-d'-hormones-de-croissance. On ne pourra rien faire pour toi, tu es déjà trop vieux, tu auras bientôt un peu de duvet, là, sur la lèvre du dessus. Mais ne sois pas triste, la beauté n'est pas tout.
— Maintenant arrête d'être aussi méchante avec lui, dit Peter.
Il se frotte les joues. Il voit combien Sissi s'est occupée de Philipp ces dernières années, et combien ça l'accaparait tout entière. Il lui a toujours tiré son chapeau et pardonné du coup bien des choses. Maintenant il se demande si Sissi, dans ses rapports avec son petit frère — et depuis quand, déjà ? —, dans sa façon d'être avec lui, n'est pas un peu plus dure depuis quelque temps, parce que Philipp devient peu à peu autonome.
— Mais je viens de dire qu'il est joli garçon.
Philipp commence à s'énerver, explose :
— Papa, cette pauvre conne est de mauvaise humeur parce qu'elle est tombée amoureuse d'un garçon à la fête de l'école.
Avant que Peter ait le temps de réagir, de prier immédiatement Philipp, rapport à son *pauvre conne*, de bien vouloir user d'épithètes plus gentilles, Sissi feule :
— Tu vas te taire !
— Papa, il s'appelle Valentin ! Il —
La phrase s'arrête net. Sissi se précipite sur son frère, lui fait une prise de tête et lui ferme la bouche du creux de la main. Philipp continue de parler, mais comme il n'arrive pas à former la plupart des sons et que les rares mots qu'il sort malgré tout, marmonnements étouffés, sont couverts par les imprécations de Sissi, on ne comprend plus rien du tout.

— On se calme, derrière, ça suffit. Vous m'entendez ? Je vous ai dit que ça suffisait. Vous arrêtez tout de suite.

Comme les enfants ne réagissent pas, Peter gare la voiture dans le dégagement d'un arrêt de bus et il les laisse s'attraper jusqu'au moment où leur colère se tarit d'elle-même. Pour finir, ils se gratifient des insultes habituelles (seule exception : coiffeur-de-mes-deux). Puis chacun reste dans son coin, raide comme un piquet, le regard droit devant.

Peter dit, presque sans hausser la voix :

— Sissi, inutile de déverser ta bile sur Philipp.

Elle laisse son père patienter un peu.

— Ça me tape tellement sur le système, aussi. Je ne vois vraiment pas pourquoi je suis obligée de partir avec vous en vacances.

— Avec un vieux nazi et un apprenti coiffeur. C'est ça, que tu veux dire ?

Elle déglutit, tout juste si elle n'éclate pas en sanglots. Elle ravale sa honte difficilement, les quelques larmes qui lui viennent sont vite chassées malgré tout.

— C'était juste pour plaisanter.

— Tant qu'on est sur le chapitre des plaisanteries. Il y a une chose que je voulais te dire : Ton cher Che Guevara avait une case en moins. *La mission du révolutionnaire est de faire la révolution.* Belle phrase pour un recueil de poésies. Mais se retrouver dans la jungle bolivienne avec quinze types et croire qu'on pourra renverser un gouvernement de cette façon. On se demande. Franchement ! Dans la jungle il n'y avait que des serpents. Et puis cette manie de brandir hystériquement sa mitraillette, au nom du peuple et contre la misère des masses. Je me demande si monsieur le médecin et ses combattants avaient encore leurs esprits.

Sissi contre toute attente le regarde, ses bras maigres

croisés sur la poitrine. Son T-shirt trop court remonte et découvre une parcelle de ventre nu. Avec l'expression d'une totale incompréhension, elle dit :
— De toute façon tu n'y comprends rien, tu es trop vieux pour ça.
Il y a une telle tristesse dans sa voix que Peter ne sait plus quoi dire.
Il soupire profondément, ça aide à évacuer les tensions. Il se sent lessivé, d'ailleurs il l'est.
— Demain on sera au bord de la mer, tout sera complètement différent.
Il démarre, débraye et dit :
— Allez, on y va.
Here we go ... Here we go. Et les voilà partis, silencieux, bien qu'aucun n'ait la langue dans sa poche, d'autant plus triste, donc, sous la voûte haute du ciel, avec ce soleil plus tout à fait aussi haut, cette ombre plus tout à fait aussi dure, escortés par la faim des oiseaux qui griffent leurs diagonales noires dans le bleu, par des villages où le vent siffle, entre des tournesols qui les guignent dans des jardins poussiéreux, via Leibniz puis la Mur et toujours tout droit, l'auberge, là, près du pont, juste avant qu'on franchisse de nouveau la Mur, allez, vingt schillings à celui qui me dira combien de fois on a déjà traversé la rivière aujourd'hui, non, faux, mon fils, là, devant, ça fera la septième fois, et lentement, lentement, la cerise sur le gâteau. Car : Car juste avant la tête de pont, côté nord, la voiture se retrouve à l'extrémité d'un bouchon qui s'étire vers l'avant jusqu'à la frontière, Spielfeld, tiens, Spielfeld, avec Straß l'une des 88 (puis 92) étapes du jeu — de l'ancien jeu ? — de Peter, *Connaissez-vous l'Autriche*, un jeu qui rapporte de l'argent à d'autres aujourd'hui, combien d'étapes comme celles-là, dites-moi, allez,

allez, qui peut me les citer toutes ? Vienne et ? Je rajoute vingt schillings. Mais Peter lui-même a toutes les peines du monde à récapituler les étapes, il réfléchit, l'odeur de l'ancien entrepôt de Meidling sous la calotte crânienne : Poussière de bois, colle répandue, papier humide et de la cendre, de la cendre, quand lui et Ingrid, enceinte, à l'automne 1960, sortirent tous les meubles et l'équipement et brûlèrent le reste des cartons, les figurines et tout le bazar (la peau d'ours) dans l'entrée, devant l'entrepôt. Votre langue au chat, alors ? Vous êtes prêts ? Bien, Vienne, Leobersdorf, Vienne Neustadt, Semmering, Bruck, Graz, Spielfeld/Straß.

Connaissez-vous l'Autriche ?

Lentement, oui, lentement, en effet, on finit tout de même par se faire une idée.

Sissi a chaussé ses lunettes miroir. Elle jette un regard, tête rentrée, un peu tourmentée dirait-on, sur le côté, mais sans laisser vraiment transparaître comment elle va — la vérité vraie. De toute façon *on la met sous l'éteignoir* (pour reprendre sa propre expression). Quand Peter descend pour se faire une petite idée de la situation et que Philipp le suit, Sissi ne manifeste pas la moindre intention de quitter son retranchement. Et quand Peter lui demande s'il doit la déposer à la gare pour qu'elle reprenne le premier train pour Vienne, elle ne semble pas entendre du tout, et si toutefois c'est le cas, elle ne condescend à aucune réaction.

Difficile de savoir où on en est. Même avec la meilleure volonté du monde, Peter n'arrive pas à saisir par quelle phase étrange l'adolescente passe en ce moment. Mais ce qu'il sait, c'est que ce sont les dernières vacances avec elle, et ça lui fait mal, parce que Sissi en dépit de sa mauvaise tête est quelqu'un de bien. L'an prochain ce sera sa dernière année au lycée, et une fois qu'elle aura commencé les études proprement dites, il ne pourra plus la retenir à la maison, il ne se fait aucune illusion là-dessus. Elle lui manquera, sûrement. Elle passera tout de même de temps en temps, espérons-le, pour manger ou parce que son petit ami l'aura plaquée. C'est déjà arrivé une fois (juste une) : Parce qu'un garçon des éclaireurs avait profité d'elle. Elle était malheureuse comme les pierres et pleurait. Peter l'avait consolée avec quelques-unes de ses formules passe-partout, générales et molles, et qui d'habitude suscitaient son mécontentement. Mais il tenait sa main, et elle tenait sa main, et elle s'était endormie là-haut près de lui. C'était il y a un moment déjà, un an et demi. Même depuis, il y a toujours des moments où elle semble rechercher sa proximité. Mais la plupart du temps elle ouvre les portes sans un bruit puis les referme et, hissée sur la pointe des pieds, marche à pas prudents dans la maison et ne cesse de secouer copieusement la tête, quoi qu'il fasse, qu'il boive un verre d'eau ou qu'il se mouche. Quelque chose dans sa façon de vivre ne lui plaît pas. Souvent des semaines entières. Il le sent, un hochement de tête permanent devenu pour ainsi dire un réflexe, ou alors des regards torves ou les deux à la fois, quand ils sont ensemble dans la même pièce. Alors il ne faut pas attendre longtemps avant qu'elle déguerpisse. Il n'a pas la plus petite idée de ce qui se passe et du pourquoi des choses, ne sait pas ce qu'il fait de travers ni de quoi il lui est redevable au juste.

Autant de mystères.

Il se penche à l'intérieur de la voiture :

— Si jamais ça avance un peu dans les minutes qui viennent et que je ne suis pas là, vous n'avez qu'à pousser la voiture.

Toujours cette façon de jouer avec son élastique, une habitude qu'elle a prise ces dernières années. Elle dit sèchement :

— Tu es vraiment super, papa.
Il prend la caméra à film réduit sur le siège passager, la prépare et filme Sissi par la vitre. Elle lui tire — comme une fois déjà aujourd'hui — la langue, la salive et les miroitements de la vitre la font briller un peu. Puis il va sur la chaussée opposée, fait un panoramique sur l'embouteillage. L'appareil devant l'œil droit, il suit la cohorte des voitures à touche-touche en direction de la frontière, une concaténation de guimbardes de travailleurs immigrés, l'arrière-train au ras de la route et les galeries surchargées. Çà et là, isolés, des camping-cars allemands et hollandais, sur le hayon des bicyclettes pliantes et des High Riser. Des vacanciers apparaissent à l'image, qui font traîner leurs talons impatients sur le sol. Des hommes turcs que l'embouteillage semblent moins déranger. Deux de ces hommes ont le fou rire. Des enfants tondus font des signes des deux mains. Un chien trottine sur le bord élargi de la route, renifle les détritus jetés là. Et puis cette femme, une Yougoslave, un insecte s'est pris dans ses cheveux crêpés et, au bord de la route, elle tapote sa tête des deux mains, tandis qu'un homme du même âge, haute silhouette, juste à côté d'elle, assiste sereinement à ce spectacle, les mains croisées sur sa nuque charnue. L'insecte tombe par terre, la femme l'écrase d'un twist de la pointe du soulier. Arrange sa coiffure. Lorsqu'elle remarque qu'on la filme, elle souffle un baiser à la caméra bourdonnante. Avant d'arrêter, Peter fait un dernier plan, de la droite vers la gauche, et montre une fois encore la file immobile des voitures qui attendent.
— Une heure à attendre, dit la Yougoslave avec un rire gêné.
Une jeune femme robuste au rire vigoureux, jean, chemisier, tête de lune sympathique.

L'homme qui l'accompagne, nu jusqu'à la ceinture, côté conducteur, portière ouverte, fait rouler deux fois ses épaules et dit :
— Pas très grave. Avancer bientôt.
Peter s'arrête et leur fait un brin de conversation. Au fil de cette conversation, il s'avère que l'homme et la femme sont tous les deux ouvriers dans le textile à Ternitz. Leur activité ne les satisfait pas mais ils ne trouvent rien de mieux. Pourtant ils sont de bonne humeur, même quand ils se plaignent de leurs conditions de travail. Au contact de la frontière ils semblent reprendre un peu de cette confiance en soi qu'ils ont dû déposer à l'entrée.
— Cigarette ? demande l'homme en tendant son paquet dans la direction de Peter.
— J'ai arrêté, dit-il seulement.
Cette petite relation de hasard, en cinq minutes à peine, a déjà progressé bien au-delà de ce qu'on est en droit d'attendre d'ordinaire après quelques phrases échangées. Se retrouver coincé dans un embouteillage, pare-chocs contre pare-chocs, à la chaîne, provoque un sentiment de solidarité agréable, d'autant plus agréable qu'il n'engage à rien.
— On part camper dans l'empire de Josip Broz Tito.
Et il aime les grillades et l'odeur des herbes qui là où ils vont poussent à l'état sauvage : fenouil, thym, romarin.
— Oui, oui, dit la femme.
Là-dessus son rire âpre, caverneux :
— Chez nous aussi.
Plus loin devant les démarreurs craquent, les moteurs vrombissent, on progresse de six ou sept mètres.
— Vous visiter nous à Split avec femme et enfants, dit le Yougoslave après qu'il a avancé sa voiture dans l'espace libre.

— Deux enfants, dit Peter, mais pas femme.

De l'index droit il désigne le ciel, où la lumière se raréfie peu à peu. L'air apporte une fine odeur d'urine, depuis le bord de la route.

— Oh, dit la femme yougoslave. Avec sa voix singulière.

Puis elle sourit si aimablement que Peter sourit à son tour. Un feed-back.

La file continue de progresser, toujours six, sept mètres. Peter fait volte-face :

— Il faut que j'y retourne.

Il serre la main à l'homme et à la femme puis s'en va, pour que son absence n'entraîne pas un nouvel obscurcissement de l'humeur familiale.

Quand il aperçoit de nouveau sa voiture, il soulève encore sa caméra à film réduit et la dirige vers les enfants sur le bas-côté. Sissi, le visage sans expression, saute jambes écartées en tapant dans les mains. Pour la caméra. Philipp joue le montreur de force, mâchoire serrée, commissure des lèvres violemment tirée vers le bas, et exhibe ses biceps dérisoires. Dans les mouvements des enfants, encore quelque chose des bagarres, de la colère et du désarroi passés. Et pourtant une beauté étonnante dans cette tentative d'apporter sa modeste contribution aux archives familiales, une force et une beauté qui font naître en Peter un sentiment qu'on nommera tranquillement tendresse.

— Et c'est quoi, ça ? demande-t-il avec un embarras prudent après qu'il a stoppé la caméra.

Ce sont les T-shirts de Sissi. Pourquoi poser la question ? Ils sèchent sur le capot et sur la tôle du coffre. Sur le rétroviseur, côté conducteur, un torchon que Sissi a déniché dans les bagages et avec lequel elle a nettoyé sommairement la peinture de la Manta. Peter filme aussi les T-shirts. Il s'approche très près. Plus tard, quand il donnera une petite projection privée dans la cave, les couleurs virulentes (batik) auront pâli et pris un aspect grenu, mou, comme l'air au petit matin, comme quelque chose qui ne prend tout son sens que dans l'avenir, comme quelque chose qui ne se joue que dans l'avenir.

— Je vais à pied jusqu'à la frontière, dit Sissi.

Et elle est partie.

Peter la suit du regard avec une sensation de perte insidieuse. Elle titube dans le cailloutis de l'accotement, une adolescente malheureuse dans des chaussures qui ont bel aspect mais doivent la faire transpirer atrocement. Ses cheveux. Son dos. Ses fesses. Et elle ne se retourne pas. Ça l'oppresse, bien qu'il sache que c'est ce dont elle a besoin maintenant, une heure et demie pour échapper à sa famille et faire les choses toute seule, un sentiment (l'expérience concrète de la liberté?) qui adoucit sa nostalgie et la rapproche un peu de la réponse à la question que Gengis Khan, parmi les cohortes de Mongols, se posait : *Qu'est-ce que je fais dans ce flot?*

— Elle n'est pas dans son assiette, dit Philipp.

— J'ai l'impression en effet, dit Peter.

Lentement le temps suit son cours. Le soleil répand ses derniers rayons, le disque orange fout le camp, plus bas, toujours plus bas, délavé dans la brume, effleure une colline boisée derrière le château de Spielfeld, juste après, plus rougeâtre, après que Peter a avancé un peu la voiture, on l'aperçoit de nouveau dans le ciel, libre, dans une entaille occidentale du paysage. Les aspérités au loin se lissent. Puis un coucher de soleil comme une boucherie. Les collines plantées d'arbres semblent se précipiter à la suite du soleil sous la ligne mouvante de l'horizon. Et le ciel se détache comme un cerf-volant et se dissout là-haut dans le rien.

Vendredi 8 juin 2001

Philipp est assis sur les marches du perron, caresse un chat accouru des jardins voisins et avec lequel il s'est lié d'amitié, lui frotte les joues de l'index droit et se gratte le ventre. Il regarde passer les voitures qui longent l'entrée, les femmes avec enfants qui ne tournent même pas la tête vers lui, bien que le spectacle qui s'offrirait à elles, alors, ne soit sûrement pas pire qu'un autre. Mais non. Les femmes et les enfants ne s'intéressent pas à lui. Pas de coq à coqueliner. Pas de chien à aboyer. Les pigeons roucoulent. Le café refroidit. Le refroidissement du café et la consumation lente du soleil sont à peu près la même chose. Mais à quoi bon, il pérore et vaticine et ne remplit jamais son carnet que d'allusions et de contradictions.

Même son habileté à attraper les mouches ne le réjouit plus. Il les donne en pâture au chat.

— Qu'est-ce que je devrais faire, maintenant, à ton avis ? demande-t-il à l'animal. Qui miaule avec indulgence.

Et tout à coup Philipp se sent arrivé lui aussi à un point où, c'est indéniable, il doit bien avouer qu'il a commis des erreurs. Il ne sait pas lesquelles, cela dépasse de beaucoup son horizon, mais d'évidence il en a commis.

Même l'oisiveté peut tout faire dégénérer.

Promptement, comme si c'était elle qui venait de lui donner cette pensée, Johanna tourne le coin du portail. Elle arrive à bicyclette, roule jusqu'à ses pieds, et pendant qu'il s'en veut d'avoir retiré son bandage à la tête il y a deux heures et pris aussitôt une douche, elle dit qu'elle lui a apporté un peu de lecture. Elle fouille dans le petit panier fixé à son guidon et, le visage rayonnant, lui tend un in-quarto, marbrures vertes à l'extérieur, pas d'estampage, poids minimum trois kilos. Philipp ouvre précautionneusement le volume et lit à voix haute :

— Mémorandum de l'Académie impériale des sciences. Série mathématiques et sciences de la nature. Volume soixante-treize. Album jubilaire, cinquantième anniversaire de l'Institut de météorologie et de géomagnétisme. Vienne, 1901.

Tandis que Johanna fait remarquer fièrement que le livre a cent ans, Philipp se demande si, à l'avenir, il réfléchira à l'amour quand il réfléchit au temps (qui le(s) comprendra ?). Il veut aborder ce sujet avec Johanna. Elle refuse d'un geste de la main. Mais un peu plus tard elle dit que oui, ça l'exciterait sûrement, qu'il lui lise l'article sur la teneur en eau des nuages pendant qu'ils font l'amour. Elle hoche plusieurs fois la tête, les lèvres pincées, légèrement en tulipe. Puis après une pause elle dodeline encore de la tête et rit.

Et comment !

Bien, allons-y : Sur la teneur en eau des nuages, à la ligne, par Victor Conrad, à la ligne, ouvrez la parenthèse, de l'Institut de physique-chimie de la Faculté de Vienne, fermez la parenthèse, à la ligne. Avec cinq illustrations, à la ligne, tiret, à la ligne, ouvrez la parenthèse, soumis en session le dix-sept mai mille neuf cent un, fermez la parenthèse, à la ligne, tiret, à la ligne. Les premières investigations sur la teneur en eau des nuages et des brumes sont l'œuvre de Schlagintweit, en mille huit cent cinquante et un. Il séjourna quelque temps au Chalet Vincent, ouvrez la parenthèse, trois mille cent cinquante-deux mètres, fermez la parenthèse, sur les versants du Monte Rosa, pour déterminer la teneur en dioxyde de carbone de l'air à ces altitudes —.

Ricanement de Johanna, qui en chemin vers la chambre de Philipp enlève son T-shirt et son soutien-gorge.

— Attendu que Schlagintweit, ce faisant —

Nouveau ricanement de Johanna.

— faisait passer l'échantillon d'air à examiner par un matériau absorbant le gaz carbonique et déduisait la teneur en CO_2 de l'augmentation de poids du dit filtre, il lui est peut-être venu à l'esprit, très logiquement, de faire passer la masse de brume par une substance absorbant l'eau, ouvrez la parenthèse, chloride de calcium, fermez la parenthèse, et, derechef, de déduire la teneur en eau de l'échantillon de l'augmentation de poids du filtre, puis de soustraire l'humidité contenue dans l'air, ouvrez la parenthèse, l'eau à l'état gazeux, fermez la parenthèse, et d'obtenir ainsi la teneur en eau liquide présente dans l'air sous forme de gouttelettes. De la sorte, Schlagintweit, pour un mètre cube de nuage, trouve à peu près deux virgule soixante-dix-neuf grammes d'eau liquide.

Philipp interrompt son exposé et demande à Johanna, déjà entièrement dévêtue et allongée sur le dos, si les nuages sont plus proches de la pluie ou plus proches du ciel.

Sans lui donner de réponse, elle se retourne, lui enlève le livre des mains et le jette à côté du matelas. Il atterrit à grand fracas sur les planches.

Philipp proteste :

— Johanna, dit-il : Cet article sur la teneur en eau des

nuages est censé t'exciter *pendant* qu'on fait l'amour, pas *avant*.

Mais elle ne l'écoute déjà plus. Il se demande ce qu'il doit faire, répéter par exemple la question, lui demander si les nuages à son avis s'apparentent davantage au ciel ou à la pluie, ou si l'été se rapproche plus du printemps que de l'automne. Mais il se dit que tout cela est bien indifférent pour le moment et ne l'intéressera peut-être plus jamais, de toutes autres questions l'assaillent, et ces questions-là elles-mêmes peuvent bien attendre que lui et Johanna, épuisés, se retrouvent étendus côte à côte sur le matelas.

Cette fois même Johanna essaie de prolonger au maximum le temps qui sépare son arrivée de son départ, comme si, maintenant que les draps sont blancs, il était inimaginable qu'elle en sorte. Philipp à cet instant précis la trouve très belle, et il lui demanderait volontiers (Johanna, dis-moi un peu) si elle a aussi de ces moments où les murs et les sols et, précisément, les moments n'existent plus. Si elle serait prête elle aussi à déposer la logique la plus élémentaire et donc le ridicule qui nous oppresse pour dire : Je suis et je reste qui je suis, où je suis, aussi longtemps que ça me chante.

Il ne le lui demande pas, non, mais bien après, après, quand c'est passé, si elle —

— Non, c'est tout à fait impossible, Philipp, tu veux jeter par-dessus bord les lois fondamentales de la vie.

Elle lui chasse du visage une mèche humide de sueur. Son regard lui dit que c'est sans espoir.

— Parce que seuls les idiots ne changent pas. Tout être raisonnable regarde droit devant, et pour pouvoir regarder devant soi, il faut savoir ce qu'on a derrière soi. Tu ne peux pas te raconter des histoires et prétendre le contraire.

Il pense : C'est si peu de choses, je n'ai pas beaucoup

d'histoires à me raconter, ça tient sur un timbre poste, ce qu'il faudrait que j'invente, je peux le noter sur un timbre poste, et le reste est simple comme bonjour.

Johanna est assise sur lui, l'observe longtemps, regarde parfois au plafond ou par la fenêtre. Pour finir, comme si les idées et les possibles étaient secondaires, elle lui rappelle son projet d'il y a plusieurs semaines, sa volonté, alors, dans la chambre où ils viennent de coucher ensemble, d'arracher le papier peint. Elle hoche la tête. Philipp imagine combien la chambre serait belle si on y voyait apparaître sous la tapisserie tout ce qu'il souhaite. Plusieurs indices, aux endroits où des petites langues de papier salies au fil du temps se sont détachées d'elles-mêmes, laissent espérer une peinture rouge brouillée par la colle d'amidon et qui lui rappelle le Maroc, où il n'est encore jamais allé et où il n'ira pas.

— Johanna, dit-il.

Mais non, ça ne sert à rien, c'est absurde. Il aurait mieux fait de ne pas commencer cette phrase.

Johanna a moins de problèmes pour parler.

— Écoute, dit-elle, tout ce que tu fais est voué à l'échec le plus total. Et ce qui m'exaspère par-dessus tout, c'est que je suis indissociable de ta faillite. Parce que tu ne veux rien prendre à bras-le-corps, hormis moi, peut-être, et encore, pas assez fort.

Chuchotements et la nuit qui s'insinue. Il réfléchit aux reproches de Johanna, un bon moment : Au fait que son dernier livre n'a rien rapporté. Aux cinq années avec Ella. À une poignée d'autres événements encore, qui remontent en partie à plusieurs années. Sa famille, sa mère, son père, Sissi, qui s'est mariée beaucoup trop jeune et est partie à New York. À Johanna, qui stagne aussi dans son mariage en attendant la bourrade qui la propulsera dans une autre vie. Il ne s'y retrouve plus du tout. Tant de choses bourdonnent dans sa tête, et toutes ces choses réunies le perturbent tellement qu'il perd le fil et ne réplique rien. Il touche les seins de Johanna, et pour un moment il pense que ce contact va durer, un instant répété à l'infini qui préserve son évanescence par la répétition et la pérennise en même temps. Philipp serre plus fort la taille de Johanna et enfouit son visage sous ses côtes.

Dans cette position il se met à réfléchir à une chose qu'il a lue Dieu sait où : que certaines sensations se fixent pour toujours sur la peau, le froid du pistolet qu'on vous pointe sur la tempe en vacances, par exemple. Il voudrait que sa main fût douée de mémoire et pût retenir le relief des seins de Johanna, et la sensation que ce relief produit. Quand il était enfant, il s'est évertué pendant plusieurs semaines à nourrir ses orteils. Il levait aussi très haut les pieds, l'un après l'autre, pour qu'ils puissent mieux voir le monde. Sissi s'est moquée de lui pour ça, même des années plus tard, raison pour laquelle sans doute il se le rappelle, ou sait tout du moins qu'il est passé par cette phase-là.

Quand Philipp se réveille il fait sombre. Johanna n'est pas allongée près de lui, il ressent l'absence de son corps, mais il flaire et pressent aussi qu'elle n'est pas partie depuis longtemps. D'ailleurs les draps ont quelque chose de très familier. Il se dit que si Johanna réalise un jour son projet, quitter Franz, et le quitte certainement lui aussi dans la foulée, parce que leurs rencontres alors n'auront plus aucun attrait à ses yeux, il regrettera l'odeur qu'elle laisse dans les draps lors de ses rares visites. La pensée que cette odeur tôt ou tard lui manquera est une douleur, aussi longtemps qu'il reste allongé sur ce matelas, et il saisit combien il sera facile à Johanna, un jour, de ne plus être là. Ne serait-ce que pour mettre en évidence son erreur fondamentale et lui prouver qu'elle a raison et qu'elle sait imposer ses raisons. Johanna veut poursuivre. Il veut rester. Il veut rester dans ce lit. Il veut rester sur le perron. Il veut sentir le gravier de l'esplanade et Johanna. Il ne veut pas partir, non, il ne veut pas. Seigneur, toi qui peux changer le cœur des rois : De grâce, ne touche pas au mien.

Il étire les bras sur toute la longueur du matelas et se sent singulièrement soulagé et en même temps angoissé, parce que Johanna est encore ici. Pas auprès de lui mais dans la cuisine. D'ici il entend sa voix, par bribes, et son rire étouffé, interrompu de temps en temps par le gargouillis du lave-vaisselle et les grommellements d'une voix profonde (Steinwald?) qui se confond par instants avec le lave-vaisselle. Ça dure quelques minutes. Puis Philipp se rendort.

Peu avant sept heures Steinwald et Atamanov quittent la maison, une bonne heure plus tard Johanna les suit. Philipp la raccompagne jusqu'au portail. Comme ses cheveux sont mouillés et qu'il s'est proposé de réparer sa bicyclette — content que, ce matin tout au moins, on lui épargne la torture, dix minutes durant, d'un sèche-cheveux qui stridule à plein volume —, Johanna a appelé un taxi. Elle est de bonne humeur et évite les thèmes de la nuit passée ou les contourne du moins avec habileté. Pendant qu'ils attendent le taxi, pendant que la mousse savonneuse crépite dans les oreilles de Philipp, elle dit que Steinwald a un très bon caractère, que lui aussi (Philipp?), au fond, mais juste de temps en temps. Et qu'elle se demande si lui (Philipp!) saisit le sens profond de sa remarque. Discutable. Steinwald est amoureux d'une coiffeuse. La coiffeuse en question chante dans un groupe de femmes qui s'est spécialisé dans les chants de marins, et les chants s'appellent *Ohé* et *La Mer* et *Captain Ahab* et — Philipp lui coupe la parole :

— *La Paloma, Un Bateau blanc part pour Hong Kong, La Guitare et la mer, C'est l'amour des matelots.*

Il veut se mettre à chanter : Ohé, du bateau ! Le monde est beau et tourne, tourne, tourne. Mais Johanna le devance, l'embrasse et lui dit que c'était sympa. Philipp n'insiste pas pour qu'elle emploie la forme du présent, ni pour qu'elle lui fournisse une explication plus détaillée du mot *sympa*.

Johanna monte dans le taxi. Le taxi s'en va.

Philipp reste planté sur l'esplanade et écoute à contrecœur les pigeons.

Certains d'entre eux continuent de vaquer à leurs occupations absurdes : roucouler et travailler le fer-blanc à coups de pattes. Philipp lève les yeux vers la gouttière du toit. Il compte sept oiseaux, qui préfèrent s'établir chez lui plutôt qu'ailleurs. Il se demande pourquoi, oui, pourquoi. Il n'y a pourtant rien qui puisse les retenir ici. Qu'ils disparaissent et c'est tout. Après tout le monde est grand, c'est en tout cas ce qu'on raconte. Il frappe dans ses mains :

— Cherchez un autre refuge ! Le monde est grand ! À ce qu'on raconte en tout cas ! Tirez-vous ! Vous comprenez ! Vous avez compris ?

Il crie très fort et fait de grands gestes en direction de la ville et du jardin zoologique de Lainz, où les bois avec leurs cochons demi-sauvages sont dans la lumière brumeuse du matin.

Mais il peut bien crier et gesticuler autant qu'il veut. Les pigeons n'interrompent même pas leur roucoulement.

Jeudi 14 juin 2001

Philipp répare la bicyclette de Johanna. Il la renverse, là où le grand container à ordures se trouvait auparavant et n'est plus maintenant, puisque aussi bien, même chez lui, Philipp, il n'y a plus rien d'exceptionnel à jeter. Pendant qu'il pense et formule tout ce qu'il devrait demander à Johanna, remarque à quel point il est rare, dans le temps très bref où ils se voient, qu'il parvienne en effet à lui poser des questions, il répare très consciencieusement les dégâts. Il change les sabots de frein, l'ampoule du feu arrière, corrige la position de la dynamo, assujettit le guidon, serre quelques vis et lubrifie tout ce qu'il y a à lubrifier. Il travaille avec une grande concentration, de sorte qu'il a fini au bout d'une heure et demie seulement. Trop tôt à son goût, et il nettoie aussi la bicyclette, réquisitionnant à cette fin le tuyau d'arrosage que Steinwald et Atamanov ont déjà utilisé plusieurs fois. Il nettoie également sa propre bicyclette. Il arrose le jardin potager. Sait-on jamais, le désir irrépressible de pousser. Les fortes chaleurs ont déjà craquelé toute la terre. Il constate que l'été ne plaisante pas. Le temps est comme ça : On voudrait hurler.

— Comme il est insensé, d'avoir cru que les choses auraient pu être différentes, dit le vieux Stanislas quand les fastes furent passés.

Philipp se rassied de nouveau (de nouveau) sur le perron, dans l'odeur des gravillons, et vit sa vie, maussade, en direction du soir, il attend, son carnet de notes du moment posé près de lui, suçotant l'extrémité inférieure de son crayon, que Steinwald et Atamanov arrivent. Pas la peine de compter sur Johanna de toute façon.

Mais ce qui arrive, c'est une lumière singulière, comme s'il avait chaussé des lunettes de soleil en plastique teintées dans les vert. Un peu plus tard il grêle, pendant cinq bonnes minutes, à cinq heures et demie. Philipp regarde l'heure. Des granules d'un bon centimètre de diamètre. Il bondit après les plus gros, et le temps qu'ils fondent dans sa main, ils le rendent fier, comme s'ils ne s'étaient abattus que sur sa propriété, sur ses terres. Ce n'est pas vraisemblable, pas logique non plus, mais après tout bien peu de choses dans ce monde sont là pour être logiques, et la pensée que la grêle, cette fois, n'est tombée que pour lui plaire, lui est sympathique, bien qu'il se sente en même temps très seul, des mois qu'il n'avait pas été comme ça. Parce qu'il se retrouve comme un rat mort. Parce que l'amour est livré aux chiens. Parce qu'au ciel les sombres poissons donnent des nageoires caudales. Etc, etc.

Dans une certaine mesure sa mère s'inscrit dans tout cela. C'est comme si elle s'était absentée un bref instant pour faire des courses et qu'il était resté à la maison. Mais il ne saurait pas dire précisément d'où lui vient cette impression, cette vague esquisse de souvenir presque sortie de sa mémoire et dont il ne ressuscitera plus jamais les contours précis.

Le soir il prépare des escalopes pour Steinwald et Atamanov, c'est le choix qu'ils ont arrêté après que Philipp les a littéralement sommés de citer leur plat préféré. Il soupçonne ses travailleurs au noir de chercher à ne pas faire de manières, ou de se comporter toujours le plus discrètement possible, en se contentant de réclamer les choses les plus banales et les plus simples. Au rythme de son marteau à viande, Philipp chante *Bel inconnu*, ce qui le met d'humeur joyeuse, comme tout ce qui touche à la cuisine, activité qu'il peut pratiquer sans verser aussitôt dans le désespoir. Il pane la viande, met le riz à chauffer, nettoie, coupe, râpe, hache menu, débite, prépare la salade. Il fait glisser deux escalopes dans la margarine, ce qui provoque aussitôt un bruit et une fumée tels qu'il retire la poêle de la plaque et verse la margarine brûlante dans l'évier. Erreur fatale. Car la matière grasse refroidit et fait des grumeaux dans le tuyau d'écoulement. Philipp le remarque quand il nettoie la poêle pour procéder à une deuxième tentative avec les escalopes dûment raclées. Tout stagne dans l'évier. Même une bouilloire remplie d'eau brûlante ne change rien à l'affaire. Le tuyau reste bouché. Steinwald pourrait se payer sa tête une fois de plus, lui qui a lâché l'autre jour, quand Philipp a annoncé qu'il était un homme de plume :

— Au cul et tu t'envoles.

Alors que Philipp à ce moment-là s'était étranglé de rire, il a honte de lui à présent, comme si ses ouvriers allaient nécessairement penser qu'il est un minable cent pour cent pur jus, un de ces êtres propres à rien, hormis peut-être à provoquer des catastrophes : Baudruche ! Surréaliste à la petite semaine ! Philipp se sent tout petit et se trouve tout à fait répugnant, raison pour laquelle au bout du compte il préfère taire sa mésaventure à Steinwald et Atamanov.

Et quand ses assesseurs lui proposent de faire la vaisselle après le repas du soir, il repousse avec succès la tentative, en rappelant à Steinwald qu'il comptait lui présenter les différentes propositions qu'ils ont reçues pour étanchéifier le toit. Trois devis, pas de différence notable au niveau des prix. Steinwald lui conseille de choisir l'entreprise qui se propose d'intervenir le plus rapidement, ainsi il pourra surveiller lui-même les travaux et jeter un œil sur la facture, alors que plus tard il sera en Ukraine, témoin au mariage d'Atamanov.

Qu'est-ce que ça veut dire ? pense fugitivement Philipp, et pour un instant il a du mal à reprendre ses esprits, tant il se sent évincé, poussé à la marge, ignoré, exclu. Steinwald. Steinwald ! Témoin ! Philipp hésite. Au vrai il préférerait se lever et quitter la pièce. Mais dans un brusque accès de confiance, il a la ferme conviction qu'Atamanov l'invitera lui aussi, Philipp, ce serait beau, à son mariage, et que les arguments avancés par Steinwald ne sont que de simples prémisses.

Il dit :

— O.K., pour que ça n'empiète pas sur le mariage d'Evguéni.

Steinwald hoche la tête. Philipp attend, il leur sert de la liqueur de mandarine. Atamanov hoche la tête lui aussi. Philipp confesse à quel point il se sent soulagé à l'idée qu'il sera bientôt son propre maître à la maison, avant même qu'eux deux (Steinwald et Atamanov, les bienheureux) ne soient partis en Ukraine. Les deux hommes se réjouissent avec lui. Philipp croit même qu'Atamanov va lui taper sur l'épaule et formuler son invitation. Mais non. Atamanov se gratte derrière les oreilles — sévèrement décollées —, sans doute un tic chez lui, comme d'autres ne peuvent s'empêcher de s'enlacer, et il reste là les bras ballants.

À part soi, Philipp se dit (entre autres choses et à peu près dans cet ordre), qu'il est de toute façon inimaginable de partir en Ukraine avec ces deux ratés de la Création. Il se dit que les routes en Ukraine ne sont pas fiables, non, trop peu de sûreté. Il se dit que changer d'endroit n'est jamais qu'une mauvaise blague. Et il se dit (droit en face) que ce genre de faux-fuyants ne coûtent pas chers et que Johanna a raison d'affirmer que tout en lui et dans son comportement, jusqu'au plus infime détail, est significatif. Ce qui l'intéresse, ce n'est pas tant de faire ou ne pas faire quelque chose, d'être ou ne pas être quelque chose, plutôt de pouvoir, au moyen de quelques paroles conventionnelles, tourner et retourner les possibles.

En contemplant les oreilles d'Atamanov, il se dit que c'est bien fait pour lui, qu'il ne puisse pas se glisser un crayon derrière l'oreille, un tel objet n'y trouverait ni place ni assise, sûrement pas, et il y a tout de même une justice.

Ils jouent au subbuteo jusqu'à la nuit tombée, ce n'est pas la première fois, on s'épargne ainsi la fatigue d'une conversation. Bien que le niveau d'allemand d'Atamanov ne soit pas à proprement parler désespéré, converser avec lui ne se fait qu'au prix d'un grand effort, et le dialogue reste insatisfaisant. Philipp est brillant en défense et ses tirs de loin sont remarquables, mais devant le but il rate toutes les occasions, aussi il perd de peu la plupart des matchs. Il rit beaucoup, tendu tout entier vers le résultat, et menace ses adversaires de cuisantes défaites. Atamanov va au lit. Steinwald et Philipp font une dernière partie, et quand il s'avère que Philipp s'apprête à perdre celle-là aussi, Steinwald raconte que, s'il a pu acheter la Mercedes à un prix aussi modique, c'est qu'on y a retrouvé un homme suicidé qui gisait là depuis deux mois, et en plein été.

Bien que Steinwald ait abordé le sujet de lui-même, il

éprouve une gêne sensible. Il ne livre les détails qu'au compte-gouttes et fragmentairement. Philipp approche le ballon du but de Steinwald. Mais le ballon se retourne, couleur de l'adversaire vers le haut, et Philipp passe la main.

— Alors c'est pour ça, les sapins odoriférants, dit Philipp.

Steinwald hoche la tête, et après qu'il a propulsé le ballon dans la direction de Philipp, sans plus de succès que celui-ci il y a un instant, il explique, toujours à contrecœur, qu'il n'a pas assez d'argent pour rénover intégralement l'intérieur de la voiture. Jusqu'ici il a changé simplement les sièges avant et les revêtements de sol, et remplacé les panneaux de portière. Il fait une pause. Une frappe de Philipp frôle le but de Steinwald. Pourtant le goal ne réagit pas. Steinwald se redresse. La voiture selon lui est fiable, et puis on peut rouler les vitres ouvertes. Il dégage droit dans le but de Philipp. Philipp détourne la frappe en corner. Soulagé de ne pas avoir encore perdu, il demande qui était le mort. Steinwald répond qu'il ne sait pas. Dans la voiture il restait quelques objets personnels qui l'ont interloqué. Mais sinon aucune idée.

— Belle histoire, ajoute Steinwald en soupirant, puis il se laisse tomber sur la première chaise venue et reste assis là.

Son ailier ne semble pas disposé à tirer le corner qu'il vient pourtant d'obtenir.

Philipp n'arrive pas à dormir. Il a les yeux qui brûlent et la fatigue est bien là, mais juste dans les membres. Pourvu d'un paquet de cigarettes, de la bouteille de rhum aux cerises presque vide et de la bouteille de liqueur de mandarine à demi pleine — vingt ans d'âge au bas mot, mais c'est lui qui l'aura entamée —, il est allongé sur le toit plat du garage, souffle des nuages de fumée dans l'air frais de la nuit et attend l'aurore boréale. Après un sursaut solaire d'une violence inaccoutumée, de grands champs de particules électromagnétiques atteindront la terre cette nuit.

Philipp les voit vers une heure et demie du matin, des voiles et rubans minces qui palpitent nerveusement, couleur verte, parfois violette. Il prend trois, quatre gorgées de liqueur de mandarine. Et il fallait que ça tombe sur Steinwald ! Témoin ! En Ukraine ! se dit-il. Mais quoi, tout cela n'est jamais que folie et mensonge, un grand, un infâme mensonge, arnaque, duperie, impertinence et billevesées. Elles n'existent pas, les îles au sud. Certainement pas. On parie. Ma main à couper. Elles n'ont jamais existé. Il n'y a que mauvaises routes, bourbiers, précipices, loups hurlants et voleurs qui vous prennent tout, même la lune, qu'ils se partagent et divisent en phases. Je lui crache à la figure, la lune, et — encore un ultime effort : D'un revers de la main je balaie l'aurore boréale.

Nous n'aimons pas l'Ukraine, disent les jeunes renards et d'aller se coucher.

Lundi 9 octobre 1989

Quand Alma, la veille, disposa les quatre premiers rayons dans l'extracteur et le mit en marche, il y eut une détonation sourde. Par mesure de précaution elle préféra couper l'appareil, qui refusa ensuite de redémarrer. Au bout d'un moment elle actionna de nouveau l'interrupteur, et l'extracteur repartit d'un coup. Puis après que, pour la quatrième fois, il se fut arrêté — il tournait en roue libre et s'immobilisait peu à peu —, Alma prenant bien soin ce faisant de ne plus mettre l'interrupteur sur *off*, parce que la dernière fois une étincelle avait crépité, l'extracteur refusa une nouvelle fois de fonctionner. Là-dessus elle partit chercher un tournevis et du chatterton et tenta de rafistoler le tout elle-même. Avec une méthode pas exempte de tout reproche : Elle shunta l'interrupteur avec du fil de cuivre. Jolie pétarade. Elle remonta l'ensemble du mieux qu'elle put et fit une nouvelle tentative. L'interrupteur bascula alors à sa grande surprise sur la position off. À partir de ce moment-là, elle ne toucha plus à l'interrupteur et commanda l'appareil en branchant la prise de courant. Tant bien que mal, et jusqu'à ce qu'elle eut fini. Elle renonça à l'ouvre-bocal électrique, préférant ouvrir le tout elle-même, comme avant, à la fourchette. Aussi bien il y avait moins de bocaux à ouvrir cette fois.

Maintenant l'électricien est chez elle, et il s'avère que l'extracteur n'est pas cassé et qu'Alma, avec sa méthode artisanale, n'a rien détruit non plus. D'abord l'interrupteur ne fonctionnait plus bien, en raison de toute la poussière accumulée au fil des ans. Et puis, Alma, en le remontant, s'était trompée, aussi il s'était mis soudain à fonctionner à l'envers.

— Tout s'empoussière, dit l'électricien d'un ton sentencieux.

Il envoie de l'air comprimé sur les contacts à nu, vaporise une fine écume d'huile de contact scintillante. Il remonte l'interrupteur. Ensuite il jette un œil à la machine à laver, qui raffute dangereusement depuis une semaine. L'armature d'un soutien-gorge est restée coincée dans le tambour. L'électricien la retire en quelques secondes avec une pince. Alma aurait très bien pu le faire elle-même. Elle règle les réparations et raccompagne l'électricien. Puis elle retourne dans l'atelier et nettoie l'extracteur, d'où tout le miel a coulé pendant la nuit. Elle met en bocal ce qu'il reste. Puis elle range l'atelier en prévision de l'hiver. Elle déplace notamment, ce qu'elle aurait dû faire depuis longtemps déjà, les vieilles ruches qu'elle avait remisées près de l'armoire et les dépose contre le mur qui touche à la chaufferie, qu'on puisse passer plus facilement au niveau de la porte du jardin.

Quand Alma regarde un peu ce que cela donne, elle a peur d'avoir mal fait quelque chose. C'est comme si elle venait de trahir Richard, parce qu'ils avaient déposé les ruches ensemble auprès de l'armoire, et de trahir aussi Ingrid, parce que les ruches étaient déjà là quand, lors de sa toute dernière visite, elle les aidés un peu pour la récolte. Alma se traite de vieille folle. Mais quoique sa raison lui dise que c'est bien mieux ainsi, vraiment, tu aurais même dû y penser plus tôt, elle ressent une mélancolie discrète auquel se mêle aussi un soupçon de mauvaise conscience, parce qu'elle n'a pas attendu pour procéder à ces changements que Richard soit mort.

Sur les recommandations du docteur Wenzel, Alma, voici trois ans, a mis Richard en maison de retraite, à l'été 1986, quand les jardins étaient radioactifs. Une décision alors mûrie de longue date, il était évident, et depuis un moment déjà, que les choses ne pourraient pas continuer comme cela. Elle ne cesse de revoir les grands yeux apeurés de Richard, et elle voudrait prendre sa main et lui dire allez, ça suffit, on rentre à la maison. Souvent, surtout ces derniers temps, elle souhaite que ce moment arrive. Elle ne sait pas elle-même pourquoi, mais depuis que le cerveau de Richard est en ruine (ce n'est plus ce cinquante-cinquante de lucidité et de déraison, si usant et qui avait aussi quelque chose d'inquiétant), elle tient de nouveau beaucoup à lui. Au début, elle le ramenait encore assez souvent à la maison, parfois sur ses instances. Mais même à la maison il ne s'y retrouve plus, tant il a décliné. C'est comme si un Stakhanov autodestructeur soutenu par plusieurs auxiliaires vigoureux chassait l'esprit des pensées de Richard, jour après jour, jusqu'à ce qu'il n'y ait plus rien, juste un vent humide qui passe dans les systèmes émoussés de cette pauvre psyché.

À Noël, l'an passé, Alma a tenu à ce que Richard passe les fêtes dans un environnement familier. Mais il était tout à fait absent, et la plupart du temps il se croyait dans une chapelle, sans doute à cause des bougies. Il chanta plusieurs fois hors de propos *Seigneur, nous te louons*, et quand Alma parvint enfin à lui faire comprendre ce que le sapin et les cadeaux faisaient là (Richard, c'est pour toi, regarde, ce sont des cadeaux de Noël pour toi, Richard, des cadeaux de Noël, c'est Noël), les larmes lui montèrent aux yeux, parce qu'il y avait de vraies bougies dans l'arbre et qu'il craignait que la maison prît feu. Alma partit chercher l'extincteur à la cave et le posa sur ses genoux, ça le rassura un peu. Il enlaça l'extincteur, entonna la première strophe de *Mon beau sapin*. Mais tout à coup il s'arrêta et dit qu'il voulait que ce soit son dernier Noël. Sur quoi il ajouta :

— Viens, on part d'ici, ce n'est pas un endroit pour nous.

À peine Alma lui avait-elle montré où il se trouvait, voici la cuisine, ta salle de séjour, celle que tu as aménagée avec moi, souviens-toi, les meubles récalcitrants, voici ton bureau, ton meuble-classeur, ta table de travail, celle où tu écrivais tes discours, à peine avait-il saisi, semble-t-il, qu'il arpentait les pièces de sa propre maison, qu'il dit de nouveau :

— Et où va-t-on dormir ? Ils vont mettre quelqu'un d'autre dans le lit, et nous, on n'aura plus de lit. Arrange-toi pour parler avec ces gens et pour acheter un billet, comme ça on pourra sortir. On ira à pied jusqu'au village le plus proche, là on prendra une chambre et on verra bien ce qu'on peut faire pour le temps qui reste.

Tout au long de ces deux jours de fête, Richard ne cessa de se demander où ils allaient dormir. Il fourmillait constamment d'idées, solutions de repli envisageables pour lui et Alma. Impossible de le détourner de cette obsession plus d'une heure.

Et maintenant : Maintenant on dirait bien qu'une bagarre pour un lit, justement, va le priver d'un prochain Nöel.

Jeudi dernier, il y a quatre jours, le conseiller Sindelka, voisin de chambre de Richard à la maison de retraite, fut retrouvé dans le lit de Richard. Ce dernier, col du fémur fracturé, ecchymoses multiples, gisait sur le sol au pied du lit. Ce qui s'est passé ? On en est réduit à des conjectures, vu qu'il n'y a aucun témoin et que Richard, quand on l'a trouvé, avait déjà oublié comment il avait bien pu se mettre dans cette fâcheuse posture. Selon toute vraisemblance, le conseiller Sindelka, lui-même dans un état désespéré — sclérose —, s'est trompé de chambre et a cru que Richard occupait son lit en toute illégalité. Ces deux-là n'ont jamais pu se sentir, dès le début, en partie pour des raisons politiques, en partie par jalousie, chacun comparant son état physique avec celui de l'autre. Sindelka se sera acharné sur Richard avec un cintre en bois et sera parvenu ainsi à le chasser du lit pour en prendre aussitôt possession. Depuis Richard est en soins à Lainz, où on voulut l'opérer sur-le-champ. Mais en préparant l'opération on décela une anémie très prononcée — cause inconnue — et l'on préféra donc reporter l'intervention sine die. Richard reçoit du sang par perfusion et depuis la veille de l'oxygène, parce que son cœur est un peu faiblard, c'est du moins ce qu'on a dit à Alma. En raison de tout ce qui s'est passé et de sa grave blessure, il a pour la première fois de l'eau dans les poumons. Il ne se nourrit presque plus et parle la plupart du temps avec le plafonnier, en divaguant sur des choses et des personnes qui appartiennent désormais au passé. Seul son vocabulaire, tout du moins la veille, semble s'être sensiblement amélioré depuis l'accident. Toujours ça de pris. Pendant la visite d'Alma, comme une infirmière faisait une piqûre à Richard pour lui fluidifier le sang, il menaça, comme dans les temps anciens, d'en référer à son avocat.

Il marmonna d'une voix faible mais compréhensible :

— Mon avocat entend bien intenter une action en abstention. En cas de non-réponse dans les six semaines...

Puis l'un de ces mots inventés sur lesquels il s'appuie souvent. Ça ne ressemble ni à *action*, cette fois, ni à *plainte*, mais il faut sûrement chercher dans cette direction.

— D'ici six semaines tout sera rentré dans l'ordre, monsieur Sterk, le rassure l'infirmière.

Et Richard, presque débonnaire :

— Je le conseille vivement à tous les membres du parlement.

Au point où en sont les choses, qu'est-ce que ça peut faire, de savoir où se trouvent les vieilles ruches dans l'atelier ? Rien. Rien du tout. Bien sûr, bien sûr. Quel que soit l'angle sous lequel on voit le problème, ça ne fait aucune différence. Ce serait juste pour maintenir les choses telles qu'elles étaient quand il y avait encore une famille. Juste pour se bâtir un petit rempart, un autel, c'est un tel fardeau, de pouvoir faire tout ce qu'on veut à la maison, et pour s'imposer à soi-même une petite limite, pour ce qui la concerne, elle, Alma, et non Ingrid ou Richard. Ingrid (plus que toute autre personne) s'amuserait sûrement des scrupules de sa mère.

Pour le repos de son âme, Alma aimerait revenir malgré tout sur ce changement, le ferait aussi bien, d'ailleurs, si l'effort physique que représentait un nouveau transport des ruches ne lui semblait pas au-dessus de ses forces. Car c'est le cas. Elle reporte donc le projet. Elle se glisse dans ses chaussures de jardin éculées et sort de la maison pour, en toute tranquillité, donner un grand coup de balai dans le rucher, son réchauffoir émotionnel. Il y a un demi-siècle, quand Richard, pendant l'automne qui a succédé à l'Anschluß, racheta le rucher à un voisin contraint de partir en exil, Alma était loin d'imaginer que ses sensations d'alors, quand elle s'occupait des abeilles, resteraient les mêmes, que ce soit pendant la guerre, après la mort des enfants ou maintenant, tandis que Richard décline à vue d'œil.

Richard est client privé, dans une chambre à deux lits, Alma frappe doucement à la porte puis elle appuie sur la poignée. La petite pièce paraît plus grande que la veille parce que l'emplacement du deuxième lit est vide. Richard est étendu dans son lit comme une souris prise au piège. Très peu d'espace entre la couverture et son corps, les bras par-dessus. Sur le dos de la main droite, entre les tendons noueux, une canule par laquelle il reçoit du sang. Sa tête comme en exposition au milieu de l'oreiller, mâchoire inférieure dure, lèvres minces, comme soudées. Les yeux en revanche sont grands ouverts. Sans réagir au salut d'Alma, Richard regarde le plafond avec une mine consternée, comme s'il y voyait des choses auxquelles Alma n'a pas accès. À quoi pense-t-il en ce moment, dans quel monde est-il. Alma aimerait bien le savoir.

— C'est moi, la ponctualité personnifiée.

Mais Richard une fois de plus ne semble pas la reconnaître, pas même à la voix.

— C'est moi, Alma. Tu ne veux pas me regarder?

Elle enlève sa veste, la suspend à la patère derrière la porte. Elle pose les fruits qu'elle a apportés sur une petite table, sous la fenêtre, puis tire une chaise jusqu'au lit de Richard. Avant de s'asseoir, elle se penche sur son mari et dépose un baiser sur son front livide et jaunâtre, là où il n'est pas esquinté par les coups de Sindelka. La peau de Richard est brûlante au toucher. Dans les yeux il a des veinules éclatées. Au creux de sa main sèche comme du foin, des croûtes. Dessous on discerne la lueur verdâtre des veines.

— Nessi? demande-t-il, croyant s'adresser à sa sœur morte au début de l'année et qui ne sera venue le voir de toute façon qu'aussi longtemps qu'il y avait quelque chose à gratter.

— C'est moi, Alma, ta femme.

Il se tourne vers elle et la regarde comme si elle sortait tout droit du zoo. Après un moment il sourit et dit péniblement :

— Mazette.

Une expression qu'Alma connaît d'autrefois. Elle suppose qu'il veut dire par là qu'elle lui plaît.

— Je suis jolie ? demande-t-elle.

Il hoche la tête. Peu après il dit distinctement *bien* et *oui*, puis il formule encore un *pourquoi* et quelque chose en rapport avec *blanc*, mais qu'Alma ne comprend pas. Quand il dit *pourquoi*, elle croit que Richard veut lui demander pourquoi il est ici ou pourquoi elle n'arrive que maintenant. Mais au fond ça pourrait être tant de choses. Pourquoi Otto ne l'a pas écouté. Pourquoi Ingrid fait des bulles avec sa paille quand elle boit de la limonade. L'oxygène que Richard reçoit par une canule nasale passe dans un flacon de sérum physiologique fixé au mur, s'y humidifie un peu. De grosses bulles montent dans le flacon pansu. Ça glougloute très fort.

— Faut faire avec, dit Alma.

L'une de ses réponses standard, pas appropriées hélas à toutes les situations. (Variante : *Ne te fais aucun souci.*) Cette fois encore, elle ne parvient pas à dissimuler qu'elle comprend bien peu de ce qu'il raconte. Richard se renfrogne. Elle prend toute la faute sur elle et le prie de répéter ce qu'il vient de dire, depuis quelque temps elle a l'ouïe si mauvaise qu'elle ne saisit pas tout du premier coup. *Répater* au lieu de *répéter* passe encore, mais les accumulations de syllabes qui entourent ce vocable restent un mystère, aussi elle dit la première chose qui lui passe par la tête (si je te comprends bien), et pour plus de sûreté elle ajoute :

— Parfois je perds complètement la boule.

Ce qui exaspère aussi Richard.

— Oui, oui, dit-il en fronçant les sourcils comme s'il soupçonnait Alma de se laisser aller ou de faire trop peu d'efforts ou de choisir le mauvais moment pour faire la démonstration qu'elle est bête à manger du foin.

Stupide elle est, stupide elle restera. Mais quand, peu après, il fait des signes dans l'air avec ses mains, Alma devine au bout d'un moment qu'il réclame ses verres optiques, qu'il n'a plus utilisés depuis plusieurs mois. Alma trouve les lunettes sur l'étagère, dans le petit coin lavabo, à côté du verre où repose le dentier (on l'a soumis à une révision complète il y a peu). Elle passe les branches derrière les grandes oreilles cartilagineuses, prend soin de ne pas toucher l'une ou l'autre des plaies. Richard rayonne, parce qu'il voit enfin mieux. Maintenant Alma a l'impression qu'il prend vraiment conscience de sa présence et qu'il se réjouit qu'elle soit auprès de lui. Il la regarde. Elle croit déceler dans ses yeux une acuité nette, sensible, comme si là-derrière il y avait encore quelques pensées cohérentes.

Elle commence donc à parler, des bouleversements chez nos voisins de l'Est, de la Hongrie, où la dictature du prolétariat a vécu ses dernières heures, de l'évolution en RDA, où le 40e anniversaire de l'État ouvrier et paysan aura été marqué par des arrestations massives. Mikhaïl Gorbatchev était à Berlin et a appelé à de nouvelles réformes. Ça a fait forte impression. Elle parle des élections dans le Vorarlberg, où le Parti populaire conserve la majorité absolue. De Specht, qui bricole un nouveau tuyau de descente pour la gouttière du toit chez les Wessely. Oui oui, il est encore là, je l'ai même vu ce matin. La petite du fils Wessely, l'adolescente qui habite maintenant la maison, empêche toujours qu'on verse dans la violence, la gamine est aussi sensible que moi.

Figure-toi que je repousse depuis des semaines le moment de tondre la pelouse, malgré mes bonnes résolutions, tout ça parce que la dernière fois j'ai tué un orvet et une grenouille. Juste avant midi deux cantonniers sont passés et m'ont proposé de ratisser les feuilles. Sous les arbres il y a déjà cette odeur surette, ce sont surtout les feuilles des fruits à noyaux qui tombent, mais de toute façon l'herbe est bien trop haute pour qu'on ratisse, et puis, je pense toujours à la grenouille et à l'orvet, du coup je les ai renvoyés. J'ai l'impression que je suis devenue un peu bizarre ces derniers temps. C'est sûrement la *splendid isolation* dans laquelle je vis, être seule est parfois bien difficile. Quand il a fallu que je disloque une colonie au printemps, ça m'a fait vraiment drôle, exactement la même sensation que la dernière fois que j'ai tondu la pelouse, comme si j'avais lamentablement échoué. Au lieu de me dire : Eh bien, qu'est-ce qui se passe, si ça ne marche pas tu auras quatre ruches au lieu de cinq ou trois au lieu de quatre, ce n'est tout de même pas un drame. Mais ça me déprime complètement et je n'arrive même pas à tuer une reine quand elle est de trop. Je crois que c'est lié aux enfants, au fait qu'ils sont morts. C'est quand même bizarre, après toutes ces années, que ces douleurs-là ne passent pas. Je pense que ça ne changera plus beaucoup. Tu sais, quand une reine meurt pendant son vol nuptial, et que toute la colonie passe son temps à la chercher autour du trou de vol, je me dis tiens, est-ce que cette ruche-là sera foutue elle aussi, pourquoi tu ne fais pas un peu plus attention, pourquoi elles meurent toutes dès qu'on a le dos tourné. Tu ne peux pas savoir comme je suis contente que l'hiver approche. Ce matin j'en ai fini avec le rucher, terminé pour cette année, le temps était juste comme il faut, pareil que mon humeur, moyen, mais pas à proprement parler incommodant. Beaucoup de vent. Au petit matin, je ne sais pas si tu as remarqué, le ciel était comme ballonné, pendant la nuit il y a eu un ramdam épouvantable, au début je voulais appeler la police, parce que je n'arrivais pas à m'expliquer la chose, puis j'ai constaté qu'en fait c'était le vent qui avait fait tomber un livre de la bibliothèque. Un des tiens. Complètement à la marge, sûrement, nomen est omen, ça s'appelle *The Outsider*. Tu le tiens d'où ? Je ne l'avais pas remarqué jusqu'ici. Je pense que le mieux serait que je le lise, peut-être même que j'aurai le temps de commencer aujourd'hui, parce qu'au fond toi aussi tu étais un marginal. Je crois que c'est ce qui m'attirait le plus chez toi. Je me souviens encore du jour où on s'est rencontrés, alors on était un peu plus jeunes qu'aujourd'hui, aussi jeunes que le siècle, c'était quand on est partis pour la Rax avec les camarades de la fac, les Amis de la nature, et qu'on a monté le Danielsteig, tu avais ton insigne de randonneur au revers du veston, tu as dit que la vie était une vallée de larmes, une chose absurde, et moi je t'ai répondu regarde un peu ce cirque glaciaire ensoleillé, les pins nains, les éclats rocheux, moi je jouis de tout ça et je sens la force dans mes membres quand j'escalade et oui, oui, alors vraiment, ça vaut le coup de vivre. C'était en 1927, tu te souviens. J'ai toujours espéré te guérir de ton pessimisme, c'est pour ça que je te donnais souvent de mes petits pains. Comme tu avais de l'argent, tu n'en emportais jamais avec toi, des petits pains, mais nous autres nous n'avions pas d'argent pour aller manger au restaurant, c'est pour ça qu'on les avait avec nous, les pains, et qu'on les mangeait en marchant. Dis, c'était une belle époque, les années vingt et trente, je crois que pour moi c'était ce qu'on appelle la pleine fleur de la vie. J'étais heureuse, je veux dire, heureuse dans la mesure où je ne me doutais pas que la vie est une grande course d'obstacles qui finit par vous épuiser. Pour toi c'étaient les années cinquante, la pleine fleur de la vie, on en a déjà parlé, tu les appelais ton cadeau tardif, même s'il faut chasser l'idée que la guerre est la mère de toute choses, d'ailleurs ce n'est pas vrai, la guerre n'est la mère de rien du tout, hormis peut-être d'autres guerres encore. Je crois que tu as retrouvé dans les années cinquante l'époque où tu es né, l'époque d'avant la Première Guerre mondiale, pas de différence notable entre le vieux Renner et le vieux François Joseph, et puis de toute façon, sans même parler d'eux, il n'y avait que des vieillards sur le devant de la scène, exception faite de Figl, bien sûr, mais il mettait des cerfs et des coqs de bruyère un peu partout lui aussi, au fond c'était un vieil homme comme les autres. Et ces braves messieurs, je peux tous te les citer, la famille au grand complet, ce sont eux qui ont fait les années cinquante. Pour les jeunes il n'y avait pas de place, Richard, ça te plaisait, allez, reconnais-le, tu étais là, tu en étais, quand les vieux y sont allés gaiement pour bricoler leur Autriche meilleure. Le passé, juste un exemple, était une notion trompeuse pour les jeunes gens, parce que tout à coup nous avions notre propre mesure du temps, comme il y avait aussi deux bulletins météo autrefois, un pour les touristes et un pour les paysans. Tu m'excuseras, Richard, mais tout ça me paraît tellement absurde aujourd'hui, ce qui venait juste de se passer ailleurs était déjà là depuis longtemps chez nous, et ce qui était fini depuis très longtemps ailleurs était résolument le présent en Autriche. Ça ne t'es pas déjà arrivé, à toi aussi, de ne plus savoir qui de l'empereur François Joseph ou de Hitler avait régné en premier ? Je crois que ça revenait à ça, comme aux échecs une pièce a sauté par-dessus l'autre, la pièce qui rapporte a éclipsé la pièce trop coûteuse et tout à coup Hitler était plus loin que François Joseph, ça a aplani le terrain aux années cinquante, ça a fait de l'Autriche ce qu'elle est aujourd'hui, sauf que plus personne ne s'en souvient ou alors juste très peu. Je peux te dire que j'étais contente comme tout d'avoir comme voisins les diplomates suédois et plus tard les Hollandais d'Unilever, ils ont rigolé quand leur garçon après le premier jour d'école est rentré à la maison et qu'il a tout pissé contre le mur des toilettes, avec eux pas de châtiments corporels, pas de vilain Krampus qui n'apporte que des patates et du charbon pour que le gamin ne soit pas exubérant, non, ils disaient que les enfants ont une imagination industrieuse, il faut bien qu'elle s'exerce, aussi, si on veut qu'il advienne quelque chose d'eux plus tard, à tout prendre ils préféraient attraper la bonne d'enfants pour sa trop grande sévérité. Ils avaient des idées comme ça, pour moi au début c'était un petit choc culturel, mais après j'ai vite compris que ça partirait dans cette direction-là, ce n'est pas une réussite, il faut être juste, que les enfants se bricolent leur petite alarme contre le Krampus, même qu'elle a fonctionné. Toutes ces choses-là me font mal, je veux dire, on aurait pu s'en rendre compte avant. Ce qui me fait mal, aussi, c'est que je n'ai pas pu t'accompagner en Suède à l'époque, quand ils ont inauguré cette centrale électrique, à l'époque tu étais ministre, souviens-toi, c'était hier encore, et maintenant voilà bientôt vingt ans que ce sont les socialistes qui tiennent le manche, ça passe à une allure, Richard, plus tard aussi on aurait dû voyager davantage, mais maintenant c'est du passé, moi-même je n'ai plus envie, dès que je suis partie je pense à longueur de journée à la maison, c'est encore là qu'on est le mieux, hors de question de toute façon de dormir chez les autres, on ne peut rien faire et puis la conversation, tu le sais bien, ce n'est pas trop mon fort, en plus la nourriture que je n'ai pas faite, si bonne qu'elle soit, me pose toujours plein de problèmes, je n'ai pas besoin d'un truc qui va encore me retourner l'estomac, mieux vaut encore du lait et des flocons d'avoine à longueur de semaine. Je te dis ça parce que, ça me revient, Gretel Puwein est à Florence en ce moment, mais si, tu sais, Gretel Puwein, de la Beckgasse, à ce qu'on m'a dit elle n'est pas aussi seule qu'elle le prétend, et quand bien même, elle est veuve, et puis joyeuse, et dès le début, grand bien lui fasse. Moi aussi j'aurais bien aimé retourner en Italie, souviens-toi, l'Italie à bicyclette, en 1929, avant même qu'on se marie, fais un effort, Richard, ton père si catholique avait failli t'étriper parce que c'était avant le mariage, ça au moins tu dois t'en souvenir, j'ai l'impression que c'était hier, on a descendu le Po jusqu'à Venise, pas très loin de Mestre, après qu'on a raté le bateau, j'ai entendu pour la première fois de ma vie un âne crier, au matin, le jour se levait, tu te souviens, on avait passé la nuit dans la grange d'un paysan qui faisait les melons, le cri nous a tirés du sommeil, et pourtant il était profond, j'ai été effarouchée comme tout par ces bruits inquiétants dans le crépuscule, jamais, au grand jamais, je n'aurais imaginé que ça puisse venir d'un âne, ça me fait rire, rien que d'y penser, ça avait vraiment très peu à voir avec le hi-han mélodieux de nos chansons enfantines, j'avais plutôt l'impression qu'on découpait le crépuscule en tranches avec une scie rouillée, un han-hi, han-hi tellement rauque, je me souviens encore que j'étais dans tous mes états, tu m'as prise dans tes bras, tu as dit un âne, c'est un âne, Richard, comment tu pouvais le savoir, que c'était un âne, même à Meidling on n'en avait pas, des ânes, alors à Hietzing, à plus forte raison, c'est pour ça que je ne t'ai pas cru à ce moment-là, et pourtant Dieu sait si je croyais tout ce que tu racontais, aveuglément, même, la plupart du temps, tu peux me croire, tu n'as pas la plus petite idée de l'admiration que j'avais pour toi à l'époque, non, je ne l'oublie pas, quand on est allés tous les deux faire cette randonnée dans les montagnes autour de Kaltenleutgeben, depuis le Parapluieberg jusqu'au jardin zoologique de Sparbach, et qu'on a rencontré cette dame, une vraie dame selon l'apparence tout du moins, souviens-toi, c'était à côté de la Kugelwiese, elle portait une pleine brassée, oui, à la lettre, une pleine brassée de lys martagon, à l'époque je ne trouvais rien d'extraordinaire à ça, tu t'es mis à lui parler, et quand elle a pris un air supérieur, tu lui as dit droit en face qu'elle était idiote, tu étais comme ça, effronté, quand tu croyais être dans ton bon droit, ça me mettait mal à l'aise et en même temps j'étais fière de toi, parce qu'à la maison on m'avait juste inoculé la politesse, toujours, faire assaut de politesse, qu'il puisse y avoir autre chose que la politesse, en revanche, c'est toi qui me l'a appris, toi, c'est l'une des raisons pour lesquelles je te traite comme ça aujourd'hui, comme si pendant toutes ces années tu avais été pour moi un mari fidèle et dévoué, ça explique aussi que l'idée d'avoir passé ma vie avec quelqu'un d'autre que toi m'est complètement étrangère, vouloir ça, ce serait vouloir être une autre personne et avoir eu d'autres enfants et avoir vécu d'autres choses et savoir d'autres choses que celles que je sais, dis, Richard, toutes ces choses et ces moments que je voudrais garder le plus longtemps possible et qui sont toujours là quand je te les raconte, je suis tellement contente, à quatre-vingt-deux ans, d'avoir encore à peu près toute ma tête, ne sois pas jaloux, moi aussi je les subis, les outrages du temps, et pas qu'un peu, toutes ces petites misères, en particulier la fatigue, tout le temps là, c'est elle qui me donne le plus de fil à retordre, tu sais, les choses me prennent toujours beaucoup plus de temps que je n'avais pensé au départ, ce que je faisais vite fait autrefois, en passant, est devenu toute une histoire, comme s'il fallait tout le temps que ça s'équilibre, moins il y a à faire, plus ça dure longtemps, pour que je reste occupée à plein temps, à trimer toute la journée on n'engraisse pas, possible, mais on fatigue, je te le dis, bien rare que j'arrive à respecter le planning que je me suis fixé le matin, je ne sais plus où donner de la tête, et malgré tout j'ai quand même autant de travail, du matin au soir et parfois même la nuit, là c'est le bouquet, oui, le bouquet, ça me fait penser que les enfants aussi ont cueilli des lys martagon autrefois, c'était pendant la guerre près de la Josefwarte, juste à côté du Parapluieberg, donc, j'avais déterré des fougères avec les enfants et Otto, il avait souvent des idées comme ça, avait poudré le nez d'Ingrid avec les étamines des lys, ça faisait tout sombre, à l'époque il avait à peu près douze ans, et Ingrid du coup était plus jeune, sept ans, quand j'y pense, mon Dieu, les pistils des fleurs, le pollen, comme en rêve, note bien qu'il y avait quelque chose qui clochait, imagine, à ma grande surprise il était impossible de faire partir la couleur, quand Ingrid le jour d'après s'est apprêtée à partir pour l'école, tu lui as dit qu'elle ressemblait à un fourmilier, qu'elle devrait avoir honte, oui, tu lui as dit ça, à Ingrid, ta fille, elle s'appelait Ingrid, fais un effort, souviens-toi, ce n'est pas si difficile, il y a des années tu avais une fille, elle s'appelait Ingrid, et ta fille à son tour a une fille, Sissi, c'est ta petite-fille, fais un effort, tu as des petits-enfants, Sissi et Philipp, ta descendance, et bien dégourdie, Sissi et Philipp, Sissi est réapparue il y a quelques années pour poser des questions sur sa mère, elle était à la recherche de ses racines, qu'elle disait, pour se sentir mieux à New York, d'elle-même elle n'a pas dit grand-chose, et cette année je n'ai pas non plus reçu la traditionnelle carte d'anniversaire et pas de cartes de vacances non plus, je ne sais pas quelle conclusion je dois en tirer, peut-être qu'elle n'est pas partie en vacances, ou alors, ce qui est plus vraisemblable, que c'est la première d'une longue liste de cartes qui n'arriveront jamais, je me demande ce que la petite, non, attends, c'est une jeune femme maintenant, laisse-moi calculer, Richard, elle a déjà vingt-sept ans, minute, vingt-huit, elle a sûrement connu ses premiers faux-pas, il y a de quoi s'arracher les cheveux, dis-moi ce qu'elle peut bien faire depuis si longtemps à New York avec la moitié du globe terrestre entre elle et Vienne, elle est à New York, Richard, elle est journaliste, sociologue, si ma mémoire ne me joue pas des tours, elle a une fille, oui, une fille, elle s'appelle, tiens-toi bien, *Parsley Sage Rosemary and Thyme*, choisis celui que tu veux, *Parsley Sage Rosemary and Thyme*, pas Thume, note bien, ça ferait un nom vraiment bizarre, même dans cette famille, et ton petit-fils, Philipp, je me demande s'il se souvient encore qu'il mâchouillait tout le temps les gâteaux de cire qui traînaient, je l'ai vu il n'y a pas longtemps à la télévision, je suis presque sûr que c'était lui, il a quelque chose de toi, il te ressemble, enfin, en tout cas il tient plus de toi, la bouche, le haut du visage, les yeux, la forme de la tête, tout ça vient de ton côté, et puis l'engagement politique aussi, figure-toi qu'il a manifesté contre les spéculateurs et pour plus de logements, tout devant, avec ses cheveux orange dressés sur la tête, comme si on l'avait branché sur le secteur, je me suis demandé si je ne pourrais pas lui proposer une chambre ici à Hiezting, chez nous, il pourrait même en avoir deux ou trois, ce n'est pas ça qui manque, qu'est-ce que tu en penses, qu'on lui donne un jour ou l'autre la maison, belle punition, et l'argent à Sissi, il faut voir, et puis, j'aimerais bien savoir comment il va, ce pauvre garçon, tu te souviens qu'il est passé deux ou trois fois nous voir à Hietzing, en cachette, pour nous montrer son bulletin et récolter un peu de sous, note bien que pour ce qui est des résultats il n'y avait rien de sensationnel, je lui ai dit qu'il devait se décarcasser un peu plus, un joli petit gars comme ça, il m'aurait promis la terre entière, que l'année prochaine il serait le premier de sa classe, aucun problème, allez, on n'en demande pas tant, il avait les vacances en ligne de mire, elles durent bien assez longtemps chez nous pour rendormir à temps toutes les velléités, puis il m'a serré la main bien consciencieusement, la valeur n'attend pas, c'est ce que j'ai pensé, c'était encore avant la mort d'Ingrid, et maintenant le voilà avec ses cheveux rouges, comme une bouée lumineuse, et aussi sec qu'à l'époque, sur ce plan-là il n'a pas beaucoup changé, non, et tu te souviens, quand il était heureux, ça lui prenait tout le visage, on a beau dire, c'était comme effacé après, les rares fois où il est réapparu à la maison, une misère, je crois que ça leur a fait beaucoup de mal, à nos petits-enfants, que leur mère soit morte si tôt, je parle d'Ingrid, Ingrid, ta fille, tu avais une fille, réfléchis, ça va te revenir, ta fille s'appelait Ingrid, ce n'est pas un test ou une question piège, ne me regarde pas avec cette méfiance, on l'avait appelée Ingrid, on a hésité longtemps avec Eva, aussi, tu te souviens, à l'époque c'était important, bah, peut-être qu'on peut mourir d'oubli comme on étouffe, tu voulais Eva, je voulais Ingrid, non, Richard, c'est ta petite-fille qui s'appelle Sissi, ta fille c'était Ingrid, Sissi est ta petite-fille, et Sissi à son tour à une fille, Rosemary, mais on s'arrête là, je ne veux pas t'embrouiller davantage, Richard, au fait, la vieille pendule du salon marche un peu mieux, il y a quelques semaines elle

retardait encore plus, maintenant elle marche presque bien, tu comprends, Richard, tu comprends ça, moi je ne comprends pas.
— Quoi ? demande-t-il.
— Tu comprends ça ?
— Quoi ?
— Ce n'est pas important, Richard.
— Quoi ?
— Sois content, Richard, important, pas important, oui, non, tout ça ne compte plus pour toi.
— Quoi ?
— Oui, mon Dieu, quoi ? Quoi ? Moi aussi j'en aurais, des quoi ?
Par exemple, j'aimerais bien que tu répondes à ceci :
Mais elle ne le fait pas, et depuis des années déjà : Pourquoi il a transmis à sa sœur le jardin de Schottwien, elle ne se l'est jamais expliqué. Et pourquoi en 1938, sans avancer d'arguments plausibles, il a retiré son argent du magasin de lingerie de sa mère, ça non plus, elle ne l'a jamais élucidé. Et pourquoi ce mensonge au sujet de son séjour à Gastein, ça suppure très fort, quand ça lui traverse l'esprit, et ça lui traverse l'esprit très souvent. De la correspondance entre Richard et Nessi, découverte dans le bureau de Richard, il ressort que, en 1970, il n'est pas parti pour Gastein seulement avec sa sœur et son beau-frère, mais aussi avec Christl Ziehrer. Alma, et depuis des mois, aimerait bien savoir, oui, savoir, une fois, une fois pour toutes, ce qui l'a poussé à la tromper et à mettre dans la confidence ses deux parents, cette engeance hypocrite. Elle aimerait bien lui dire aussi combien elle trouve ça minable, et que, pendant les tous premiers mois qu'il a passés en maison de retraite, c'était essentiellement la raison pour laquelle elle, Alma, qui n'est

pourtant pas rancunière, il s'en faut, a séché au dernier moment un grand nombre des visites annoncées. Ça lui était bien égal.

— Tu te souviens, quand vous êtes partis à Gastein, toi, Nessi et Hermann ? En 1970 ? Tu ne m'as jamais beaucoup parlé de ce voyage.

— Ah ?

Des secrets qu'il a bien gardés. Et pour quoi ? Pour qui ? Pour personne. Pour ne même plus pouvoir se les avouer à lui-même un jour ou l'autre. Des trésors, mais il ne sait plus où il les a enterrés. Des arbres comme points de repère. Richard, les arbres sont tombés. Des rivières comme points de repère. Les rivières, je crois, Richard, se sont creusé un nouveau lit. Des fleuves. Débordés. Des lacs. Asséchés. Ce qui était un fleuve est un lac. Comme des excréments de poisson les événements partent par le fond, le fond, c'est-à-dire la mer. Mais laissons cela.

Alma se lève. Elle a la bouche sèche. Comme elle ne trouve pas de verre propre, elle boit l'eau au robinet en tordant le cou. Elle regrette d'avoir essayé d'interroger Richard sur l'épisode de Gastein. Elle voudrait réparer. Elle se rassied près du lit, et comme ils sont toujours seuls dans la pièce, elle chante pour Richard *L'Hiver s'en est allé*, qu'ils aimaient bien chanter tous les deux autrefois, il y a plus de quarante ans. Elle chante d'une voix douce, il faut croire que quelque chose s'éclaire dans le cerveau de Richard, car il commence à lui caresser la main, le fait pendant toute la chanson. Quand Alma a fini, il fait une nouvelle tentative pour se redresser. Mais son corps ne lui obéit pas, tout comme son cerveau, il y a des années, a cessé de lui obéir, tout comme ses enfants, il y a des années, ont cessé de lui obéir. Son visage flétri se crispe de colère, son regard est courroucé, la commissure des lèvres part d'amertume vers le bas, comme s'il voulait dire ce n'était pas une mince affaire, d'arriver jusqu'ici, et voilà la récompense, je n'arrive pas à le croire, voilà la récompense. Il formule péniblement plusieurs idées réduites en simples sons, puis, sous la pression légère de la main d'Alma, il s'affaisse de nouveau sur son oreiller.

— C'est bon, Richard. Calme-toi. Ne t'en fais pas. Ne t'occupe plus de ça.

Il fait entendre un grognement insatisfait, ne réitère pourtant pas sa tentative.

— Ne te fais pas de souci, répète Alma doucement.

Un instant plus tard on frappe à la porte. Une infirmière pénètre dans la pièce, une jeune fille avec des cheveux sombres coupés très courts et une voix rauque et une question : Est-ce que monsieur Sterk veut un jus de fruits.

L'infirmière tend à Alma un verre rempli d'un liquide jaune qui sent le sirop d'orange, puis une paille. Alma porte la paille à la bouche de Richard, avec soin. Richard prend des petites gorgées lentes, à chaque fois les tendons de son cou saillent, nets. Le cartilage de sa gorge sautille violemment.

— J'envoie chercher quelqu'un pour retirer le goutte-à-goutte, dit l'infirmière.

Alma jette un regard à la poche de sang qui, inscription tête en bas, brandille à une potence près du lit. Quand Alma est entrée tout à l'heure, de grosses gouttes tombaient encore de la poche caoutchouteuse dans un cylindre et de là dans le tuyau qui mène au dos de la main droite de Richard. Maintenant la poche est vide.

L'infirmière sort. Une minute plus tard arrive une doctoresse qui détache le tuyau sous le petit sac avec des gestes sûrs. La jeune femme dévisse le tuyau de la canule qui est fichée dans la main de Richard. D'une main elle tient vers le haut l'extrémité ouverte du tuyau, de l'autre elle injecte un liquide clair dans la canule, pour nettoyer, dit-elle. Elle obture la canule avec un petit bouchon rouge. Puis elle adresse un sourire de réconfort à Alma et dit :

— Avant l'opération le goutte-à-goutte lui fait du bien, ça le requinque un peu.

La doctoresse jette un œil au contenu de l'urinal fixé sur le côté du lit, elle sort avec la poche de sang vide. Encore dans l'encadrement de la porte, elle commence à retirer ses gants écrus.

— Ingrid aussi était médecin, dit Alma.

Mais Richard, qui a fermé les yeux, ne réagit pas à cette remarque. Il donne l'impression d'être épuisé et tout près du sommeil. Par précaution Alma lui retire ses lunettes. Ça ne semble rien lui faire, de se séparer à nouveau d'elles. Alma les pose sur la petite table de nuit, près du verre de jus de fruit. Elle se lève. Pendant un moment, les bras croisés, elle regarde par la grande fenêtre, une lumière d'après-midi terne tombe sur la table garnie de formica, dessus un vase, dedans les fleurs qu'Alma a apportées la veille, à côté les fruits frais. Le vert des arbres (dehors) et le blanc des meubles (dedans) ont quelque chose d'épuisant. Alma espère que Richard tombera dans un sommeil bienveillant, sans le poids de son anéantissement prochain, sans fantômes, sans cette différence entre les vivants et les morts, qu'on confond si facilement. Est-ce que Richard, en rêve, a encore tous ses esprits, est-ce qu'il sait et connaît tout comme autrefois. Douteux. Et allez savoir ce qu'il peut bien y avoir là-dedans, les enfants, Otto, Ingrid, et à quel âge, et elle-même, Alma, et à quel âge, avec quelle coiffure, encore avec les cheveux courts, et où, dans le jardin, à la maison, dans la baignoire. Richard gémit doucement, un son guttural et grasseyant. Alma revient vers lui. Elle effleure son front, ses tempes enfoncées, les cheveux duveteux au-dessus de l'oreille, la couleur des antiseptiques. Monsieur le conseiller Sindelka. Ça aussi. La main de Richard, ses ongles, les ongles surtout — ça lui fait penser aux membres des cadavres dans les cours de chirurgie de la main au début de ses études. Ses études. Qu'elle n'a jamais terminées. Elle soulève l'extrémité inférieure de la couverture, contemple la jambe cassée de Richard, elle est bandée et, tournée vers l'extérieur, repose dans une attelle en mousse jaunâtre. Le corps de Richard dans son relâchement a quelque chose de misérable, de presque immatériel, la peau de la jambe intacte avec le réseau arachnéen et luminescent des veines fines et bleutées (comme le papier de soie des albums photo), les os en vrac et creux et vides. Richard ouvre brusquement les yeux, c'est bref, il est de nouveau submergé par le sommeil, épuisé par l'âge, saturé de sang transfusé, il grogne (de contentement? espérons-le), son grognement se mêle au gargouillis de l'eau remuée par l'oxygène. Alma, précautionneuse, tire la couverture sur lui. Puis elle observe son mari encore un instant, elle se dit (avec tristesse? oui, avec tristesse) qu'il est désormais de ceux à qui l'histoire ne fera plus aucun mal.

De retour à la maison, Alma est accueillie par Minka, la chatte. Elle s'approche d'elle et se laisse caresser. Elle a des miaulements interrogateurs, bondit sur le socle de grès, son lieu de prédilection depuis que des jeunes vandales ont renversé l'ange gardien et par plaisir lui ont cassé les deux ailes. La chatte dresse la queue, tourne en rond sur le socle, les pattes rapprochées, la main d'Alma presse et suit la raie de mulet sombre et électrique le long de la colonne vertébrale, haut, bas, retour. Une brève secousse parcourt le corps vigoureux, la chatte saute du socle et suit Alma à l'intérieur, la devance en miaulant depuis la porte. Alma donne à manger à l'animal. Elle se sent elle aussi lessivée, elle a faim. Elle engloutit un grand sandwich au saucisson, reste ensuite assise un moment, là, le regard absent, les coudes appuyés sur la table, et elle écoute les croquettes craquer entre les dents du chat, le bruit du lait qu'on lape.

D'ici ton retour, maman, je serais changée en lait tourné dans un verre fissuré.

Quand la chatte a fini de manger, elle bâille de satisfaction, rote, se lèche le museau, se passe les pattes de devant sur les moustaches, on dirait qu'elle soupire.

— Allons bon. Qu'est-ce qui t'arrive ?

Après un autre bâillement la chatte regarde Alma avec des yeux vides. Un instant plus tard elle trotte tranquillement en direction de la véranda, où, pour dormir, elle s'étend de tout son long sous l'un des fauteuils, comme si elle n'avait plus la force de sauter dessus. Alma quitte également la pièce, direction le séjour. Elle s'affale sur l'ottomane pour lire un peu. Mais sa concentration suffit pour deux pages tout au plus, elle s'endort à son tour, une heure, Dieu soit loué et malheureusement : Malheureusement, parce qu'elle aurait préféré employer ce temps à se faire plaisir. Dieu soit loué, parce qu'à son réveil elle se sent reposée, un peu moins abattue.

Elle se ressaisit, s'étire. Après qu'elle a écarté les rideaux de la fenêtre, elle reprend son livre, avance même bien, trente, quarante pages, jusqu'au moment où elle tombe sur un passage qui traite du pardon (je ne suis pas rancunière, non, jamais, le pardon est un nettoyant universel, rien n'égale la puissance du pardon, soit). Le voyage de Richard à Gastein s'insinue obstinément entre les lignes, et bien qu'Alma, poursuivant sa lecture, offre la plus grande résistance, elle n'arrive plus à reprendre le fil de l'intrigue. Au bout d'un moment elle en a assez et décide de mettre un terme symbolique à cette histoire de séjour à Gastein en remisant au grenier la correspondance de Richard et Nessi. Pourquoi se faire du mal avec ces choses-là, ça ne sert à rien, c'est du passé. En 1952, Richard et elle ont jugé que Mme Ziehrer, de toutes les candidates, ferait la meilleure secrétaire. Dommage seulement que ce choix se soit avéré aussi malheureux pour Alma. Mais qu'elle soit triste ou non, qu'elle lui en veuille ou non, ça ne change rien à ce qui s'est passé entre Richard et Mme Ziehrer, mais bien en revanche, et très certainement, à ce qu'Alma ressent quand elle pense à Richard et Mme Ziehrer.

Elle va chercher un carton de taille moyenne dans la cave et le transporte dans le bureau de Richard. La pièce est restée dans l'état où elle était quand Richard l'a quittée, avec sur la table ces notes commencées Dieu sait quand et qu'il n'achèvera jamais, la machine à écrire, à l'intérieur une feuille vide arquée par le cylindre, et devant, sur une zone plus claire, là où l'épiderme du bois est usé par les frottements, l'un des nombreux stylos qu'on lui a offerts tout au long de sa carrière. Au mur dans un cadre la photo de Richard et de la famille Khrouchtchev sur le barrage de Kaprun. Les Biefs sur le Danube. Et entre les rayonnages de livres et le meuble à rideau, la carte géographique de la petite république en forme de cuisse de poulet. Une odeur d'encre renversée, de crayons de couleur effrités et de trombones lentement adonnés à la rouille s'échappe des tiroirs. Dans le quatrième, Alma retrouve — pour la combientième fois — les lettres de

Nessi et Hermann, les bien chers parents de Richard. Sans y jeter un œil de nouveau, elle jette la grosse liasse dans le carton et, tant qu'elle y est, y ajoute diverses lettres adressées à Richard, plus quelques classeurs. Elle soulève le carton, le tient sur sa poitrine, monte l'escalier à pas lents jusqu'au grenier, où elle n'a plus mis les pieds depuis le début de l'été. Arc-boutés contre elle, une atmosphère, un silence oppressants, chaleur et humidité, rien que le craquement léger des solives épié par les souris dans les paillasses. Alma sent encore l'odeur du grenier vidé à cause de la guerre, la chaleur un peu âpre qui montait des lames du plancher et qui, là, régnait la moitié de l'année, toute différente de la chaleur dans la véranda et le rucher (où le bois sombre au soleil sent toujours un peu le brûlé). Elle se souvient encore qu'Otto, le petit soldat exemplaire des Jeunesses hitlériennes, le sel de la nation, l'avait initiée avec une froide objectivité au maniement de l'extincteur et des seaux de sable en cas d'incendie. Elle se souvient que Peter avait laissé tombé une paroi latérale de l'armoire Biedermeier dans l'escalier et que, sans dire un mot, il s'était précipité hors de la maison, après que lui et Richard n'avaient pas réussi à se mettre d'accord sur l'art et la manière de porter les meubles, pas plus du reste que sur la politique de sécurité à adopter pour le monde, pourtant ils l'avaient refaite tout l'après-midi. Elle se souvient. Elle se souvient. Plein d'histoires comme celles-là. Elle pose le carton sur un lit étroit derrière la rampe de l'escalier, sur plusieurs autres boîtes supportées par un carton à dessin avec (quoi ? oui, quoi ?) d'horribles gravures héritées des parents de Richard (scènes de chasse et planches de mode françaises). Dans le grenier un désordre tantôt organisé, tantôt parfaitement indescriptible, comme si certains coins étaient passifs, d'autres encore actifs : valises ouvertes, boîtes amoncelées en tours branlantes, tapis enroulés, patins à glace (secs comme du carton-pâte), besaces appendues au mur, à portée de main, boîtes remplies de cahiers d'écoliers (faites dix phrases avec *que*), une luge (ou ce qui fut une luge), de vieux édredons, plumes sédimentées, une couverture de la Wehrmacht, des boîtes de café (Arabia, Meinl), des boîtes de gâteaux secs (Haeberlein, Heller) au contenu incertain (timbres déchirés ? boutons ?) et de la poussière, sur tout, de la poussière comme un bandage tenace, comme si ce bric-à-brac, ainsi que la jambe cassée de Richard, était enveloppé contre les douleurs écrasantes du temps. Comme si peu à peu, avec l'humidité, c'était l'importance des objets tout entière qui était exprimée. Où qu'on porte le regard, les choses jetées au rebut s'agglomèrent en une substance primitive, une matière qui mêle les générations, histoire familiale épaissie, ratatinée, dépossédée de ses couleurs.

Alma se glisse entre les meubles et les objets hétéroclites, passe devant la voiture à pédales d'Otto, avance vers la fenêtre orientée à l'ouest et l'ouvre pour faire entrer un peu d'air frais. Quand elle veut assujettir le battant gauche, la vis à œillet tombe du mur. Elle se dit que oui, c'est vrai, ce n'est pas la première fois, elle lui a déjà fait le coup assez souvent. En été. Elle ramasse la vis, la remet tant bien que mal dans le filetage évasé, passe le crochet dans l'œillet, chasse d'une chiquenaude quelques cadavres de mouches creux et des crottes de souris incrustés dans les fentes de l'appui de la fenêtre, à l'intérieur, le bois est tout fissuré par les ans, puis elle regarde au-dehors, les jardins, les maisons dans le crépuscule du soir sur Hietzing. Dans un courant d'air qui monte de la vallée, le feuillage sec des arbres remue doucement, à demi esquissé dans la lumière très pâle, à demi effacé déjà. Sur le jardin zoologique de Lainz, des nuages très denses se forment, cumulus et cohortes de stratus avec des pompons au ventre. Le ciel dans cette direction est tout à fait couvert, au-dessous une ombre compacte s'étend. La couleur des arbres ne perce presque plus. Les nuages s'approchent, lascifs et lourds, comme conviés par les regards d'Alma. Bientôt même les arêtes des toits et les pignons, là-bas, au fond, se confondront aux ténèbres environnantes.

Alma attend, les bras croisés sur la poitrine, à l'affût. Elle ne sait pas pour qui ni pour quoi.

Cette nuit où, peu après minuit, Ingrid est venue la réveiller parce qu'on frappait à la porte et qu'elle s'inquiétait. C'était Otto qui n'arrivait pas à entrer. Ingrid avait tout bien barricadé. La dernière nuit d'Otto à la maison, avant qu'il remonte au créneau et s'engage de lui-même dans une unité de combat. Deux ans avant il écrivait encore des lettres depuis son camp d'été avec les canoéistes. Des anges musiciens en en-tête. Il avait décalqué les anges d'un quartette puis les avait aquarellés.

Sans commentaire.

Car il chargera ses anges de te garder en tous tes chemins. / Ils te porteront dans leurs bras pour que ton pied ne heurte pas de pierre. / Tu marcheras sur le lion et la vipère, tu piétineras le tigre et le dragon. (Psaume 91, 11-13).

Vrai de vrai.

Sûr?

Encore une fois?

Ça n'est pas possible.

Hésitante, Alma se détourne de la fenêtre. Elle marche vers la porte, la ferme derrière elle, emporte le souvenir de ses enfants, descend l'escalier, piano, comme si elle épiait autre chose, une autre voix. Sa main droite glisse sur le boulet de canon lissé (usé ?) mille et mille fois par des mains d'enfants et d'adultes, et qui selon les calculs d'Otto mettrait vingt-sept heures et demie pour faire le tour de l'équateur au pas de charge (une punition qu'on lui avait infligée à l'école). Elle s'arrête un bref instant. Pensive. Étonnée. Plis entre les sourcils. Elle lisse sa robe au niveau des hanches. Tout à coup elle éprouve combien la maison est vide, c'était bien différent au début, Ingrid, Otto, sa mère à elle, Alma, qui était là souvent, et puis Richard qui se réjouissait quand il y avait beaucoup de visites. Des cinq personnes qui ont vécu ici, elle est la seule qui reste. Elle hoche la tête lentement, plusieurs fois. Puis elle descend l'escalier de la cave et sort du congélateur quelques victuailles, les meilleures provisions, gardées à l'origine pour d'éventuels visiteurs et qu'elle finit peu à peu, parce qu'elle ne veut plus de visites. Elle met les provisions à décongeler dans la cuisine. De là elle oblique dans le salon et, dans l'espoir de bonnes nouvelles chez les voisins de l'Est, allume la télévision. Mais la litanie des informations débitées sur le plus monocorde des tons l'ébranle cette fois tout particulièrement. Avant même que le *Panorama* soit terminé, elle passe sur une autre chaîne, où l'on joue une innocente niaiserie avec Fritz Eckhard. Mais ce kitsch est au-dessus de ses forces, lui aussi, et le documentaire sur les origines de la vie qu'elle regarde juste après la dépasse de beaucoup, pourtant le sujet l'intéresse. Il est question de chaînes d'aminoacides qui s'aboutent et s'unissent selon un certain ordre. Mais comment la vie peut naître de ces jonctions, voilà qui reste obscur. Elle éteint la télévision, un peu frustrée. Elle reprend le livre sur les *outsiders*, celui qui est tombé de la bibliothèque la nuit passée, voyons, peut-être qu'elle y apprendra quelque chose sur Richard. Mais là encore : néant. Dès la première page, elle bute sur plusieurs mots qui ne lui disent rien et qui ne figurent pas non plus dans le Langenscheidt. Aussi elle préfère renoncer et le livre réintègre les rayonnages. Elle retourne vers le sofa, s'y allonge, tourne le visage vers la grande fenêtre, les jambes légèrement ramenées, genou sur genou, les chevilles blotties l'une contre l'autre. Dans cette position, elle épie les bruits familiers de la maison, elle est allongée là dans la tranquillité et la douceur, patiente, solitaire mais ce n'est pas désagréable, pas vraiment solitaire, donc, mais seule. Peut-être abattue, oui, un peu abattue, parce que la possibilité d'acquérir un peu de savoir s'est amenuisée chez elle aussi. Souvent, bien qu'elle s'exerce et sacrifie de plus en plus à l'art de ne rien faire et de s'épargner, elle n'est plus bonne à rien dès les premières heures de la soirée et n'éprouve rien d'autre que le besoin de ne plus penser à rien, de rester allongée là, simplement, et elle se dit : Ce n'était pas ton jour, prends ton mal en patience. Elle se le dit aussi maintenant : Ce n'était pas ton jour, prends ton mal en patience. En même temps elle perçoit sans amertume que tout cela est absurde, car ce jour qu'elle appelle de ses vœux ne peut pas venir, elle ne saurait pas quoi en faire. Alors elle regarde fixement en elle-même, sans être heureuse ou malheureuse, sans pouvoir vraiment dormir, avec la sensation que la pièce tout autour d'elle se met à tanguer, loin d'elle. Des rafales de vent déferlent sur les fenêtres, une vitre qui a pris du jeu cliquette doucement, un quart d'heure plus tard des paquets de pluie s'abattent sur la maison. Le cœur battant, les joues échauffées, Alma tend l'oreille aux bruits du dehors, crépitements, glouglous, mugissements, plus tard un roulement sourd qui couvre tous les autres bruits. L'amène à se lever, éteindre le plafonnier et, par l'une des hautes fenêtres du salon, regarder dans le jardin le rucher et les arbres dont la membrure se découpe, noir sur noir, sur l'arrière-plan et contre le ciel. Alma espère qu'il n'y aura pas, cette fois, comme ce fut le cas lors des dernières fortes pluies, des petits ruisseaux dans la véranda, il ne manquerait plus que ça. Elle s'était retrouvée avec trois experts à la maison, et aucun d'eux n'avait été capable de lui proposer une vraie solution sans qu'il faille tout rebâtir à neuf. Grand style. Mais pour qui ? Pour moi ? Pour moi ça ne vaut pas le coup, ça tiendra bien pour les quelques années qu'il me reste à vivre, et après ce seront d'autres que moi qui s'en occuperont. Et le troisième expert conforta Alma dans cette opinion. Le mieux, selon lui, était encore de ne toucher à rien, tant que ce n'était pas vraiment très grave, aucun matériau ne résistant vraiment à la neige, à la glace et à la chaleur (voir par exemple le gel qui crève le bitume des routes). Depuis, Alma craint que les choses un jour ne soient *vraiment très graves*. Sinon, c'est tout du moins son avis, la maison doit remplir son office jusqu'au bout, elle n'en demande pas davantage.

L'orage s'est approché. Il tombe des hallebardes. Par intervalles de trois, quatre secondes, des éclairs zigzaguants, partagés pour la plupart en fourches, déchargent leur électricité. Les éclairs sont blancs et d'une clarté éblouissante, tirent parfois légèrement sur le bleu, d'autres fois sur l'orange. La majorité des éclairs ne s'accompagne d'aucun bruit, Alma entend seulement de temps en temps, au loin, le flux et le reflux d'un grondement léger. Elle aimerait bien compter les secondes, mais en raison de la fréquence des éclairs et de la rareté du tonnerre, elle ne parvient pas à dire à quel éclair correspond tel grondement. Aussi elle compte juste comme ça, agréablement anesthésiée par l'enchaînement mécanique des nombres, contemplant les silhouettes dans le jardin, les hachures de la pluie dont elle n'arrive pas à se déprendre, vingt et un, vingt-deux, vingt-trois, vingt-quatre, pour ne pas avoir à penser à toutes ces choses pareilles à des douleurs coutumières liées à l'âge, aux endroits où une utilisation trop intensive a provoqué des usures, où deux pensées, d'avoir été répétées à l'infini, appuient sur des nerfs sensibles.

Qu'elle n'a jamais pu coucher Otto dans son giron. On aura beau dire, rien n'y fera, elle n'a pas pris ses deux enfants dans ses bras quand ils sont morts. Parfois elle pense, avec une rancœur qui couve un peu, que les enfants auraient dû prendre davantage soin d'eux. Mais en vérité c'est un reproche qu'elle s'adresse à elle-même, à elle seule, car surveillance et protection relèvent des attributions maternelles. Elle aimerait bien réparer, elle aimerait bien prendre au moins la tête de son fils mort dans son giron, et la tête de sa fille morte. Est-ce que ce serait une délivrance ? Peut-être. Et son mari, Richard, elle l'assiérait dans ce grand fauteuil qui était son préféré à la fin. Elle lui apporterait le tabouret tendu d'un tissu vert pour qu'il y pose ses pieds, et ils seraient tous réunis (la pluie tombe encore plus dru), tout rentrerait dans l'ordre (encore un éclair orangé), ou peut-être pas dans l'ordre, non (quel temps de merde), mais enfin ce serait mieux.

Un jour Alma est entrée dans la salle de bains, Ingrid était assise sur la cuvette, toute ensommeillée, elle avait déjà dix-sept, dix-huit ans. Alma lui a caressé la tête et l'a pressée contre son ventre, c'était comme dans les temps anciens.

Oui, les temps anciens. Les glorieux temps anciens, où l'on s'enfonce si facilement.

Et maintenant ?

Maintenant les roses étanchent leur soif pour la dernière fois de l'année.

Maintenant le vent casse les fleurs sur les tombes, si toutefois les fleurs ne sont pas en plastique.

Puis un grondement de tonnerre, très proche, comme si toutes les photos tombaient des murs, et les gens des photos et le chevreau de la pendule.

À l'école, Alma a appris que les couleurs d'une éolienne tournant à vive allure se mélangent dans l'œil humain, bleu et jaune donnent vert. Mais que la foudre en revanche, dans la pleine obscurité, éclaire cette même éolienne pour un centième de seconde, alors elle apparaît au repos, les couleurs nettement séparées les unes des autres. Pour la même raison les oiseaux qui filent chez eux paraissent pétrifiés dans l'air, quand la foudre les éclaire un moment. C'est ainsi exactement que les choses gèlent dans le souvenir; comme s'il décomposait le mélange du passé pour en isoler les couleurs, comme si le souvenir pour un instant clouait à l'orage les oiseaux (les pigeons) qui, il y a des années, volaient à vive allure.

Le vent a tiré sur la fenêtre, la fenêtre a tiré sur le crochet, le crochet a tiré sur la vis à œillet, la vis à œillet a tiré sur le bois, le bois a cédé et la vis à œillet est tombée du mur. Pendant un moment la fenêtre tourne et tourne dans les courants atmosphériques sur les marges occidentales de la capitale fédérale, Vienne, reine inamovible sur le Danube. Les gonds couinent, la fenêtre pivote un peu vers les jouets figés dans l'attente et une fatigue lourde, vers les lettres dont le destinataire s'est perdu. La fenêtre avance, recule, avance. Puis une rafale de vent la claque contre le mur et la vitre vole en éclats.

Alma pose un verre de Fernet-Branca sur la table de nuit

(pour que nous ne mourions pas seuls). Elle enlève ses vêtements, se glisse dans une chemise de nuit propre, celle avec les coccinelles. Elle s'immisce sous la lourde couette, prend *Henri le vert* sur la table de nuit et dirige la lampe sur le livre, le cône lumineux tombe très exactement sur les pages ouvertes.

Comment est-elle arrivée jusqu'ici ? C'est insensé. Elle n'arrive pas à y croire. Comment ? Tout est passé si vite, ni une ni deux, en piste, un tour, deux, déjà passé.

[Applaudissements. Fin.]

Dans la chambre, au mur, un dessin à la plume, une feuille de format DIN A3 que son petit-fils, Philipp, lui a envoyée, quand il avait douze ans, si l'on en croit la date. En bas à droite, dans un savant mélange de majuscules et de minuscules, il a inscrit le titre : *LES pieds de MA sœur SISSI*. Et de fait le dessin n'en montre guère plus : Un pantalon pattes d'éléphant qui tombe à la verticale, le bord supérieur de l'image juste au-dessus du genou, le genou gauche hachuré de quatre traits et biffé d'une barre transversale. Sous le pantalon des chaussettes à côtes, le long desquelles on peut jeter un œil et même un peu plus à l'intérieur des jambes. Puis des chaussures au nez écaché, surtout les semelles. La chaussure gauche est presque à l'horizontale de son côté, la droite, dressée, légèrement en avant et un peu basculée de l'autre côté, à quoi l'on reconnaît indubitablement, ainsi qu'à l'ouverture en tricorne des jambes du pantalon, que Sissi, lorsque son frère l'a dessinée, était allongée sur le dos, en train de lire, peut-être, sur son lit, ou de dormir, sur le lit de Philipp, et de là les chaussures.

[Applaudissements. Fin.]

Encore une chose qu'Alma —?

Elle se demande pourquoi l'on accorde plus de crédit à

l'idée aventureuse de Dieu et de la vie éternelle qu'à celle, à vrai dire bien plus simple quoique tout aussi difficile à concevoir, que tout s'achève et finit avec la mort et que nous (nous) ne retomberons plus jamais sur nos pieds. Toute sa vie durant le désir de retomber sur ses pieds, précisément, et même jusqu'à la mort, se cramponner à cet espoir que rien n'étaye : que les choses continueront indéfiniment ainsi.

Qu'on racontait dans son enfance qu'elle était un garçon manqué. Vrai ?

À quoi ressemblait la Tivoligasse autrefois. Une rue large et grise, grise, grise, cahoteuse et poussiéreuse.

Un instant...

Le 21 février 1945. Quand un grand nombre des oiseaux exotiques s'enfuirent du jardin zoologique, durement touché par les bombardements, et se réfugièrent dans les villas sans fenêtres de Hietzing. Ils furent mis en sécurité par les enfants restés en ville — ce qu'on appelait alors *mettre en sécurité*. Otto et le fils de monsieur Jokl avaient capturé un toucan, et le volatile, à ce qu'on raconte, atterrit directement dans la cocotte de Mme Jokl, un peu de variété pour casser la monotonie des semaines et des semaines de restriction.

Tu te souviens ? La dernière année de la guerre, tu as appris comment vérifier que le lait n'est pas mouillé. Si l'on plonge une aiguille à tricoter dans le lait et qu'il reste une trace sur l'aiguille, c'est que le lait n'est pas coupé, sinon il est allongé.

Tourné ? Dans un verre fissuré ?

Étaient-ce les mots d'Ingrid ou ceux d'Otto ?

Une carte postale ?

Pas de réponse.

Aux vivants comme aux morts.

[Applaudissements. Fin.]

Encore une chose qu'Alma —?

Elle rêve de petits cochons. Son père et elle déchargent de nombreux petits cochons d'un camion, les transportent un à un dans la cave et les couchent sur des tréteaux, où ils restent bien sagement, sauf trois.

Son père dit :

— Ces trois-là ne sont pas acceptés.

Pourtant ce sont les plus beaux cochons du lot.

Alma couche de nouveau les trois petits cochons dégourdis, et cette fois ils restent couchés bien sagement eux aussi.

[Bravo. Applaudissements.]

Celui qui voit tout, là-haut, saura reconnaître et distinguer le rêve d'une rose et le rêve d'un lys. Quelqu'un a dit cela quand Alma était encore petite, parfois elle cherche à savoir qui c'était mais ça ne lui revient pas.

On dit bien des choses.

L'oubli est le meilleur auxiliaire du bourreau.

On ne vit même pas une fois.

La vie est faite de bien des jours. Celui-ci s'achèvera.

Dans le dictionnaire des étiquettes de madame de Genlis, dans une édition du milieu du siècle dernier, le cinquante et unième et dernier chapitre traite des formules rituelles que le voyageur échangera avec son médecin sur son lit de mort.

— Suis-je perdu?

— Vais-je connaître de grandes souffrances?

— Je suis prêt à paraître devant mon Seigneur.

[Applaudissements.]

Dans le téléviseur déjà refroidi, s'il fonctionnait, si l'on avait choisi le bon programme (si si si), un réalisateur russe mort depuis trois ans, à la question de savoir ce qu'est la vie :

— Une catastrophe.

Ce qu'on est toujours un peu enclin à minimiser.
Vraiment ?
: ?
Vraiment.
[Black-out]

Mercredi 20 juin 2001

Au matin, Steinwald et Atamanov ont soudé dans le compartiment moteur de la Mercedes le cadeau de mariage de Steinwald, les alliances, prétendument parce qu'ils doivent passer plusieurs frontières et affronter la douane. Maintenant ils sont plantés auprès de Philipp, bien à leur aise, et ils regardent tous les trois les artisans qui, à l'aide d'une grue mobile, mettent au jour d'assez larges zones du toit et empilent des tuiles sur les crochets pare-neige. Lorsque la grue pour un bref instant n'est pas utilisée, Atamanov en profite pour vider le chéneau. Pendant ce temps Steinwald va chercher une hache à la cave. Il veut abattre l'abricotier qui a poussé tout près du mur, pour que la grue puisse passer aussi derrière la maison. Philipp ne s'en mêle pas, il a bien conscience que l'arbre est un obstacle. Mais quand il se dérobe et rejoint le perron, il se dit que c'est tout de même dommage, de voir disparaître aussi la brosse qui pendillait dans l'abricotier. Quelqu'un l'avait nouée à une branche, la tête en bas, pour que la branche fût étançonnée. Mais l'arbre était jeune et il a encore poussé d'une cinquantaine de centimètres.

La hache cogne à intervalles réguliers contre le tronc. La tête tournée vers le bruit, Philipp écoute les coups et (et) imagine que les ébranlements provoquent un tremblement de terre sous la maison, que la photo de la fiancée d'Atamanov, là-haut, dans la chambre, tombe face contre terre, que les crochets pare-neige ne retiennent plus les tuiles. Elles commencent à glisser, dérapent sur l'arête du toit et pleuvent atrocement sur Philipp.

Son père racontait souvent que, dans les années cinquante, lors d'une visite au Muséum d'histoire naturelle, il avait connu le tremblement de terre le plus violent jamais enregistré en Autriche, à l'instant même où il contemplait les animaux naturalisés. Tout à coup les bêtes s'étaient mises à bouger et étaient tombées les unes après les autres de leurs supports, perches, pierres et socles. Les vitrines avaient volé en éclats et Peter lui-même, le père de Philipp, n'était resté debout qu'à grand-peine, les yeux et la bouche littéralement écarquillés, parce qu'il ne comprenait pas du tout ce qui se passait. Ce récit avait profondément impressionné Philipp dans son enfance, et l'idée des animaux qui s'écroulent, la chèvre des Rocky Mountains, le rhinocéros de Java, l'éléphant nain de Sicile, n'a cessé de lui en imposer depuis. Mais aujourd'hui il est persuadé que son père lui a menti. Quelqu'un lui aura parlé du tremblement de terre et de ses répercussions sur les animaux du Muséum d'histoire naturelle, ou alors il en aura lu le récit dans un journal, en prenant soin d'inventer quelques détails de son cru. Mais qu'importe, Philipp peut tout aussi bien faire passer cette histoire pour une expérience personnelle.

Il entend l'abricotier tomber. Juste après il passe derrière la maison pour se faire une idée de l'avancement des travaux. Atamanov est planté près de la grue et, les mains dans le dos, lève la tête vers le toit, où les couvreurs remplacent des lattes pourries. Steinwald, torse nu à présent, le chapeau sur la nuque, s'attaque entre les arbres encore debout à quelques broussailles. Philipp voudrait lui raconter l'histoire des animaux naturalisés et du tremblement de terre au Muséum d'histoire naturelle, mais au lieu de cela il l'engueule et lui demande s'il n'a pas bientôt fini de s'acharner sur le jardin. Steinwald s'arrête net, ne bouge pas, le rouge lui monte un peu aux joues, simplement. Philipp a toujours du mal à se contrôler. Je ne peux plus les voir, pense-t-il, ils me roulent dans la farine et c'est tout (ils me roulent dans la farine et c'est tout).

— Je ne tolérerai pas ces humiliations plus longtemps. Vous aurez passé votre temps à m'arnaquer.

Steinwald fronce les sourcils, effaré que Philipp puisse s'adresser à lui sur ce ton. Il s'apprête à répliquer quelque chose, mais avant même qu'il ait pu sortir un mot, Philipp lui tourne le dos et, tête haute, rejoint le perron à pas comptés.

Là, il s'emporte démesurément contre sa propre attitude. Tout en engueulant Steinwald, à l'instant, il avait bien conscience que le jardin n'était que le prétexte idéal pour une scène. S'il est aussi furieux, en réalité, c'est parce que Steinwald et Atamanov ne peuvent pas l'emmener en Ukraine, ou ne veulent pas l'inviter ; peu importe. Pendant un moment il se demande comment il pourrait réparer la chose. Mais rien ne lui vient, rien en tout cas qu'il ait le cœur de faire sans se mettre une fois de plus en colère. Il se lève plusieurs fois du perron, guigne au coin de la maison, n'arrive pas à se faire violence, impossible d'aller voir Steinwald pour lui présenter ses excuses. Il se rapatrie dans le jardin en bougonnant. Près de l'une des chaises, il s'appuie contre le mur et de là observe les couvreurs qui, chaussures lourdes, des tonnes d'outils à la ceinture, évoluent sur la pente du toit. Deux ouvriers pissent sur les tuiles nouvellement posées. Sans doute un rituel, et puis un gain de temps aussi. On ne peut rien leur reprocher. Le travail avance bien. Tandis que les couvreurs se vident la vessie, Philipp prend conscience qu'il sera bientôt seul : Les couvreurs partis, Steinwald et Atamanov en Ukraine. Dans deux jours ils s'en vont. Johanna, dans un accès d'on ne sait quoi, s'est acheté une nouvelle bicyclette, alors que l'ancienne, réparée par ses soins, est dans le garage. Johanna n'est pas reparue depuis des jours. Même les voix des enfants, qu'il entendait il y a une heure encore, ont disparu des jardins voisins.

En écoutant ces voix tout à l'heure, il avait le sentiment qu'il jouait lui aussi, hier encore. Mais à présent, sans ces fréquences dans son dos, il n'arrive pas à s'expliquer comment cette impression a pu naître. Maintenant il a la sensation de n'être qu'un grand prétentieux qui invente tout : le temps qu'il fait, l'amour, les pigeons sur le toit, ses grands-parents, parents et même son enfance — celle-là aussi, il n'aura fait que l'inventer.

Il se fraie un chemin jusqu'au mur ouest, où il essaie d'arracher un épicéa qui lui effleure la taille, sans succès, il n'arrive qu'à s'écorcher les mains. Comme il ne veut pas demander la hache à Steinwald, il descend chercher dans la cave une égoïne émoussée qui se bloque continuellement quand elle attaque le tronc, et il manque plusieurs fois de se casser le poignet. Il scie comme un fou, au bord de la crampe musculaire, quand l'arbre consent enfin à céder. Encore quelques fibres à couper. Puis, l'épicéa sous le bras, il va voir Steinwald, lui tend l'arbre et le prie de veiller à ce que les couvreurs le placent sur le faîte du toit.

— Je compte organiser une petite fête ce soir, l'occasion s'y prête. La maison est comme neuve.

Prepared for the future.

Steinwald le regarde un moment comme s'il divaguait, puis il exige :

— D'abord vous retirez ce que vous venez de dire.

Le fumier, pense Philipp, c'est du chantage. Il respire à fond. La crapule.

— Je retire.

Steinwald hoche la tête. Il prend l'arbre, l'appuie contre le mur de la maison, palpe sa chemise, suspendue dans les rameaux d'un lilas, et offre une cigarette à Philipp. Ils fument un moment sans dire un mot. Là-dessus Philipp retourne dans la maison et commande par téléphone de quoi boire et manger pour quinze personnes, quelques fusées, quelques flambeaux. Puis il se consacre tout entier au projet d'inviter le plus grand nombre de personnes possible.

Johanna dit qu'elle a déjà un rendez-vous, en plus on a prévu de la pluie pour cette nuit.

Philipp demande si cela s'entend au sens métaphorique, ou si elle préfère toujours parler de la pluie et du beau temps.

— Dépression sur tous les fronts.

Elle écarte l'observation d'un ronchonnement et annonce qu'il ne faudra pas compter sur elle, sûr et certain, indépendamment de son rendez-vous elle n'aime pas les grillades, ça lui rappelle trop son job d'été à la foire de Vienne. Et puis, il y a aussi l'enfant et Franzl (et ses pantalons, ses couilles, ses doigts, ses pieds, la clé de son atelier, la maison, les tableaux, le bureau, le Chameau noir et la ville).

Elle poursuit :

— Il faut que je me lève tôt demain.

Tiens donc.

— C'est bon, j'ai compris.

Il n'a rien compris du tout. S'il y a bien une chose qu'il

n'aime pas, c'est de sentir qu'on le laisse en plan (il n'a jamais aimé ça) et qu'en même temps Johanna lui donne la sensation qu'il la bouscule, ou qu'il la prend au piège. Au piège. Comme la mouche dans la confiture, comme le paysan soûl dans l'auberge.

Avant Nöel il lui demanda des explications. Elle contra :
— Je crois que tu as tendance à confondre ton propre refus avec le refus des autres.
— Ah ?
— Bien observé, non ? Je suis sûre que tu n'as encore jamais vu la chose sous cet angle.

Plutôt que de récolter une fois de plus une réplique de cet acabit, il préfère ne rien répondre. C'est mieux. Mieux de dire par exemple *Johanna, avant que j'oublie* : J'ai décidé de partir en Ukraine avec Steinwald et Atamanov.
— On y va dans deux jours.

Johanna fait l'étonnée :
— Ah bon, dit-elle. Et : Qu'est-ce qui t'arrive, c'est la première fois que je te vois comme ça, aussi résolu, aussi vite.

Pause. Très électrique. Philipp dit :
— Quiconque n'a pas d'amis est à soi-même un ennemi.

Pause, là encore électrique (distancée, étonnée, désespérée, réfléchie).
— Est-ce que tu as déjà acheté un cadeau de mariage, et si oui, qu'est-ce que c'est ?

Silence. Secondes qui s'égrènent. Philipp remarque qu'avec les nouveaux téléphones, il n'y a plus de friture sur la ligne.

Johanna rit (amusée ?) :
— J'aurais dû y penser, je t'envoie deux ouvriers pour te soulager, histoire que tu t'occupes un peu de ta famille, et tu préfères employer l'énergie ainsi libérée à courir après ces

pauvres diables. Eh bien, il ne me reste plus qu'à te souhaiter bonne chance. Espérons au moins que ces deux-là t'injecteront un peu d'entrain pour ce qui est de nettoyer la merde.

Après que Philipp n'a pas répondu non plus à cette analyse furibonde (de sa sottise — du tragique de sa vie — de son handicap social?), parce que les adieux qu'il faudra faire dans un instant lui pèsent par avance, Johanna met un terme à la conversation en lui conseillant d'en profiter pour grandir un peu, sous peine de se retrouver seul comme un con.

Bien, il ne manquait plus que ça.

— Ciao.
— Salut.

Peut-être que la caractéristique principale de l'âge adulte, pense Philipp, est de ne plus croire systématiquement que la chance peut tourner d'un moment à l'autre. Il est en bonne voie. Même l'espoir que des invités puissent venir à sa fête semble soudain étouffé. Il se dit que Johanna applaudirait sûrement des deux mains, si elle pouvait voir le peu d'entrain avec lequel il trottine maintenant vers le mur du jardin.

Lors de la dernière visite de Johanna, il y a plus d'une semaine, ils prirent au matin, après que la Mercedes rouge eut tourné le coin du portail, un bain ensemble. Johanna côté femme — ainsi nomme-t-elle la partie la plus confortable de la baignoire, dont l'extrémité est adoucie —, Philipp de l'autre côté, la grosse poignée pour réguler le débit — cannelures épaisses comme le doigt — dans les reins. Ils parlèrent du travail de Johanna à la télé et de la grand-mère de Philipp, qui, en dépit de son grand âge, rafraîchissait ses connaissances en anglais. Pendant ce temps Philipp lava deux fois les cheveux de Johanna avec un shampoing à la fleur de tilleul, dont elle assurait qu'il sentait bon. Elle voulait que Philipp convînt aussi que cela sentait bon. Elle était assise devant lui, entre ses jambes. Il lui chassait la mousse des cheveux et les soulevait aussi un peu pour que le jet du pommeau pût atteindre la nuque. L'eau gargouillait dans le déversoir, parce que Johanna faisait des vagues en ne cessant d'ouvrir et de refermer très vite les jambes. Philipp fit remarquer qu'à entendre ce gargouillis, on jurerait qu'il y avait des fantômes sous la baignoire. Johanna rigola. Philipp rigola lui aussi. Juste après il sortit de la baignoire pour faire un peu de place, ce qui fit cesser aussitôt le gargouillis, quoique Johanna continuât d'ouvrir et de refermer les cuisses. Il était encore tout enduit des sels de bain dissous dans l'eau depuis une demi-heure, et comme les serviettes avaient atterri au sale la veille, il glissa sur le tapis de bain en direction de la chambre à coucher de sa grand-mère, où des serviettes propres l'attendaient. Quand il revint, Johanna était debout dans la baignoire, incroyablement grande et large et lointaine, rayonnant d'un bonheur qui ne faisait pas son chemin dans son crâne. Elle exprimait des deux mains la torsade de ses cheveux.

Philipp est monté sur la dernière des chaises, le long du mur du jardin, et tend l'oreille en retenant son souffle.
Mais l'absence de voisins est toujours aussi criante.
Il va chez Mme Puwein et lui apporte des cerises. M. Prikopa lui aussi est cordialement invité. Il appelle trois fois le bureau de poste dans l'espoir de retrouver la factrice. Mais on refuse à chaque fois de lui communiquer le nom de famille de la jeune femme.
Il appelle un collègue. Personne ne décroche.
Il appelle son père. Qui est à la maison.

— Erlach.
— Salut papa, c'est moi, Philipp.
— Quelle surprise. Je m'étonne. Vraiment.
— Comment ça va ?
— Je n'ai pas à me plaindre. Et toi ?
— Les couvreurs sont là. Ils réparent le toit.
— Tu es occupé, alors ?
— Si on veut. Et toi ?
— J'ai rangé les licences qu'on m'a retournées aujourd'hui par la poste dans un classeur. Ils arrêtent le jeu à la fin de l'année.
— *Connaissez-vous l'Autriche ?*
— Après quarante et un ans. Plus les années où j'ai tout fait moi-même.
— Quand je pense à l'Autriche dans la nuit.
— Dommage, oui.
— Papa, j'organise une petite grill-party ce soir. Tu veux venir ? On pourra parler de tout ça.
— Je connais quelqu'un ? À part toi ?
— Mme Puwein ?
— Ça me dit rien.
— M. Prikopa ?
— Celui de la télé ? *Histoire(s) d'en rire ?*
— Il n'est pas mort, lui ?
— C'est le seul Prikopa que je connaisse.
Silence radio.
— Je crois que je vais plutôt rester à la maison. Mais c'est gentil d'y avoir pensé. Tu ne le prends pas pour toi, j'espère.
— Pourquoi je devrais le prendre pour moi ?
— Alors ça va.
— Ça te fait de la peine, qu'ils arrêtent le jeu ?

— Un peu. Pas trop.

Silence radio.

— Tu sais, dans la première version, la dernière règle du jeu était la suivante : Le perdant ne rira pas. À vingt ans et des poussières, je trouvais ça original. Comme si on avait jamais rigolé, en Autriche, quand on était dans le camp des perdants. Et on y était presque tout le temps, d'ailleurs. Aujourd'hui, quand j'allume la télé et que je vois toutes ces émissions avec ces jeunes qui se font enfermer, c'est le contraire. Le perdant se pointe devant la caméra et dit merci, vraiment, du fond du cœur, c'était super, je suis fier d'être resté le même. Je n'arrive pas à comprendre. Quand je perdais, j'étais toujours un autre homme après. Je n'ai jamais aimé perdre. La défaite ne m'a jamais particulièrement profité.

Silence radio.

— Seuls les idiots ne perdent jamais, dit Philipp.

— On aurait pu moderniser encore le jeu. D'un autre côté, à quoi bon, c'est du passé. Je t'ai déjà raconté que *La Bosse des affaires*, avant la guerre, s'appelait *Spéculation*, et que les nazis ont voulu l'interdire parce qu'ils avaient des préventions contre l'argent ? Du coup ni une ni deux, on a rebaptisé le jeu, *La Bosse des affaires*, ça avait un côté pédagogique, et ça marche encore aujourd'hui. Les Allemands appellent ça sans vergogne *Monopoly*.

— *Connaissez-vous l'Autriche ?*, ça a aussi un côté pédagogique.

— Oui, c'est vrai. Enfin, comme je te le disais : c'est du passé. Ne te fais pas de souci pour moi. Peut-être que ce n'est pas si important, en effet, que les gens connaissent l'itinéraire le plus rapide pour aller de Kufstein à Bruck/Leitha. C'est un peu pareil pour moi, il faut être honnête : Je préfère rester à la maison. O.K. ? Je vais retourner m'allonger. C'est gentil d'avoir appelé, Philipp.

— Oui, bien, dans ce cas —
— Et ne sois pas en colère parce que je ne viens pas. De toute façon ça sent la pluie.
— C'est aussi ce que dit Johanna.
— La Johanna que je —
— Celle-là même.
— Tu la vois de temps en temps ?
— De temps en temps est assez bien trouvé.
— Je ne voulais pas être indiscret.
— C'est bon.
— Allez, porte-toi bien.
— De même.

Philipp raccroche le combiné. Il va sur le pas de la porte, où on livre justement le repas, et jette un filet de poisson à côté des marches du perron. Le filet est destiné au chat, qui depuis deux jours se fait rare lui aussi (parce qu'il a mangé de la mort aux rats dans le grenier et que sa petite entreprise terrestre a capoté dans une armoire du couloir, à l'étage — mais Philipp ne le sait pas encore). Il enfonce les flambeaux dans le sol, fait passer un câble dans le jardin et met la cassette d'Atamanov, la musique de mariage. Il traîne même la table de la cuisine au-dehors, la recouvre d'une nappe blanche pour que cela ressemble un peu à quelque chose. Puis il grimpe de nouveau sur les chaises postées le long du mur, dans l'espoir d'ajouter encore quelques invités à ceux, très rares, qui ont accepté de venir.

L'homme d'un certain âge qui l'a menacé il y a quelques semaines avec une brosse métallique est occupé à cueillir des framboises. Philipp attire son attention en lui disant bonsoir. L'homme se retourne vers Philipp, le dévisage d'un regard pénétrant. Philipp se demande dans un premier temps si l'homme le reconnaît. Il est vrai que lors de leur dernière — et unique — rencontre, il portait un masque à gaz et des lunettes de protection. Après une longue seconde, pendant laquelle Philipp croit sentir la fumée de son grill et éprouve alors un bref espoir, ce qui l'irrite, car il n'a pas la moindre raison d'espérer quoi que ce soit, le voisin lui rend son salut, pas vraiment amical, pas vraiment inamical non plus, mais avec une patience démonstrative censée lui signifier à lui, Philipp Erlach, que tout le monde sait désormais à quoi s'en tenir à son sujet. Il préférerait porter aujourd'hui encore son masque à gaz et ses lunettes de protection, ou se nouer sans plus attendre un grand mouchoir jusqu'aux yeux. Il regarde son voisin, blessé, offensé, rempli de gêne et cherchant néanmoins, quoiqu'il affecte en apparence le plus grand calme, la pitié, intérieurement à genoux devant son vis-à-vis dont les pensées s'inscrivent sous ses yeux : C'est donc cela, la nouvelle génération, ce petit espion, ce déviationniste, il a appris à grimper sur l'arbre généalogique déjeté de sa famille et maintenant il utilise les compétences ainsi acquises pour monter sur les chaises disposées le long du mur du jardin. Philipp se met à parler. L'homme reprend son activité, écoute néanmoins — attention matérialisée par quelques regards jetés vers lui de temps à autre — ce que Philipp a à lui dire : Qu'il l'invite à une grill-party, lui, et aussi sa famille, sa fille.

— C'est bien votre fille, non ? demande Philipp.

Il sent qu'il a les oreilles en feu.

— Oui, répond le voisin d'un ton raide, regardant Philipp sans manifester la moindre curiosité pour ce qui éventuellement pourrait suivre.

Comme Philipp ne trouve rien de mieux à dire, il ajoute :

— J'ai fait sa connaissance. Elle attend des jumeaux.

L'homme hoche la tête, mais plutôt comme s'il préférerait la secouer, ne le fait pas néanmoins par politesse. Maintenant même Philipp est obligé d'admettre, à contretemps, que la conversation a dépassé les limites du supportable.

— Ça me ferait vraiment plaisir, que vous veniez, dit-il (et sur le moment il le pense).

Il lui propose aussi des cerises, d'ailleurs il en a plein. Non, j'ai les miennes, répond l'homme en désignant derrière lui un arbre en effet bien garni.

L'homme s'éloigne en direction de la maison. Plus précisément : Il laisse en plan Philipp.

Qui, de son côté, rejoint l'esplanade de la villa, où Atamanov tisonne les braises du grill et où Steinwald, parmi les couvreurs hilares, assiste à l'érection du petit épicéa sur le faîte du toit. Philipp se réjouit que les couvreurs soient de si bonne humeur.

L'un d'eux lance :

— Le chapeau va mieux à l'arbre, de toute façon il est trop petit pour toi.

Ce n'est qu'à cet instant que Philipp s'aperçoit que le chapeau de Steinwald coiffe le surgeon terminal de l'arbre et couronne de la sorte le toit de la maison. Steinwald ne proteste pas, rit lui aussi, hésitant. Mais les cernes sous ses yeux sont soudain plus visibles que d'habitude, la commissure des lèvres tirée vers le bas, les épaules jetées en arrière. Il ne sait manifestement pas comment se comporter. C'est un peu comme s'il avait honte de cette empreinte dans ses cheveux, là où était le chapeau, avant. Il se frotte plusieurs fois la tête. L'un des couvreurs l'observe ce faisant et, confirmant l'adage selon lequel il se trouve toujours quelqu'un pour rire du malheur d'autrui, dit :

— Fais gaffe aux douleurs rémanentes !

Steinwald gratifie le couvreur et le jeune apprenti qui se colle à lui de quelques insultes marmonnées. Il crache. En même temps on ramène le bras de la grue. Toujours en riant, les couvreurs s'approchent du grill pour voir un peu ce qu'il y a à manger.

Ils prennent les premières petites saucisses, s'ouvre vite fait une bière à l'aide de leurs briquets, lèchent les gouttes sur le cou de la bouteille, sautent dans la cabine porteur et s'en vont avant même que les autres invités soient arrivés. Philipp attend avec Steinwald et Atamanov, sans parler beaucoup (comme la plupart du temps), ou plutôt non : Steinwald et Atamanov parlent compulsivement, tandis que Philipp, en revanche, n'est pas d'humeur à causer, parce qu'il a peur que les paroles ne lui révèlent à quel point la situation est grave. Le temps passe lentement à la brume. Quelques rayons de crépuscule sur la forêt viennoise où des nuages épars étalent la lumière en éventail sur l'horizon. Puis Mme Puwein et M. Prikopa franchissent le portail de la propriété et tendent à Philipp une bouteille de vin enveloppée dans du papier cadeau, des immortelles sur fond bleu. Philipp ne saurait rien imaginer de plus désespérant qu'une bouteille de vin dans du papier cadeau avec un ruban doré autour du cou. Maintenant, maintenant tout particulièrement, il sent combien tout cela est misérable, et si toutefois ce n'est pas le cas, tant de choses le sont, misérables, de toute façon, que le reste ne l'est pas moins. Il est à deux doigts de fracasser la bouteille contre le socle de grès et de quitter sa propre fête en lançant des imprécations : Loin d'ici, sous la couette, les dents dans l'oreiller. Parfois ça soulage, les dents dans l'oreiller. Mais comme il n'a même pas ce courage, il attend une heure, jusqu'au moment où les premières étoiles apparaissent. Puis il tire à fond sur sa

cigarette et, dans l'espoir d'infléchir la soirée dans une autre direction, allume toutes les fusées qu'on lui a livrées. Elle sifflent vers le ciel, explosent dans une grande détonation et jettent une lumière colorée sur le jardin, sur la maison, sur l'épicéa coiffé du chapeau de Steinwald, sur ses voisins.
L'atmosphère reste la même.
Steinwald est toujours de mauvaise humeur et à sa manière bourrue l'exprime avec un grand talent. Regard morne, hochements de tête, mine d'enterrement, il jette de la viande et des moitiés de poivron sur le grill et balaie le jardin du regard pour trouver un endroit où il n'aurait pas encore craché. Chaque fois que Philipp cherche ses yeux, il le toise d'un air dégoûté, sans dissimuler qu'il risque de s'en prendre une s'il s'avise de dire une bêtise. Quand Philipp veut savoir où il a déniché son complet — un complet beige trop large avec de grandes poches poitrine, qui évoque à Philipp les dictateurs d'Asie —, Steinwald grommelle quelques paroles incompréhensibles et qu'il n'est manifestement pas disposé à répéter, aussi Philipp doit les interpréter lui-même (sa mère, paraît-il, avait coutume de dire : Serre les poings et tais-toi). Même à l'égard de Mme Puwein, avec qui il avait pourtant si bien discuté la dernière fois, Steinwald se montre avare de paroles, avec une obstination telle qu'elle renonce très vite à le faire sortir de son retranchement. Elle se tourne vers Philipp et elle parle (qu'il le veuille ou non — et il ne veut pas, car ces petites choses lui montrent combien il sait peu, combien il a peu reçu, et combien il voudrait, justement, recevoir) : D'Alma Sterk, sa grand-mère, qui jamais, au grand jamais, n'aura reproché à ses petits-enfants de ne pas venir la voir, et d'Ingrid Sterk, sa mère, à l'époque où elle était encore enfant, jolie comme un cœur, quel malheur, qu'elle soit morte si jeune, et puis, personne n'aura jamais

compris pourquoi elle n'a pas glissé tout simplement sa main hors du bracelet (allons donc).

Philipp fait tout son possible pour brider le besoin de communication de Mme Puwein. Elle est d'une exhaustivité cruelle dans ses souvenirs. Tandis que, dans son cerveau à elle, les épisodes les plus dissemblables, tout juste diminués de quelques traces d'oubli, s'assemblent, Philipp se demande pourquoi il ne veut pas entendre ces histoires d'enfance classiques, propres au genre, en somme, et plutôt banales, et pourquoi elles lui semblent quelconques, contingentes, presque honteuses. Mme Puwein raconte avec force développements qu'Ingrid, à l'âge de onze ans, s'était mis en tête de reproduire intégralement la distribution animale du jardin zoologique de Schönbrunn avec des marrons et des cure-dents, et que la même Ingrid, à cette époque, était toute enamourée de Manfred, le fils de Mme Puwein, Fredl.

— Elle lui écrivait des lettres d'amour. Fredl dit même qu'il en possède encore une.

Cette fois la mesure est pleine. Avant que Mme Puwein ne puisse continuer à se répandre en détails, Philipp profite d'une pause-rire occasionnée par quelque réminiscence sentimentale pour orienter la conversation sur autre chose. Concrètement : Il veut savoir si la pendule qu'il a cédée à Mme Puwein retarde toujours.

Mme Puwein, semble-t-il, croit qu'il exige la rétrocession de l'objet. Elle lui fait des réponses évasives, cela n'a aucune importance, quelques minutes de plus ou de moins, un peu plus tôt, un peu plus tard, qu'est-ce que ça peut faire. Juste après elle profite de l'orage qui menace pour prendre congé. Quelques nuages lourds s'approchent en effet.

— Ne vous inquiétez pas, ce n'est pas pour cette fois, dit Philipp.

Mme Puwein et M. Prikopa avancent des raisons qui suffiraient à les excuser jusqu'à la fin de la semaine. Bras dessus, bras dessous, ils descendent d'un pas traînant, sans se retourner une seule fois, la rampe d'accès de la villa, franchissent le portail et disparaissent derrière le mur.

Philipp reste seul avec Steinwald et Atamanov. Les voilà donc : Un, deux, trois. Et Philipp pense qu'ils ont l'air de beaux débris. Il suffit de lever les yeux, qu'on en juge, ce n'est pas une déclaration d'indépendance, ce n'est pas la délivrance de trois vies, c'est un fiasco, ce sont trois tristes figures avec l'espoir insensé qu'il y a de l'espoir, dans la conscience douloureuse que rien n'est resté comme il était, et que rien de ce qui est, non plus, ne restera.

— Vous m'emmenez ? Après-demain, quand vous partez ? demande Philipp avec le sentiment vague que l'occasion, maintenant, en dépit de toute la fierté ou de la honte qu'il ressent, est à peu près propice.

Bientôt il va se mettre à pleuvoir, juste comme Johanna l'avait prédit. Les étoiles, points de repère des bateaux, sont chassées du ciel. Un vent se lève, la brise qui peut tout changer. Déjà les éclairs. Des filaments incandescents dégringolent, ramifiés, des nuages aux bourrelets jaunes, quelques secondes plus tard le roulement du tonnerre tombe comme une grêle de pierres dans le jardin voisin, dans celui de Philipp le sol en vibre encore.

Steinwald regarde Atamanov, ils échangent quelques paroles que Philipp ne comprend pas. Il tombe sans le plus petit appui dans un vide qui n'a rien d'apaisant. Il se sent seul, et, si peu qu'il se l'avoue : il l'est en effet. Les phares d'une auto tâtonnent dans l'entrée et passent. Philipp regarde dans cette direction. Déjà il n'entend plus le bruit du moteur. L'obscurité se rassemble, plus dense encore. Steinwald et

Atamanov se consultent toujours. Philipp enfonce les poings dans les poches de son pantalon, pour être armé. Les deux se font des signes de tête. L'espace d'une seconde, Philipp croit avoir déjà oublié la raison pour laquelle ils pourraient justement se faire des signes. Ils hochent la tête et, d'un ton hésitant :

— Oh, on ne savait pas, oui, oui, évidemment, on n'aurait jamais pensé.

— Ça veut dire oui ?

— Oui.

Il pourrait donc venir, vraiment. Et bien qu'il ait fallu qu'il s'impose, arrache cette faveur, il se réjouit ou tout du moins il est content, soit parce qu'il a désormais des partenaires, non plus des auxiliaires, soit parce qu'il sera de la partie pour quelques jours, et que c'est un sentiment qu'il n'a plus éprouvé depuis un moment. Certes, il pressent aussi les dangers auxquels il va s'exposer et qui, là-bas, au-dehors, sous d'autres latitudes, seront vraisemblablement plus nombreux qu'il ne l'imagine (et Dieu sait si son imagination est fertile, ne serait-ce qu'en raison de son métier). Pourtant il voudrait se précipiter dans la maison sans plus attendre et commencer à faire ses valises : Passeport, un adaptateur, des gouttes pour les yeux, de bons médicaments contre la diarrhée, contre les intoxications à l'alcool — il faut qu'il appelle Johanna pour savoir si elle a des recommandations.

Oui, certainement, très cher : On ne retient pas un voyageur.

Merci.

Steinwald enfonce le poing droit dans sa main gauche et annonce qu'il doit récupérer son chapeau sur le toit, malgré l'orage qui vient, malgré les ténèbres de cette nuit d'été fermentée. Malgré le bleu poudreux que l'esplanade de la villa renvoie aux éclairs. Le vent se lève. Dans quelques heures, avant même l'aube, selon Steinwald, le chapeau se trouvera en Bohême (et sinon en Bohême, du moins chez les voisins, ceux qui ne sont pas apparus à la fête). Steinwald, aidé d'Atamanov, apporte la plus longue des échelles qui se trouvent derrière le garage. Mais elle atteint à peine le chéneau. Steinwald grince des dents. Philipp constate qu'il ne s'avoue pas si facilement battu. Il propose donc de placer l'échelle dans le coffre de la Mercedes, le coffre de la Mercedes dans laquelle, bientôt, dès après-demain, il partira.

— Comme ça on atteindra les cinquante centimètres qui manquent, et puis, l'échelle sera mieux assujettie dans le coffre.

Steinwald regarde Philipp de côté, étonné, tiens, se dit-il sans doute, il n'est pas aussi bête que j'aurais pensé. Il loue le sens pratique de Philipp. Philipp s'en réjouit avec de grands yeux brillants. Steinwald change la voiture de place, enfonce le bas de son pantalon dans ses chaussettes, pose sa veste sur la portière ouverte. Puis il monte à l'échelle avec une grande agilité. Et Philipp à sa suite. Allons-y gaiement. Pour mille et une raisons, chacune rendant la précédente si incertaine qu'à la fin on ne s'y retrouve plus. Il progresse de crochet pare-neige en crochet pare-neige, veut monter tout en haut, oui, sûr et certain, tout en haut, jusqu'au pignon de la maison et puis, et puis — — siffler à fond la ville qui vacille sous ses pieds !

Mais une fois à califourchon sur le faîte remis à neuf, il ne se tient plus de joie, sidéré par le fouillis dans lequel il se retrouve, étonné au plus haut point par cette sensation de bonheur angoissée et un peu honteuse qui lui fait tourner la tête à droite, à gauche, troublé par les toits sombres des maisons voisines, les unes sur, les unes derrière les autres, attiré par les lumières de la ville et par le visage de Steinwald.

Steinwald lui fait face, il a examiné vite fait son chapeau et l'a débosselé. Maintenant il le porte de nouveau sur sa tête, la main sur le rebord, penché en avant, de sorte que le vent lui enfonce le chapeau sur les oreilles au lieu de le chasser. Sa tristesse s'est dissipée. Il observe Philipp qui l'observe à son tour. Philipp a l'impression que Steinwald est content. On entend palpiter la musique nuptiale, déchiquetée par le vent, dans et sur le jardin que Philipp peut embrasser désormais du regard. Près du socle de l'ange gardien, là où tressaute la flamme de deux flambeaux, Atamanov, avec des mouvements très propres, esquisse quelques pas de danse, chante aussi. Sa voix ne leur parvient que rarement, par bribes, les sons s'éparpillent dans toutes les directions. Les premières gouttes tombent et se concentrent rapidement. Le vent s'apaise un bref instant, reprend aussitôt, plus violent. Le T-shirt de Philipp claque sur sa poitrine. Mais il reste bien en selle. Il colle les jambes contre le toit de la maison, lève ses bras désormais exercés à la barre fixe et regarde les nuages qui passent.

Dans un instant Philipp, juché sur le pignon de la maison de ses grands-parents, va caracoler dans le monde, ce parcours à obstacles étonnamment vaste. Tous les préparatifs sont achevés, les cartes étudiées, tout est démonté, déblayé, démantelé, bougé, bouté, bouclé. Il voyage avec ses compagnons, pour qui il est et demeure un étranger, dans un instant les voies chancelantes de la mer du Sud ukrainienne, dans un instant les précipices et les bourbiers. Il sera pourchassé par les voleurs qui le pourchassent depuis toujours. Mais cette fois il sera le plus rapide. Il va piétiner le lion et le dragon, chanter et crier (crier, c'est sûr), rire copieusement (oui ? vraiment ?), boire la pluie (bien possible) et — et réfléchir à — — — l'amour.

Il fait un geste d'adieu.

Lundi 16 avril 2001	7
Mardi 25 mai 1982	18
Mercredi 18 avril 2001	54
Samedi 6 août 1938	65
Dimanche 29 avril 2001	100
Mardi 1er mai 2001	108
Dimanche de Quasimodo, 8 avril 1945	110
Mercredi 2 mai 2001	142
Mardi 12 mai 1955	154
Jeudi 3 mai 2001	200
Lundi 7 mai 2001	205
Samedi 29 septembre 1962	208
Mardi 22 mai 2001	245
Jeudi 31 décembre 1970	256
Jeudi 31 mai 2001	299
Vendredi 1er juin 2001	308
Vendredi 30 juin 1978	314
Vendredi 8 juin 2001	355
Jeudi 14 juin 2001	363
Lundi 9 octobre 1989	370
Mercredi 20 juin 2001	407

*Composé et achevé d'imprimer
par la Société Nouvelle Firmin-Didot
à Mesnil-sur-l'Estrée, le 12 mars 2008.
Dépôt légal : mars 2008.
Numéro d'imprimeur : 88437.*
ISBN 978-2-07-077987-1/Imprimé en France.

143273